法医秦明

VOICE OF THE DEAD

万象卷 03

THE MYSTERY
OF FINGERS

第十一根手指

法医秦明 著

死亡不是结束
而是另一种开始

北京联合出版公司
Beijing United Publishing Co.,Ltd.

2014 年，小说《第十一根手指》出版。

2016 年，改编自《第十一根手指》的网络剧《法医秦明》开播。

非常感谢导演徐昂，主演张若昀、焦俊艳、李现和网络剧团队的所有工作人员，由于他们的精彩演绎，很多人对法医这个职业产生了兴趣，也开始探索法医的世界。

现在，剧集已经上映 4 年了，《第十一根手指》也迎来了典藏版。

感谢所有的读者和观众，你们对这个题材的关注，改变了很多人对法医的看法。

我也相信，有了你们的支持，法医这个行业将会越来越好。

下面，我特别邀请了网络剧的几位主创，和他们一起聊聊关于法医的那些事。

网络剧《法医秦明》导演 徐昂

Q. 参与这样一部以法医为主角的剧集，有什么特别的感受？

法医是一个独特的职业，需要的是智慧的头脑、丰富的经验、审慎的态度，以及一颗耐得住清贫和寂寞的心。有幸能认识法医，并为这个职业拍了一部戏，这让我学习了很多，也令我对法医这个职业心生敬佩。

秦明是一个有趣的人，宽广的见识、宽广的胸襟和同样宽广的体形。有幸认识了他和他笔下的人物。虽然不能以镜头尽述其妙，但还是希望把我第一次看到秦明的小说和他的微博时的感受混合着记录下来。希望不辱使命吧。

Q. 如果用一个词来形容你心目中的法医秦明系列作品之《第十一根手指》，你会用哪个词？

妙趣横生。

Q. 请用一句话"安利"法医秦明系列作品。

这是一个能帮你减肥的胖子在案发现场写的书。哪怕你瘦，你也应该看一看。

Q. 你认为法医的哪项工作最艰难或者是最难以忍受的？

在盛夏的野外现场遇见巨人观。

Q. 第一次见到秦明时，与你想象中的法医一致吗？你心目中的法医是怎样的？

不一致，我以为应该是张若昀和焦俊艳那样的。

Q. 法医这个职业因为你们的制作和演绎让更多人知道，尤其是有很多观众看了网络剧和小说后，想就读法医专业，可以给他们一些祝福或者建议吗？

无论出于什么原因喜欢这个职业，也不要因为同事里没有张若昀、焦俊艳、李现就半途而废好吗……

Q. 参与完网络剧《法医秦明》后，有给你的生活留下了什么"后遗症"吗？

我跟老秦验证过，我确实知道尸臭是什么味道了。

Q. 当初看原著小说《第十一根手指》时，印象最深的场景是什么？为什么印象最深？

纸面青尸。不知道为什么。越想忽略就记得越清楚。

Q. 如果有机会拍摄第二部法医秦明系列小说的影视，你会加入什么不一样的元素？

这个不能说，我也是有秘密的人啊。

Q. 拍摄过程中，你遇到的最大挑战是什么？

场景总是很难符合案件最合理的样子，想还原案件现场的样子得用大量的时间，我希望下次能有足够的时间去还原。

网络剧《法医秦明》主演 张若昀

Q. 参与这样一部以法医为主角的剧集，有什么特别的感受？

在常人眼里，法医是一个神秘又伟大的职业。也是因为这次参与，让我能有机会以一个演员的角度，对这个职业有更多的了解，所以非常感谢这部剧集。

我所了解的法医们，在职业和生活中面对的那些困难，是我们平时难以想象的。与此同样令人感动的是，法医们在剥离"职业"这个标签之后，在生活中呈现出真实又动人的温度。

秦明和他的朋友们，以及所有我由于这次拍摄而有缘结识的法医与公安干警，他们既是帮我们抵挡黑暗的英雄，也是有着实实在在的幸福与苦恼的、光辉动人的平凡人。

鬼手佛心，解人间百态，能参与这样一部作品，至今心存荣幸。

Q. 如果用一个词来形容你心目中的法医秦明系列作品之《第十一根手指》，你会用哪个词？

下饭神器。

Q. 请用一句话"安利"法医秦明系列作品。

自猎奇中进入，从敬仰中走出。

Q. 你认为法医的哪项工作最艰难或者是最难以忍受的？

二十四小时的待命状态和特殊情况下无休止的连续工作。

Q. 第一次见到秦明时，与你想象中的法医一致吗？你心目中的法医是怎样的？

想象中应该更瘦一些，没想到老秦胃口那么好。

Q. 听说"用解剖刀解剖小龙虾"是你自己新增的情节，当时是怎么考虑加入这一内容？为了体现什么？你还在剧中加了哪些其他小细节去丰富了"法医秦明"呢？

其实很惭愧，我们在剧集中所呈现的内容，远不及真实的法医生涯动人。所以对我这个演员来讲，远远谈不上丰富了"法医秦明"。我只是丰富了这部剧集所表现的这一个形象。

在时间成本、剧作内容，还有大环境的限制下，我们选择了更多的三人组之间互动的轻喜剧的内容去增加这部剧的可看性，这也是基于这部剧集定位下的临场发挥。从人物关系和表演的角度讲，三人组的戏要出轻喜剧效果，必然要制造一个吐槽对象，那么剧中的"秦明"作为不善交际的资深法医，更适合承担这个任务。

那么基于这个表演目的，我整部戏的表演任务和发挥的内容，都在于去发掘这个人物和职业带给他的"怪"。这种"怪"是在想象合理的范畴内的，但它不代表绝对真实，这是一种戏剧的方式。

手术刀解剖小龙虾就是表现这个人物典型的一场戏。表面上看，在观众观看的想象惯性下，他合乎职业和人物性格的特性，但是现实中，你可能不会见到一个像这样去做的法医。这是一种基于戏剧目的的夸张。

剧中还有很多点，比如"叉腰"，比如"酷爱剪裁西装"，比如"用林涛的手去擦脏桌子"，这些表演，都是基于整部剧集中加入了轻喜剧元素这样的定位所采取的表演方向。在这样的定位下，这些点是合适的。

如果整部剧集是更严肃深沉，或是极度生活写实的风格，那么就不适合往这个方向去挖掘。

Q. 扮演法医这个职业前，你对它的理解是？扮演之后，对这个职业又有了什么不一样的理解呢？

扮演法医之前我对这个职业的理解基于美剧中塑造的法医形象，以及法医秦明系列原著小说所提供的想象。在扮演的过程中，接触到了秦明本人和真实的故事。

我真心希望大家能借着被剧集和书籍激起的热情，去了解一下真实生活中的法医们。他们太可爱了。

Q. 如果让你重新演绎一次秦明，你觉得自己的表演会有什么不同？

如果还是我们这个剧集的话，我认为我过去的呈现方式是正确的。

如果老秦操刀写一个他日常生活和上班工作的剧本，我想我首先需要增肥二十斤和学说安徽话。

网络剧《法医秦明》主演 焦俊艳

Q. 参与这样一部以法医为主角的剧集，有什么特别的感受？

从带着恐惧的好奇到带着心疼的尊敬。我连走进废旧的解剖室，看着运送尸体的通道、冰冷的解剖台，闻着残留的特殊气味就已经觉得手脚发麻，而法医们可能要面对爬着蛆虫、带有高传染性的腐烂尸体，还要在其中去探寻真相，哪怕工作压力大，也因为案件保密的需要，不能向别人诉说排解。可正是有了他们的奉献，我们才能拥有更为公正的世界。所以让更多人去了解他们、理解他们、尊敬他们也是我们当演员的职责所在。

Q. 如果用一个词来形容你心目中的法医秦明系列作品之《第十一根手指》，你会用哪个词？

嚯！

Q. 请用一句话"安利"法医秦明系列作品。

这是不给我片酬也想参演的小说作品。

Q. 你认为法医的哪项工作最艰难或者是最难以忍受的？

都难！首先勘查现场条件可想而知，那是案发现场，你懂的！不懂可再读一遍法医秦明系列作品。犯罪分子也应该不会有人情味地专挑工作日作案，更不可能知道给辛苦的法医同胞们放个小长假。高危！除了遇到的尸体可能会有传染性，据说法医他们还遇到过现场被犯罪分子安置了炸弹的危险情况。有时候，他们辛辛苦苦做了伤情鉴定，却还是会被人埋怨，甚至受到生命威胁。他们面对的一定还有更艰难的、不为人知的部分，希望通过艺术作品能让更多的人了解。

Q. 第一次见到秦明时，与你想象中的法医一致吗？你心目中的法医是怎样的？

第一次见你（秦明），以为是讲相声的，语言表达能力极强，各种段子伴着四周地震般的笑声。一个做如此高压严肃工作的人可能只有练就这样的心态才能自我修复吧。但只要谈到法医专业问题，哪怕是剧本里虚构的内容，哪怕只是闲聊也会变得严谨、慎重，不做武断的结论。案件交给这样的人，我相信广大群众是放心的，犯罪分子是畏惧的。

Q. 虽然与小说的性别有出入，但你演绎的女大宝深受大家欢迎，你认为这个角色的最大魅力是什么？

如果不是我的颜值，那就是老秦的才华，或是这个角色和广大追求真、善、美的观众产生了某种共鸣。

Q. 你演绎的女法医相亲情节引发了很多人的关注，在现实生活中，你是怎么看待女法医的？

法医是个重体力活的高危职业，女法医也一样如此，所以很多人生了孩子可能就得转去其他科室。能留下来的真的有过人的智慧、耐力以及奉献精神。有多少家庭愿意接受这样没有稳定假日、工作辛苦又危险的伴侣？所以法医大多数找的还是法医。说到误解，日常里很多法医是不主动和第一次见面的行外人握手的。对这个职业存在偏见的人对和法医握手有忌讳，所以为了不让对方尴尬，法医们就不主动伸手了。这个世界上不是所有的事都美好，但总要有人去做。希望你向他们伸出手，你握住的是一只探寻真相、伸张正义的手，温暖的是一颗值得尊敬的心。

Q. 拍摄这部剧的过程中，有什么好玩的故事吗？

在现场几乎没时间闲聊，那些专业术语、案件逻辑要吃透背熟，才能把常年做法医的专业性演出来。几乎每天都在捣鼓自己的台词，尤其若昀最辛苦，他词最多，但他都做了非常充足的功课。每天在现场把小说内容还原，一起抽丝剥茧，惊心动魄。能在一部好的小说的基础上去创作，对演员来说是极其幸福的。

这些回答，你们都满意吗？

希望下一个五年，十年，市面上会有更多精彩的法医作品问世。

到时候，也希望我们仍站在一起。

一起见证共同推动的这些美好改变。

万象

献给支持和热爱着法医工作的人

万劫不复有鬼手，太平人间存佛心，抽丝剥笋解尸语，明察秋毫洗冤情。

一双鬼手，只为沉冤得雪；满怀佛心，唯愿天下太平。

时光飞逝，岁月如梭。距离《第十一根手指》第一次出版已经过去了六年。现在，终于要出版典藏版本了。

可以这么说，《第十一根手指》对我有着特殊的意义，因为它是开启法医秦明系列影视剧的排头兵。

不错，由徐昂导演，张若昀、焦俊艳、李现主演的经典网络剧《法医秦明》便是由《第十一根手指》改编的！这部剧收获了极其良好的口碑以及数十亿的播放量，一度成为火遍全国的现象级网络剧。

在写这篇序的时候，我的记忆被拉到了我的第一本书《尸语者》刚刚完稿的时候。

当时，在我的好朋友莲蓬的推荐下，《尸语者》（原名《鬼手佛心——我的那些案子》）在天涯论坛莲蓬鬼话版块连载并收获了大量的读者。之后有很多家出版社约我出版此书。可是，作为一名公职人员的我，因为受到纪律约束，不敢轻易出版，于是一一拒绝。不过，一名编辑——包包在被我拒绝之后，写了一封上千字的长信给我，鼓励我应该将书稿报领导审批后争取出版。

"从你的书稿之中，我可以看出，你是一个充满了职业荣誉感的人，你所做的一切，都是为了让更多人了解法医这一职业。可是，网络文学终究有它的局限。为了让更多的人了解法医职业，你不仅应该将作品出版，更应该争取将作品影视化，争取更多的受众，争取更多的'法医粉'。"

这是包包信中的一段文字，正是这段文字打动了我，所以才有了后来一系列的出版作品和影视作品。

让更多的人了解法医，这是我的初心。

但这个过程并不容易，我很幸运，在探索的道路上，不仅遇见了非常优秀的主创团队、导演和演员，还遇见了这么多可爱的读者和观众。因为大家的共同努力，《法医秦明》网络剧才能将法医这一职业呈现在更多人的面前。

我记得，因为网络剧的名字不叫《第十一根手指》，而是叫《法医秦明》，当时让我十分尴尬和担忧，我还曾经在网络剧开播前，怀着极其忐忑的心情，写过一篇微博：

【写在开播之前】

明天是2016年10月13日，#网剧法医秦明#开播的日子。作为作者，我的心情是兴奋不已+忐忑不安。在开播前，我觉得有几个事情还是要向读者和观众朋友们交代一下。

一、关于剧名

很多朋友都问我：为何要用真名做剧名？主演那么帅你不惭愧吗？其实这事儿，我还真是挺尴尬的。法医秦明系列小说的开篇作《尸语者》是2012年年初我开始动笔的。说白了，我是个文学界的门外汉，别说搬上荧幕了，就连出书，当时也未曾想过。我以"记录工作点点滴滴"的本意，在自己的博客上连载了这些故事。承蒙读者朋友们的厚爱，它就在不知不觉中萌芽了。因此，这一位以第一人称叙事的小说里的主角，也就被读者们认为是"法医秦明"。随着后续小说的完成，这一个系列也就被命名为法医秦明系列。而因此衍生出的影视剧，也就被称为@网剧法医秦明。其实，我是多么想起一个牛×的笔名啊。对于"主演太帅容易跳戏"的朋友们，我帮不了你们了，你们一定要在看剧的时候，把我忘掉啊。

二、关于初衷

我写这个系列的初衷，就是让更多的人可以接受法医职业、了解法医知识、理解和支持法医事业。我自认为，我的系列小说还是有一定积极意义的，我的初衷也得以实现。随着网络剧的开播，会有更多的朋友关注到我们，这是我特别愿意看见的。法医真的很不容易，掌握着大量的专业知识，接触常人不愿意接触的事物，进出于极端恶劣的环境，却拿着微薄的工资。为生者权，为逝者言。我们负重前行，渴望你们的喝彩。

三、关于主创

网络剧的主创们，为了让这部剧更加贴近真实，亲自去观看法医的工作；他们为了这部剧更加专业，也经常会和我交流。从他们的一言一行、字里行间，我都可以看得出他们是怀着敬畏之心去表演，可以看得出他们是用心在创作。@徐昂xuang导演对作品的精益求精让我心怀敬佩，@张若昀甚至还为法医写了一首歌，让我感动不已。我要谢谢主创们，还有剧组的所有成员。谢谢你们为法医代言。也要谢谢搜狐视频和博集影业的倾心之作！

四、关于改编

网络剧多多少少对于原著小说还是有所改编的。毕竟是不同的艺术表现形式，为了让剧情、人物更加饱满，改编不一定是坏事。比如从痕检员变成侦查员的林涛（@李现ing），从逗比大叔变成萌妹子的大宝（@焦俊艳）。这些变动，我相信大家会和我一样觉得惊艳。

最后，感谢一直鞭策我、鼓励我的读者朋友们。为了你们，我也会不忘初衷，继续前行的。

最后的最后，写完这篇微博后，我泪流满面。做了五年的段子手，原来我还有正正经经写一篇微博的能力。这！太！感！人！了！

明天晚上，八点整，搜狐视频见。

看着这些文字，我真的是心潮澎湃。一部优秀的网络剧，让更多的人了解、理解、支持、尊重法医职业，让我更加坚持初心，让我更快实现梦想。真的非常感谢所有为此努力的人！

为此，在《第十一根手指》出版典藏版之际，我邀请了网络剧《法医秦明》的主创们，来接受我的采访，并将这些内容放进书里，作为特别的致谢。他们都非常可爱，也非常认真，相信你们也会喜欢这些有趣的花絮。

　　按照常规，我要重申：《第十一根手指》中每起案件的具体情节均系虚构，人名、地名都是化名，如有雷同，实属巧合，切勿对号入座，否则后果自负。所谓的真实，是书中法医的专业知识和认真态度，是书中法医一个个巧妙推理的细节，是书中法医的睿智和明鉴。

　　法医秦明系列小说从万象卷第二季《无声的证词》开始，以"2—3—4—5—6—1"的顺序推出典藏版。同时，全新内容的众生卷第二季《遗忘者》也会在几个月后和大家见面。

　　再次谢谢所有法医秦明系列小说的读者和影视剧的观众，谢谢你们的鼓励、鞭策，也谢谢你们的批评和包容！还是那句话，你们的目光、掌声和喝彩，是我不懈努力的动力！

2020年1月1日

目录

目录

CONTENTS

法医秦明

VOICE OF THE DEAD

| 第一案 |

油爆奇案

大蓉区东北街饭店

我们内心的魔鬼将这个世界变成了地狱。

——奥斯卡·王尔德

1

废旧的工厂厂房门前，路边停着十几辆蓝白相间的警车，闪烁的警灯和雪白的车灯光束把这个僻静的地方渲染得有如色彩斑斓的夜市。

厂房内，充斥着臭气。十余个人抱头蹲在地上，旁边站着十几名荷枪实弹的警察。

"你说你们是不是黑了良心？"为首的警官说，"你们呀，迟早得遭报应！"

他走到一个锈迹斑斑的铁桶旁，用伸缩警棍敲了敲桶壁，从里面发出"嘭嘭"的闷声。

"这都是些什么东西？"警官皱了皱眉头，探头向桶里一看，顿时干呕了两声，"这么恶心的东西，你们让它回到老百姓的餐桌上，良心被狗吃了吗？"

"都是饭店用，你们不出去腐败，又吃不着。"一个瘦子嘟嘟囔囔。

"说什么呢？"警官瞪了他一眼，"我怎么知道我们单位承包出去的食堂不用地沟油？"

省城龙番市秘密开展"打四黑、除四害"行动才一天，就发现了这一家生产地沟油的地下窝点。于是连夜实施了抓捕行动，一举捣毁了这黑心的恶巢。

凭想象，是无法想到那一桶桶泔水是多么恶心，堆在一个密闭的空间里散发出来的味道是多么令人作呕。负责抓捕行动的治安大队大队长也是第一次进到这苍蝇乱飞、污水横流的地方，他唯一能想到的词语就是"触目惊心"。

大队长拿起舀勺舀了一勺泔水，悬空举起慢慢倒回桶里，说："你们自己看，自己看！这能给人吃吗？要在旧社会，老子就把这东西灌你们嘴里。"

一勺泔水倒完了，勺底却还沉淀着一个黄色的物体。

大队长仔细望去，感觉似曾相识。

他转头问身边的环保局干部："你见过这么粗的鸡爪子吗？"

油爆奇案

为了掌握更多的刑侦技能，我被下派到北环县一个刑警中队锻炼了一年。刑警生活虽然斑斓，却也琐碎。一年的时间，大多是在调解民事纠纷、抓捕盗窃电瓶车嫌疑人、调查夜间抢包案件中度过的。

偶尔也会遇到一些让人啼笑皆非的事儿。比如，一个女子和丈夫吵架，被丈夫打了一巴掌，一气之下来刑警队报案。我们听完，说这不属于我们管啊，女子说，家庭暴力不是你们刑警管是谁管？难不成是妇联管？又如，一个男人跑到刑警队报案说自己的老婆被拐卖了，我们花了九牛二虎的力气调查完，才发现原来所谓的"老婆"早就结了婚，原配丈夫找上门来把她给领回家去了。

对法医专业的热爱，促使我时常去县局，参加偶然发生的命案的侦破。一个县城，一年也就几起命案，破获的速度也是非常之快。不过可能是我比较脸黑，刚下派过去没俩月，北环县城就发生了一起轰动公安部的命案，好在最后也破获了。

就这样，结束了一年的基层刑警生涯，我又回到了厅里，感觉是又高兴又不适应。高兴的是，我又可以出勘疑难案件，不用继续身陷鸡毛蒜皮的杂事儿之中了；不适应的是，在刑警队熬夜是常事，回来后恢复了正常起居，身体反倒不习惯了。

这一夜，我正在床上辗转反侧、无法入眠时，电话铃应景地响了起来。铃铛揉了揉惺忪的双眼："这么晚，谁啊？你一年不在家，我都不习惯半夜还会有电话铃了。"

我一把抓起话筒，倒是心跳得有些兴奋："喂，师父？没事儿，没睡呢，好，我就到！"

"什么案子啊？"上了车，我问，"这么急？"

师父看了看我，笑道："我倒是想知道你半夜三更了还没睡觉，在干吗呢？你不都回来好些天了吗，还胜新婚呢？"

我白了师父一眼，岔开话题："杀了几个？"

"没杀几个。"师父正色道，"市局治安部门查地沟油的时候，找到一个鸡爪子。"

"鸡爪子？"我一头雾水。

"是啊。"师父说，"还是油炸的。"

无论我怎么询问，师父总是笑而不语。随着车子的颠簸，我们很容易就找到了这处位于市郊的偏僻厂房。

"好大架势啊。"我说。

电视里总是会出现一大串警车拉着警笛、闪着警灯呼啸着去现场的景象。其实那都是导演们的想象而已。如果这么大动静去抓捕犯人，连只老鼠都被吓跑了。我们出现场有个原则就是不能扰民，所以总是偷偷摸摸地来，偷偷摸摸地去。像这样大规模的抓捕架势，确实比较少见。

我们拎着各自的勘查箱，从刑事现场勘查车上跳了下来，突然，不知道从哪里跳出来一个拿着麦克风、戴着小眼镜的人说："我是电视台的记者，请问你们是法医吗？打击地沟油也需要法医来吗？"

记者的热情着实吓了我一跳，他把黑乎乎的麦克风使劲儿往我的嘴边靠。师父打断了记者连珠炮似的提问，说："嘿，哥们儿，你是想把这玩意儿塞他嘴里吗？"

记者尴尬地挠了挠头，我们也趁此机会，跨进了警戒带。

厂房内，特警们已经开始对每名犯罪嫌疑人进行搜身、戴铐，准备押解上车。只有两名负责人模样的民警头对头地蹲在地上，围着地上的一个碗，絮絮叨叨。从肩章上看，一个是一级警司，另一个是二级警督。

"你看，这有纹理，会不会是指纹啊？"一级警司说。

"嗯。"二级警督点了点头，"这白白的地方，应该是指甲掉了留下的样子。"

"你说，会不会是鸡爪子？"一级警司说。

"看样子还真有些像卤味店里卖的炸鸡爪。"二级警督说，"就是粗了点儿。"

这两人讨论得正投入，猛一回头，发现师父带着我悄无声息地站在身后，吓得一个趔趄："哎呀妈呀，你们怎么走路没声音的？你们是干什么的？"

师父笑了笑，拿出现场勘查证晃了晃。

两名警察站直敬了个礼，说："陈处长好，久仰大名，今天第一次见到您。"

"这位是法医科的秦科长，那位是痕检科的林涛。"师父介绍道。

我们分别握手。

"什么情况？"师父问。

"哦，刚才我们大队打掉一个制造地沟油的犯罪团伙。"一级警司指着身边的二级警督说，"我们大队长无意中发现了一个泔水桶里漂着个东西。"

师父提了下裤腿，蹲在那个放着一根黄油油的东西的碗旁边，说："就是这玩意儿？"

"我们正在分辨它是人的手指，还是鸡爪子。"一级警司害羞地一笑。

"没分辨清楚就让我们来？"我嘟囔了一句。

"废话。"师父说，"谁都能分辨出来，要我们法医做什么？"

我挠挠头，蹲下来，看了看碗里的东西。

碗里放着一个黄色的柱状物，我伸出手指比了比，比我的手指细不少。但是仔细看去，这个物体的表面虽然有明显的油炸痕迹，但依稀还能看到纹理。并且有两条明显的曲线将这个物体平分成三段，看上去应该是关节。

我从箱子里拿出镊子，夹起物体看了看："哟，是不好分辨。说是人的手指吧，太细了点儿、短了点儿；说是鸡爪子吧，又粗了点儿。"

师父说："如果是个女人的手指的话，被油炸之后，完全有可能挛缩①到这样的大小。"

我听完头皮一紧："油……油炸尸体？"

师父没有理会我惊恐的表情，说："那么，你告诉我，怎么确定这到底是不是人类的手指？"

我愣了一会儿，等师父回头盯着我时，才回过神来："啊？哦，这个，不难吧？DNA检验啊。"

DNA检验不仅可以进行同一认定，也可以进行种族鉴定。就连植物也是有其独特的DNA的。

"哦！"两名警官恍然大悟状。

"哦什么哦，"师父白了他俩一眼，转头对我说，"做DNA？那我还用问你吗？"

在这么多人面前，被师父轻而易举问倒，实在是一件非常没面子的事情。法医系的学生在学校的学习精力会比较倾向于法医病理学，一方面法医病理学新鲜刺激，另一方面这也是法医学最为基础的学科。而分辨种族，则是枯燥无味的法医人类学的范畴。

我迅速地把脑子里有限的法医人类学知识翻了个遍，没有找到相关的知识内容。于是，我只有一脸害羞地摇了摇头。

---

① 挛缩，一般是指有弹性的肌肉组织因为种种原因持续性收缩。在活体上，可能是药物所致；而在尸体上，也特指一些毁坏性因素导致肌肉失去张力和韧性，收缩、缩小、缩短。如在火场中，肌肉受热收缩。

师父有些失望，哼了一声："平时多看看书吧。可能你觉得一些小问题不重要，关键时刻就会掉链子了。"

师父戴上手套，打开勘查箱，拿出两把止血钳，递给我一把，又拿出一把手术刀柄，装上了刀片。

师父手起刀落，麻利地在物体的一侧割开表面，露出其下少许红色的肌肉和白色的韧带。物体很小，且没法固定，所以对物体表面软组织的分离工作，精细度很高，需要极强的耐心和刀功。

师父这个老江湖，都花了半个小时，累得满头大汗，才把物体里的骨头给剔了出来。

"呼……"师父长嘘了一口气，"好嘛，你们打'四黑'、除'四害'，打出了一起惨无人道的命案啊！"

"您的意思……"大队长说，"是人的手指？"

说完，大队长忍不住干呕了一下。

师父点点头，说："指骨是人类拥有的比较有特征性形态的骨骼之一。人类在进化过程中，指骨骨体变得较短，但是为了手能更加灵活，所以关节面比较大。这就是标准的人类指骨。"

我用止血钳夹了夹剔下来的软组织，很硬。

"我明白了。"我说，"软组织水分丢失得非常厉害，所以会严重挛缩，感觉比正常的手指小了许多。"

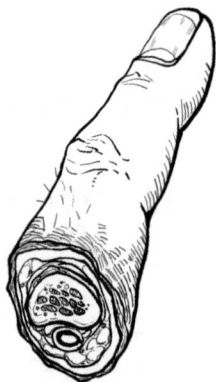
正常人的手指

油炸鸡爪

油炸人手指

师父点点头，说："那么，通知刑警部门，全员出动。"

我知道师父的意思，油炸尸体，是一种罕见的、极其惨无人道的毁尸手段。现在的信息技术发达，而且外面全都是记者，这起骇人的案件肯定会见诸明早各大报纸的头条，势必引起轩然大波。我们必须尽快破案。

十分钟后，厂房里的治安警察、特警已押送制造地沟油的犯罪嫌疑人全部离开了，现场进来了更多数量的刑事警察。

数名现场勘查员戴着各色眼罩，在现场寻找一些可疑痕迹。数十名刑警正在厂房的一些角落里翻找。师父叉腰站在厂房中央，环视了四周，说："当务之急，有个很艰巨的任务。"

洪亮的声音在厂房里回荡，大家都停下手中的活儿，看着师父。

师父咽了口唾沫，说："弟兄们要受苦了。我们现在要做的，是把这数十个泔水桶里的渣滓全部筛出来。"

大部分的警察都面露难色。在这个臭气熏天的空间里工作，本身就已经够艰难了，更何况，要从一桶桶散发着恶臭的泔水里，把那些令人作呕的渣滓全部筛出来。这一定是这些刑警这辈子干的最恶心的一件事情。

就在这时，大宝抱着一个大包袱跑了进来，哼哧哼哧地喘了半天。

"那个……师父，你要的东西搞来了。"大宝说，"那家医疗用品店的老板硬是被我的踹门声给吵醒了。"

师父打开包袱，里面是数十件白大褂。师父拎起一件，率先穿上，笑着说："为了你们回家不被老婆嫌弃，我给你们准备了这个。"

2

在师父的带领下，数十名刑警开始了艰难的工作。我们将每一个泔水桶都编好号，然后三个人一组，每一组负责一桶泔水。一个人从桶里舀出泔水，一个人拿筛子，最后一个人从筛下来的杂质中寻找有没有可疑的人体组织。师父则在每一组之间徘徊，提供必要的法医学指导。

泔水一被搅动，气味更浓烈，很快充斥了整个厂房。有的侦查员忍受不了恶臭，头伸到一旁吐了起来。不过，吐着吐着，很快，就吐习惯了。

三个小时在不知不觉中过去，十几组人，只有两组筛出了可疑的人体组织。一共二十一块，都被切成手机大小，有的有骨骼，可以直接确定为人体组织，有的则只是油炸得变了形的肌肉组织和脂肪组织，只有通过DNA检验才能确定是否为人体组织。

十几桶泔水在大家的努力下，被挪到了另外十几个桶里，泔水的味道也透过白大褂，牢牢地黏附在衣服上。

我脱去白大褂，嗅了嗅身上。嗅觉仿佛已经麻木了，没闻到什么味道。

有侦查员说："还是送去洗衣店吧，拿回家就别指望上床睡觉了。"

师父沉思了一会儿，说："所有的可疑组织都是从一号桶和十三号桶里筛出来的，说明这些尸块抛弃得很集中。我们的任务是连夜做出DNA图谱，而侦查部门的任务是从制造地沟油的犯罪嫌疑人嘴里，搞清楚这两个桶里的泔水是从哪里收来的。"

侦查员面露难色："这个，不容易搞清楚吧？"

师父笑了笑，说："那就看你们的本事了。"

我和师父一样，不担心侦查员的本事，说："油炸尸体，这该有多大的仇啊！"

师父想了想，说："我倒觉得不一定。毁尸多见于熟人作案，且犯罪分子是受害者的仇人。这一点不错。但是很多极端的毁尸案件，反而不一定这么简单。"

我吃了一惊："不这么简单？总不会是路遇个人，就拖回家杀了，然后慢慢碎尸，再慢慢油炸尸体吧？那是什么心理？"

师父不愿再说教下去，摆摆手说："不正常的心理呗。先不说那么多，现在说什么都是在瞎猜，得赶紧想办法研究尸块，找出特征，找出被害人的真实身份，才有希望进一步破案。"

我点点头，不再发问。

师父说："弟兄们要辛苦了，这起案子明早见报后，必然会引起轩然大波。所以，今晚咱们多干点儿活，明天掌握的信息更多点儿，才能有底气。现在，各就各位吧。"

我们拎着二十一个物证袋回到办公室的时候，满脸倦色的郑宏郑大姐恰巧也来到了厅里。自"云泰案"①后，郑大姐就升任了省厅DNA实验室的主任。

"什么案子？"郑大姐问师父，"这么紧急？"

---

① 见法医秦明系列万象卷第二季《无声的证词》一书。

油爆奇案

"这案子对你来说可就有挑战了。"师父故作轻松，"全是油炸的组织，能做出来吗？"

郑大姐愣了一下："油炸的？"

师父默默点头。

郑大姐立即精神了许多，奇异的案件赶走了她的瞌睡虫。她说："我记得好像有文献报道过此类的案件，我来找找，交给我吧。明天上班时间给你们结果。不过，你俩身上是什么味儿？"说完，她用手在鼻尖前扇了扇。

"师父，我们是不是可以回家洗澡睡觉等结果了？"我下意识地又闻了下自己的袖口。这次，我闻见了刺鼻的泔水味儿。

"你想得美！"师父吼了我一声，转头对郑大姐说，"这些可都是宝贝，不能交给你。这样，给你一个小时时间翻文献、研究方法、做准备工作。然后我再把这些宝贝交给你。"

"为什么？"郑大姐问。

我同样疑惑，看向师父。

师父对郑大姐说："你别管了，按我说的办。"说完，拉着我，走进了法医病理实验室。

师父在实验台上铺上一次性台布，然后把臭气熏天的可疑物并列放成一排，拿出解剖器械递给我，说："我们现在有两个任务：第一，是剥离组织表面已经炸熟了的组织，尽量分离出没有变性的表皮或真皮组织，期待能找到一些表皮上的特征；第二，你知道这些宝贝还有什么作用吗？"

我翻了翻白眼，发现师父正盯着我，又慌忙摇了摇头。

师父指了指背后的书架上的一本书说："自己翻书看。人体每个部位的肌肉组织中肌肉纤维粗细和分布走向都不同。所以我们首先要知道这些组织大概是属于哪个部位的。"

我恍然大悟，却又心里没底，于是赶紧拿起那本书翻了起来。

刚才在废旧厂房里，嗅觉被冲天的臭气给熏麻痹了，那时候的味道反而没有现在在这个密闭空间里二十一块"宝贝"散发出的味道重。视觉和嗅觉的双重刺激，让我这个不算新兵的法医的胃里都有些翻滚。

"肌肉纤维粗，走向呈'八'字形，逐层收拢。"我一边看着组织块，一边看着书，说，"这些没有骨头的尸块，都来自臀部。"

"不错，领悟得挺快。"师父欣慰地说，"有骨头的，要么就是手指，要么就是脚趾。也就是说，这些尸块来自臀部和四肢。"

师父顿了顿，叹了口气，说："可惜啊，没有发现任何有特征性的组织。"

原定于第二天早上召开的专案会，却因为早晨六点多钟的一个电话改变了。

师父的电话，意思是说他需要参加一个在全国流窜持枪抢劫杀人系列案件的协调会，马上就要出差，所以这个案件交给我了，并且要求我们限期破案。

"这么恶劣的案件也留不住您？"我说。

师父笑了笑，说："我去参与的案件更恶劣。"

"那我心里没底啊。"我说。

就算这么说了，也没能留住师父，而我只能收拾下心情，尽全力破案。

专案组。

"发现的二十一块可疑组织，全部是人类组织，女性，为同一个人所有。"郑大姐说。

我长吁一口气："果真是一个人的。可惜这些组织因为被油炸过，断面变形，不具备拼接的条件了。而我们昨天也已经研究过了，全部来自臀部以及手指、脚趾。对了，发现这些尸块来源的泔水桶里的泔水，是从哪些地方弄来的？"我看向侦查员。

主办侦查员清了清嗓子，说："昨天晚上我们就做了相关的工作。据治安部门同事的审讯，这些泔水全部来自天苍区东北街两旁的饭店。提供泔水的饭店大约是二十八家，我们正在对每家饭店进行清查。暂时还没有线索。"

大家顿时安静了下来，为没有任何抓手①而苦恼。

林涛在一旁拿起桌上的几张照片——是我对二十一块尸块逐个进行细目拍照②的尸块照片。他说："老秦，这几块尸块上黏附的黑色物质是什么？"

我皱眉看了看，说："哦，我当时也注意到这东西了，还专门在显微镜下看了

---

① 抓手，行内通用语言，指破案的依据和方法，或指可直接甄别犯罪嫌疑人的重要物证。

② 细目照片是和概貌照片相对而论的，概貌是反映物体大体的照片，而细目则是反映物体上细微特征的照片。在尸检过程中，对整个尸体或尸体的一个肢体进行拍照叫作概貌照片；对尸体上的某处损伤、生理特征专门进行拍照的叫细目照片。

看。是淤泥。"

"你们觉得在饭店收来的剩菜剩饭上怎么会沾有淤泥?"林涛说。

侦查员不以为然:"这个,不小心黏附的可能性不小吧。"

我明白了林涛的意思:"如果是不小心黏附,那么淤泥现象是偶然现象。但是七八块尸块上都黏附,这就不是偶然现象,而是必然现象。"

侦查员一脸疑惑,不再辩驳,都在猜测这是什么意思。

"地沟油除了来源于饭店的剩菜剩饭,"我说,"我印象中,还有一些犯罪分子,从饭店、居民区的下水道里提取上层漂浮的油腻物质,然后和泔水混合,再萃取油品。如果是在下水道弄上来的尸块,就有可能黏附淤泥。"

林涛微微点头:"不错,就是这个意思。这些尸块是从下水道里弄上来的。"

"真恶心人。"侦查员皱眉说,"这些买卖地沟油的人,真不得好死。"

我说:"那下面就要辛苦兄弟们了,咱们要从犯罪嫌疑人嘴里撬出他们从哪个下水道段打捞油腻物质,然后咱们要下去找到更多的尸块。因为目前我们没有发现任何有特征性的人体组织,没有任何抓手去查找尸源。"

"可是,"专案组长插了话,"这么小的尸块,我们的民警怎么才能从下水道里找出来?"

我笑了笑,说:"我刚开始说尸块来自尸体的哪部分,就是这个用意。我觉得,大家很快就能找到非常有用的尸块。"

3

大宝豁然开朗:"是啊,这些肉,都是从臀部上割下来的。"

侦查员一脸疑惑:"然后呢?"

大宝说:"我们上次办的一个案子就是这样,整个骨盆并没有被破坏。"

我点点头表示认同:"骨盆是由骶骨和双侧髂骨组成的,这三块都是骨质坚硬的骨头,想要破坏骨盆的结构,换句话说想把骨盆碎成这样一小块,是根本做不到的事情。"说完我拿起尸块的照片扬了扬。

大宝接话道:"最关键的是,对于法医来说,骨盆是最有价值的一个人体结构。对吧,老秦?"

我点点头:"那就等待侦查部门的审讯结果,然后我们该钻下水道了。"

电视上，经常会看见有人钻下水道，那幽闭的空间和讲话的回音一直让我倍感兴趣，我一直认为，钻下水道会是一件比较刺激的事情。

审讯的结果不尽如人意，几名犯罪嫌疑人没有交代清楚打捞地沟油的具体位置。

正当大家一筹莫展的时候，林涛说："给我张现场附近的地下管道分布图，我根据审讯结果，试试看能不能找出抛尸可能性最大的位置。"

半个小时后，林涛说："就这里了，试试吧。"

大宝最先跳了起来，说："出勘现场，不长痔疮。"

某小区深处的地下管道口处。

大宝拿着勘查灯向里面照了照，顿时没了挑战的心情，心里打起了退堂鼓。林涛也一样，说："太黑了吧，要不，明天再下去？"

"白天这里头也是这样黑。"我拍了拍大宝和林涛的肩膀，换上高帮胶鞋，率先顺着梯子往下爬。我转头看看身后的几名现场勘查员，说，"那咱们就开工吧。"

下水道没有想象中那么恐怖，在数名警察的头灯的照射下，犹如白昼。唯独不舒服的，就是在这个半人高的地方，我们只能半蹲着往前挪动。扑面而来的，是令人窒息的恶臭。

我揉了揉鼻子，说："这味儿真不好受，我是个法医都架不住，你们更受不了吧？"

勘查员们铁青着脸点头。

大宝朝几个方向吸了吸鼻子，指着我们的身后，说："在那个方向。"

我面露喜色："你的鼻子比警犬还牛啊。"

大宝推了我一把，说："去你的，你才警犬呢。"

我们艰难地挪了半个多小时的路程，我感觉双腿如同灌了铅一样，有千斤重。

终于等到大宝停下来，说："差不多就在这附近了，开挖。"

众勘查员解下缚在背后的小铲子，开始挖掘自己附近的淤泥，汗如雨下，很快空气中的臭气里就多了一股汗腥味。

半个小时后，林涛叫了一声："挖到了。"

林涛把挖到的骨质结构的东西递给我，我用纱布手套抹去表面的淤泥，是一根股骨。我把股骨放在自己的裤边比了比，说："这女的，是个大长腿啊。"

大宝扭头继续开挖，说："我们的任务是找到更多的尸块，尤其是骨盆。"

大宝的嗅觉确实异于常人，我们在他停下来的地方，陆续找到了十多块骨头，包括一个女性的骨盆。

"差不多了吧。"林涛弓着身子直了直腿，说，"再这样挖下去，大家都得死里头。"

我也是满头大汗，说："好吧，回去复命，然后再说。"

解剖室里的解剖床上，拼放着一具不完整的骸骨。

我穿着解剖服，抱着双臂，端详了一番，说："只能拼成这样了，不过，怎么总感觉不是很协调？"

大宝说："是啊，除了两根腿骨有些太长太粗了以外，有几根肋骨也不太协调。"

解剖室的电话响起，林涛接完后，对我们说："根据你推断的死者年龄和身高，侦查员在小区所辖的派出所居民管理系统里查了一下，符合条件的不多。因为他们断定这个小区里没有二十五岁左右，身高一米七五的女性。"

"会不会是外来人口？"大宝说。

林涛接着说："不过有一个二十五岁左右的家庭主妇叫连倩倩，平时下午总坐在小区里和小区的老太太嗑瓜子聊天，但最近两周，没有出现。"

"个子多高？"我问。

"一米六不到。"林涛说。

"差得有点儿多。"我皱起眉头。

"家庭主妇？"大宝说，"那她丈夫是做什么的？"

"丈夫是国际大酒店餐饮部的经理。"

"餐饮？"大宝眼睛一亮，"油炸尸体、餐饮老板，这是不是有千丝万缕的联系呢？"

"还有更有意思的。"林涛说，"她的丈夫两周前辞职，现在下落不明。"

"那还等什么？"大宝兴奋了起来，"申请搜查令，去他家！"

我说："可是，这身高？"

大宝说："可能是个体差异吧。"

我盯着尸骨，拉起卷尺量了量，百思不得其解："虽然尸骨不全，没法测量，但是凭经验，怎么说也不会就一米五几啊。"

把尸骨转交给DNA检测室以后，我和林涛陪同几名侦查员摸到了连倩倩的家里。

这间三室一厅的房子本身就背阳，加之所有的窗帘都紧闭，即便外面艳阳高照，屋内也犹如人间地狱一般。黑暗，夹杂着血腥味。

原本是崭新的、装潢精致的房屋，现在俨然一副案发现场的样子，走廊上、堂屋里到处都是滴落状血迹。

经过一番搜索，侦查员收起了手枪，说："没人。"

林涛拿出相机开始拍摄现场状况，我观察了一下血迹形态说："滴落状血迹，是稀释以后的血，看样子，方向是从卫生间里出来，经过客厅、走廊到厨房的。"

"稀释后的血？"侦查员蹲在我旁边，问。

我点点头，说："不是血管里直接流出来的血，而是血液和水混合后，黏附在物体上，然后随着物体的移动，滴落下来的。"

"那是什么意思？"

我走到卫生间，说："你看，浴缸壁全是流注状的血迹，我分析，凶手是在浴缸里分尸，然后把尸块从浴缸里转移到厨房。"

"去油炸？"侦查员的眉头皱了一下。

我点点头，又走进了厨房。这里是这个房屋里最狭小、臭味最浓郁的地方。

灶台上的炒锅里，有大半锅酱油色的液体，表面漂浮着一层仿佛快要结成痂壳的白色物质，散发着恶臭。

我拿起身旁的一个舀勺，伸进锅里搅拌了一下，感受到液体是很黏稠的，底层的颜色清亮一些，夹杂着一些像是肌肉纤维的物质。

随着我的搅拌，恶臭愈加明显，刺激着我的嗅觉神经。

我抬臂揉了揉鼻子，说："这里就是油炸尸体的第一现场。"

"尸块有的已经被炸了，有的没有被炸，但全部被抛入下水道了。"大宝说。

我点点头，问林涛："你看看，能发现指纹什么的不？"

林涛摇了摇头，说："看了几个关键部位，都发现明显的纱布手套纹。所以凶手是戴着手套完成杀人、分尸和油炸尸体的全部过程的。"

侦查员说："所以是典型的一起杀妻、分尸案？"

"看似是这样，"我皱着眉头说，"但如果是在自己家里杀自己的妻子，有戴手套的必要吗？"

林涛点头认可。

　　我、大宝和林涛仔细提取了每一处可能存在价值的检材①，准备带回去送DNA室进行检验，以期望有令人惊喜的发现。

　　突然有人敲门，是辖区的派出所所长。他按我们的要求戴上鞋套、头套和手套后进入现场，被血腥味和臭味引得连连干呕。缓了一阵后，他说："各位领导，对连倩倩的前期调查已经有了眉目。"

　　我们纷纷停下手中的工作，围在派出所所长的身边，听他说起了故事。

　　连倩倩是一个洗脚妹，因为长相出众，很快被国际大酒店餐饮部经理夏洪看中，两人谈了两年恋爱后，在半年前结婚。夏洪结婚前买了这间房子，连倩倩结婚后就做起了家庭主妇。夏洪是个孤儿，从小在福利院长大，但为人精明圆滑，人缘关系非常好，不到三十岁就在这个著名的企业里担任了中层管理人员。但是夏洪胆小怕事，凡事都充当和事佬，国际大酒店的老总对他的评价是没有魄力，难成大器。夏洪和连倩倩结婚后夫妻关系亲密，是小区里的"爱情模范"，用四个字形容，就是"羡煞旁人"。

　　夏洪是孤儿，连倩倩老家在几千公里外，所以他俩在本市并没有亲戚或者很亲近的朋友。根据对邻居的调查，两人失踪前，并没有什么反常迹象。

　　"没有反常迹象？"我说，"那个夏什么的，两周前辞职，不是反常迹象？根据这个屋里的血迹腐败程度，我估计死者死亡也就是大约两周的时间。敏感的时间点、敏感的动作，这个夏洪不可疑？"

　　派出所所长拿起手中的矿泉水，喝了一口，说："辞职这个事情，经过我们的了解，也属于正常行为。因为有另一家企业早就在挖这个夏洪，夏洪已经答应下个月初到那家企业工作。按照国际大酒店的内部规定，夏洪必须提前三周辞职。所以他两周前辞职，是为了结算工资后，再做一些去新单位工作的前期准备。"

　　我点点头，说："既然诸多因素都反映出不像是夏洪杀人，那么是什么样的凶手会在夏洪家里从容地油炸尸体？夏洪又去哪里了？"

　　派出所所长摇了摇头。我也没继续追问，提取完可疑检材后，和林涛开始逐屋

---

① 检材，不同于大家常说的"物证"，比物证的含义更为宽泛。在现场和尸体上提取到的任何可以用于进一步检验鉴定的物质，都称之为检材。经过检验鉴定的检材，如果对案件侦破有作用，则会被称为物证。

进行进一步搜索。

"你看。"林涛突然指着地面说，"从卫生间到主卧室，也有痕迹。"

我和林涛趴在地上，打开勘查灯，用侧光观察，确实有方向性明确的淡血印痕，用四甲基联苯胺进行测试，确实是淡血痕迹。

"凶手把尸块也拿到了房间里？"我说，"只是这次拿的尸块，黏附的血水比较淡。"

"在这里面。"大宝此时已经站在房间里，指着大衣柜，说。

我拉住大衣柜的把手，咽了口唾沫，鼓足勇气，闭着眼睛拉了开来。

就在我拉开大衣柜的同时，林涛和大宝同时惊呼了一声，往后退了两步，露出了一脸惊恐的表情。

4

他俩都是见过最残忍的杀人现场的人，却在此时露出了如此惊恐的表情，我的心里也是七上八下，壮着胆子向衣柜里望去。

衣柜里挂着一排色彩斑斓的衣服，中间却夹杂着两个像是被压扁了的人。

其中一个，乌黑的长发软塌塌地遮盖了肩膀和胸部，而另一个则像是风衣般挂在一旁。

"这……这是什么？"我闻见了浓重的血腥味，没敢上前。

大宝瞪着眼睛说："人皮！"

那确实是两张人皮。

派出所所长突然闯进主卧室，说："DNA室来了电话，有新的发现。"

我盯着衣柜，点了点头，说："知道了，夏洪也死了。"

大宝这时候才反应过来，说："所以一开始我们是把两具尸骨拼在了一起。骨盆是女的，但腿骨是男的。"

我点点头说："知道。"

我们把两张挂在衣架上的人皮取了下来，平铺在地上。人皮的下方放着一堆衣服，人皮滴落下来的血迹都浸染在这些衣服里。衣服呈散落状，和衣柜里挂着的衣服不同，应该是死者被害的时候穿的衣服。男死者的衣着是衬衫、外套和内裤、外裤，女死者的衣着仅有一件连体睡衣。

尸体被人从颈部一刀划开直到耻骨联合，然后向两边剥皮，四肢也是从中剖开后剥皮。皮肤是沿着浅筋膜剥离的，部分地方还粘连着皮下的肌肉组织，可见剥皮的刀具非常锋利。剥开的人皮，被凶手用宽胶带黏附在一起，成为一整张人皮。

大宝掀开女性人皮胸腹部的皮肤，说："这刀功可真……"

"别动！"我喊了一声，拿出放大镜，在女性人皮的乳房上照了照。

女性的双侧乳房连同皮肤被一起剥了下来，乳房皮肤上黏附着血迹。我对林涛说："你看看，是不是有纹线①？"

林涛看了看，一脸惊喜："是的！有鉴定价值！"

"你不是说凶手是戴手套完成杀人分尸全过程的吗？"大宝问。

我说："若是摸乳房的时候追求手感，他完全有可能摘下手套。"

专案组。

侦查员说："现在情况基本清楚了，夏洪、连倩倩小两口被人在家中杀害、剥皮、分尸、油炸。该案性质极其恶劣，我们必须尽快破案。现在，你们发表一下意见，看看下一步我们该怎么开展工作。"

大宝说："我们应该尽快查清小两口生前的矛盾关系，能下得了这样狠手的人，该是有多大的仇恨啊！"

侦查员说："可是，我们前期调查的结果显示，这小两口为人温和，不可能有什么深仇大恨的冤家。"

专案组现场沉默了一会儿。

我说："我们还是要组织人员对小区里的下水道进行进一步搜索，以期待找到更多的尸块。另外，我们刚才在对现场进行勘查的时候，发现现场门窗完好，凶手应该不是撬门撬窗进入的，应该是和平进入。"

"你是说熟人作案吗？"林涛说。

"我还不敢断定。"

"监控能派上用场吗？"大宝问派出所所长。

所长说："这个小区里面只有门口有监控。不过现在对杀人时间没法准确断

---

① 大家都知道指纹、掌纹，这些有认定比对作用的痕迹，都是由一条条纹线组成的。有的时候纹线可以组成整个指纹、掌纹，就可以作为证据使用；而有的时候，可以看到的纹线只是手指的一小部分，不具备鉴定条件，那么虽然发现了纹线，但也不能作为破案依据来使用。

定，对监控泛泛地查，难度太大。"

侦查员说："刚才用电脑模拟了这个小区的下水管道，我们觉得可以从地图上标示的方向进行搜索，找到更多的尸块。"

"那就带人继续搜索下水道。我和林涛去现场复勘，看看能不能有新的发现。"我说。

经过几天体力加脑力的过度透支，我疲惫不堪，林涛和大宝也是。

现场除了滴落的血迹和浴缸里黏附的被自来水稀释的鲜血，别的并没有什么异样。经过确认，凶手是不可能从窗户进入的，因为每扇窗户都安装了防盗窗。

"说不准还真的有可能是熟人作案呢。"林涛说。

我摇了摇头："熟人作案的案件，矛盾点都会非常突出。我相信省城侦查人员的本事，如果真的有矛盾点，早就调查出来了。"

大宝说："你们看这么多滴落的血迹，有没有什么异样？"

"多趟滴落状血迹。"我说。

"说明凶手多次拿着尸块从卫生间走到厨房。"林涛补充道。

"可是我觉得几趟血迹的颜色不太一样呀。"

我和林涛都不说话了，盯着血迹看，好像大宝说得不错。

我蹲在地上想了想，说："血迹的颜色反映血迹暴露在空气中的时间。时间越长，颜色会越深。有的命案现场，第一次去勘查，地面血迹是红色的，两周后去复勘，血迹就会变成黑色。眼前的这些血迹颜色深浅不一，那么，是不是可以断定，凶手是分了好几天、多次进入现场的？"

林涛起身，打了个电话，然后对我们说："电话确认了一下，两个死者的衣服口袋里都有家中的钥匙，凶手没有从他们身上获取家门的钥匙。"

"那就是凶手本身就有他们家中的钥匙。"我说。

"那会是什么人？"林涛说，"难不成是他们两人中谁的姘头？"

我不置可否，说："先不猜测，再对这个屋子进行一番搜查，看能不能找到一些文证材料。有的时候，鬼使神差，死者会在以前的一些资料里告诉我们凶手是谁。"

死者结婚不久，杂物不多，我们找了半天，也就找到了几本男死者的日记和两本貌似是账本一样的东西。

回到专案组，侦查员们也有了新的发现。

十几名勘查员和市局的法医又对下水道进行了一次地毯式搜索，两名死者的尸骨基本找齐了。骨头上的软组织基本消失殆尽，有些被油炸后抛弃在下水道里，有些则腐败后无法从淤泥里分辨。

"小区下水道里的水流不可能把骨头冲离原始抛弃地点很远，但是尸块却在整个小区的各个下水道口附近都有发现。说明凶手的抛尸行为遍布了整个小区。"

"我看见的是，尸块全部被抛弃在小区里。"我说，"凶手所在不远。"

"虽然有指纹，"林涛说，"但这个小区二十一栋楼，每栋楼八十八户，每户都有两至五口人，这一共得有好几千人，逐一排查，也不是件简单的事。"

"而且，小区很多房子都是出租房，流动人口多，确实不好定人。"我说。

"还有，"市局王法医说，"两名死者的颅骨都找到了。皮都被剥了，但是从骨质损伤上看，两名死者都是死于重度颅脑损伤。"

"被人打头的？"大宝说，"致伤工具呢？"

"致伤工具比较有特征性。"王法医打开幻灯片。

两名死者的头颅都被剥离了面部皮肤和头皮，面部的肌肉已经腐败成酱油色，眼部附近的肌肉纹理还清晰可见，两颗头颅被放在解剖台上阴森恐怖。

女死者的颅骨有个巨大的空洞，可以推断死者生前遭受了一个钝器的重击，颅骨穿孔性骨折。男死者的顶骨也有圆形的凹陷骨折。两名死者是死于同一种工具，只是男性的颅骨厚，所以损伤轻一些罢了。

随着图片的放大，死者颅骨骨折边缘的规则痕迹逐步明晰。我说："圆形的大锤子。"

"直径有十几厘米。"王法医说。

"这种大锤子，一般人家里是不会有的。"我说，"见得比较多的，是砸墙的工人用的那种。"

"装修工人！"林涛说，"这样就可以解释为什么凶手可能会有死者家里的钥匙了。"

大宝此时说："可是，死者家在装修完成后，换了门锁。"

原来，大宝刚才一直在翻看我们在现场搜到的文证材料。男死者的日记倒像是一本诗集，里面写满了自己对连倩倩的爱意，看得大宝起了一身鸡皮疙瘩，赶紧翻看起那本账本。账本里记录了半年前他们家装修所有的花费开支。

我拿过账本，逐条看了起来。

"两周前，小区里是不是还有别的住户装修？"我边翻页，边说。

"有，不少。"派出所所长接话。

"找两周前在小区里砸墙的，又会疏通下水道的工人，难不难？"我说。

"砸墙的可以找找，但是会不会疏通下水道，这个不太好查。"侦查员说。

"你们不用找了，找到了！"林涛说，"这是我在第一次去勘查现场之前，在电梯里试相机的时候，拍的一张照片。"

照片是在电梯里拍摄的电梯轿厢，轿厢四周钉着木板，木板上写满了小广告。有一则小广告写着"砸墙、铲灰、打孔、疏通下水道，139×××××××"。

"这是什么意思？"大宝一头雾水。

我笑了笑，说："因为我在死者账本里有发现。死者在更换家门锁大概一个月后，有一笔疏通下水道的开支。"

"可是你怎么知道是这个疏通下水道的人干的呢？"

"因为其他开支都是普通消费，只有这一笔，是需要人来家里的。"我说，"林涛的发现也很好，因为疏通下水道这种活儿，很有可能在墙上随便找个小广告。"

"那为什么要找两周前在小区内砸墙的人？"侦查员问。

"因为通过我们的现场勘查，凶手多次进入现场。如果不住在小区内，会引起别人的注意。另外，砸墙、打孔是需要在装修住户里工作两天的，而且会携带砸墙的工具。如果凶手是来疏通下水道的，就不会携带大锤子。"我说。

大家都在点头。

"既然大家都认可，那就去想办法抓人吧。"我说。

5

小广告上手机号码的主人很快被查到了，他叫李大狗，两周前恰好在案发小区内作业。侦查人员找到了他的住所，并进行了监视。

我们几个人坐在车里，静静地等待抓捕行动指挥长的命令。突然，李大狗鬼鬼祟祟的身影出现在我们的视野中。他的背后，跟着两名侦查员。

"这小子半夜去干吗？"大宝说。

我竖起食指，嘘了一下。

"我们马上展开抓捕行动。"指挥长的声音在耳机里响起，"你们现在用技术开锁进他家看看有没有什么证据。"

我轻声答应。看到李大狗远去的身影消失在视野中后，和林涛、大宝一起，进入了李大狗的住处。

"这家伙肯定是凶手。"看完墙壁上的简笔画，林涛下定了结论。

墙壁上，画满了铅笔画，线条扭曲，毫无美感。画的内容不外乎都是些男人女人的生殖器和一些貌似春宫图的东西。

"嗯，这人应该是个性心理变态。"我说。

"看，这么多女人的内衣。"大宝从床铺角落的一个蛇皮袋里倒出了数十件女人的内衣，看上去很陈旧，应该是偷来的。

我掀起床铺一头的枕头，枕头下放着一套女性内衣，大红色。内衣大部分被更深的红色浸染，我说："血染痕迹，这很有可能是连倩倩的内衣。"

"对啊。"林涛说，"连倩倩家里只有她的睡袍，没见内衣，这个不正常的现象，我们之前没有注意到。"

我拿起耳机线，对着麦克风说："可以动手了。"

现场勘查发现证据的作用主要有三个：第一是通过证据来寻找犯罪嫌疑人；第二是利用证据来甄别犯罪嫌疑人；第三是在法庭上证明犯罪嫌疑人有罪。

而之前我们在死者乳房上发现的血指纹的作用，仅仅是用来验证犯罪嫌疑人。

在铁的证据下，李大狗没做反抗就交代了他的罪行。

连倩倩家的钥匙，是几个月前李大狗去她家疏通下水道的时候获取的。

连倩倩家的下水管道在装修完成后一个月，可能是因为装修垃圾灌入下水道，便出现了堵塞、反流的现象，臭气熏天。连倩倩在电梯里找到李大狗的电话后，就约他上门进行疏通。因在疏通的时候，不少粪便反流，弄得卫生间里污水横流，连倩倩忍受不了肮脏的景象，便请李大狗帮忙疏通后整理干净。为了方便李大狗往返家里，她又实在无法在家里待着，看李大狗一脸忠厚相，便把家里的钥匙给了李大狗。

李大狗在看到连倩倩第一眼的时候，便已经暗生色胆，拿到她家钥匙的第一时间，他便在肥皂上留下了钥匙模。李大狗以前从事的工作，是配钥匙。

不知道从什么时候起，李大狗对女人的内衣，尤其是漂亮女人的内衣产生了浓厚的兴趣，他干完一天辛苦活儿后，最放松的时刻，便是在家里闻着偷来的女人内衣的味道自慰。

他配连倩倩家中的钥匙，为的也只是偷几件内衣。

两周前，他到小区的另一户砸墙、铲灰，趁工友们下午小憩的时间，佯装身体不适，扛着锤子悄悄来到了连倩倩家。

正常情况下，这个时间点，是人们上班的时间。

李大狗打开连倩倩家门的一刹那，意外地看见连倩倩裹着睡袍正在烧油准备炸圆子做晚饭。他下意识地举起大锤砸向一脸惊恐的连倩倩的头颅。

在是运走尸体还是独自逃离的犹豫中，李大狗无意中瞥见了连倩倩露在睡袍外面的洁白的双腿。一股热血涌进罪恶的大脑，李大狗把连倩倩的尸体拖进了浴室实施了奸尸。

李大狗心满意足地提起裤子的时候，他听见了开门的声音——夏洪和新公司签完合约，回到家里。突然被大锤砸倒的夏洪，脸上还带着正准备向自己的爱人报喜的笑容。

李大狗关上门，端详着眼前这两具尸体。他一时兴起，拿出随身携带的铲灰刀剁下了连倩倩的手指，扔进翻滚的油锅里。奇异的气味扑鼻而来，他感觉自己欲念翻腾。他一路剥皮、分尸，将切下的肉块丢进锅里。在令人作呕的刺激中，他感受到了变态的愉悦。

第二天、第三天、第四天，他每天歇工后，都会来到连倩倩家里，享受着油炸尸体带来的视觉和嗅觉的刺激。在他完工之前的一天夜里，他把尸块分别扔进了小区的各个下水道口。

没了尸体，就神不知鬼不觉了吧。他这样想着。

"今天晚上准备去找件新内衣来爽一爽的。"李大狗说。

从这个变态的脸上，我一点儿也看不出恐惧和内疚。我知道，他已经不再是个人了，他是个魔鬼。

"这个连倩倩也太没警惕心了。"林涛说，"居然轻易把自己家钥匙给人家。"

"估计她以为自己在楼下待着，李大狗没有机会出去配钥匙。"我说。

大宝叹了口气，说："无论什么时候，警惕心是必须保持的东西。"

"大伙累了好几天，明天晚上有庆功宴，我们得多喝两杯。"我说。

此时，电话响了起来。

"又发生碎尸案了。"大宝接听后说，"别想喝酒了，车在外面，赶紧的吧。"

法医秦明

VOICE OF THE DEAD

|第二案|

纸 面 青 尸

青乡市别墅区——

一个人走向邪恶不是因为向往邪恶，而是错把邪恶当成他们所追逐的幸福。

——玛丽·雪莱

1

现场位于闹市区一个破旧小区门口的垃圾箱里。

"是你发现尸块的吗？"一名拿着笔记本的民警问道。

穿着清洁工制服的老者闭着眼睛使劲儿摇了摇头，说："没有，没有。我就看见里面一团血糊糊的东西，就报警了。"

"是我们接到110的指令，过来发现里面是人的尸块。"辖区民警说道。

地面上摆着一张白色的塑料薄膜，市公安局的法医正在从垃圾箱里倒出来的垃圾里清理着尸块。

我和大宝走近市局法医，点了点头，加入了清理尸块的行列。林涛则拿出多波段光源，观察垃圾箱周围的痕迹。

白色的薄膜上已经放了不少大大小小的尸块。

"你们动作挺快啊，收集这么多了。"我戴上手套，拿起一块有绳索捆绑的尸块。

"是啊。"市局韩法医说，"别的兄弟正在这个小区其余的垃圾箱里清理。我估计除了头和内脏，差不多都找全了。"

我"嗯"了一声，继续观察这堆尸块里最大的两块。一个尸块是尸体的骨盆和大腿上段，尸块的上端是沿着腰椎间盘整齐切断的，下端则是剁碎了两侧股骨的中段。另一个大尸块就是没有胳膊的上身躯干。其余的小尸块，应该就是双臂、双腿被剁碎后的残骸。

这两个大尸块有个相同的特征，就是在尸块的外侧，都被凶手用刀子割出了横行的创口，有几厘米深。一根拇指粗的绳索勒在两边的创口里绕了两圈，并打了个结。这两侧的创口就像是两边的绳槽一样。

"韩哥，你看这种捆绑尸块的方式倒是挺独特的。"我说。

韩法医点了点头："是啊，这种割槽捆绑是为了方便拎。如果没有这个槽子，捆上去的绳子很容易滑脱。"

"不用包装物，直接拎着尸块，抛尸到住宅区。"我说，"这凶手的心理素质还真是不错。"

"所以我觉得凶手应该有交通工具。"韩法医说，"不然太容易暴露。"

"如果有交通工具，为啥还要割槽捆绑呢？"大宝问。

我沉思了一下，说："可能是为了提高效率吧。你想，两只手各拎着一块他砍不开的大尸块，一次可以抛弃两块尸体的主要部分。"

韩法医停下手中的工作，用前臂擦了擦前额的汗珠，说："有一点我想不明白。这么多小的尸块很显然应该是用包装物包装着的，但是这里却没有发现包装物，我估计是用包装物携带，然后从包装物里倒进了垃圾箱。他为什么要倒进来，而不连包装物一起扔进来？"

"大的尸块也没包裹。"大宝说，"那个，我猜他就是为了让我们发现。"

我和韩法医出了一身冷汗，没出声。

"头找到了。"王法医从远处跑了过来，手里提着一个黑色的物证袋。

"有包装物吗？"我和韩法医异口同声地问。

王法医摇了摇头，说："没有，就扔在小区后门口的一个垃圾箱里。而且经过确认，尸体的内脏应该没有抛弃在这个小区里。"

"头扔在后门口。"韩法医说，"其他所有的尸块都被倒进了前门口的垃圾箱里。这个行为说明了什么？"

"远抛近埋。"大宝说，"这是规律。"

这是分析命案凶手远近的常用手段。一般有藏匿尸体行为，比如埋藏尸体的，说明尸体埋藏地点离凶手比较近；而抛弃尸体，没有明显藏匿行为的，说明凶手是从别地来的。

"你的意思是说，凶手离这里远？"我问。

"肯定的，不然他连包装物都不用？"大宝说。

我点了点头，说："不过这不能解释为什么是抛弃在前后门口的垃圾箱里。"

"我估计这就是凶手的行驶路线吧。"韩法医说，"肯定是有交通工具的。"

"既然尸体基本找全了，那为什么凶手没有把内脏也抛弃在这里呢？"我问。

"那可不好说。"林涛插话道，"说不准凶手杀人就是为了他的内脏呢？"

大家的脸色都铁青了起来。

解剖台上，一具完整的男性尸体正在逐渐被我们拼凑出来。

尸体的胸骨被砍开，这是一具被掏空了内脏的尸体。看着尸体胸腹部的剖口，回想着林涛刚才的话，我们的脊梁都冒出了冷汗。

"微博上倒是经常有谣言说杀人取内脏进行器官移植。"大宝说，"但这是不靠谱的谣言啊。没有经过配型，还用这样粗暴的方式剖开尸体，取出的内脏咱不说能不能生存，就无菌状态都达不到啊。"

"不会是这个。"我说，"这可是基本取走了全套内脏。"

"不会是……"林涛一脸恶心的表情，"吃人的？"

大家一起白了他一眼。

"那凶手为啥掏内脏？"林涛说。

"我倒不是非常关心这个。"我说，"如果凶手是为了内脏，那为啥要碎尸呢？直接剖腹不就好了？"

韩法医抿着嘴轻声说："看砍痕，凶手应该是略懂人体结构，却又不太懂。知道从椎间盘下刀，但不知道从其他的关节下刀。费了这么大劲儿碎尸，肯定还是为了更加方便抛弃尸体。"

"凶手力气不小啊。"大宝说，"这一大块尸块，好几十斤呢。"

"重点不在这里。"我说，"大家的意思是，如果凶手有匿尸、抛尸的行为，说明死者和凶手是熟识的。如果凶手是为了获取人体的内脏而碎尸，那么凶手就不一定和死者认识。"

"那么你们现在的结论是熟人作案？"大宝问。

大家一齐点点头，算是统一了思想。

"除了内脏，尸块都找全了吧？"我问。

实习生看了看尸体，摇了摇头，说："腹部的软组织缺一块，还少了个耳朵。其他基本都全了。"

"正常。"林涛在一旁插话道，"野狗、野猫那么多，叼走两块吃了，任你再有本事也找不到，等到明天，就变猫猫狗狗的代谢终产物了。"

"长得挺帅，总是这么重口味，不合适！"我看着林涛笑道。

林涛挑了挑他那一双浓眉，说："谁说的，你看我这用词多文雅。"

"尸体上没有损伤和窒息的征象。"大宝说，"目前没法确认死因是什么。"

"没内脏，也没法收集足够的血液，我们该取什么检材进行毒化检验？"韩法医说。

"哈哈，天无绝人之路。"大宝抬起前臂推了推眼镜，说，"膀胱居然还在，有尿！"

"投毒杀人可不多见，一般都是女性杀人的手段。"韩法医说。

"我看不会是女人干的。"大宝说，"女人拎得动那么重的尸块吗？"

"如果是车开到垃圾箱旁边，"韩法医说，"挪动个位置还是做得到的。"

"那也不可能。"大宝说，"哪个女人下这么狠的手啊，又剖腹、又挖内脏、又碎尸的。女人心理达不到这么彪悍的程度。"

"那可不一定。"韩法医说，"你看这四肢长骨的断端，都是反复用砍器砍击才砍断的，断面非常整齐，说明砍骨刀非常锋利。但再看这碎骨片，至少得是砍了几十下。如果是个男人，三五下就应该砍断了。"

"你见过女人独自分尸的案件吗？"大宝说。

"你还别说，我还真经历过好几起。"韩法医笑着说，"时代不同了，女人顶了不止半边天，所以女人也能干碎尸活儿。"

我一边蹲在高压锅的旁边煮耻骨联合，一边听着大宝和老韩的辩论。他们说的都有道理。

"耻骨联合马上就煮好了。"我打断了他们的争论，"找到尸源，一切即可迎刃而解。"

高压锅在电磁炉的高温作用下，吱吱发响。锅盖上的透气孔"噗噗噗"地往外喷着白气，整个解剖室里都弥漫着一股"肉香"。

但是，可想而知，这种"肉香"，令人作呕。

"自从亲自煮过骨头，"大宝皱了皱眉头，"我就没再喝过骨头汤。"

"至于吗？"我减弱电磁炉功率，慢慢地打开高压锅盖，用止血钳翻滚着锅里的骨头，"干活儿用的是神经系统，吃饭用的是消化系统，井水不犯河水啊。"

"你是自动挡高排量啊。"韩法医说，"这也能换挡？"

煮骨头是为了让紧密附着在骨头上的肌肉组织和软骨以及骨膜更容易被剥离。这样就可以完整地暴露骨质面，从而进行观察。

我从一锅乳白色的"骨头汤"中捞出了耻骨，用止血钳一点点地剥离软组织。

很快，耻骨联合面的形态就暴露在眼前。

"大概也就三十岁。"我说，"拿回去我们再算一下具体年龄，还有，毒化得赶紧做，不然拼尸体拼了这么半天，都不知道他是咋死的。"

"各位老师，"负责拼尸块的一名实习生突然打断了我们的思绪，"为啥这里有十一根手指头？"

我们几个人一听，赶紧聚拢到解剖台旁。如果死者是一个"六指儿"，对寻找尸源会起到很重要的作用。

"不过，"实习生接着说，"手掌我们都拼完了，这个人不是六指儿。"

我半天没有反应过来："什么……什么意思？"

韩法医接话道："意思就是，这些尸块里，有一根手指头不是这个死者的。"

"哦，"我说，"我知道了。我们刚刚破获的案件，就是死了两个人。当时我们怎么拼尸体都觉得不协调，结果经DNA检验，是两具尸体。"

"可是，这个不太一样。"实习生说，"这个尸体拼起来没有任何问题，除了多出这一根手指头。"

解剖室里顿时沉寂了下来。

剖内脏、多根手指、割槽捆绑。这一切的一切，让人丈二和尚摸不着头脑。

"那个……"大宝打破了寂静，"不管怎么说，死者是男性、身高一米七五、中等体态、三十岁左右，我们已经可以确定了，等DNA结果出来，我相信尸源很快能够找到。"

"是啊。"韩法医也自我安慰似的说道，"死因有可能是中毒，死亡时间是两天之内，也就是6月3日左右。我们能够提供的信息也不少了。"

他们都在自我安慰，我倒是一点儿也高兴不起来。

难道还有个无辜的冤魂，正在看着我们吗？他是谁？他的手指为何会在这里？

"秦科长，"秘书科的小胡突然跑进了解剖室，"打你电话你没接，估计你在解剖台上。刚才陈总来电，让你把这个案子交给市局，然后你赶紧赶去青乡市办案。"

"又发什么大案了？"我问。

"好像是一个副市长被杀害了。"

"这边的案子我们还丈二和尚摸不着头脑呢，而且看起来有些复杂，我不能交。"我一方面有些生气，另一方面也是舍不得丢弃这个一看就充满挑战性的案件。我顿了顿，接着说，"法医是为老百姓干活儿的，又不是专门为他什么领导干部干活儿的。"

"理解一下嘛。"小胡说，"当地的法医要避嫌，所以必须由我们出马。而且，这是命令，你有意见也只能保留。"

我张了张嘴，没说出话，默默地脱下了解剖服。

2

赶到青乡市的时候，夜幕已经降临。来不及歇息一下，我们就在一辆呼啸着的引路车的带领下赶往事发现场——一个高档小区。

小区位于市区的开发区，挺僻静，现场除了横七竖八停着的几十辆警车以外，没有多少围观群众。小区的北边是七八幢六层建筑，南边是十几幢两层建筑。现场位于南边两层建筑的其中一幢。南边两层楼房中每个单元门分为东、西两户，每户都是复式楼。一幢房子就两个单元，四户居住。

"那个……这相当于连体别墅吧。"大宝推了推鼻梁上的眼镜。

"好像我们可以直接干活儿了。"我见市局的几名痕检员正在收拾器材，应该是完成了初步的现场勘查工作。

从引路车上跳下来一个一级警督，走到我旁边，低声说："这个单元的东头就是中心现场，我们临时征用了西头的这间没人住的屋子，作为临时专案指挥部，不如我们先去见一下市委秘书长？"

"不就是个普通凶杀案件嘛，"我皱了下眉头，"至于这么兴师动众？"

林涛拽了一下我的袖口，耳语道："行了，愤青啊，别让人家说我们省厅的民警不讲政治。"

"这是我们市委秘书长包陈斌。"一进门，一级警督低眉顺眼地向我们介绍眼前这个三十岁出头的女人。

女人一身整齐的黑色套装，长发披肩，面容姣好，眉宇之间充斥着一股傲气。如果不看周围那些点头哈腰的官员的媚态，谁也无法相信这个年轻的女人身居如此高位。

包秘书长头都没抬，看了看表说："市委市政府对本案高度重视，希望你们在一周内破案。你们可以去工作了。另外，你们的工作效率可以再提高一点儿。"

她的傲慢激起了我的愤怒，我把笔记本重重地摔在桌子上，拉开椅子，毫不客气地坐下，说："先介绍前期工作进展。"

包秘书长抬眼冷峻地盯着我，吐出两个字："保密。"

"那就对不起了。"我说，"作为鉴定人，我有权拒绝受理不具备鉴定条件的鉴定。如果前期调查结果未知，那么本案就不具备鉴定条件。"

说完，我收起笔记本，转身准备离开。

一级警督赶紧走过来，畏惧地看了一眼包秘书长，把我拉出临时专案组。

他说："消消气儿，小人得志。我是新上任的市公安局的副局长王杰。案件情况是这样的，丁市长的保姆今天下午报案，说丁市长被杀了。"

"保姆？"

"准确地说，是小时工。"王副局长说，"这个小时工应该是每两天到丁市长家里打扫一次卫生。前一段时间，她的母亲去世，所以她请了一周的假。今天，小时工回来恢复工作，中午十二点左右到丁市长家，发现异常就报了案。"

专案指挥部和现场只有一个走廊之隔，说话间，我们已经穿好勘查装备，走进了现场。

"怎么一股腐败的味道？"我揉了揉鼻子。

"是啊。"王副局长说，"尸体高度腐败。小时工上了二楼闻到味道就直接报警了。"

我转脸看了眼门口挂在墙上的温度计，显示室内温度三十一摄氏度。我说："至少好几天了吧？不上班没人问吗？"

"据调查，最后一次看到丁市长的，是他的驾驶员。"王副局长说，"6月1日晚上送他回来。丁市长说有篇调研文章要在一周内交，所以让他们一周内不要打扰他。"

"现在还有领导自己写文章的？"林涛说，"而且他吃饭问题怎么解决？"

"这个副市长真的是个好市长。"王副局长有些沮丧，"他是省委宣传部下来挂职的，妻子早亡，一个人把儿子拉扯大上大学了。平时他挺廉洁的，很少出去应酬，都是自己做饭。这房子也是市里租下来给他住的。"

我的抵触心理瞬间消失了。

"6月1日是周六，今天是6日……"大宝在掰指头。

我们走上二楼的卧室，一股恶臭迎面扑来。在昏暗的灯光下，隐约看见床上有一个人形的黑色物体。

"我们局的法医负责人是嫌疑人的亲戚。"王副局长说，"所以我们局的法医被市委要求全体回避了。"

我惊讶道："都有嫌疑人了？"

王副局长的眼光有些闪躲："这个，市委要求保密，不如你们先工作？"

我没再为难王副局长，看了眼写字台上的笔记本电脑："痕检处理过了吗？"

王副局长用眼神把问题丢给身边的刑警支队副支队长沈俊逸。沈支队点点头，说："有指纹，但是没有鉴定价值。"

我见笔记本电脑处于待机状态，于是戴上手套敲了下回车键。

显示屏亮起后，呈现出一篇文档：《关于鼓励本市各类文学作品发展的可行性报告》。文章只写了三行字。我查看了文档的属性，建立时间为"6月1日22:05"。

"死者就是在这个时间遭袭的。"我指着显示屏说。

"那个……同意。"大宝说，"文档建立后只写了三行字，显然是刚开始动笔就遭袭了。"

我绕着床走了一圈，除了床上惨不忍睹的景象外，其余一片平静。

"没有什么异常吗？"我问。

"没有。"沈支队说，"家里很干净，感觉有一些灰尘加层足迹①，但是很凌乱，有重叠、破坏，没有多少价值。"

"我的天哪！"大宝突然叫道，"这尸体怎么没脸？"

尸体原先是被床上的毛巾被盖住了头部和全身，先前出警的民警到达现场后，掀开脚部的毛巾被，发现双脚已经腐败成墨绿色，就把毛巾被恢复了原样。因为法医没到，所以现场勘查员们之前也并没有检验尸体。

因此他们都没有掀开死者头部覆盖着的毛巾被，没有发现这一奇怪的景象。

被大宝陡然一吼，惊得我心脏怦怦乱跳。我强作镇定，走到床侧，朝尸体的头部看去。大宝说得不错，尸体的头部毛发以下，确实呈现出一张均匀的墨绿色的面容，隐约能看到鼻型，却真的没有五官。

---

① 足迹有很多种。比如一脚踩在烂泥里，那么足迹是凹陷进泥巴的，这样的足迹呈立体状。而有的时候，是鞋底黏附了灰尘或者血迹，然后经过踩踏而黏附在地板上，这样等于是在地板上加了一层鞋印形状的其他物质。如果是灰尘，则叫灰尘加层足迹。

在昏暗的灯光下，乍一眼看去像是一个面部蒙了丝袜的劫匪，又像是恐怖片里的无面人。我蹲下身来，仔细观察这一张看不到五官的面庞。

"怎么可能？"沈支队和王副局长异口同声，"难道死者不是丁市长？"

他们走过来看了一眼，却"啊"的一声惊叫。

"不是丁市长，也不该没脸啊。"此时我已经镇定下来，用手指按了按尸体的面部，面部的"皮"立即皱了起来。

我顿时明白了："嗯，其实，尸体的面部是被很多层纸覆盖，尸体腐败后，腐败液体把纸完全浸湿，和面部其他的部位颜色一致。再加上这里灯光不好，所以看起来像是没有面孔一样。"

室内温度、湿度都很高，虽然只过了五天，尸体已经高度腐败成巨人观。白色的床单被墨绿色的腐败液体浸润，呈现出块块污渍。

尸体呈仰卧状，双手在背后看不到，应该是被人反绑。双足伸直，被黄色的宽胶带捆绑后，又粘在床背上。我掀起了尸体，看见了尸体背后一双发皱的手掌，同样也是被宽胶带捆绑。

尸体一被掀动，背后储存着的臭气一下扑了出来，熏得我一阵发晕。随着尸体姿势的变化，尸体面部覆盖着的纸在死者口部的位置突然裂了开来，尸僵缓解了的下颌关节也随之张开，看起来就像这个无面腐尸突然张开了血盆大口，而且还"吱吱"地往外流着墨绿色的腐液。

正在勘查床头柜的大宝扭头看了一眼尸体，吓了一跳："哎呀妈呀，你慢点儿，吓死我了。"

没有当地法医们的帮助，殡仪馆的工作人员又不愿意来搬运腐败尸体，我和大宝只好亲自搬运尸体。

我抬起尸体的双脚，大宝拽住尸体的双肘。因为尸体高度腐败，气体窜入皮下，加之组织的液化，尸体的表面变得光滑油腻，发力的时候，大宝手滑了，尸体"砰"的一声重新撞击在床板上，把床上堆积的腐败液体溅了起来。大宝看了看手套上黏着的尸体腐败后的绿色表皮，又看了看被尸水溅上的自己新买的衬衫，一脸纠结着恶心和心疼的表情。

尸体肘部的表皮被大宝抓了下来，露出有密集毛孔的绿色的腐败皮下组织，皮肤的断层面还在往外冒着腐败液体和气泡，屋里的恶臭进一步加重了。

"幸亏你抓下这块表皮。"我说，"他的肘部有损伤。在表皮上还看不出来，表皮没了，反而暴露了出来。一会儿记得要检验一下死者的四肢关节。"

半夜的殡仪馆里，我和大宝正在解剖室的无影灯下工作。

尸体穿着一条平角短裤和一件背心。作为一个副厅级干部，这一般只会是一个人在家里时的装束。

"死亡时间很清楚了。"我说，"根据胃内容物的情况，死者应该是末次进餐后五个小时左右死亡的，死者是6月1日晚上六点半和驾驶员一起吃的晚饭。结合电脑上的文档建立时间，大概能推算出死者是在1日晚上十一点半死亡的。"

"十点遭袭，十一点半死亡，很合理。"大宝自言自语。

"甲床发绀，内脏瘀血。"我切开死者的心脏各心房、心室，说，"心脏里没有看见凝血块，只有流动的腐败液体，心血不凝。看来他是窒息死亡的。"

我们又逐个打开双侧肘、腕关节和膝、踝关节。这些关节处的皮下出血，称之为约束伤。凶手在行凶过程中，如果有对被害人约束的动作，那么最有可能约束的就是这几个关节，只有控制了这几个关节，才能控制被害人的活动。

果不其然，死者的双侧胳膊、腿的对应关节都有明确的皮下出血。

"说明什么问题？"我的声音在防毒面具后显得有些沉闷。

"说明他死前被人约束后捆绑。"大宝的声音也有些闷。

我摇了摇头，说："一个凶手是没有办法对死者的所有关节进行控制的。"

大宝想了想，然后使劲儿点了点头。

我接着说："所以，我觉得凶手应该是两个人以上！"

"全身没有机械性损伤。而且颈部、口鼻腔都没有瘀血，是怎么窒息的？"大宝皱着眉头，再次在尸体全身污绿色的皮肤上寻找着。

"谁说没有？"我指着尸体颈部说。

尸体的颈部有几处平行排列的小皮瓣，隐藏在已经膨胀了的颈部软组织的皱褶里。

"这是小划痕。"大宝说，"划痕又不能作为形成机械性窒息的依据。"

"我又没说这个是导致窒息的原因。"我说，"这些小划痕，应该是威逼伤。"

大宝"哦"了一声："有约束、有威逼，这凶手难道是在拷问他什么？"

"我在考虑怎么捺印死者的指纹。"林涛插话道，"这手皮一蹭就掉。"

我看了看死者皱着皮的手掌，嘿嘿一笑，用手术刀从手腕部割了一圈，然后小心地掀起手皮向下褪去。

死者的手掌皮肤和皮下组织之间充斥着腐败液体和气体，变得极易剥离。所以，很快我就把尸体的手皮像手套一样完整地褪了下来。拿着像橡胶手套一样的手皮，我又小心地把这"人皮手套"戴在手上，对林涛说："来吧，指纹板，我来捺。"

林涛瞪着大眼，惊得说不出话来："你你你，我我我……"

"你，我什么？"我笑了起来，"快来捺。"

拿着指纹捺印板的林涛嘟囔了一句："你太恶心了，我受不了了……"

在一旁研究死者面部覆盖着的物体的大宝说："老秦，我看出来了，脸上的这些是卫生纸，好多张呢。"

3

"这凶手是什么意思？"大宝很费解，"为啥杀了人，还要费劲儿去找一沓卫生纸盖在死者脸上？是反映出凶手的心态吗？可是他为啥不就近用枕巾盖上？而且他用毛巾被盖住了全尸啊，为啥还要费劲儿用卫生纸先盖脸？不可理解，不可理解。"

我也觉得很纳闷，拿着那一沓被大宝取碎了的卫生纸，拼接在一起，翻来覆去地看着。卫生纸贴在面部的一面在口部的位置有破损，但是破损并没有贯通这一沓卫生纸的全层；卫生纸的外面则是完整的皱褶痕迹。

突然我灵光一闪："我们不是没有找到死者窒息的方式吗？原来是这个。"

"哪个？"大宝和林涛同时问道。

"贴加官。"我说。

"贴加官"，是古代的一种刑罚方式，一般用于对犯人刑讯逼供。司刑人员将预备好的桑皮纸盖在犯人脸上，并向桑皮纸喷出水雾，桑皮纸受潮发软，立即贴在犯人的脸上。司刑人员会紧接着又盖第二张，如法炮制。如果犯人不交代，会继续贴下去，直到犯人点头愿意交代。若不愿意交代，犯人即会窒息死去。若交代，撕下来的桑皮纸干燥后凹凸分明，犹如戏台上"跳加官"[①]的面具，这就是"贴加官"这个名称的由来。

---

① 旧时戏曲重大演出的开场仪式。所扮人物系道教神仙"天、地、水"三官中的"天官"，因向观众展开的条幅上写着"天官赐福""加官进禄"等吉祥祝词，故称"跳加官"。跳加官的人物脸上往往戴着面具。

"死者没有导致机械性窒息的损伤。"我说，"但是脸上有这么一沓卫生纸。卫生纸靠近面部的一面有破损，我分析是因为卫生纸受潮后贴在死者脸上，死者会用口唇和舌头的运动顶破纸张来试图呼吸。但凶手继续贴下去，直到贴到这十几、二十张，死者无法顶破卫生纸从而窒息死亡。"

大宝和林涛都点头同意。

"'贴加官'是古代刑讯逼供的方式。"我说，"难道凶手想从这个副市长的嘴里得知什么信息吗？"

"他是分管文化、教育的副市长。"在一旁陪同我们进行尸体检验的沈支队说，"没什么特权，也没什么能够牵涉到别人重要切身利益的秘密啊。"

"说不准是劫财呢？"林涛说。

"不会。"沈支队说，"死者家里的门窗完好，没有被侵入的痕迹。而且，家里没有任何翻动的痕迹。怎么看都是报复杀人，不可能是侵财杀人。"

"门窗完好？"我说，"那应该是熟人作案了？不然半夜三更，副市长怎么可能给好几个陌生人开门？"

沈支队面露难色："具体情况我也不清楚，市委要求保密，搞得神秘兮兮的。"

"她不就是个秘书长吗？"大宝说，"把自己当成是女特工了吧？"

"收工吧。"我这一天累得够呛，"死亡原因和死亡时间都搞清楚了，而且我们也知道是熟人作案，凶手两人以上，对死者有约束和威逼。而且凶手还可能是想从死者的嘴里知道些什么，这些已经足够了。捆绑死者手脚的宽胶带林涛带回去明天仔细看看，看能不能找到些证据。"

林涛摇着头，一脸失望："没戏，胶带边黏着纱布纤维，凶手是戴手套作案的。"

回到宾馆，我顾不上时间已晚，迫不及待地拨通了省城市局法医科胡科长的电话。我承认自己在这个副市长被杀案中难以集中精力，罪魁祸首就是那起发生在省城的蹊跷的碎尸案件。

"胡老师，怎么样？"我问，"案件有什么进展吗？"

电话那头是胡科长疲惫的声音，背景音是个厚重的男声，看来他正在熬夜参加专案会。

"毒物检验证实了我们的推断。"胡科长说，"死者的尿液里检出了毒鼠强代谢成分，死者死于毒鼠强中毒。既然被碎尸，我们初步判断是一起投毒杀人碎尸案件。"

"我关心的是那第十一根手指头。"我说，"是不是两个人的？"

胡科长"嗯"了一声："所有的尸块都确定是一个人的，就那根手指头确定不是他的，而是另一个男人的。"

我拿着手机，打开桌子上的笔记本电脑，翻看着碎尸案件的照片。临来青乡市之前，我拷贝了全套照片资料。

"这根手指头的断端没有明显的生活反应①。"我说，"不可能是凶手误伤了自己的手指头，而是另一个死者死后被切下来的指头。可能会有另一具尸体！"

胡科长说："我们收到DNA检验结果后，就组织警力、调用警犬对小区及其周边进行了仔细勘查，一无所获。"

我沉默了一会儿，说："那尸源呢？"

胡科长说："正在查找失踪人口信息，并筛选符合条件的失踪人口的家人，进行亲缘关系鉴定，希望能早一些找到尸源。另一路人马，正在寻找毒鼠强的地下贩卖市场，看能不能从毒源上下功夫。毒鼠强是违禁药品，凶手能搞得到，我们就能查得到。"

挂了电话，我疲倦地瘫倒在床上，呆呆地望着天花板，思绪如乱麻，不知不觉就睡着了。

第二天一早，我们就被包秘书长请到了临时专案指挥部。这个冷艳的女秘书长已经收起了脸上的傲慢和轻蔑。

"各位专家，请坐。"她微微躬身，做了个"请"的姿势。

她的礼贤下士让我反而觉得不安。莫非是案件出现了僵局？或者我昨天的反击降服了她的冷傲？

"受市委的委托，我今天来给各位专家介绍一下案件的前期调查情况。"包秘书长僵硬地笑了一下，说，"其实我们之前有个嫌疑人，是另一个副市长陈风。陈市长和丁市长一直是对头，政见不合，经常在市长办公会上各执一词，甚至有一次差点儿发生冲突。前几天，省委组织部正在考察陈市长，准备提拔为巡视员，结

---

① 生活反应是人体活着的时候才能出现的反应，如出血、充血、吞咽、栓塞等，是判断生前伤、死后伤的重要指标。

果公示期内，省委组织部收到了匿名举报信，并有一些陈市长收受贿赂的证据。所以，陈市长非但提拔的事情泡了汤，目前还正在接受纪委的调查。所以我们一开始认为这是一起政治性案件，可能是陈市长雇凶杀害了丁市长。"

我歪头想了想，说："还真的有可能。据我们勘查，凶手在控制住死者以后，对死者有个威逼、胁迫的过程，可能是想从死者嘴里知道些什么。听你这么一说，说不准凶手是想让丁市长承认是他举报陈市长的。"

"这就是我请你们再次过来的原因。"包秘书长露出有些不好意思的表情，"根据昨晚一夜的调查，现在基本可以排除陈市长及其家人作案的可能性，通过一些技术手段，也基本可以排除他有雇凶的过程。"

这一番话暴露了包秘书长态度转变的原因。案件果真陷入了僵局，没有抓手、没有证据、没有嫌疑人。现在这个冷傲的女人终于认识到了我们的重要性，认识到了自己的错误。

"哪里哪里，你是领导，吹个哨子我们就该集合，谈不上'请'字。"我冷笑了一声。

林涛用肘戳了我一下，给我使了个让我闭嘴的眼色。

包秘书长盯着林涛，对林涛充满感激地点点头。确实，我若再说下去，包秘书长会在自己的下属面前颜面尽失。

"那我们工作了，今晚给你个初步反馈。"我心想，这个女人不会对林涛动什么坏心思吧？

重新回到二楼中心现场，我们又各就各位对房间进行第二次勘查。这次是白天，拉开窗帘，光线很好，有利于发现一些昨天晚上没有发现的线索。

太阳越来越高，一束强光透过窗户照射在床上白色却有着大块污渍的床单上。果真，我看见了一条昨晚并没有发现的痕迹。

"林涛，你来看看这一条颜色改变是什么？"我指着床边说。

从大床中央的一大块绿色污渍开始，一直延伸到床沿，床单上有一条连续的颜色改变，如果不是阳光侧射，根本就不可能发现。

"这应该是无色的液体浸湿床单，干燥后留下的。"林涛说，"但肯定不会是水。"

大宝拎起床单颜色改变的部位，闻了闻，说："那个……我觉得是酒。"

"酒？"我半信半疑，也闻了闻，一股腐败尸体的臭味，"有酒味吗？你不会是昨晚自个儿跑出去吃独食喝独酒去了吧？"

林涛显然也没有闻出酒精的味道："这个床单我拿回去化验就知道是不是酒了。"

"还有这个。"我拎起满是腐败液体和脱落表皮的毛巾被，塞进了林涛的物证袋。

时间已近中午，我们再没有什么新的发现，这个装潢考究的家里，平静到不能再平静，运走了尸体，像是什么都没有发生一样。窗外的鸟叫声依旧欢快，投射进屋内的阳光依旧灿烂。

"他们怎么可能怀疑是陈市长雇凶？"我突然觉得有一丝疑惑，"你们想想看，如果是雇凶，死者怎么会给几个陌生人开门？"

"他们不是说已经排除了陈市长雇凶的可能了？"林涛说。

"还有一个问题。"我说，"你说什么样的人敲门，这个丁市长会穿着汗衫短裤开门，还把这几个人引到自己的卧室里？"

"你说得对啊！"大宝说，"楼下那么大一个会客厅不去，要来上面的卧室。而且家里来人，怎么说也要套个裤子吧，穿个裤头，成何体统？别人就算了，他可是个副市长！"

"那，你们的意思是？"林涛说，"这么简单的问题我们都没有想到，看来你们和我一样，被省城的碎尸案件勾去了魂。"

"之前我们推断有误。"我回到专案指挥部，向包秘书长主动承认了错误，"这起案件不一定是熟人作案。因为无论多么熟悉的人，丁市长也不可能半夜三更带着好几个男人到自己的卧室，还穿着汗衫、短裤。而且丁市长是来挂职的，不是本地人。"

包秘书长没接触过刑侦工作，对我说的这个论据思考了半天才反应过来："那会是什么？不是说了门窗完好吗？犯罪分子是怎么进入现场的？"

"有钥匙。"我和林涛异口同声道。

"可是这房子的钥匙，只有丁市长有啊。"包秘书长转念一想，说，"不对，那个小时工也有一把。"

我微微笑了笑，说："查吧。"

我和林涛、大宝来到了青乡市公安局理化实验室。这是我们省第一家通过国家认可的实验室，人才济济、设备精良。我准备陪林涛和他的同事们一起，对床单、毛巾被上的可疑斑迹进行化验，这毕竟是我们这次复勘现场唯一的发现。对于小时工的调查，我相信侦查部门会在几个小时内就有结论，对付一个女孩子，太容易了。

曲线在理化检测设备的显示屏上不断扭动，林涛目不转睛地盯着显示屏，说："还真是个狗鼻子，真的是酒精。"

大宝挠了挠头，说："嘿嘿，那个……蒙对了。"

"酒精？"我皱起眉头，"怎么会有酒精？你取样的时候都取了哪些点？"

"取样不会有问题，而且多个取样点都出来了同样的图谱。"林涛说，"基本可以肯定，从尸体身边一直到床边的颜色改变，是因为之前有酒精浸润，干燥后留下的痕迹。"

沉默了一会儿，林涛接着说："还有，整个覆盖尸体的毛巾被都有被酒精浸润的痕迹。"

"这么多酒精？"我说，"可是我们进现场的时候没有闻到酒精的味道啊。"

"尸体那么臭，早把酒香味给盖了。"大宝唯一的毛病就是嗜酒。

"所以也就你这个酒坛子能闻得出来啦。"我笑着说，"不过现场没有发现盛酒精的容器，说明容器应该是被凶手带离了现场。"

"为什么现场会有这么大片酒精的痕迹？"林涛插话道。

"凶手和死者熟识，和他拼酒来着。"大宝一副异想天开状，"喝着喝着，就吵起来了，于是凶手杀了人。"

没人理他。

"说过了，我们认为死者和凶手不熟识。"我说，"凶手应该是事先藏匿在家中，伺机动手的。"

"那酒精从哪里来？"林涛问。

"秦科长。"一名侦查员跑进了实验室，"小时工那边问出问题了，嫌疑人也逮回来了。"

4

小时工叫方香玉，二十一岁，高中文化，住在乡下，相貌平平。

方香玉母亲去世，她回乡下老家办了后事，守了头七，刚回到丁市长家，就被腐败尸体的气味给惊呆了。还没缓过神来，又被几个便衣给"请"到公安局。惊吓、疲倦加之侦查员的软磨硬泡，方香玉没到两个小时，就说出了自己的罪行。

方香玉知道丁市长打光棍儿打了大半辈子，在半年前，趁着丁市长招商请客酒醉归来后，百般勾引。丁市长一时热血上头，和她翻云覆雨了一夜。

第二天，方香玉变了脸，提出两个条件。如果想要不被告发，一是不准辞退她，要一直保持雇佣关系；二是每个月要增加一倍的雇佣金。当然，这两个条件有个附属权利，就是丁市长可以随时向她提出性要求，每晚一千块。

据方香玉反映，丁市长从此再没有向她提出过性要求。对敲诈丁市长的行为，方香玉供认不讳，但是对她雇凶杀害丁市长的嫌疑，却大叫冤枉。

"总不能因为丁市长不提出性要求就杀人。"我说，"这不合常理。"

"那放人？"侦查员问。

我点点头："不过这个方香玉的周边关系还是要多调查调查，毕竟除了死者，只有她一个人有这家的钥匙。哦，对了，还有件事儿，上次我让你们看监控，怎么样了？"

侦查员说："1日晚上十点以后的录像仔细看了。没有什么可疑车辆进入，也没有几个人成群结队离开小区。"

我略感失望，点点头，说："还有就是这个小区的各个生活垃圾箱，几天一清理？"

"一般都是一天一清理。"侦查员说。

我有些沮丧："如果不是一天一清理，可以找一找每个垃圾箱里有没有盛酒精的瓶子。"

"酒精？"侦查员问。

"是啊。"我说，"死者的身上和床上有酒精浸润的痕迹，但是现场没有容器。所以我们推测凶手应该是把容器带离了现场。但是，通常这样从现场带出来的容器，凶手不会带回家，常见的是随手丢弃在现场附近的垃圾箱里。"

"小区的垃圾会被集中到附近的一个垃圾站。"辖区派出所民警插话说，"垃圾站不大，而且一周才会集中清理一次。如果容器是比较有特征的瓶子，我们发动警力，说不准可以找到。"

"为什么一定是酒精呢？"侦查员说，"不能是白酒吗？"

大宝在我身旁使劲儿点头："我也觉得是白酒，酒精没那么香。"

纸面青尸

我仿佛是一只被别人从牛角尖里拽出来的蟑螂，突然感觉神清气爽、醍醐灌顶："林涛，咱们再去现场一趟！"

中心现场卧室的旁边，还有两个房间。一个房间是客房，床上都没有被子，应该是久无人居住。另一个房间是书房，有一个写字台和一组连体书柜。物品摆放整齐，显然丁市长也不在书房里工作。

书柜里除了整齐摆放着的各类书籍以外，还有几格放着品种各异的白酒。对一个单身已久、工作压力巨大的副市长来说，喜欢喝两杯是情理之中的事。

这两个房间物品摆放整齐，我们初次勘查，并没有对这两个房间下多少功夫。

"看看这瓶。"我用勘查光源照着书柜，指着最下层放置的白酒包装盒说。

小时工方香玉工作不仔细，书柜里的格栏上都布满了灰尘。我发现的这个白酒盒子显然近期被人移动过，底部露出了一条没有被灰尘覆盖的格栏。

林涛戴着手套，小心翼翼地拿起盒子，随即转脸对我说："小样儿，眼挺贼，这个盒子里没有酒！"

盒子是空的。

我们检查了书柜里其他的白酒包装盒，都是沉甸甸的。

"不知道能不能肯定这瓶白酒就是浇在死者尸体上的白酒，这个化验不出来吧？"我问。

林涛摇了摇头，随即又点了点头："现在我可以肯定了！"

"哦？"我凑过头来看着酒盒。

"你看，这个酒盒上，有几枚新鲜的纱布手套纹。"林涛说，"是有人戴着纱布手套拿出了这瓶酒，然后把酒盒放回原位。别忘了，我们之前在捆绑死者手脚的宽胶带上发现过纱布手套的纱纤维。"

"戴着手套拿酒？"我说，"有人会戴着手套喝酒吗？现在可是夏天！"

我们一起跑到中心现场卧室，趴在地上仔细地看着。

"哦！"我和林涛对视了一眼，会心地笑了起来。

临时专案指挥部。

包秘书长在一张餐桌的中间位置上正襟危坐。我们坐在这个餐桌的对面，还有几名公安局和政府的官员坐在一旁的沙发上。

围着个餐桌开专案会议，有些滑稽。

"如果我没有猜错的话，"我说，"方香玉还同时在别人家打工吧？"

"那是自然。"包秘书长对我的开场白有些失望，可能她原以为我会直接告诉她凶手是谁，"既然是小时工，不可能只在一家服务。王副局长，你汇报一下小时工方香玉的全部工作情况。"

王副局长使劲儿地翻着笔记本："据我们调查，方香玉一般是每两天去一家工作半天。一共是在四家服务。也就是说她的工作日程比较满。这四家分别是：丁市长家；这个小区前面六层建筑的第一栋，也就是1号楼503室钱毅然家；这个小区一公里以外的风景华美小区……"

"可以了。"我打断了王副局长的话，"钱毅然是什么来头？"

"我还没介绍完呢。"王副局长指了指记得密密麻麻的笔记本，又看了眼包秘书长。看来这个包秘书长是冷傲惯了，她说了要王副局长介绍方香玉全部工作情况，王副局长就不敢只介绍一部分。

"回答我的问题。"我说。

"哦。"王副局长可能得到了包秘书长应允的眼神，"钱毅然是青县人，三十七岁，以前开了个土煤窑，赚了些钱，后来严打给他打掉了。他现在在青乡经营一家饭店。"

"生活方面呢？"我接着说。

"离了一、二、三、四、五、六，离了六次婚，没孩子。"王副局长说。

"方香玉走了吗？"我转头问身后的侦查员。

"正在办手续准备放人。"

"请她再多留一会儿吧。"我转头对侦查员耳语了几句。

侦查员转身离开。

包秘书长皱了皱眉头，对我的思维大跨度跳跃有些不耐烦。

我注意到了包秘书长的表情，笑了下，说："美女别着急，现在我来给你分析一下。"

听见我对她的称呼，这个冷傲的秘书长的脸上飘过一丝羞涩。

"首先，我们之前已经做过推测，凶手和丁市长应该不是熟识的，对吧？"我说。

包秘书长说："是的，你们认为他有可能有丁市长家里的钥匙，事先潜伏在丁市长家，伺机袭击了丁市长。"

我点点头："记性不错。其次，通过勘查发现，凶手应该是在杀完人后，去现场书房找了瓶白酒，把酒倒在了尸体上，然后把酒瓶带离了现场。你知道凶手为什么要往尸体上浇白酒吗？"

包秘书长的眼神里仿佛闪烁出一丝小女孩的幼稚："不知道，祭奠吗？"

我微笑着摇了摇头："祭奠用不着这么多。我认为，凶手是为了焚尸。"

"这又能说明什么呢？"

"焚尸的目的是什么？"我问。

"毁尸灭迹啊！"包秘书长眼神里的幼稚又多了一层。

"对，主要目的是怕我们找到对他们不利的证据。"我说，"焚尸的现场一般都是在荒郊野外、人烟稀少的地方，这样火光才不至于惊扰到无关的人，才不会被立即发现。你见过在小区里焚尸的吗？卧室这种纺织品最多的地方，还有助燃剂，一旦火烧了起来，邻居立即会发现。"

包秘书长张了张嘴，没说话。她还没有意识到我的真正意思，却又不忍打断我的话。

"很多凶手杀完人会有匿尸的行为，为的就是给自己准备逃离、伪装的时间。"我接着说，"尤其是在死者家中杀人，最重要的就是为自己争取逃离时间。如果杀完人就被人发现，那他往哪里跑？"

"对呀。"包秘书长说，"一旦火烧起来，马上就有人发现。那为什么凶手还要准备焚尸呢？那他哪还有逃离时间？"

"问题就在这里。"我收起了关子，"凶手不需要逃离时间。现场的酒精痕迹是呈条状的，从尸体的位置延伸到床沿。经过今天进一步的勘查，我们发现地面一直到门口都有酒精痕迹，痕迹的尽头有很轻微的烧灼痕迹。凶手是用白酒做了一个引线，在离开之前点燃，当火烧起来的时候，他已经是安全的了。"

我盯着包秘书长说："那么现在你知道怎么回事了吗？"

包秘书长躲过我的眼神，恢复了冷傲的表情："知道了。正是因为凶手住得很近，他只需要这么长的一条引线就已足够，等火烧起来的时候，他到家了，就不怕被发现了。"

"对了，可惜火没能烧起来。秘书长有悟性啊。"我戏谑地说，"不如跟着我干吧。"

包秘书长压制了自己的愤怒，说："如果凶手在小区门口有车，他不也可以迅速逃离现场吗？"

我说："当然不能仅凭这一点。这个小区不让外来车辆进入，小区的监控录像显示，没有可疑车辆、没有多名可疑人员在事发时间离开。别忘了，我们推测的是多名凶手共同作案。开始我以为多名凶手杀人后，分别独自离开现场，那么监控录像就发现不了异常。但是凶手没有给自己留那么多时间足以逐一离开。要走，必须一起走。那么，就一定会被监控录像照下。从犯罪分子的心理分析方面来讲，人多，目标大，必须尽可能地拖延案发时间。除非附近有他的安全地，他无须拖延。"

"你的意思是钱毅然有作案嫌疑？"王副局长问。

"是的。"我说，"他同时具备了和方香玉接触、家住得近这两个条件。"

"那他为什么要杀人？"包秘书长说。

"他和丁市长井水不犯河水，唯一的交叉点就是方香玉。"我说，"问题就在方香玉身上。"

"有线索了。"侦查员"砰"的一声推门进来，"要不要抓人？"

"冒冒失失的！"王副局长怒目圆睁，他的手下让他在市领导面前丢人了，"慢慢说！"

侦查员说："方香玉称钱毅然一直在追求她，可是她拒绝了。"

"拒绝？"我有些吃惊，"这个女人不是为了钱什么都做的吗？"

"别看不起这个女人。"包秘书长说，"说不准她也挑人的。"

侦查员摇摇头，说："钱毅然是性无能。"

5

一个小时前，钱毅然被刑警队传唤调查。因为本案没有提取到有力的证据，所以我们在钱毅然被传唤后，立即申请了搜查令，对钱毅然家进行搜查。

大宝是最积极的。

"你们看我说得有没有错。"大宝说，"那种品牌规格的酒，三千多块一瓶，限量出厂的，我估计一千块都用在做瓶子上了。那瓶子老漂亮了，瓶底镂空，里面还雕刻着一艘古代的那种帆船。酒温一变，那船帆就跟着变色，超级精致，谁看见谁喜欢。"

一说到酒，大宝就头头是道。他怀疑凶手可能收藏了这个酒瓶。

看来方香玉在钱毅然家干活儿真的不容易。方香玉一周没来，钱毅然的家就已然不成样子。家里装潢挺高档，但是屋内简直就是大排档。茶几上横七竖八的都是啤酒瓶、易拉罐，地上布满了食品包装袋，餐桌上还有残羹冷炙和几个没洗的盘子。

我们进屋后，简单巡视了一下。

"我说吧！"大宝一蹦三尺高，"看见没！我是神探！"

大宝一眼就瞅见了房间飘窗上的一个花瓶，花瓶里插着一束玫瑰花。这个花瓶瓶底镂空，里面有一艘惟妙惟肖的帆船。

"等等，等等。"我按了下大宝的肩膀，"你凭什么说这个瓶子就是从丁市长家里取出来的那个？"

大宝轻车熟路，拔掉玫瑰花，倒掉瓶里的水，指着瓶底说："看见没，这里有编号！我说过，这是限量出厂的高级货，每一瓶都有编号的。"

"然后呢？"林涛见大宝的兴奋劲儿，忍俊不禁。

"然后？"大宝推了推鼻梁上的眼镜，"什么然后……哦，你说同一认定啊。废话，现场酒盒上肯定也有编号，我记得，就是这个号，当时我还上网查了一下真伪呢。"

"你真是有闲工夫。"我哈哈一笑，"收队，破案！"

钱毅然是个多情种，可惜老天却给了他个废身体。

他开土煤窑的时候，可以算是个大老板。住豪宅、开好车，吃的是山珍海味、穿的是一身名牌。可是他却输在了女人身上。

每个女人在认识他的时候都含情脉脉、海誓山盟，闪电般结婚、闪电般离婚，因为他是性无能，而且他又受不了女人的眼泪，不用上法院，婚就离了。

每次离婚，他的财产就被分割掉一些。直到现在，他只剩下这唯一的一家小饭店。

他和方香玉是一年前认识的，在一家家政中介里。虽然方香玉相貌平平，但是她纯朴的气质深深吸引了他。他认为他找到了真爱，当然，前面的六次婚姻，他到现在还觉得都是真爱。

方香玉不是个扭扭捏捏的女孩，来他家工作没多久后，就主动投怀送抱。他也试着像个男人一样，可是依旧不行。自那次以后，方香玉的态度发生了一百八十度大转变，无论他送花还是送首饰，都对他冷冷淡淡的。

"难道女人对这个也这么看重吗？"他想，"香玉应该是个纯洁的女孩啊，她的眼神是那么清澈。一定是她的家人要她生孩子,农村人都是这么传统的,一定是。"

他没有放弃,他认为他的热情一定能彻底遮盖身体的缺陷。

直到那一天,他发现方香玉买了新衣服和新包,心情也非常好。这不正常,一定不正常!他开始留心她的一言一行,他开始趁她干活儿的时候翻看她的手机。

"你不想吗?想的话,我今晚就去。"

这是方香玉手机发件箱里的一条短信,发送给的人名是"丁"。

她的另一个雇主不就是姓丁吗?同一小区别墅区的那家。都那么大岁数了,居然玷污我爱的女孩!她是那么年轻!她一定是被他的甜言蜜语骗了,这个骗子!

钱毅然这么想,也就这么问,可是方香玉对他的回答只有一句:"关你什么事?"

他无法入眠,必须要查清楚。

开土煤窑的,都会有一些打手。钱毅然当初出手阔绰,也赢得了很多道上朋友的赞誉。于是他叫来了三个关系很铁的混混儿。

混混儿不会技术开锁,于是钱毅然就偷偷复制了方香玉的钥匙。

当他逐一试验丁市长家门钥匙的时候,他颤颤巍巍。但当他打开丁市长家大门的时候,却不怎么紧张了。他带着三个人潜伏在储藏室里,等丁市长开门回家。

他看过很多电视剧,知道"贴加官"这种刑讯逼供的办法很奏效。他打定了主意,一是要搞清楚这个姓丁的有没有玷污他心中的女神;二是要教训教训这个老不正经的。

可惜他失手了。

他只盖上去五沓纸,这个姓丁的就不动了,真的死了。可是刚才他还会用舌头顶破卫生纸获取氧气,怎么说死就死呢?

混混儿们吓破了胆,只有他依旧镇定。事已至此,毁尸灭迹,到家里躲几天就没事儿了。钱毅然这样安慰着混混儿们。杀个人而已,怕什么怕?谁说拔毛凤凰不如鸡?他老大的风范依旧不减。

那束玫瑰花,是钱毅然买来送给方香玉的。他想给她一个惊喜,缓解一下她的丧母之痛。她一定会很喜欢这束玫瑰花,也一定会很喜欢这个意外得来的漂亮花瓶。

"你说,这个故事,谁之错?"林涛的声音在发动机的轰鸣声中含混不清。

　　"管他谁的错呢。"大宝高声说道，"那个……我就觉得吧，杀个贪官多好，非要杀这个清官。也不对，家里藏着这么好的酒，还真说不准他是个清官还是个贪官。"

　　"什么是清官？什么是贪官？"林涛说，"当今社会，你能给我个定义吗？"

　　大宝挠挠头。

　　"开快点儿。"我捅了捅驾驶员的肩膀，"十一根手指那案子，尸源找到了。"

法医秦明

VOICE OF THE DEAD

迷 巷 鬼 影

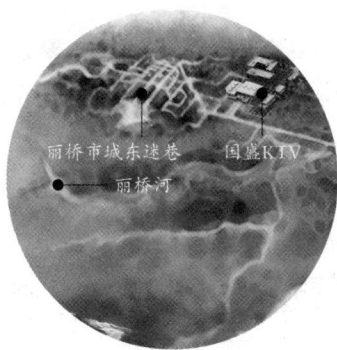

丽桥市城东迷巷　国豪KTV
丽桥河

在黑暗尽头，冥冥之中一双命运之手塑造着人类。

——艾尔弗雷德

1

"胡科长，怎么说？"我气喘吁吁地爬上了省城龙番市公安局五楼的法医科办公室。

"这么快？你刚才不还在高速上吗？"胡科长惊讶道，"那边的案子结束了？"

我拿起胡科长的茶杯，喝了个底朝天，说："快说，快说，'十一指'的案件有眉目了吗？"

"这个专案名不错。"胡科长微笑道，"第十一根手指。"

笑毕，胡科长抬头，发现我、大宝、林涛三人正趴在他的办公桌前盯着他，连忙说："别急别急，听我慢慢道来。"

"死者是一名叫作方将的男子，今年三十二岁，是南江市一家网络公司的老总。"胡科长说，"侦查部门对死者的周边情况进行了调查，发现方将二十五岁时从事电信诈骗，完成了资本原始积累，然后组建了现在的公司，完成了从非法到合法的华丽转身。"

"南江人？"我显然对这个社会渣滓的发家史没多大兴趣，"南江人为什么会在龙番？"

"他6月2日独自坐火车来龙番谈一笔生意。"胡科长说，"当天晚上和合作伙伴在龙番大酒店吃完饭后，独自回房间。据方将的妻子反映，2日晚上十二点的时候，她打了电话给方将，被方将挂断。因方将计划3日回南江，但3日晚上仍未归家，再次电话联络时，手机已呈关机状态。"

"那他住的宾馆搜查了没有？"我问。

胡科长点了点头："宾馆在前两天发现方将的房间没有续费，也没有退房，就派人进去看了。一切整齐，无可疑之处。所以宾馆就把方将的行李移到了总台保管，直到警察查到宾馆。"

"有了尸源，这个案件破获没问题吧？"我摸了摸胡楂儿。

胡科长眼神里闪过一丝担心，说："我看未必。"

"未必？"我说，"碎尸一般都是为了藏匿尸体。藏匿尸体是因为熟人作案，害怕事发。所以找到尸源，碎尸案就等于破获了一半。为什么你这个案子就未必？"

胡科长说："我们不能用常理来衡量每一起案件。所有的案件或多或少都会有特殊性。比如这个案子，据调查，方将是第一次来龙番，何来熟人？"

"也不一定。"林涛说，"可能是在龙番有故人，或者仇家跟随方将一齐来到龙番。"

胡科长摇了摇头，说："我觉得这两种可能都能排除。首先，我们对方将近两天的话单进行了分析，没有任何异常，他来龙番后，除了合作伙伴，没有联系过任何人。其次，如果是仇家跟随而来，在外地杀了人，有必要碎尸？"

"有道理。"我说，"那么，只有一种可能，合作伙伴杀了人。"

胡科长又摇了摇头，说："我们开始也认为是这样，但是保密部门对合作伙伴进行了秘密侦查，可以完全肯定他不是作案凶手。"

"那个……这也不是、那也不是，会是什么样？"大宝急了。

"说的也是。"林涛沉思，"如果只是简单接触的合作伙伴，不会有那么大矛盾去杀人、剖腹、碎尸。"

林涛提醒了我，我说："对了，死者的内脏找到了吗？"

胡科长点点头，说："开始我和老韩分析，死者的头在小区后门口被发现，尸块在前门口，这应该是凶手的行驶路线。内脏最繁杂、最不好携带，我们分析可能是最先被抛弃的。所以我们的搜索重点就定在小区前门口外的一个水塘里。于是我们抽调了附近一个中队的消防战士，把水塘抽干了，发现了沉在塘底的死者全套内脏。"

"只有法医才具备一次性取下全套内脏的本事吧？"林涛说，"我就没这个本事。"

"我们法医可以从死者舌头开始，一次性拉下全套内脏。"胡科长说，"从本案死者的内脏看，确实用的是法医的手法。"

"学过法医学的人干的？"我问。

"不敢确定。"胡科长说，"这确实是一个疑点。凶手分尸没有从关节下手，显得对人体不太熟悉，但是取内脏的手法又非常熟悉人体结构。我觉得凶手故意不从关节下刀，就是为了迷惑我们警方，让我们分析不清他到底懂不懂法医学。"

"那你分析，凶手取下内脏的行为目的是什么呢？"我问。

"吸引眼球。"胡科长斩钉截铁。

"吸引眼球？"大宝一脸不解的表情，"我觉得会不会是精神病作案啊？"

胡科长摇摇头，说："精神病作案的特点是不顾后果，行为凌乱。但是这个案子分尸有序、剖腹有道，而且还有个割槽捆绑的有目的性的特征性动作，看起来不是精神病作案。"

"那……"大宝挠挠头。

"可能和死者不熟悉，碎尸剖腹，吸引关注，抛尸不用包裹物，抛尸地点选择闹市区。"我抬起头看着胡科长，"你觉得，凶手为什么这么做？"

"故意让我们发现。"胡科长垂下眼帘，"挑衅警方。"

我点头赞成："凶手的碎尸行为不是为了匿尸，反而是为了让我们更方便发现。我最担心的事情发生了，我们的对手是在向我们挑战！"

"而且我们的对手，还懂一些解剖知识。"胡科长说，"不会是自己人吧？"

"胡科长。"韩法医推门进来，见到我们很惊讶，"你们都回来了？不是去弄那个什么什么领导被杀的案子了吗？"

"破了。"我淡淡地说，思绪还在胡科长的那句"不会是自己人吧"里出不来。

韩法医继续对胡科长说："按你的吩咐，我们又仔细看了看这个，觉得应该是死后切下的。"

说完，韩法医扬了扬手中的塑料透明物证袋。

胡科长点了点头。

我的好奇心瞬间打破了思绪，从韩法医手中拿过物证袋。

物证袋里装的是一根手指，略微弯曲，断端黑红，骨碴儿露在断端的软组织外。

"我正在考虑这个第十一根手指的问题。"我说，"你们刚才怎么说来着？"

"对于这根手指，我们考虑了很多。"胡科长说，"经过DNA检验，这根手指确实不是死者的，是另一名男子的手指。开始专案组怀疑有没有可能是凶手分尸的时候，不小心砍断了自己的手指。"

"是啊。"韩法医说，"毕竟尸块每处断端，都有几十刀砍痕。反复砍击，容易伤及自己的手。"

"所以你们就通过生活反应来排除这种可能性？"我拎起物证袋，仔细地看着手指断端，"最近还真奇怪了，和手指耗上了。上次那个地沟油的案件，最初发现的是手指，这个案件又多出来一根手指。"

大宝凑上来看，说："断端出血不明显，且有多次切割的试切创。看起来不会是误伤。"

"嗯。"我点头道，"确实是死后切下来的手指，而不是不小心砍下来的。"

胡科长说："不知道这两个死者会有什么关系？不知道这第十一根手指和这个碎尸剖腹案有没有直接的关系？"

"如果两起碎尸案件都抛尸在一个地方，"我说，"那还真是巧到了极点。我觉得两者关联度很高。"

韩法医说："目前专案组还在排查死者方将的生前矛盾关系，另一组人在寻找这根手指的主人，以及这根手指主人的其他尸块的位置。"

"除此之外，"胡科长说，"专案组不知道还应该从哪些方面下手寻找线索了。"

我依旧在摆弄着手中物证袋中的手指："对于时间问题，大家研究过没有？"

韩法医凑过来看了看说："仅凭一根手指，推断其死亡时间，没依据啊。"

我摇了摇头，看了眼脚边的勘查箱，对大宝努了努嘴，说："大宝，帮我上一把刀。"说完，打开物证袋的袋口，准备把手指拿出来。

法医用的解剖刀和外科医生用的手术刀无异，都是一把手术刀柄，每次解剖会换装新的刀片。"上一把刀"的意思，就是给手术刀柄装上新的刀片。

胡科长这回惊讶了："等等，等等，就在这里？等会儿啊，我铺张报纸，我这是新办公桌，新的。法医要讲究卫生，讲究卫生！"

我忍俊不禁，等胡科长用报纸铺满了办公桌面后，我把手指扔在报纸上，然后戴了一副手套。

"手指的主要构造是皮肤、腱膜和骨骼。"我说，"因为腱膜质地坚韧，所以腐败速度会比其他软组织慢得多。从这根手指的皮肤来看，已经明显发黑，而且断端的软组织都有发黑的迹象。"

"从上次尸检完后，到现在也只有四五天的时间。"韩法医说。

我点头："所以说，几天的腐败，绝对不可能让一根手指腐败到如此程度。"

我从指腹一侧，切开了手指的皮肤，暴露了皮下黄白色的腱膜。我用刀尖挑了挑腱膜，说："你看，腱膜已经明显软化，这是承受长时间腐败的结果。"

"你是说，这根手指的主人和我们检验的尸体不是一起死亡的？"大宝说。

"肯定不是。"我斩钉截铁地说，"不过对于尸体某部位腐败程度和死亡时间的联系，还没有具体的学说。但是从经验来看，在春夏之交，气温不算特别炎热的情况下，能让腱膜腐败软化，至少是大半个月以前的事情了，也就是大概五月中旬的样子。"

"也就是说，这两个死者的尸块，不是一次性被抛弃到垃圾桶里的？"大宝说，"如果两起案件没有关联，不知道是好事还是坏事。"

"当然是坏事。"韩法医说，"没有了关联，就是两起案件，而且对于一根手指更没有什么好的抓手来破案了。"

"我倒觉得是好事。"胡科长说，"如果真的是一起的，凶手抛尸只留下一根手指，那还真的就是挑衅警方了。对于有充分准备而且专业的对手，我们在明处，他在暗处，对我们没有什么优势。"

我摇了摇头："谁说死者不是一起死的就不能一起抛尸？假如，凶手是先抛了手指主人的尸体，只留下一根手指，然后把这根手指和方将的尸体一起抛弃呢？"

"那就可怕了，那就可以确定是在挑衅警方了。"胡科长说，"希望这次你著名的乌鸦嘴不会再应验。"

"这次恐怕就是要应验了。"我说，"不过不是乌鸦嘴，而是有依据的判断。我觉得吧，腱膜软化，除了长时间腐败的结果，更有可能是冷冻后再腐败。"

法医们都知道，如果尸体经过冷冻后，再拿出来放到常温环境下，会加速腐败的发生。有的尸体，可以在解冻过程中，迅速腐败，导致尸表的变色。在解冻前尸体是黄色的皮肤，解冻后变成黑黄色是常见的事情。

"可是那次尸检后，我们没有对这根手指进行冷冻处理啊。"韩法医说。

"所以说，有可能是凶手冷冻保存这根手指，然后和方将的尸体一起抛弃。"我说。

大家都沉默了，看来这个案子比想象中要棘手多了。

"不管怎么样，这个案子得从这根手指的尸源入手吧。"林涛打破了沉默，"如果真相是我们分析的这样，那么查方将的矛盾关系怕是没什么用了。"

"不管有用没用也得查。"韩法医说，"这是专案组定的侦查方向。这个案子中，我们法医能做的已经做完了，只有等着侦查部门告诉我们好消息了。"

"是啊。"胡科长说，"全靠侦查部门的努力了。我得和专案组说，找手指主人的尸体也刻不容缓。"

"还有件事情没做完吧，"我说，"死因呢？"

"死因没问题。"胡科长说，"死者的尿液中检出毒鼠强，含量可以致死。我们分析是凶手给死者在食物、饮料里下了毒鼠强。但是刀口处有轻微生活反应，会不会是凶手未等到死者死亡就开始剖腹了，或者凶手在死者刚刚死亡的时候就立即剖腹取内脏了？所以由于细胞的超生反应[1]，在刀口处仿佛还能看到一些生活反应。"

"也就是说，因为无法判断剖腹时死者有无生物学死亡，仅根据尸体现象，我们还不能判断中毒和失血哪个是主要死因。"我说，"至少可以下一个联合死因——中毒合并失血死亡。"

"你看，投毒案件，大多是女性作案。"韩法医说。

"我不这样认为。"大宝立即顶了上去，"活体解剖啊这是！多残忍！女人肯定干不出来。"

2

"对了，最近怎么看不到陈总的人影？"胡科长认定法医的工作已经完成，于是起了个头，开始了闲聊。

"最近有个枪案。"我说，"跨多省，杀多人。凶手丧心病狂，在银行门口开枪杀完人，抢了钱就走。而且这人还能突破警方的重重封锁，多次逃出我们的手掌心。公安部很重视，师父被抽调到专案组，估计不破案是回不来了。"

"哦。这案子我知道，网上炒得挺热的。"胡科长点头。

我的手机突然在口袋中振动了起来。

因为多年来形成的习惯，听见手机响，我的心脏就拎到嗓子眼儿。"我刚回来，还没来得及回家报个平安呢，不会又有案子吧？"我惊恐万分，急忙伸手去口袋掏手机。

"那个，那个……手套没摘。"大宝说。

我急忙去摘紧紧裹在手上的橡胶手套："再这样出差下去，铃铛非得跟我离婚

---

[1] 这可不是"超生游击队"的超生，超生反应是指躯体死亡后，构成人体的组织、细胞和某些器官仍可保持一定的生活功能，对刺激能发生一定的反应。比如在断头后一分钟可以看到眼球运动，在死亡后两小时，肌肉受到机械刺激还会有所收缩。

不可。"

"怎么会，"林涛笑着说，"我姐对你这么好，你还帮她的家族破了个千古奇案①，她这辈子该对你忠贞不贰喽。"

"我这边焦头烂额了，你们的案子还要我烦神吗？"电话里传来了师父的声音，说得我丈二和尚摸不着头脑。

"怎么了，这是？"我说，"师父，我刚从青乡市回来，到龙番市局讨论一个案子。"

"出差就出差，办公室不留人，手机还打不通，你这不是找骂吗？"师父怒道。

我看了看手机，这个破手机经常会没有信号，看来要攒一个月工资买个新的了。我说："对不起师父，咋啦？"

"丽桥市发了个案子，具体情况我也没时间听。"师父说，"你们赶紧过去，看看能不能帮得上忙。"

"好的。"我一口应允下来，然后突然感到全身疲惫，"兄弟们，又回不了家了。"

接着便是在高速上奔驰的大半天。夜幕降临时，我们赶到了丽桥市公安局专案会议室。

会议室里没有开灯，投影仪照射着幕布，让整个会议室里的光线一会儿亮一会儿暗。飘浮的烟雾在投影仪发射出的光线里慢慢移动，让整个会议室看起来像是个呛人的人间仙境。

"咳咳。你好，强局长。"虽然是抽烟的人，但乍一进会议室，我还是被呛得咳嗽了两声。我和丽桥市公安局分管刑侦的强局长握了握手，说："陈总命令我们第一时间赶到丽桥，不知道你们这个案件是怎么回事？"

"挺诡异的。"强局长苦笑了一声，说，"我们刚开始看这段监控录像，一起看吧。"

"这个巷子，位于我们丽桥市城东，是民国前期的建筑，属国家三级文物保护建筑。"侦查员介绍说，"城东大部分旧宅都已拆迁，但因为是保护建筑，所以这个区域的小巷子都被保护了下来。"

---

① 详见法医秦明系列万象卷第二季《无声的证词》一书。

　　侦查员喝了口水，接着介绍："这个区域是由十七条纵横排列的小巷子组成的，像是迷宫一样，所以被当地人称为迷巷。迷巷里的十七条巷道连接着二十一户人家，每家都是小四合院的建筑。这二十一家户主，有十六家已经不住在这里，房子都是出租给外来人员居住，还有五家住在这里。"

　　侦查员打开激光笔，用红色的光点指着大屏幕上定格的画面，说："这里因为曾经发生过强奸案，所以当地辖区派出所在迷巷的几个点安装了监控摄像头。我们现在看到的画面，就是其中一个监控摄像头拍下的画面。"

　　侦查员敲了一下电脑键盘，大屏幕上的画面开始动了起来。一个穿着深色衣服的男子经过巷道的摄像头，走了过去。接下来就是闪烁的灯光照射着巷道角落，没有一丝动静。这样的状态持续了三五分钟，看得我眼睛发涩。我打了个哈欠，揉了揉眼睛，再向大屏幕看去时，发现了巷道上一个黑影闪过。

　　这个黑影是一个穿着连衣裙的短发女子的影子。女子奔跑到摄像头监控区域的墙角，往摄像头的方向看了眼，慢慢地靠着墙转脸望向监控照射不到的巷道。

　　侦查员插话说："从体态和衣着来看，这个女子应该就是失踪人员陶紫。她跑到这台摄像头监控的位置后，发现这条巷子到了尽头，而另一头，则是让她逃跑的情况。可惜这情况处于监控死角，我们看不见。"

　　监控里的陶紫靠着墙慢慢地蹲下，用双手捂住脸，像是很害怕，或是很沮丧的样子。

　　"请注意巷口拐角处的影子。"侦查员用激光笔点了点陶紫前方的一个拐角。

　　这个拐角出现了一个黑影，像是一个长发女子的头部影子。影子出现后，陶紫突然跳了起来，不断地跳，她用手抓扯自己的头发，然后转过身去，面朝着墙壁，用双手捂住眼睛。

　　"这应该是极端恐惧的表现吧？"强局长说。

　　突然，陶紫转身朝巷子的拐角冲了过去，并在即将消失在监控范围的时候，摔倒了。监控视野的一侧，是巷子的拐角，陶紫摔倒后，双腿还在监控视野里，而上半身则被拐角的墙壁遮挡了。

　　"下面就是诡异的景象了。"侦查员说。

　　画面上，长发女子的影子越来越长，慢慢地遮盖了陶紫的双腿，然后一个白影从陶紫双腿旁露出了拐角。侦查员"啪"的一声按了暂停。

　　"监控里看得不是很清楚。"侦查员说，"我们请视频处理的同事处理了这个截图，结果是这样的。"

侦查员打开一张图片，是这监控截图经过处理后的图片。

图片被局部放大，我们可以看到视频中的白影是半个人身，另一半被墙壁遮挡。这半个人身的头部显然是一头长发，看不到面孔，而长发下方则是一副完整的白色的身体，看不到手臂和脚。

看到这个截图，我的第一反应就是，贞子。

《午夜凶铃》是我看过最震撼的恐怖片，所以看到这个截图后，身上起了一身鸡皮疙瘩。不过，作为一个法医，怎么可能相信牛鬼蛇神？我安慰着自己，扭头看看林涛，调侃说："你不是最相信鬼神论了吗？这回见到真的了？"

林涛的脸色都变了，说："今晚我俩住一屋，大宝一个人单住。"

"派出所一个女民警在审查监控的时候，看到这一段被吓哭了。"侦查员不屑地笑着说，"她认定她的辖区闹鬼了。依我看，这不过是一个披着白床单的人在装神弄鬼罢了。不是说鬼没影子吗？这个鬼的影子还挺清楚的。"

侦查员敲了下键盘，视频继续播放。

白影在闪现了一下后，立即又隐藏在拐角里。根据监控区域里的人影看，白影蹲了下来，可能是在逼近陶紫的身体。不一会儿，影子又直立了起来。陶紫的双腿开始移动，显然是这个"鬼"在拖移陶紫的身体，慢慢地，影子和陶紫的腿消失在监控视野。

侦查员又打开一张幻灯片，是迷巷的俯览示意图。侦查员说："大家看，图上标示的红点是我们公安监控的位置。我们调取了所有监控，只有这一台记录了陶紫的最后行踪。从这以后，白影和陶紫都失踪了，再没有监控拍摄到可疑画面。"

"失踪了？"林涛颤声说道。

"嗯。"侦查员说，"如果白影很熟悉迷巷，有两条路可以直接从陶紫摔倒的地方离开，而不被监控拍下。"

"也有可能是白影就住在迷巷里。"我说，"那就没有必要离开迷巷了。"

"还有可能是移魂大法，直接消失了。"林涛低声说。

"可以介绍一下案件的基本情况吗？"我用自己的声音盖住了林涛的声音，害怕这个迷信的家伙被基层的刑警们笑话。

会议室里的灯被打开，一片大亮。我眯了眯被突来的强光刺激的眼睛。

"是这样的。"强局长说，"丽桥市税务局的局长今天早晨去派出所报案，说他十六岁的女儿陶紫昨天晚上失踪了。说是陶紫失踪前，晚八点左右，接到同学电话，约她去国盛KTV唱歌。当时来了一辆出租车，陶局长从阳台上看，是她的三名同学在车里，于是就没太在意。晚上十二点，陶紫还没有回家，陶局长就给她的几个好朋友打电话，几个人一致反映陶紫十点多的时候就离开KTV，独自回家了。"

"国盛KTV离迷巷有多远？"我问。

"不远。"侦查员说，"大概两百米。但是KTV的门前是大路，可以直接打到出租车，如果陶紫回家，完全没有必要走到两百米外的迷巷里去。"

"那对迷巷里的住户逐一排查了吗？"我问。

侦查员说："我们是在下午的时候，才从诸多监控录像的画面里找到了这个画面，所以对迷巷二十一家住户的排查刚刚开始。与此同时，我们正在对陶紫的几名同学进行调查。"

"那陶紫她人呢？"我问。

会议室里的人纷纷摇头。强局长说："目前还没有找到。"

我顿时有点儿尴尬："既然没有确定陶紫死亡，你们叫我们过来做什么？"

强局长不好意思地摸摸头发，指着林涛说："其实是这样的。我们给陈总打电话，主要是想请林涛林科长来给我们一些指导，对陶紫摔倒的位置以及周围的痕迹进行一些勘查。陈总当时可能正在忙，所以可能没听清楚，就把你们大家都弄来了。"

"哦。"我点点头，"那我和大宝可以回去了？"

林涛一把抓住我的袖子："别介，等我一起回去呗。反正明天是周末，又没啥事儿。再说了，你们把车开走了，我怎么回去呢？"

我看林涛惊慌失措的样子，知道他是害怕晚上一个人住宾馆，于是调侃道："怎么没事儿？周末我要陪老婆。"

"秦科长不如也留下来吧。"强局长说，"从目前的情况来看，陶紫凶多吉少。我们的民警正在事发周边进行地毯式搜索，说不准经一夜的搜索之后可能会有所发现。"

"您可不能这么说话。"我说，"给陶局长听见了会和你拼命的。您这样一说，给人感觉就是认定陶紫已经遭遇不测了。"

"这样吧，"侦查员说，"现在才七点半，不如林科长和我们一起去看看现场？"

林涛向我投来求助的眼神。我微微一笑："不如一起去看吧。"

现场果真十分复杂，在路灯微弱的照射下，我感觉自己真的进入了一个谜宫。在侦查员的带领下，我们找到了监控视野的位置。侦查员说："侦查实验①我们都做过了，根据灯光照射下的影子的长度推断，那个白影，应该是一个一米七五左右的人。"

林涛点点头，趴在地上，用侧光照射着地面："你们这地面有经过保护吗？"

侦查员摇摇头："这里有住户，我们也是事发后十多个小时才发现这里有情况，所以保护也没有什么价值了。"

林涛跳起来，拍拍膝盖上的灰尘，说："没戏。一点儿痕迹都看不到，全部被破坏了。"

"对了，你不是说，有两条路可以绕开监控离开迷巷吗？"我说。

侦查员点点头。

我接着说："那你带着我们走走这两条路，让林涛看看巷子两边墙壁的情况。"

在阴森森的巷子里，我跟着林涛，林涛跟着侦查员逐个儿试着路。试到第二条路的时候，林涛突然有了发现。

"这个痕迹有价值！"林涛叫道，"一个手掌印、一个擦拭状痕迹。"

我凑过头来，问："怎么说？说明了什么？"

林涛指着墙壁，说："这个手掌印不是手掌直接接触墙壁的痕迹，而是隔着纤维很细的纺织物按在墙上留下的痕迹。还有，一大片擦拭状痕迹位于手掌印的上方十厘米左右的地方。你说，这说明了什么？"

我想了想，说："这个天气，一般人不会戴手套。那么手掌怎么会隔在纺织物的后面呢？"

"监控里的影子，不就是疑似一个披着床单的人吗？那他的手藏在床单里，扶墙的时候，不就会留下这样的痕迹吗？"

我点点头。

"不仅这些，"林涛一脸成就感，"还有这处擦拭状痕迹，应该是纺织物刷擦墙壁形成的。再结合位置，应该是人肩膀上扛着的东西造成的痕迹。"

"你是说，一个人扛着陶紫走到这里的时候，扶了墙？"我问。

林涛点点头。

---

① 侦查实验是指在侦查破案中，侦查人员为了确定对案件侦查有重要意义的某一事实或现象是否存在，或在某种条件下能否发生，怎样发生，参见发案时的种种条件，将该事实或现象重新加以再现的一种侦查措施。

"太好了，我们确定了白影行走的路线，就可以断定他的走向，从而锁定他的居住区域。"侦查员说。

"不仅如此，还能说明一些其他的问题。"我补充道。

3

"扛着一个可能昏迷的人走路，"我说，"能说明什么？"

"说明这个人的力气不小。"大宝抢着说。

"不错啊，小样儿。"我笑着说，"都学会抢答了。结合侦查部门的实验，白影应该是个身高一米七五的人。有身高、有力量，这个白影不应该是个长发女子，而应该是个男人。"

"是个男人又怎么样呢？"侦查员问。

"是个男人，就不该有那么一头乌黑亮丽的长发。"我说，"毕竟留那么长、那么柔顺的头发的男人是极少的。所以，我们多了一条线索。"

"查假发销售！"侦查员说。

我点点头，接着说："另外，还可以肯定是一个人作案。不然两个人可以抬着陶紫，而不是扛着。从监控上看，陶紫可不轻。"

"嗯。"侦查员说，"据陶局长说，陶紫一米六八的身高，有一百二十斤左右。"

"这处痕迹，应该是扛着陶紫的人体力有些不支，倚在墙壁上休息时留下的。"林涛说，"如果是两个人，应该不会这样受累。"

"好了。"我抬腕看看表，时针已经指到了十点半的位置，"走吧，我们回宾馆睡觉，等明天调查的消息。"

"我俩住一屋。"林涛对着我又强调了一句。

可能最近接触的两起疑难案件都和手指有关，于是我梦了一晚上剁椒凤爪。我在那里啃啊啃，突然发现，手中拿的不是鸡爪，而是人手。接着就是一阵恶心，胃里翻江倒海。好在宾馆的电话铃声把我从这凶残的噩梦中拖了出来。

我坐了起来，咽了咽口中的酸水，看了眼林涛。这个迷信的家伙裹着被子蒙着头呼呼大睡。真是胆小，这么热，裹着被子睡觉，也不怕被热死。我心里想着，看了看表，居然才五点多。这是谁啊，这么早打电话？难道是破案了吗？

一想到破案，我就异常兴奋。今天是周六，如果破案了或者找到陶紫了，那我岂不是还可以回去过大半个周末的假期？我一把抓起电话："喂？"

"秦科长，"是丽桥市公安局法医吴响的声音，"不好意思这么早打扰你。不过陶紫的案件有重大进展了。"

我感觉肾上腺素突然分泌了不少，急着问："怎么样？什么进展？"

吴法医说："搜索组在丽桥河发现了陶紫的尸体。"

我的心为一个年轻的生命就此陨逝而一下沉到了谷底。

"好的，我们马上好，你们来辆车带个路。"我边说，边把林涛推醒。

现场位于丽桥河的一畔。丽桥河是丽桥市的中心河，东西走向，横穿了整个丽桥市。丽桥市政府也充分利用了这个得天独厚的自然资源，把丽桥河打造成丽桥市的一道美丽风景。河的两侧柳树成荫、花团锦簇，还有一些小桥、亭子作为点缀，这里成了市民们晨练、散步的理想地点。

此时天刚蒙蒙亮，丽桥河旁的一座小亭被数辆警车的警灯闪得五彩斑斓。我、林涛和大宝走下警车，来到小亭旁，看见众人正围着一个大号行李箱议论纷纷。

强局长见我们到了，一脸沮丧地站起身说："我早说陶紫凶多吉少吧，五点左右，一个晨练老大爷，发现亭子下面好像沉了个东西，于是报了警。"

我探头看了看水面，清澈见底。

"110指挥中心直接指派我们专案搜索组来了这里，打捞上来一个大号行李箱，里面装着陶紫的尸体。"强局长补充道。

"这里离迷巷有多远？"我问。

"不太近，有好几公里呢。"派出所民警说。

我点点头，蹲下来端详行李箱中的尸体。

陶紫全身赤裸，蜷缩在行李箱中。尸体的一旁放着她的全部衣物。

"不会是拦路强奸案件吧？"强局长说，"那可就麻烦了。"

我见技术员已经照相固定①了行李箱的情况，便戴上手套，和吴法医一起把尸

---

① 尸检前的照相被称为固定。因为解剖检验会破坏尸体的原始状态，所以这一环节尤为重要。技术员会对尸体的面部、颈部、正面全身、背部全身、双手双足、头顶、足底先进行一轮拍照，固定原始的尸体状态。然后法医再开始尸表检验，尸表检验的目的是了解尸体表面的损伤情况以及收集可能在尸体上残存的线索和痕迹。

体从行李箱中抬了出来。

"尸僵还没有完全缓解。"我破坏尸体的尸僵,想把尸体放平,"角膜快达到重度浑浊了,尸斑按压还有些褪色。前天晚上到现在是三十个小时左右,时间应该差不多。"

"你是说,我们看到陶紫栽倒以后不久,她就死亡了?"强局长说。

我看了看尸体面部的几处擦伤和她摔倒的姿势基本吻合,点了点头。

尸体被我们放平,这是一个略胖的短发年轻女孩,身边的衣物提示她就是陶紫无疑。尸体上黏附着不少血迹,我挥手让技术员来对尸体进行照相,然后从勘查箱里找出一卷纱布,剪下一块,慢慢地擦拭着尸体胸腹部沾染的血迹。

吴法医掰开尸体的双腿,检查了一番,长舒一口气,说:"强局,还好不是强奸杀人,会阴部无损伤,干净,处女膜完整。"

此时,尸体上黏附的血迹已经被我擦拭干净,露出了双侧肩膀上多条纵横排列的创口。

林涛颤声说:"这……这……这是什么伤?这么密集,而且凌乱。这不是咬的吧?"

"你是学痕迹的。"我说,"这显然不是咬痕。"

"你说的咬痕是人类的咬痕。"林涛继续颤声道,"如果是鬼怪的抓咬痕,我们就不知道了,没见过啊。"

林涛身边一个派出所女警"扑哧"一声笑了出来。

我很窘地看了眼林涛,用止血钳探查了一下创口:"野兽的咬痕有时候也会很凌乱,但都是以撕裂创为主,而这些创口创缘很整齐,所以是锐器创。创口下方骨质有损伤,这应该是砍痕,用锐器多次砍击所致。"

"砍痕?为什么要砍?"大宝问。

我说:"创口周围皮肤无卷缩,断端软组织无明显生活反应。这是死后损伤。这样看起来,有人是想把陶紫分尸,只是因为不掌握人体结构的知识,所以没有砍断。最后凶手可能放弃了分尸的想法,就把尸体装在行李箱里扔到了河里。"

"不懂人体?碎尸?"大宝惊道。他说完,拿起陶紫的双手仔细观察。

"你不会以为'十一指'案件中的第十一根手指是陶紫的吧?"我说,"你忘了吗,DNA检验部门确定第十一根手指来自一名男性。"

DNA检验可以通过检验是否有Y染色体来判断微量细胞是来自男性个体还是女

性个体。

"等等，等等。"林涛好像回过了神，"既然你确定是砍痕，凭什么说是死后分尸的损伤呢？为什么不能是生前伤害行为？你看啊，这个行李箱里有不少血迹呢，尸体上也黏附着血迹。死了的人，伤口还会出血吗？"

"当然可以。"我说，"生前损伤有出血，是因为人的心脏在不断搏动，像泵一样把血液挤压到全身各处的血管内，一旦有血管破裂，被挤压上来的血液就会源源不断地从破裂的血管处流出。除非破裂的是小血管，凝血因子可以封住破裂的地方。人死亡后，虽然没有泵把血液推送到各处，但是一旦血管有破裂，加之尸体的体位变化，血管的张力会随之变化，那么血管里原有的血液会因为血管张力的变化而从破裂口中流出。所以死后也会流血，但是量不多罢了。"

林涛点头。

我用止血钳翻开尸体肩部的创口，说："你看，创口很深，有不少动脉、静脉破裂，如果是生前损伤，会有大量失血。你知道失血死亡的尸体会有什么征象吗？"

"尸斑浅淡。"林涛说。

我点头："对。因为血液都流失了，那么就没有红细胞会在死后沉积在尸体底下部位而形成尸斑了。陶紫的尸体尸斑很显著，而且还呈现出紫红色，肯定不是失血死亡。不过从这个尸斑的情况来看，陶紫在死后十二个小时之内就被装进了行李箱，然后被抛在了这里。"

"我知道是为什么。"林涛跟着我们也学习了很多法医学的知识，"十二个小时内，尸斑没有浸润软组织，所以随着尸体体位改变，会像沙漏一样，不断在新的底下部位形成尸斑。而陶紫的尸斑全部位于尸体左侧底下部位，和行李箱平放在河底的状态是一致的。"

"那么，陶紫的死因是什么呢？"强局长对法医学知识不是很感兴趣。

我翻看了尸体的眼睑和口唇，没有机械性窒息的征象，口唇和颈部也没有受力的痕迹，说："目前还不好判断，需要进一步尸检。"

冰冷的解剖刀在尸体上划过，露出黄色的皮下脂肪。我们按照解剖程序，逐项检验眼前这个年轻死者的尸体，结论是一无所获。

"怎么会没找到死因？"林涛说。

"谁说我们找不到死因？"大宝开始上课，"一般情况下，机体死亡主要有以下几个原因：第一是机械性损伤死亡，比如血管和脏器破裂，大量失血死亡，或者颅脑损伤，生命中枢受损。这里还包括了一些物理、化学因素引起的损伤死亡，比如雷击啊、皮肤大面积腐蚀等。第二就是机械性窒息死亡，有异物堵塞呼吸道、呼吸道被压闭，比如捂死、勒死、溺死。第三是中毒死亡。第四是疾病猝死。"

大宝一连说了这么多，咽了口唾沫，接着说："目前我们排除的是损伤和窒息死亡，从尸体征象来看，也不像是中毒死亡。看似没有发现死因，其实我们还没有排除疾病死亡呢。"

"疾病？"一旁的侦查员笑了，"听你们这么一说，我突然想起郭德纲的那个段子了，咳咳，这个碎尸案是自杀。哈哈哈哈。"

我对这个侦查员的轻率很反感："别人不知道，你是警察也不知道吗？碎尸案为什么不能是自杀？自杀、他杀、意外死亡是死者的死亡方式，而碎尸是死后对尸体的手段，这两者没有什么关系好吧？"

侦查员有些语塞。

我乘胜追击："比如自杀投河的尸体，被螺旋桨打断，是自杀吗？是碎尸吗？再比如一个人在姘头家上吊自杀，姘头为了掩盖奸情，碎尸藏匿，是自杀吗？是碎尸吗？"

侦查员挠了挠脑袋。

"你说这个案子，会不会是死者有什么病猝死了，别人怕担责任所以抛尸？"大宝举一反三。

我没说话，把尸体的内脏全套取了下来，一一切开来观察。

吴法医说："猝死多见于心脑血管病，而心脑血管疾病引发猝死多见于中老年人。陶紫还这么年轻，应该不会啊。你们说，会不会是心脏抑制，或者是胸腺淋巴体质？"

我摇了摇头，说："心脏抑制，一般是心区受到外力，不巧导致心脏抑制停搏而死亡，死者的心区附近皮肤应该有对应的损伤。而胸腺淋巴体质导致的猝死，死者胸腺应该增大，而且发育会有问题。从死者的发育来看，可以排除。"

"那会是什么问题？"大宝问。

我剪开死者的心脏，说："心室很厚，而且死者的心脏也应该较正常人大。一般人的心脏是自己的拳头大小，而她的应该有一点五个拳头大了。"

"你怀疑是心脏疾病引起的猝死？"林涛问。

我点点头。身边的侦查员说："明白了，我现在就去调查陶紫的亲属，看她有没有先天性心脏病史。"

"好的。"我响亮地答应，想缓解刚才窘迫的气氛，"另外，派车把死者脏器抓紧送到省厅，我会电话通知方俊法医，他是病理这方面的专家。我让他观察一下心脏的状态，然后尽快检查死者的内脏器官镜下结构，确证是否存在病变。"

通过器官切片的方式，用显微镜观察组织细胞的形态，称之为病理学。病理学在法医学中的运用，又称为法医组织病理学。这是法医判断死者是否存在器质性疾病的一种主要手段。这种检验需要把器官用福尔马林固定，然后脱水、包埋、切片、染色，最后才能在显微镜下观察，所以耗时比较长。

"我们呢，"我伸了个懒腰，"还是回去补个午觉好了。"

4

因为晚睡早起，所以午饭后我们就回到宾馆，很快进入了梦乡。一觉睡到晚饭前，我才被睡眼惺忪的林涛叫醒："都五点了，赶紧起来，不知道调查得怎么样了？"

我拿起手机看了看时间，恰巧此时手机响了起来，是法医组织病理室的方俊打来的电话："秦科长，你今天让他们送来的内脏器官我看了。从器官的结构上来说，可以诊断死者的心脏存在肺动脉瓣狭窄的问题。"

"肺动脉瓣狭窄？"我说，"那是先天性心脏疾病啊。可以肯定吗？"

"可以肯定。"方俊说，"下一步我再进一步切片确认，不过这需要两天的时间。"

"看来被我猜对了。"我打了个哈欠，对林涛说，"死者还真的有能够引发猝死的先天性心脏疾病。我们去专案组汇报情况吧。"

林涛说："你去汇报吧，我再去现场看看环境。"

进了专案组的大门，我发现专案组的人少了一半。如果没有猜错的话，专案组听说死者可能死于疾病，所以撤了一半的警力。

"死者有先天性心脏疾病，肺动脉瓣狭窄，可以导致猝死。"我说，"结合尸检情况看，死者应该就死于这种疾病。"

"我们听说了。"强局长说，"那么这起案件应该不是一起命案了？"

"我不这样认为。"我说，"谁说疾病导致死亡的案件就一定不是命案？别忘了那个迷巷白影的视频，结合死者的死亡时间，我认为死者应该是受到那个疑似鬼魂之类的东西惊吓，诱发了原有的疾病而死亡的。如果这只是一起单纯的恶作剧，那么是过失致人死亡；但如果白影知道她有心脏疾病，经不起惊吓，那这就可能是一起用隐匿手段杀人的命案！"

强局长沉吟了一会儿，说："用这种方式杀人，太不保险了吧？"

"未必。"我说，"从白影的视频图像处理后的照片看，假发遮住了面部，即便他吓不死死者，死者也不会认出他。我反而觉得，这是一个安全而且高明的杀人手段。"

"生活不是推理小说，我觉得情况不会那么复杂。"主办侦查员说，"经我们调查，当天晚上，死者的两名同学在陶紫离开后不久，便也离开了。"

"是啊。"另一名侦查员说，"据他们的同学反映，后来离开的这两名男同学，其中一名一直在追求陶紫，而被陶紫一直拒绝。所以我觉得这两个人可能存在吓唬她的动机，这种低等幼稚的吓人手段，一般都是这个年纪的孩子才能做出来的事情。"

我一时没有什么理由去反驳他们，虽然心里觉得有些不妥，但还是任凭强局长下达命令，对两名男学生进行审查。

回到宾馆，恰巧林涛也从现场回来。

"怎么闷闷不乐？"林涛问道。

"没有。"我没什么精神，说，"专案组初步认定这可能是一起中学生之间的恶作剧引发的死亡事件，专案组对当天晚上和陶紫先后离开的两名男学生进行审查了。"

"怎么可能是男学生？"林涛叫道，"你没反驳他们吗？"

我摇摇头，迷茫地看着林涛。

林涛拉开包，拿出一张现场图，铺在宾馆的写字台上，说："我有两个依据否认这是一起中学生作案。"

"说来听听？"我顿时来了精神，"刚才他们分析凶手的作案手段，说是幼稚低等，符合中学生的手段。我还想说幼稚到了极点就是不幼稚了呢。"

林涛点点头，说："第一，你忘记了我们之前看到的痕迹吗？那是一个人扛着另一个人靠墙休息的痕迹。既然这样，这案子肯定不会是两个人作案啊！"

我拍了下脑袋，说："对啊。我怎么就给忘了。"

"第二，"林涛接着说，"我下午睡觉的时候就在想这个问题，所以晚上又去看了看现场环境。你看啊。"

林涛用铅笔在现场图上画线："这是凶手扛着死者逃离现场的路线。在这里休息，说明这附近就没有住户了，那么他只有从这个出口离开迷巷。"

我点头认同。

"离开迷巷的这个出口，紧挨着大路。"林涛说，"即便是晚上十二点，大路上也可能有来往行人和车辆。那么，这样一个穿着诡异、扛着个人的人，不会被人发现吗？"

我皱起眉头："你的意思是说，凶手既然离开迷巷，那么他肯定不会住在迷巷，另外，他有信心不被路人发现，是因为这个出口很安全。"

"为什么紧挨大路的出口会安全呢？"林涛挑了挑眉毛，他的这个表情迷倒过不少女孩。

"知道了。"我说，"这个出口附近没有住户，那么唯一安全的方式，就是有车停在这里。"

"是啊。"林涛笑着说，"一个不到十六岁的中学生一个人扛着陶紫，绕出复杂的迷巷，专挑没有监控的路走，然后开车逃离？这符合常理吗？符合一个中学生的能力吗？"

"不符合。"我一边说，一边掏出手机，"喂，强局长吗？我需要两名侦查员同事一起，去找税务局的陶局长聊聊天。"

"这个陶紫还是挺悲剧的。"在我们去陶局长家之前，侦查员已经来到了我们宾馆。在我们尸检结束之前，他们已经赶赴陶局长家，对陶紫的情况进行了了解。

侦查员说："陶紫其实是一个弃婴。十六年前，陶紫被亲生父母抛弃在了陶局长家附近。陶局长的妻子没有生育能力，所以他们果断收养了这个胖乎乎的小丫头。可是在收养后不久，陶局长发现陶紫总有憋气的现象，于是把她送去医院进行了全面的检查。结果发现陶紫有先天性心脏疾病，这可能是她亲生父母抛弃她的原因吧。"

"我现在关心的是，有多少人知道陶紫有先天性心脏疾病？"我急着问。

侦查员喝了口水，说："知道的人不少，陶局长当年的邻居、同事，还有医院的几个医生都知道。关键是这么多人中，谁最有可能利用陶紫的疾病害陶紫？"

"对对对。"我使劲儿点头。

"我们在问到这个问题的时候，陶局长很抗拒。"侦查员说，"但是他反复强调一句话，'我这么做，都是为了给陶紫治病'。"

"治病？"我一头雾水，"他哪样做了？"

侦查员摇了摇头："我看他脸色不对，也不好再问下去。"

"既然是回避我们的问题，"我说，"那他做的肯定不是什么好事。"

"税务局局长。"林涛说，"他说的事，会不会是贪污腐败？"

"我们也这样推测。"侦查员说，"一来不是什么好事，二来是为了给孩子治病。那么肯定是和钱有关的不好的事，也只能联想到腐败问题了。"

"我大胆猜测一下，"我望着天花板，说，"如果是什么人，给陶局长送了钱，但是事情没有解决，由此生恨，于是害死了陶紫，合不合理？"

"嗯，很合理。"大宝说。

"还有一个条件，"林涛说，"这个人和陶局长很熟悉，知道他孩子有病。"

"对呀。"我说，"正是因为很熟悉，所以送钱还没帮到忙，才会恨得要杀人。另外，对当事人的孩子下手，而且还用这么阴毒的手段，肯定是个性情阴鸷的人。"

"我们还有其他排查条件，"林涛补充道，"这个人有车，身高一米七五，偏瘦，对迷巷的周边环境非常了解，尤其是迷巷装了监控录像后，对监控位置很清楚。"

"还有，他买过假发！"我说。

侦查员嘿嘿一笑："这么多条件，我们还破不了案，那就真是废物了。"

可能是下午睡多了，晚上我一夜未眠。

记得在大学的时候，法医专业老师教会我们在尸检的时候如何运用自己的十根手指。哪几根手指持刀，哪几根手指持止血钳，哪几根手指可以探查心腔，哪几根手指缝线打结。

老师说："我们法医做尸检的时候，最常用的不是任何一根手指，而是第十一根手指——手术刀。"

老师把手术刀比喻成我们的第十一根手指，而目前我们却被一个十一根手指的案件扰得晕头转向。

多出一根手指会不会是凶手留下的一个什么线索呢？他在给我们出一道多么凶残的题目！我一定会抓住他，抓住他。

满脑子都是那具被剖腹、碎尸的尸体，满脑子都是那根弯曲的发黑的手指。

不知不觉已经天亮，我推醒林涛："真能睡，到底还是年轻啊。"

"可能知晓陶紫有心脏病史的人一共有一百四十二人。"侦查员扬了扬手中的名单，"我们昨晚奋战一夜，对这一百多人进行了逐一排查，筛选出四人完全具备作案条件。哦，当然，买假发这个情节，我们不能确认。四人中有两个人案发时不在本地，剩下的两个人的基本情况如下。"

侦查员清了清嗓子，说："郑晓峰，四十岁，陶局长的同学，人民医院医生。当年陶局长就是通过他，找到心血管科的医生确证陶紫有先天性心脏疾病。郑晓峰身高一米七五，六十二公斤，家住在迷巷旁边的一个新建小区。唯一不符的是，这个人性格开朗，喜欢开玩笑。"

我微微摇了摇头。

侦查员继续说："何鸿，四十六岁，陶局长以前的老邻居，曾和陶局长关系甚密。身高一米七八，五十八公斤，性格内向，在经营一家饭店。"

"这个很关键。"我打断了侦查员的话，"可能和陶局长的权力发生关系的人，就是最可疑的人！这人的各项条件都很符合，而且身高三厘米的误差，在侦查实验的误差范围内。"

"有一点不符合。"侦查员说，"何鸿家住城西，和迷巷相距很远，生活区域主要在西边，据了解，他不应该对迷巷的状况很熟悉。"

"对现场环境熟悉，也是一个重要条件。"强局长说。

大宝推门进来，拿着一张打印出来的照片，说："这人是何鸿吗？"

大宝最近在研究视频侦查学说理论，于是他就被我要求去视频室，观看迷巷各个监控视频的内容。除去二十一户住户，反复出现在监控里的人，很有可能就是凶手。这种提前熟悉现场环境的做法，被警方称为"踩点"。我坚信，对现场环境熟悉，除了居住在附近，还有一种可能就是通过踩点。

照片上的人，就是何鸿。

"这人只在监控里出现了一次。"大宝说，"但是他手里拿着个盒子，局里一个秃顶同事一眼就认出那是个名牌假发的包装盒。"

"可以抓人了吗？"我微笑着看着有些吃惊的强局长。

何鸿和陶局长是一起长大的兄弟，做了三十多年的邻居。在何鸿的酒店必须靠着偷税漏税维持生意的状况下，陶局长登上了市税务局局长的位置。

何鸿暗自窃喜，利用这个关系，加之"老规矩"的厚礼，何鸿的酒店迎来了转机。何鸿完全没有想到，这个从小一起长大的好兄弟，居然取得了他偷税漏税的证据，并以此为要挟，不断变相地向他要钱。老陶不是这样的人，他在税务局二十年，一直很踏实。为什么坐上了局长的宝座，却要对自己最好的朋友下手？何鸿不能理解。

唯一的答案，就是欺负我老实。何鸿这样想。

"他说他是为了给孩子治病，没办法，才会收我的钱。"何鸿想，"放屁！十几年来，他就攒不到二十万手术费？"

其实陶局长没有骗他，陶紫每年的维持性治疗费用，就花光了陶局长的积蓄。因为他的妻子没有工作，靠着他那微薄的工资，还真是很难攒够手术费用。

明刀明枪去杀人，何鸿不敢，用一些阴招，还是可以试试的。"不吓死她，也得把她给吓出个新毛病。"何鸿打算这样去报复老陶。

他跟踪陶紫，到KTV楼下等她，然后很热情地说要开车送陶紫回家。他载着陶紫开到了迷巷附近，说是去解个手，其实是拿着"道具"去化了装。他以一个女鬼的形象出现在车窗前的时候，陶紫没有被吓晕，而是本能地跑下了车。好在陶紫没有经过有监控的区域，好在陶紫对迷巷不熟。他成功地把她逼到了墙角。当一个鲜活的生命在自己眼前就要消逝的时候，何鸿还是充满了恐惧。他怕事情败露，吓晕她就离开的原计划没有实施，而是扛着陶紫的尸体以最快的速度离开了迷巷。

他想焚尸、想分尸、想化尸，想了很多，又发现都不可行，于是他把陶紫的尸体装在行李箱里扔进了丽桥河。

勘查员在何鸿家的浴室里发现了陶紫的血迹，何鸿没有任何抵赖的余地。

纪委介入，对陶局长的受贿行为进行了调查。

这两个昔日的老邻居，一起住进了看守所。

"用这种不确定性的杀人方式杀人还真是少见。"大宝说，"回去可以写一篇论文了。"

　　"为了给女儿治病而腐败，"林涛自言自语，"却因为腐败而害了女儿的性命。这是多么讽刺啊！"

　　"多么辛苦、待遇多么绵薄，都不能成为不廉洁奉公的理由。"我看着林涛和大宝，说，"共勉。"

法医秦明

VOICE OF THE DEAD

| 第四案 |

血 色 浴 池

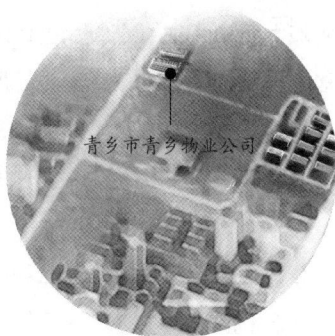

青乡市青乡物业公司

羞耻的本质并不是我们个人的错误，而是被他人看见的耻辱。

——米兰·昆德拉

1

"秦科长，"大宝气喘吁吁地跑进屋里，"我都忘记了，今天是我奶奶的忌日，我要赶回老家青乡去为她下葬。"

一大早，我打开电脑，翻看着以前参与侦破的命案的尸检照片，打算在里面挑选一些，给警校的学生们做一堂法医讲座。眼睛盯着显示屏，脑子里却不由自主地翻滚着"十一根手指"的案件。过去的两周里，侦查部门围绕着死者方将的社会关系进行了层层排查，对他在省城龙番市住宿、吃饭、工作的地点周围也进行了全方位的调查，可是十多天时间居然没有摸上来一条线索。另外，第十一根手指的DNA在数据库里不断滚动，系统比对、人工比对进行了好几轮，却依然一无所获，手指主人的身份到现在也没有浮出水面，手指主人的尸体也一直没有被发现。

该案因推断方将系6月3日被杀害，故被命名为"六三专案"。虽然专案指挥部依旧存在，专案核心依旧在运作，但是不少民警明显已经出现了畏难心理，都想守株待兔，等到发现新的情况，再往下推进案件的侦办工作。

我只是个法医，在命案中能做的工作已经做完了，侦查方面的工作我也实在提不出什么好的建议。按道理说，前期工作开展得不错，已经很细致了，也应该有一些线索了，可是为什么到现在，我们警方还是一无所知呢？难道我们遗漏了什么吗？

大宝见我双目呆滞，没有回答他的问题，敲了敲台面："喂，听得见吗？我奶奶的忌日，我要赶回去下葬。"

我恍若从梦中惊醒："啊？哦！对不起，你节哀。"

大宝说："嗯，不用节了，节了一年的哀了，法医还能看不透生死吗？"

"一年？哀？忌日？下葬？"我清醒过来，"我怎么就听不懂你说的话呢？你奶奶一年前就去世了，现在才下葬？"

"是啊，怎么了？"大宝一脸疑惑，"有什么好奇怪的，我们那儿的风俗就是去世火化后一整年，才把骨灰盒安葬到墓地里。"

"哦。"我点点头，"我说呢，风俗不同，我们那边老人去世后，火化了马上就要安葬。"

"那我去了啊。"大宝整理着背包，自言自语道，"做法医，得多懂一些风俗。"

"我送你去车站，顺便也去龙番市局专案组看看'十一指'的案件有没有什么线索。"我说。

大宝连忙推辞："那个……不用不用，现在车辆管理好严的，我打车。"

我笑着扬了扬手中的电动自行车钥匙，说："私车私用，试试我的敞篷小跑。"

当我俩同时跨上电动自行车的一刹那，电动车的车胎"嘭"的一声，爆了。

我跳下车，看了看瘪下去的车胎，下意识地捏了捏自己的肚腩："咱们这老出差、吃百家饭的人，确实不太适合开敞篷小跑。"

大宝则在一旁笑得前仰后合。我瞪了他一眼："你奶奶的忌日，还笑，败家玩意儿。"

一辆警车突然开到我们的身边，副驾驶座上的林涛朝我们挥手："我说你们怎么不在办公室呢，有活儿了，快走。"

"什么案子？"我艰难地把电动车挪到车棚，"这么急？我内裤都没带。"

"青乡市，死了俩女孩，刚发现。"林涛说，"指挥中心刚指令我们赶过去。"

"青乡？"大宝眼睛一亮，"看来我又省了几十块钱大巴车票了。"

"省公安厅物证鉴定管理处，我市郊区一黑煤窑女工浴室内，今晨有人发现两具女性死者尸体。经技术人员初步判断，为他杀。因此案死亡两人，社会影响较大，加之现场遭破坏，案件难度较大，故邀请省厅技术专家来青，指导破案。请支持为盼。青乡市公安局刑警支队。6月29日。"

林涛在摇晃的车厢中，一字不落地念完了他刚刚收到的加急内部传真件："'请法医科、痕迹检验科立即派员支持，火速赶往现场。张晓溪。'你们看，张处长第一时间批示了，所以我就急着找你们了，好在你们没跑远。"

"浴室？女工？"大宝盯着警车的顶棚，说，"我上次看到一则新闻，俩闺密在浴室里因互嘲对方胸部，反目成仇，大打出手。这不会也是类似的吧？自产自销①？"

---

① 自产自销是警方内部常用的俚语，意思就是杀完人，然后自杀。

我没有理睬大宝的臆测，闭上眼睛想利用一下路途时间补个觉。每次有破不了的疑案，总会影响我的睡眠。这可能就是我工作才三年，却像老了十几岁的原因吧。

在睡眼蒙眬中，我感觉到车子下了高速，急忙用力睁开实在不想睁开的双眼。早已候在收费站的青乡市公安局刑警支队陈支队长身形敏捷地钻进了我们的车子，不客气地拍拍我的肩膀说："走，我带路，顺便给你们说说这个故事。"

陈支队长很年轻、很帅、很健谈，是我们省最年轻有为的刑警支队长。

青乡市是建设在煤炭上的一座城市，这样说一点儿也不夸张。整个青乡市百分之九十的税收来自煤炭行业，甚至全市的标志性地名都是"一矿""二矿""三矿"。即便是矿区，中心地带也像市中心一样繁华，靠煤生存的人们祖祖辈辈生活在那里。

"出了这个案子我才知道，"陈支队长一脸神秘，"煤炭业居然还有很多边缘产业，比如说这起案件的事发地点是一家物业公司。"

这个"比如"让大宝大失所望，说："那个……物业公司哪儿没有啊？小区里有物业、公司里有物业、市场上有物业，现在大学，甚至公安局里都有物业公司的身影了。"

陈支队长神秘一笑："可是煤炭行业的物业公司就有门道了。"

听了陈支队长的介绍，我们都大吃一惊。

煤炭行业的物业公司，其实是个挂羊头卖狗肉的行业。他们的主要职责是在一座煤山被运走之后，下一座煤山还没有堆起来之前，把之前一座煤山底部和地面泥巴相结合的"垃圾"清理走。这里的"垃圾"两个字，我加了引号。

这些"垃圾"行话称之为"煤泥"。煤泥被物业公司清理掉以后，并没有被抛弃，而是运到一个距离拉煤的火车站点较近的荒郊野外堆放、储存起来。那么，煤泥有什么作用呢？物业公司会联络一些倒卖煤炭的中间人，把半节火车皮的煤泥和一节火车皮的煤进行混合，这样很容易就把一节火车皮的煤，"变"成了一节半火车皮的煤。倒卖中间人和物业公司共同从中获利。

虽然进行了混合，但是因为煤泥里也含有煤，而且颜色、性质相仿，虽然这种煤的可利用度大大降低，但很难被买主识别、发现。所以，这种煤泥生意很快成了一种走俏的地下行业。

物业公司的老总和矿厂的党委书记之间一般都有着千丝万缕的关系。因为物业公司表面上费时费力从矿厂清理走"垃圾",所以矿厂每年都会支付给物业公司一笔物业管理费。仅仅是这笔物业管理费,养活整个物业公司的老老少少已无问题。所以物业公司的老总就做起了对方倒贴本的生意来。

"你们猜猜,这个物业公司一年的纯利润有多少?"陈支队长问。

"一百万?"我大胆地猜道。

"五百万!"林涛比我有出息多了。

陈支队长摇了摇头,说:"两千万。"

"两……两……两千万?"大宝一激动就结巴,"这可都是黑钱啊!"

"物业公司储存煤泥的地方一般都会选择一些非常隐蔽的地点。"陈支队长说,"公司附近的村民也都知道在物业公司里干活能挣钱,所以也争相托关系、找熟人,削尖了脑袋要进公司。公司要壮劳力,能找得到当地最强壮的男人;公司要会计,能找得到当地最猴精的会计;他们要公关,能找得到当地最漂亮的女孩。"

"有多少有钱人,是靠黑心财起家的?"我叹道。

"在中国,有不发黑心财起家的企业家吗?"林涛说。

"太偏激,太偏激。"我不同意林涛的观点。

"那个……"大宝说,"这些黑心物业公司,没人管吗?"

"我觉得发了这个案子后,有关部门会重视一些吧。"陈支队长说,"不仅如此,他们还雇用童工。这起案件里死亡的两名漂亮女孩,都不满十六周岁。"

"不满十六岁?"林涛说,"不用上学啊?"

"要那么小的女孩做什么?"大宝问,"这活儿得靠大老爷们儿有力气的才行啊。"

"公关。"陈支队长说,"公关懂吗?那种公关。"

看着林涛和大宝迷惑的眼神,我深叹自己要是也像他们那样纯情该有多好。我打断陈支队长的话,说:"到现在,还没和我们说说案件的基本情况呢。"

"啊,对。"陈支队长拍了下脑袋说,"案件发案是这样的。"

6月25日到28日,青乡物业公司因为暂无业务,全公司放假四天。因为放假时间较长,所以基本上所有的职员都离开这地处荒郊野外的公司,乘班车各回各家去了。只有黄蓉和谢林淼这两名不满十六岁的少女,因为想留在公司上免费互联网,就没有回家。值班保安见她们两人互有照应,又自愿充当值班人员,所以也就溜回了家。

今早天刚蒙蒙亮，家住得比较近的保安刘杰就骑着摩托车先来到了公司。

停下摩托车，在保安室里吃早点的时候，他仿佛听见了在这寂静的山洼洼里传来"哗哗"的水声。不出意外，这是浴室传来的淋浴声。

青乡物业公司，除了那一幢设施还比较先进的公司主楼以外，其他的设施，包括宿舍、浴室、厕所、仓库都破旧不堪。女工浴室就位于公司大院的一角，红砖平房，老式磨砂玻璃窗。公司的这群老光棍儿，最喜闻乐见的事情，就是女工浴室内有人洗澡。因为，那扇老式的浴室窗户，根本就遮挡不住窗外色眯眯的眼睛。

保安刘杰看了看保安室里墙上的挂钟，才六点多一点儿，距工人们来上班还有两个多小时的时间，这个时候去偷看，可以用一个成语来诠释，叫什么来着？对了，"酣畅淋漓"！

走近浴室，刘杰看见了浴室里橘黄色的灯光亮着，但却没有看见本应该看见的——婀娜多姿的少女的身影印在窗户上。离浴室还有几米的远时，他就觉得自己的凉鞋一脚踩进了水里。

"怎么？怎么浴室的水都从门缝漏出来了？"大宝着急地问。

陈支队长点点头，说："是的。"

"浴室的门，是关好的吗？"我问，"死者是死在浴室里吧？"

"是关好的。老式的门锁，从外面要用钥匙开，从里面可以直接扭开。"陈支队长点点头，说，"不过这个门锁已经脱落了，应该是被人用脚踹开的。保安说门是关着的，他没碰门，所以不知道门其实只是虚掩着。"

"我怎么感觉是公司内的人杀人呢？"大宝说，"偷窥引发强奸杀人。"

"那公司大院没有院门？"我问。

陈支队长摇了摇头，说："公司大院的院门从来不关。因为公司主楼有防盗门禁系统，主楼外就没什么值钱的东西了，所以只要防住了主楼就可以了。"

"等等，等等。"林涛说，"就没有人像我一样，想不通为什么保安没推门进去，就知道里面死了人呢？"

"保安说，"陈支队长说，"他一脚踩进了水里，正在纳闷浴室的水怎么会多到溢出门外呢，低头一看，发现自己凉鞋里的白袜竟然有些发红。蹲下来仔细一看，这哪是水，这明明是血水！所以他就报案了。"

2

"能不能做个实验，看一看水龙头要开几天，水才会积蓄到门外来？"大宝问。

打开浴室门，一股血腥味扑鼻而来。为了让水流不再继续破坏现场，指挥部已经差人关闭了物业公司的自来水总阀门，水龙头不再喷水了。但是在这炎热的天气下，浴室内密不透风，温水源源不断地喷了那么久，即便已经关闭水龙头几个小时了，室内的温度还是较室外高出几摄氏度。在温湿的环境中，尸体腐败加速，我们一进门，夹杂着腐败气味和血腥味的空气便刺激着我们的嗅觉神经。

"在这种环境下，想通过尸体温度和腐败程度判断死亡时间是不可能了吧？"林涛问。

几个地漏在同时排水，但地面还有一些积水。我们摆好现场勘查踏板，像走独木桥一样向尸体所在的位置靠近。

两具尸体相距甚远。黄色头发的女孩尸体俯卧在离浴室大门两米的地面上，赤身裸体；而黑色头发的女孩蜷缩在浴室最内的一角，侧卧，面向地面，赤身裸体。两人的头面部都被淡红色的血水和头发覆盖，看不清眉目。

"尸体腐败程度和空气环境的关系太大了。"我一边翻开尸体的眼睑，摁压尸体的背部皮肤，一边感叹道，"死者的小腹部已经出现了尸绿，并且向上腹部扩散，这是肠道开始腐败的征象，一般这个季节，是需要三天以上的。但是尸体的角膜呈云雾状，半透明，还可以看得见瞳孔，这是死亡四十八小时之内的征象。尸斑基本稳定了，指压不褪色，说明死亡二十四小时以上。"

"那怎么办？"林涛说。

"在这种环境下，还是角膜浑浊程度和尸斑的状况更贴近真实死亡时间。至于内脏腐败，温湿环境下加快一些很正常。"我说。

林涛仰头看了看浴室顶上闪烁的防水灯，说："灯亮着，死亡二十四小时以上，四十八小时以内，那么说明她们是前天晚上遇害的？"

我点了点头。

"尸体会说话。"大宝高兴地说，"咱不用往浴室里注水做实验了，不环保。"

"我们来的时候，看见这两个水龙头在喷水。"侦查员皱着眉头，指着浴室最内侧的两个水龙头说。显然，他快受不了这浴室里的气息了。

"你们来的时候，水位有多高？"我问。

"基本淹没了尸体的三分之二。"侦查员说。

我叹了口气："如果是强奸案件，提取到生物检材的概率也很小了。"

"为啥？"林涛问。

"精液是水溶性的。"我说。

"那是不是强奸案件也没法知道了？"侦查员问。

我摇摇头，说："别急，大宝刚才不是说了吗，尸体会说话。"

血液被水扩散到了浴室地面的所有角落，想通过现场血迹分布来进行现场重建已经是不可能的事情了。就连放在浴室门口角落的木凳上的死者的衣服都有些湿润。这样的现场，法医要做的就是进行一些尸表检验，及时和痕迹检验人员沟通，以期待发现线索。

我让大宝沿勘查踏板到角落里的女孩尸体边，我自己则走到大门口的女孩尸体边进行检验。

"谁动了尸体？"我叫道。

"没有啊。"负责现场保护的民警一脸委屈，"我们来的时候她就趴在那儿的。而且你看，她枕部受伤，正好趴着摔倒嘛。"

女孩的后枕部有几处挫裂创①，边缘不整齐，创腔内组织间桥很明显。绽开的头皮露出了白色的颅骨，创口边缘黑黄相间的头皮下组织触目惊心。创口附近没有血迹。

"刚才他们说了，水位只到达了尸体平躺面的三分之二。如果她是俯卧的，后脑勺的血迹为什么被冲刷干净了？连附近头发上都没有黏附明显的血迹。"我说，"而且尸体的尸斑位于背部，这是死者死后仰卧了二十四小时以上，尸斑才会固定在背部。"

"是啊，这样的情况，一般都是死后二十四小时以上，再翻转尸体的现象。"大宝的声音从远处角落里传来，带着些许回音。

"可是……可是确实没有人能进来动尸体啊。"民警说，"我一直都在外面看着的，厕所都没上。"

---

① 挫裂创指的是钝性暴力作用于人体时，骨骼挤压软组织，导致皮肤、软组织撕裂而形成的创口。一般在头部比较多见。

我笑了笑，说："别紧张，不是说你失职。死者27日晚间死亡，在28日晚间至今天你们来之前，可能有人来这里动了尸体。"

民警眨巴眨巴眼睛，没反应过来。

大宝的声音又从角落里传出："哎，你说会不会是刘杰前天晚上杀了人，今天早晨来了以后，出于某种目的，翻转了一下尸体以后再报的案？"

"有可能有可能，这种贼喊抓贼的事情多了去了。"民警连忙接上话茬儿。

"可是他出于哪一种目的呢？"我说，"这是在暴露他自己啊。"

"你们还别说，"一直在沉默地刷门的林涛，停下了手中的工作，说，"大宝说的还真有可能。"

"哦？"我有些许兴奋，站起身来，向林涛走去。猛地起身，我突然有些昏厥，在勘查踏板上扭摆了两下，努力维持着平衡。

"是这样的，"林涛见我的姿势有些滑稽，笑着说，"这个门外面是暗锁，里面有一个把手、一个插销，可惜都生锈了。因为载体差，所以很难留下指纹。"

"不对，"我沿着踏板走到林涛身边，说，"凶手如果从外面把门虚掩上，应该接触的是门的侧面，因为外面没有把手。"

"所以我就重点刷了刷门的侧面。"林涛点头说，"可是这扇破门，条件也很差，有一些可疑的纹线都没有比对价值。但我倒是在插销上发现了一枚残缺的指纹。"

我眯着眼睛看插销。

林涛对身后的技术员说："刘杰的指纹样本采集了吗？"

技术员点点头，从随身的包里拿出一张指纹卡。侦办命案的时候，遇见人就先采集指纹，这种意识已经在技术员们的脑海里根深蒂固了。

林涛把刚才拍摄指纹的相机打开，放大了指纹照片，和指纹卡进行比对。

"指纹就是好。"我羡慕地说，"不像DNA，做个比对要好几个小时。指纹比对，分分钟的事情。"

"是他。"林涛没有答我的话，但是他冒出的这句话让在场所有的民警雀跃。

"狗日的。"主办侦查员说，"我就看他不像个好东西，还忽悠我们。他还信誓旦旦地告诉我们说他动都没动浴室门。没动浴室门怎么会在门上留下他的指纹？"

"证据确凿。"我说，"门上有他的指纹，他可能动过尸体，可是他都不承认，你们先去审讯吧。注意一点，就是要搞清楚他为什么杀人，今天早上为什么又要动尸体。"

主办侦查员点点头，信心满满地离开。

"有的时候，命案的侦破就是一枚指纹的事情。另外，我觉得，我俩是不是要陪大宝一起去参加一下他奶奶的葬礼？"我问林涛。

林涛点头。

"不用了吧？"大宝说，"尸体还要检验的，不管案子破没破，命案的尸体都要检验的。"

"我知道，不用你教。"我笑着说，"尸体现在要运回殡仪馆阴干。全身都是水就开始检验，弄不好就会遗失掉尸体上的痕迹。"

"是啊是啊，"林涛说，"尸体还是要在妥善时机检验比较好，这个案子，我还是觉得证据有些不扎实。"

"没事儿，你的任务圆满完成，剩下的，就是我们法医的事情了。"我自信地拍了拍林涛的肩膀。

"嘿！嘿！"林涛闪躲开，"别戴着手套就拍啊，我这衬衫老贵了。"

我和大宝小心翼翼地帮助殡仪馆的工作人员把两具湿漉漉的尸体装进裹尸袋运走，我们三人也乘车赶往殡仪馆，去参加大宝奶奶的葬礼。

北方地区的风俗真是不少，作为长孙的大宝因为迟到，被他的父母狠狠地批了一顿后，满脸委屈地在腰间缠上了白色的麻布。仪式在大宝赶到后正式开始，经历了放鞭炮、哭丧、叩拜、上祭后，已经过去了一个多小时。随后，主持人又抛甩了上祭的水果，大家一拥而上抢夺着，抢到的人赶紧把水果往嘴里塞。

"传说高寿老人的祭品吃了可以延年益寿。"大宝悄悄对我说。

我摇了摇头："那不对，给老人在天之灵的供品，怎么可以拿回来自己吃？"

"你不懂，这是我们这儿的风俗。"大宝说，"一会儿还要用柳枝清扫骨灰盒，然后就可以安葬了。"

于是，又过去了一个多小时。

葬礼结束后，我们乘车返回专案组等待审讯的结果。

"你们受累了。"大宝脸上有一丝内疚，"我们青乡这个地方，位于四省交界处，受不同文化氛围的熏陶，有各式各样的风俗习惯。本来吧，每个村子的风俗习惯都不同，但时间一长，为了不得罪神灵，我们这儿的人把所有的风俗习惯都吸纳了，来了个综合版。"

"别乱说，小心得罪神灵。"林涛一本正经。

"其实我对这些风俗习惯倒是蛮感兴趣的。"我说，"你说说都有哪些匪夷所思的。"

"那就多了去了。匪夷所思的，嗯，比方说哈，我们青乡北边一个县，如果小孩夭折，得把孩子的尸体放在一个岔路口放三天；南边的县则不能让死人见阳光，所以死亡后会用白布把尸体的头包裹起来。又如，有些地方人死了后，要往嘴里放枚硬币；哦，还有的地方得用泥巴把死人的脸抹上。咱们这边，人死了后应该穿几层寿衣，寿衣是什么布料都很有讲究呢。"

"这都是些什么风俗习惯啊，简直就是封建迷信跳大神啊。"我说。

"别乱说，别乱说。"林涛慌忙说道。

说话间，车开进了青乡市公安局大门。

我们一推门走进专案组，就感觉到了气氛的凝重。所有的领导、民警都眉头紧皱，抽烟的、喝茶的、看材料的、发呆的，都一声不吭。但陈支队长却说出了和气氛相左的话，他说："刘杰交代了。"

"耶！"我和大宝击了下掌。

"他交代了猥亵尸体的行为，"陈支队长说，"但是否认杀了人。"

"测谎结果，也是排除了他杀人的可能性。"刑科所张所长说。

"可是他解释不了进入现场、翻动尸体的行为吧？"转折太快，我有些眩晕。

"解释得了。"陈支队长说，"今天早晨，他上班后，听见浴室水声，就到了浴室准备偷窥，但发现门是虚掩的。他进入浴室后被吓了一跳，但是很快恐惧就被色心取代了，于是他首先是去把浴室门从里面插上，怕被早来的职工发现，这时候他留下了在插销上的指纹。然后他去猥亵了尸体。因为怕我们在尸体上发现他的指纹，他临走前把尸体的正面翻到了水里。"

"那么重的腐败味儿，亏他还有那心思。"大宝做恶心状。

"你得理解一个老光棍儿。"一个侦查员想活跃一下气氛，被陈支队长瞪了一眼，咽回话去。

"可是，他说的是实话吗？"林涛说，"测谎只能参考，不能作为定案或排除的依据啊。"

"你们确定了6月27日晚间凶手作案的。"陈支队长说，"我们在抓刘杰的时候，就派出去一个组，对他进行了外围调查。6月27日一整夜，刘杰都在青乡市一线天网吧里上网。从27日下午五时至28日上午十时，有监控录像做证。从28日中午开始，刘杰就在家里睡觉，他的家人和邻居可以证实。他确实没有作案时间。"

"我就说嘛，这个案子的证据有问题。"林涛显得很淡定，"现在果真是有确凿的证据证明不是刘杰作的案。"

"他这何止是侮辱尸体！他这是破坏现场！妨碍公务！"我气得满脸通红。

"行了行了。"林涛说，"趁着还有几个小时才天黑，咱们还是返回去殡仪馆吧。你们稍等我一会儿，我去拿件工作服，把这件衬衫换了。"

3

"大意了。"在开往殡仪馆的车上，我有些自责。原本以为证据确凿的事情，却来了个惊天大逆转。不过通过这么一闹，我更清楚"证据"这两个字的深层含义，它绝对不只是一枚指纹或一张DNA图谱，它还包含了一种意识、一种思维。

两具尸体的样貌在我的脑海中翻转，我却一直想不起来她们的损伤形态，这让我萌生了一种赶紧到达殡仪馆的冲动。

解剖室里，两具尸体的裹尸袋已经被拉开，尸体安静地躺在两张解剖床上，身上的水渍已经阴干。我们决定先检验现场蜷缩在墙角的黑发女子，据办案单位介绍，她叫黄蓉。

"郭靖知道了，一定很伤心。"林涛一本正经地拿着相机"咔嚓咔嚓"地闪个不停。

大宝蹲在解剖台的一端，一边用手术刀一下一下地刮去死者的头发，一边还哼唱着"狮子理发"。

"严肃点儿行不？"我按照常规尸表检验的步骤，沿着死者的头面部、颈部、胸腹部、四肢，对尸体进行尸表检验。尤其是头面部的尸表检验最是需要仔细，比如眼睑、口唇黏膜，都是法医需要重点检验的部位。

"脑袋上好多创口啊。"大宝说，"头发不好刮。"

法医也应该是一名好的理发匠，当然，我们只会剃光头。为了防止头发掩盖住损伤的可能性存在，法医检验尸体必须将尸体的全部头发都剃去，有的法医习惯使用手术刀剃发，有的也会购买一些专业的剃发刀。有些死者家属觉得剃发是对死者的不尊重，还发生过攻击法医的事件。

如果头皮上有多处创口，那么法医的剃头工序就会显得比较艰难，不能破坏创口的原始形态，又要将创口交叉处游离皮瓣上的头发剃除干净，是需要一些本事的。

"睑球结合膜苍白，口鼻腔无损伤。"我没有回答大宝的话，对尸表进行常规检验。

林涛拿着相机，在一旁审视刚才拍摄的照片，说："怎么感觉这姑娘的鼻孔好黑啊。"

听林涛一说，我赶紧拿起止血钳撑开死者的鼻孔："哟，你别说，真是异常的黑。"说完，我用棉签伸入死者鼻孔擦拭了一圈，白棉签进，黑棉签出。

用同样的办法检验了另一名死者谢林森的鼻腔，同样结果。

"这是什么情况？"林涛问。大宝也探头过来看。

"没道理啊。"我说，"浴室是个非常干净的地方，地面也都是瓷砖，怎么会有这么多污渍进入鼻腔？"

"死者的面部部分都应该是浸在水中的。"大宝说，"难道是死者下矿了，脸很脏？水只冲洗掉了面部的污渍，而没能冲洗干净鼻腔里的？"

"十六岁的女孩，又是做公关的。"我说，"下矿？你觉得可能吗？"

"那肯定是这俩孩子不知道做什么游戏，所以把脸弄脏了。"大宝翻着白眼思考着。

"我觉得不可能，难道你不知道脸对一个年轻女子的意义所在吗？"林涛说。

"你们说会不会是犯罪分子干的？"我拿起死者的双手看了看，又说，"死者全身其他地方没有发现黑色的污渍，手指甲里也是很干净的。即便是犯罪分子干的，他也只是把死者的脸弄脏了。"

"关键是这些污渍是什么东西？"林涛说。

我点点头："对，这个很关键，马上送去市局进行微量物证检验。时间也不早了，我们这边继续。"

粗略检查完尸表，我剪掉了两名死者的十指指甲，并开始准备棉签，对死者的口腔、生殖器、肛门进行擦拭。对女性尸体提取上述检材也是法医在尸体检验过程中的常规程序，尤其是疑似强奸案件，这些步骤就更加重要。

"即便是被水长时间浸泡，我们依旧不能放弃提取到生物检材的……"我说到一半，停了下来。

"怎么了？"大宝的剃发任务还没有完成，听见我突然停顿，站了起来，伸展了一下蹲得酸痛的腰腿。

"这是什么？"我一只手拿起放大镜，另一只手捏住黄蓉的面颊。

黄蓉的尸僵已经基本缓解，颞下颌关节已经松弛，被我这么一捏，她的口腔就暴露在视野中。

我的放大镜照在她下牙列的中央，那里有一根毛发。

"这有啥好奇怪的。"大宝说，"你忘了吗，她的头部有好多钝器创口，就有可能有头发的截断，截断了就有碎发，而且当时她是侧脸蜷缩在现场的，头发盖住了面部，在尸体移动后，有些碎发进入口腔，很正常啊。"

我拨了一下死者口腔内的"碎发"，说："可这是阴毛啊。"

阴毛和其他部位毛发是有明显的形态差别的。阴毛色黑、质硬、卷曲，且横截面呈扁平状；头发色黑、质地相对较软、卷曲度一般较小，呈圆柱状；腋毛色黄、质地软、卷曲，呈类圆柱状。法医必须具备迅速辨别各部位毛发形态的能力，这是法医人类学的内容之一，对于现场勘查高效提取到有价值的物证有积极作用。

"阴毛也正常。"大宝咧了咧嘴，"我家卫生间浴室地面上就有好多，水一流动，恰巧进了口腔，正常！"

我用止血钳夹住黄蓉口腔里的毛发，拽了一下，说："不会。这毛发是夹在牙缝里的！"

解剖室里安静了下来，大家都在邪恶地思考。

"幸亏女法医少，不然这些事儿还真不好在一起讨论。"林涛笑着说。

"哦！我知道了！是那样！"大宝后知后觉地叫了出来。

我没理大宝，小心翼翼地钳出毛发，借助无影灯的直射观察着："好像有毛囊。哈哈，有毛囊！"

毛发的一端是毛囊。带有毛囊的毛发是可以检出毛发所有人的DNA的，不带毛囊则无法做出。所以一根有毛囊的毛发和一根无毛囊的毛发对于法医来说，意义具天壤之别。

刚刚把擦拭鼻腔的棉签送到市局微量物证实验室的侦查员此时气喘吁吁、满头大汗地跑回解剖室，看见我们正在对着一根毛发傻笑，说："是不是，我又得，跑一趟？"

"只要能破案，你的辛苦不会白费。"我笑道。

两名死者的损伤惊人相似，都是后枕部有数十道钝器创口。黄蓉的双膝有一些皮下出血，除此之外，两人的体表都没有其他的损伤痕迹。没有约束伤、没有抵抗伤。

"处女膜陈旧性破裂，会阴部没有发现明显的生前损伤。"我说，"不支持死者生前发生过性行为。"

"那啥也算性行为。"大宝说。

"什么这啥、那啥的，"我说，"咱们分析来分析去，最终都是为了个DNA数据嘛。"

"你说，她们会不会是同性恋关系？"林涛说，"然后因为感情纠葛，自产自销？"

我摇了摇头，说："不会。两人的枕部损伤十分严重，自己难以形成。这个不难，看看那根毛的主人是男的女的就可以确定了。"

女性是XX染色体，男性是XY染色体。DNA技术可以通过染色体情况判断组织细胞的归属者是男性还是女性。

切开了死者黄蓉的头皮，暴露出白森森的颅盖骨。头皮的内侧可以见到两个明显的出血区域，一个是头皮下出血，位于枕部数十道挫裂创的周围。另一个区域在顶部，血迹黏附在头皮上，这块出血是帽状腱膜下出血。

"怎么会有帽状腱膜下出血？"我探头对正在解剖谢林淼尸体的大宝说。

大宝点点头："这具也有。"

人的头皮下方有一层帽状腱膜，帽状腱膜下和颅骨骨膜之间有一个疏松的间隙。这个结构保障了头皮和颅骨之间的活动度。帽状腱膜下的出血，一般都是撕扯头发引发的损伤，外力打击难以形成。

"你还别说，还真像林涛说的。"大宝说，"女人之间打架比较喜欢撕扯头发。"

我没吱声，照相固定好黄蓉后脑部位的头皮创口和骨折形态后，拿起电动开颅锯锯开死者的天灵盖。

电动开颅锯的快速运转产生的高温，把飞扬的骨屑烤出一种奇怪的味道，我害怕这样的味道，胜过害怕尸臭。我停下锯子，抬起手臂揉了揉鼻子。

当我取下死者黄蓉的脑组织的时候，大宝那边也取下了谢林淼的脑组织，他明明比我晚动手的。这个看似愚笨的家伙，解剖功底还真是没得挑。

接下来的画面，是我和大宝动作的高度统一。

我们一起盯着各自手中的脑组织愣了会儿，然后一起翻起死者的额部头皮看看，再就是放下脑组织，仰面思考。

两名死者的枕部脑挫伤、大量出血，但是额部却也都发现了脑挫伤和脑出血。

外伤性脑出血的脑组织对应的头皮都应该有相应的外伤痕迹，但是这两具尸体的都没有。那么，只有一种原因可以解释。

我和大宝同时说道："对冲伤！"

林涛愣了神："你们这是咋啦？不是鬼上身吧？要不要这样步履整齐地干活儿？"

对冲伤是一种特征性的脑损伤，特征就是着力点的头皮有损伤，其下脑组织有损伤；同时，着力点对侧的脑组织也会发现损伤，但是这里的头皮没有受力，所以没有损伤。对冲伤一般发生在头部减速运动（如摔跌、磕碰）过程中。

"怎么会有对冲伤？"我的脑子飞快地转。

"我知道了。"大宝说，"浴室太滑，两人都是摔死的。"

"扯什么呀。"林涛说，"我不是法医都知道，她们枕部头皮创口有那么多皮瓣，说明是多次外力作用形成的。她们总不能不停地摔跌一直摔到死吧。"

"哦，对。"大宝挠挠头。

"她们是摔的。"我说，"不过不是摔跌，而是别人摔她们。"

我翻开死者的头皮，指着死者颅盖骨上刚才发现的帽状腱膜下出血的部位说："这样解释，有人拽着她的头发，把她的头反复撞击地面或墙面，嗯，地面的可能性大，因为当时浴室里的水位只有十几厘米高，无法把墙面上残留的血迹冲掉，而我们在墙面上没有发现血迹。别忘了，只要头部的减速运动就可以形成对冲伤，撞击也是减速运动。"

在场数人点头认可。

尸检继续进行，我们按常规的解剖术式解剖了死者的胸腹腔，没有发现其他可疑的现象。谢林森胸部和会阴部的死后损伤都很轻微，不是奸尸，而应该是刘杰猥亵尸体留下的征象。

"看来刘杰没说假话，"林涛说，"真变态。"

两名死者都死于重度颅脑损伤，根据胃内容物判断，她们应该是末次进餐后四个小时死亡的。根据她们胃内残留的卷曲状的面条状物质判断，她们的末次进餐物是方便面。

该做的工作全部做完，我脱下解剖服，看了看表。没想到在不知不觉中，时间已经到了深夜。

"咱们回去睡觉吧。"我说，"一晚上的调查和检验，明天早上我们就可以知道那些物证的检验情况以及两名死者生前的活动轨迹了。"

"那你对这个案子有没有什么看法？"大宝问。

我说："其实挺简单的，至少现场重建可以完成。"

"哦？"林涛说，"说说看。"

"根据黄蓉膝盖部位的皮下出血和口腔里的毛发，可以判断凶手应该先强制黄蓉口交。"我说，"然后凶手先后用抓头发撞地面的手法杀死了两名死者。在整个过程中，凶手并没有关闭正在冲淋的水龙头，杀完人后，凶手随即离开了现场。水龙头就在那里冲了一天两夜，直到今天早上刘杰进入现场，对尸体进行了猥亵，改变了尸体的体位。说起来真令人生气，两名死者鼻孔里的黑色污渍，若不是刘杰变动了谢林森的体位，可能会给我们更多的提示。刘杰把尸体的面部翻转到了水里，等于是销毁了线索和证据。"

"没有销毁。"林涛说，"我们得相信市局微量物证部门的实力，但愿这么小的量，他们也可以检测出成分。"

"你说凶手性侵了黄蓉，那谢林森呢？"大宝问。

"这个没有依据支持。"我说，"但是我总觉得凶手的杀人手段有些奇怪。"

"哪一点奇怪？"大宝问。

"说不好。"我闭上眼睛，说，"让我想想。"

30日早晨，"六二九"杀人案专案组指挥室。

看不得少女被强奸杀害的我，一夜噩梦，睡眼惺忪地推门入室。

"一个好消息，一个坏消息。"陈支队长眼睛都肿了，看上去却依旧倜傥，"你先听哪一个？"

"好的吧。"我说。

"黄蓉口腔中的毛发检出一个男性的DNA基因型。"陈支队说，"这个案子有甄别犯罪嫌疑人的抓手了。"

"这我们预料到了。"我说，"那坏消息呢？"

"经过一晚上的调查，固定了死者最后的活动轨迹，但是没有发现任何破案的线索。"陈支队长说，"物业公司的男性，也都通过DNA比对排除了。茫茫人海，怎么去找这毛发的主人？"

我沉吟了一下，说："那里的流动人口不多吧？"

陈支队长说："物业公司两公里外有个集镇，比较繁华，流动人口也很多。但是按理说，物业公司所在的位置很偏僻，知道物业公司情况的人很少，而且应该不会有人没事儿去那里的。外人也不知道那里面有两个漂亮小姑娘放假没回家啊。"

"那会不会是物业公司内部的人协同作案的？"林涛问。

"我们目前正在做这个工作，固定每个员工的动态以及他们的社会关系。"陈支队长说，"不过这也无异于大海捞针。"

我用拳头顶着头，苦思冥想。整个专案组会议室的人都和我的表情极度相似，大家都想找到一个破案的捷径。

"对了，"我说，"那个擦拭鼻孔的棉签，微量物证结果是什么？"

"据我们初步判断，应该是一种碳素墨水。"微量物证实验室负责人说。

"碳素墨水？"我说，"浴室里怎么会有碳素墨水？"

"我们分析，是不是两个女孩不小心弄墨水弄了一脸，所以去洗澡的？"陈支队长说。

我摇摇头："痴迷于网络的人，早就忘记了墨水的味道。对了，这碳素墨水是现在常用的一次性笔里的那种吗？"

"不是。我们化学分析后认为，和市面上快被淘汰的那种瓶装墨水是一种成分。"

"那个……陈支队长刚才说死者最后的活动轨迹固定了，是什么情况呢？"大宝显然对这些碳素墨水不太感兴趣。

"哦，路面监控反映，27日晚上六点，两个女孩骑燃油助力车到了集镇上。"陈支队长说，"据调查，她们去买了方便面。我知道你们要说什么，会不会是集镇上的人尾随？这个我们视频侦查的同志仔细研判了，徒步尾随跟不上，如果有交通工具尾随，监控会有反映。所以我们基本排除了有人尾随的可能。所以我们现在的工作目标还是那些知道物业公司具体情况的人，以及和物业公司内部人员有关系的人。"

"其实我是想说，能肯定死者是晚上十点以后死亡的。买方便面的问题和我们观察到的胃内容物形态一致，我们判断死者是饭后四小时死亡的。"我说。

"嗯，有这个时间点也很好，可以做排除。"陈支队长拿起笔在笔记本上记着。

会议室再次陷入沉默。

我随手点击着桌上笔记本电脑里的死者照片，放大、缩小。

"我突然想到个捷径，不妨试一试。"我打破了会议室里的沉寂。

4

"首先说一说这个碳素墨水的问题。"在所有人急切目光的注视下，我有一些窘迫。

"快说，快说。"陈支队长催促道。

"我们来出勘这个现场后，认为是刘杰作案，所以中午时分，一齐去参加了大宝奶奶的葬礼。"我咽了口唾沫，"这个葬礼很冗长，持续了三个小时，原因就是风俗习惯。"

大宝在一旁使劲儿地点头。

我接着说："后来，大宝告诉我，你们这个地方因为多省交界，所以受很多不同地域的风俗影响。如果小孩夭折，得把孩子的尸体放在一个岔路口放三天；有的则不能让死人见阳光，所以死亡后会用白布把尸体的头包裹起来，或者用泥巴把死人的脸抹上。"

陈支队长使劲儿拍了下桌子，吓了我一跳。他说："对啊！这我怎么没想到！确实听说过有用东西抹脸的风俗。不过，那些污渍不是从鼻子里擦出来的吗？我们这边有风俗是抹脸，不是堵鼻孔。"

我笑了笑，说："两名死者的面部在我们发现的时候都是浸泡在水里的。水是流动的，可以浸泡干净面部，也可以把一些有颜色的东西冲进鼻孔。"

"也就是说，如果不是刘杰把尸体翻转过来，我们就可以一眼看到谢林淼的面部是被抹黑的？"主办侦查员说，"狗日的，他这个情节都没有和我们交代。"

"他当时的心情肯定是忐忑的，加之天还没亮，浴室灯光又暗，可能没有注意到。"陈支队长分析说。

"不管怎么样，他侮辱尸体、妨碍公务，得追究刑事责任！"我咬牙说。

"不过，就算是杀了人，抹脸，又能说明什么呢？"陈支队长接着问。

我平复了一下情绪，说："首先，风俗习惯这种东西，一般都是年纪大的人在沿用，你说一个'90后'，会在杀了人后，考虑风俗的问题吗？所以我分析，这个凶手应该是个年龄偏大的人，具备性能力，那么最大的可能是四十岁到六十岁。而年纪大的人，性欲会有明显降低，凶手用这么恶劣的手法性侵，很有可能是个性饥渴的人，所以要考虑单身的人。"

"有道理。"陈支队长的笔尖在笔记本上飞快地走动。

"下面，是更重要的问题。"我喝了口茶，接着说，"既然我们分析了死者面部的污渍是碳素墨水，那么，我们是不是应该考虑下碳素墨水的来源呢？总不能是凶手杀完人，又回家取墨水，再来抹脸吧？那他何不用不远处仓库里的煤泥？"

"那只有可能是随身带的。"大宝说。

"你会随身带一瓶墨水吗？"我看着大宝说。

"钢笔里可以有啊。"大宝说。

"对。"我说，"这就是关键，我也认为凶手可能随身带有钢笔。带灌墨水的钢笔的人已经不多见了，这更能证明凶手是一个年纪偏大的人。同时，农民、工人一般不会带钢笔，所以凶手很可能是个从事和文字有关的工作的人，比如教师、文书、作家。"

"年纪偏大、单身、从事和文字有关系的工作的人。"陈支队长说，"精彩的犯罪分子刻画！范围确实缩小了不少。"

"这是我说的第一个问题。"我被陈支队长一夸，进入了状态，缓缓说道，"我还有第二个看法。"

大家的目光比之前更充满了期待。

"昨天解剖的时候，我就发现两名死者的枕部损伤有些奇特，但是想不出是什么问题。"我说，"死者枕部都有非常严重的磕碰伤，皮瓣多达三十多处。也就是说，凶手把死者的头在地面上撞击了三十多次。其实以他的力度，三五下人就可以昏迷致死了。但凶手为什么要反复撞击呢？"

"仇恨？"陈支队长说完，又摇了摇头，"也不对，我们调查，这俩女孩没啥仇家，而且本案我们已经定性是性侵案件了。"

"仇恨确实是一种解释。"我说，"但是我更倾向于——醉酒。"

"醉酒？"

我点头："是的。醉酒后作案的特点就是不计后果，损伤严重。可以折射出醉酒后的凶手疯狂的作案手段。"

"那为什么不能是精神病作案？"林涛插了话。

"精神病作案和醉酒作案有明显的区别。"我说，"精神病作案和醉酒作案都很疯狂，但是本质区别，就是精神病不会有趋利避害的情绪，比如精神病作案后不会处理尸体、不会藏匿尸体等。在本案中，如果是精神病作案，绝对不会有用墨水抹脸的过程。"

"而且精神病不会带钢笔。"大宝笑着说。

"你们的分析非常有价值。"陈支队长说，"我觉得凶手不会离现场过远。所以我们下一步，将会对离现场最近的那个小镇进行调查，重点查那些平时喜欢带灌墨水钢笔的单身男性，年纪偏大。"

"还有一个重点。"我插话说，"重点查小镇上的饭店、酒馆，27日晚，是否有符合条件的男子喝得烂醉，然后又独自离开的。"

"知道了。"陈支队长说，"限期八个小时，给我查出嫌疑人。"

闲不住的我，不能忍受法医工作已经完成后，苦苦等待侦查结果的煎熬。于是，我跟随侦查员踏上了去集镇调查的征途。

作为案件的幕后人员，第一次感觉其实侦查工作也是十分艰苦的。烈日炎炎下，我们跑到了第十二家小饭店。

"27日？"老板说，"我们这儿生意好的咧，我哪里记得住哦。"

"麻烦您仔细想想。"

"对哦，我来找一下那天晚上的菜单啥的。"老板还算很配合，"看能不能记得起来哦。"

我点了根烟，等着老板慢悠悠地翻着27日晚上的菜单。

"我说的嘛。"这个浙江籍的老板叫道，"我就好像有那么一点儿印象的啦，镇政府的那个老秘书，叫什么来着？叫老罗的。那天晚上喝多了，一个人胡言乱语的。"

"等等，等等。"一个侦查员慌着开录音笔，另一个侦查员连忙打开笔记本，"老罗，镇政府的老秘书，当天晚上他和哪些人一起喝酒的？"

"一个人。"老板说，"点了宫保鸡丁和小龙虾。"

我掐了烟，凑过来听。

"他什么时候来的？什么时候走的？"

"那我哪里记得的哦。"老板说，"反正挺晚的吧，但肯定是我十点钟关门之前。出门地滑他摔了一跤，我还去扶的。"

侦查员对着我点了下头，意思是说，时间点对得上。

"你和老罗很熟悉吗？"

"一般吧。"老板说，"老光棍儿，就喜欢来喝闷酒的啦。你们不会怀疑他是杀人犯吧？就物业公司那个案子？那是不可能的哦，他可是个老好人咧。"

"别猜了，今天的调查也希望你能保密。"侦查员说完，拉我走出了酒馆。

"年龄、特征、时间点、醉酒等情况都高度符合。"我说，"一个小镇子哪会有这样的巧合？而且这样性压抑的人通常性格内向。你们不去动手抓人吗？"

侦查员点点头，说："我马上和支队长汇报，你可以回宾馆等我们的好消息了。"

侦查人员在秘搜老罗家里的时候，就基本上敢肯定这个外表看起来忠厚老实的老文书就是这起案件的凶手了。

老罗大名叫罗峰，今年四十五岁，当了一辈子的政府文书，却没能混上个公务员的身份。他性格内向，收入微薄，小镇上他能看得上的女人都看不上他，看得上他的女人，他又看不上，怎么说他也是个文化人嘛。

就这样，他孤单到了四十五岁，精神依托则是那一摞摞的色情光碟。

27日其实是罗峰去相亲的日子，镇长给他介绍了一个离异的妇女。可能是那个妇女听说罗峰不是公务员，所以爽约了。郁闷的罗峰就来到经常喝酒的小酒馆里喝了个烂醉如泥。醉酒后，他胸中的欲火更是燃烧得无法抑制。他尾随了一个年轻的女子，却跟丢了，而酒精的作用又让他迷失了方向。

罗峰信步走着，就走进了物业公司。在这片空旷安静的土地上，他和刘杰一样，听见了浴室的水声。

在镇政府工作，多少知道一些物业公司的情况。他知道这里有几个漂亮妞，说不准正在洗澡呢？

欲火就要从嗓子眼儿里喷射出来，罗峰冲到了浴室门口，一脚踹开了浴室的大门。姑娘的尖叫声，无异于火上浇油。

　　谢林淼和黄蓉都认识罗峰，罗峰也看惯了这两个"婊子"对镇长书记的献媚。他要求黄蓉跪下来，学着色情光碟上的女人那样做。

　　毕竟是十六岁的女孩，除非是老总安排的献身工作，除此之外，裸体暴露在男人面前让她们羞愧无比，甚至失去了反抗的意志。不反抗，但有抗拒。黄蓉跪在地上嘤嘤地哭，死活不张开嘴巴。而谢林淼则看准时机，想要逃离出去。

　　眼看谢林淼就要逃离，罗峰的血液就像是要沸腾了，他冲过去抓住谢林淼的头发，把她摔倒在地上，机械地把她的头颅撞击地面。浴室的地面很快就被鲜血染红了，谢林淼死了，黄蓉被吓坏了。

　　黄蓉再也不敢反抗，乖乖地按照罗峰的要求去做。

　　事后，为了不让黄蓉告发，罗峰用同样的手段杀死了黄蓉。

　　欲望的排泄和杀人的体力消耗让罗峰瘫软在地上，他似乎清醒了不少，因为他感到了无比的恐惧。他听说人死后用泥巴抹脸，冤魂就会被困住，于是拿出了随身的钢笔，挤出墨水抹在两名死者的脸上后，慌不择路地逃离了现场。

　　罗峰想去自首，却又害怕死亡，而每晚的噩梦又折磨得他无法安生。所以在民警站到他面前的时候，他乖乖地束手就擒。

　　"服法，也是一种灵魂的解脱。"大宝说了一句让我们刮目相看的哲语。

法医秦明

VOICE OF THE DEAD

| 第五案 |

坟场缚术

龙番市西北郊区坟场

孩子害怕黑暗，情有可原；人生真正的悲剧，是成人害怕光明。

——柏拉图

1

"我家小狗超级乖的，从来不在外面乱吃东西的，也不会乱跑，每次我一声喊，它马上就能跑到我身边。"眼前的这个妇女怨尤地看了一眼脚边趴着的宠物。

这样的眼神我见过，当初我没能考上一本，我妈妈看我的眼神就是这样。

"这不是……小……狗了吧？"大宝强调了一下"小"字。

这条松狮突然站了起来，抖了抖身上蓬松的毛，伸出它沾满了口水的紫色舌头，呼呼地喘气，吓得林涛往后躲了躲。

"你怕狗啊？"我问身后的林涛。

林涛说："你才怕狗呢，我是怕它那口水滴到我皮鞋上，新买的。"

"老贵了。"我学着林涛的习惯，和林涛异口同声道。

"是不小，你这松狮比其他的要肥不少。"侦查员说。

"谁说的，"妇女蹲下来，抚了抚狗的毛，说，"它一直很健硕好吧，一点儿都不胖，只是毛蓬松了点儿。"

十分钟前，我们接到龙番市局的电话，说是有条狗发现了一根骨头，有群众觉得不像是动物的骨头，就报警了。

十一根手指的案件一直在牵动着龙番市公安局和省公安厅每一名刑警的心，寻找第十一根手指主人尸体的工作也一直在开展，所以只要一听到有人骨什么的，法医都会第一时间到达现场。胡科长在接到110指令后，带着韩法医来到了位于龙番市西北的一个郊区住宅区。今天早晨，一个男子报警说，他的邻居养了条狗，这狗不知道从哪里叼来了一根骨头。他以前是杀猪的，所以他觉得这根大骨头不是猪的骨头，于是报了警。

眼前的松狮目露凶光，到嘴的美食被人夺了，心存不忿。

"根据这骨头的形态，我们可以果断判断，这是人的肱骨。"胡科长说，"肱骨头、大小结节、肱骨滑车、冠突窝、三角肌粗隆。这完全符合一根肱骨的所有解剖特征。"

"这个说不准就真是第十一根手指的主人呢。"大宝兴奋地说，"那个……骨头是在哪儿被发现的呢？"

人群安静下来。

"您这是问谁呢？"我对大宝的问题很诧异。

"哦，对。"大宝眨巴了下眼睛，"这是狗叼来的。"

"你这狗一般都去哪儿转悠呢？"侦查员强忍着笑，问妇女。

妇女说："就在附近，从来不跑远的。"

"我觉得吧，"我说，"方将的尸体是在一个闹市区小区内被发现的，我们分析凶手的目的就是为了让我们尽早发现。那么，如果本案是和方将被杀案一样的话，尸块也应该就在这个住宅区内呢。"

"不可能。"胡科长说，"我们当时分析手指的主人被杀是在方将之前，那么，这至少都一个半月过去了，这种热天，尸块肯定臭到不能闻。如果在住宅区内，早就会被发现了。"

"那这两起案件应该不是一串。"我有些沮丧。

"别放弃，先找到这具尸体再说，说不定有转机呢？"胡科长是我的老师，他拍拍我肩膀，鼓励道，"三十余名民警已经开始搜索工作了，主要范围是住宅区周边的废弃工厂和农田，我们也加入吧。"

烈日炎炎下，三十余名民警挥汗如雨地搜查着。警犬对腐臭仿佛不太敏感，在烈日下也有些精神不振。搜索工作进行到了傍晚，对讲机里才传出兴奋的声音。

"发现尸体，住宅区西北方向，沿小路走约两公里，就在路边。"对讲机"刺刺啦啦"地响着，"三组、五组已经在现场，正在布置保护工作，请法医支援。"

石子小路很窄，勉强能通过一辆勘查车，大家都坐在车上没说话。我想，如果是第十一根手指的主人就好了，多一条线索，就多一些破案的可能。至少，也能解了我一个月以来的心结。

现场在石子路边的草丛里，侦查员们已经在现场周围拉起了警戒带，我们刚到，几十名村民就尾随而来，打算围观。

"这条小路是通向一个坟场的。"派出所所长说，"这儿有一小片坟场，有些年头了，市里曾经想组织移坟，结果一个村民去市政府差点儿自焚了，所以计划流产。这一片坟场也就保留了下来。现场是在路边，沿这条路再往西北走几十米是个岔路口。岔路一条通往坟场，另一条通往一个小砖窑。不过那个砖窑倒闭十几年了。也就是说，这一片地带，除了清明、冬至祭奠一下祖宗以外，是没人来的。"

我们迫不及待地钻进警戒带，一个民警指着草丛说："都快烂没了，还是迪图发现的。"

迪图是一只警犬，正坐在民警身边，耀武扬威地伸着舌头。

路边的杂草有半人高，如果不是仔细搜寻，还真不会注意到草丛里有一堆烂肉。可能是连苍蝇都觉得这堆肉没有了利用价值，并没有想象中的蝇蛆满地。但在这堆已经快腐蚀殆尽的尸骨旁边，有很多蛆壳，还有很多死苍蝇。

"看来前面十几天中，这里是苍蝇和它们的孩子们欢聚的地方，可惜它们选错了地方，尸体有毒啊。"我说完看看林涛，"怎么样，现在我说话也文雅了吧？"

"看来这至少放了一个多月了，就快完全白骨化了。"林涛说。

温湿度高的环境下，在空气中暴露的尸体，只需要一个多月就可以完全白骨化。

"是碎尸！"我用树枝拨动白骨，发现几根长骨的中段都被砍断，砍痕错综交叉，有十几条。加之这么多死苍蝇，说明尸体可能含毒。这是和有着第十一根手指的"六三专案"极其相似的现象。

尸体没有完全白骨化，还有着一些软组织相连。我让驾驶员打开勘查车顶部的探照灯，把这里当成临时解剖室，开始了初步的尸骨检验。有四五个法医同时工作，尸骨检验工作进展得十分顺利，发现也越来越多。

"死者骨盆和股骨相连，但是股骨中段被砍断。腰部骶椎被砍断。"大宝说，"这和'六三专案'的尸体分尸部位完全一致。"

"等等，等等，"韩法医叫道，"股骨是被一条绳索缠绕打结的，如果不出意外，应该和'六三专案'尸体骨盆、大腿被割槽捆绑一模一样。"

"死者的头部和躯干没有被分离，头及躯干处于俯卧位，所以颈部软组织靠地面，没被苍蝇和蛆们吃掉。"胡科长说，"我正在找颈部的血管，看有没有什么发现。"

"这附近没有发现死者的衣物。"林涛简单转了一圈，说。

"死者的内脏组织应该都在。"后来赶来支援的王法医说，"距离尸骨一米半处，有一堆杂草倒伏区域。这里有一些腐败得相当严重的物质，目前看是内脏，附近也有很多死苍蝇。"

大家你一言我一语，负责记录的实习生有些混乱。

我赶紧戴上橡胶手套，帮助王法医把那堆沾满了蛆壳的烂肉一点点翻出来看。每翻一次，我们的周围就弥漫出一股恶臭。

"心、肝、脾、肺、肾、肠，都在。"王法医说，"上面应该还有气管和舌头。"

"而且器官之间没有被割断的痕迹。"我说，"和'六三专案'一样，死者的整套器官，是被凶手用法医常用的掏舌头法，整体取下的！"

"串案依据充分。"胡科长挑了挑眉毛，"这两起案件应该是一个人作的案。"

"四肢长骨和主要躯干骨骼没有缺少的迹象。"大宝检验完最大的一块尸块——骨盆和部分大腿后，又开始清理现场的白骨。他说完，顿了顿，说，"二十二、二十三、二十四！不！右手少了三节指骨！"

人的一只手掌有二十七块骨头，其中八块是腕骨、十四块是指骨、五块是掌骨。为什么指骨是十四块呢？人的大拇指是由两节骨头组成的，其余四指都是由三节指骨组成的。大宝发现少了三节指骨，那么就说明这个人的右手，少了一根指头。

"哈哈，我们在DNA检验之前，就可以确定，这具尸体就是'六三专案'中第十一根手指的主人了！"韩法医高兴地说。

热血一下冲进我的脑袋里，我突然觉得，我离这个残忍变态地杀人、剖腹、分尸，还向警方挑战的凶手已经不远了。

"不对，"大宝说，"为什么方将的尸体被放在闹市区的垃圾堆里，而这具尸体放得这么偏远呢？"

"其实本质上还是一致的。"我咬着牙说，"那具尸体是在闹市区的垃圾堆里，放那么明显可能是为了被人发现。这具尸体其实就在路边，可能凶手并不知道这条路一般没有人走动。这说明了一点，凶手应该对这一片并不是非常熟悉。"

说完，我注意到胡科长正蹲在尸骨头颅的部位，没有说话。

"胡科长发现什么了吗？"我问。

"之前创口处有轻微生活反应，我还怀疑凶手是活体解剖了被害人。"胡科长说，"虽然检出毒鼠强成分，但是也不能完全排除是在死者濒死期被剖腹。"

"我一直都觉得不可能是活体解剖。"我说，"我觉得是因为死亡后细胞超生反应而产生的生活反应。大宝开始认为方将是被活体解剖，依据不足。"

"依据不足？尸斑浅淡，内脏皱缩，死者失血死亡的死因，问题不大吧？"大宝脱下手套，拿出手机，翻出一张照片给我看。

"你居然把尸体照片拷贝到手机里！"我叫道，"你也太重口味了吧！"

"不是！"大宝脸涨得通红，"好多事情想不通，经常看看，说不准能想得到破案的线索。"

看来这个案子也在狠狠地牵动着大宝的神经。

"问题就在这里。"胡科长说，"方将的尸体身首异处，没有多少价值，而这具尸体的头没被分下来，所以我仔细看了他的颈部。他的颈部有个大创口，颈动脉完全离断，血管内壁生活反应很明显。说明，死者是被人割颈，导致大出血死亡的。"

"下药、割颈、剖腹、分尸。"韩法医说，"应该是这个顺序。至少割颈的时候，死者还没有死亡。刚刚达到致死量的毒鼠强中毒，死亡还是需要一个过程的。我觉得方将可能也是这样死的，只不过后来头部被割了下来，所以我们没有办法判断他的颈部有没有创口。"

此时天已全黑，勘查车探照灯照射下的大家都点头同意。我站起身来，伸个懒腰，活动了一下快僵硬的腰肢，发现围观群众不减反增。

"天都黑了，你说大伙儿都在看什么呢？"我说。

"这草丛里，啥也看不到。"林涛说。

"现在就是找尸源了。"胡科长打开死者的耻骨联合，说，"高压锅都省了。"

"也是三十来岁，男性。"我看了眼死者的耻骨联合面，大概估计了下死者的年龄，说，"可惜体态啥的没法分析了，身高我们回头再算一下。"

"没问题，这样的尸骨，找尸源不难。"韩法医说。

话还没有落音，警戒线以外的围观人群突然骚动起来。有些人开始往住宅区里跑，还有些人吵吵嚷嚷地翘首探望。

"怎么了这是？"我问。

大家都是一脸疑问。

"闹鬼啦！有鬼啊！"不知道是谁大喊了一声，人群像是炸了锅，"嗡"的一声开始四散。

驾驶勘查车的驾驶员以前是驾驶维稳指挥车的，很有经验，马上调动勘查车上的探照灯，照射回村庄的小路，防止那些正在奔跑的村民发生踩踏事故。

"怎么回事啊这是？"我丈二和尚摸不着头脑。

"他……他们……他们好像说是有……鬼。"林涛往我身边靠了靠。没有了探照灯的照射，我们所在的草丛，猛然变得漆黑，月光下影影绰绰。

"啥鬼？"我笑着说，"女鬼吗？漂亮不？走，去看看。"

本来准备开始收集尸骨，送殡仪馆保存了，少了探照灯的照射，工作没法开展。我们只有跨出警戒线，看看到底发生了什么事情。

村民基本都散完了，只剩下一个民警搀扶着一个村民快步走了过来。

"咋啦这是？"我问。

"吓……吓死我了。"村民说，"坟场出来个女鬼！"

2

在十几个民警的包围下，村民胆子壮了不少，吓软了的腿也有劲儿了。他说："刚才在这儿看你们干活儿，闲来无事，就四处溜达一下，本来是要去那个坟场里撒泡尿的，结果我看到个女鬼。"

"女鬼是啥样的？在哪里？"我笑着问道。

"就在岔路口那里，往里走几步就能看得见，靠在墓碑上的，跷着个腿，长头发，风一吹还飘啊飘的，吓死我了。"

看村民的表情，这不是个恶作剧。

"走吧，去看看。"我说。

村民哆嗦着，带着我们几个拎着勘查灯的警察，到了岔路口。他指着草丛说："从这里进去走几步，就能看见了。另外，你们能留个人陪我吗？"

几条勘查灯的光束照着草丛，里面杂乱地排列着不少坟墓。没走多远，我们就看见了传说中的"女鬼"。

远处有一座比较大的坟墓，墓碑是那种飞檐大理石形状的，看起来埋着的是个大户人家。一个人影靠在墓碑上，纹丝不动。人影像是坐着的，上身和墓碑紧靠，头垂着，双腿却高高跷起，像是一个正在做锻炼的人。

一个普通人，想保持这样的姿势几分钟都很困难，而"女鬼"丝毫没有动过。

一名胆大的刑警用勘查灯照射过去，这个侧面的人影更加清晰，没错，那确实是一个人。双手垂下，双足跷起，像是一个正在做体操的僵尸。"女鬼"的皮肤在灯光的照射下，惨白惨白的。

"嘿，干什么的？！"刑警喊道。

人影没有动。

一阵妖风吹过，人影的头发飘动了一下。

"哎呀妈呀，这头发太吓人了！"林涛颤抖着说。

这让我想起小时候听到的一个恐怖故事。说是一个人半夜走在田间小道，突然发现前方有一个白衣女子，婀娜多姿，一头乌黑亮丽的长发在晚风中飞扬。他吹了声口哨，美女猛然回过头，他看到的居然还是一头乌黑亮丽的长发。

这个传说困扰了我好多年，以至于对长发女子都有些抵触。想到这里，我打了个冷战。

任凭灯光照射，"女鬼"依旧跷着双脚靠着墓碑，一动不动。长长的头发随风飘摆，无论怎么飘摆，都让十几米外的我们看不到面孔。

"谁，和我过去看看？"被人称为"秦大胆儿"，我不能丢了这个名号的面子。

几个刑警和我一起戴上鞋套，向"女鬼"走去。

走近一看，这是一具全身赤裸的女性尸体。

尸体靠在墓碑上，垂着头，一头长发遮住了面孔。

我被"诈尸"吓着过，所以谨慎地用树枝捅了捅尸体，尸体没动。胆子大了一些，我用树枝挑开头发，看了看尸体面部。

"原本以为她会突然抬起头，然后发现面部没有器官呢。"我笑了笑，解释了一下刚才的举动，"女孩子年纪不大。"

在我看来，只要能看得见一张人脸，就没有什么好恐怖的了。

民警挪了挪步子，身旁的矮树上突然"哗"的一声掉下来个什么东西，落在民警身上，吓得民警直跳脚，使劲儿拍打着自己的肩膀。

"别紧张，别紧张。"我笑着说，"是绳子。"

尸体之所以保持这样的体位，是因为有绳子捆绑。尸体的上身乳房以上，有根绳索绕过，把尸体的躯干紧紧捆绑在墓碑上，乳房被勒得变了形。双手背在身后，也是被一根绳子捆着。两只脚踝上分别捆着根绳索，绳子的另一端分别拴在墓碑对面的矮树的两根树枝上，两条腿伸得笔直，向上方跷起、张开。

刚才民警移动了一下，碰到了树枝，树枝上的绳子脱落了下来。

失去了吊在树枝上的绳索的捆绑，尸体的双脚还是那样跷起、张开。

"这……这……这是怎么回事？"民警说，"没有绳子的力量了，怎么还能这样跷着腿？妈呀，死人也会用劲儿？"

"你没听说过有一种现象叫作尸僵吗？"我白了民警一眼，弯了弯死者的膝关节，强直状态①，没能弯动。

见我们几个人没有被"女鬼"袭击，远处的大伙儿都聚集了过来。

林涛走近一看，只是一具尸体，不再害怕，扬起手说："都别过来了！我要找足迹！找足迹！"

我们对现场实施了紧急保护措施，并避开绳结剪断绳子，把尸体装进了尸袋。绳结有的时候可以提示一个人打结的习惯，所以是一个比较重要的证据和线索。尸体被装进尸袋的时候还保持着跷腿的姿势，在尸袋的包裹下显得有些诡异。

现场有几个杂乱的足迹，林涛挨个儿进行了拍照固定："这几枚鞋印都很新鲜，这里又是个很少有人来的现场，所以很有价值。等回局里的时候，记得把你们的鞋印都送给我，我要做个排除。"

"这个现场必须封存。"我说，"切断所有能进入这一片现场的通道，等明天天亮了以后，我们再过来外围搜索，毕竟女子的衣物什么的还没有找到。勘查车的探照灯估计撑不了那么久。"

几个年轻的派出所民警听我们一说，马上开始了"剪刀石头布"，看来这是他们的惯例，用运气来决定苦活儿谁来干。一个人在坟场看护现场一整夜，实在不是一件好差事儿。

"没有关系。"胡科长说，"我马上调人来，用勘查灯搜索，晚上不知道下不下雨，若下了雨，就完蛋了。所以，连夜搜索。"

"看来这个案子也很有意思。"我开始纠结重点放在哪起案件上。

"你们省厅处置这个墓碑女吧。"胡科长说，"尸骨这边没什么好的线索，现在就是要找尸源。所以，清理尸骨的工作由我们来负责，你放心吧。"

"好。"我答应下来，"绑在墓碑上，挺有想法的，我要把这案子给破了。"

"绳子绑成这样，还选个这样的场所，死者还保持着那样的姿势，肯定是玩SM（性虐待）没玩好，玩死个人了。"大宝说。

"走吧，去殡仪馆。"我说，"检验完尸体再休息。"

---

① 强直状态，是指躯体呈一种笔直的姿态，关节均被固定。比如有些中毒可以导致人体呈现强直状态，尸僵可以导致尸体呈现强直状态。

尸体在解剖床上仰卧着，两脚跷得老高。林涛照相固定完毕后，我们开始破坏尸体的尸僵。

"这么硬。"我说，"实践证明，尸僵最硬的时候，是在死后十五到十七个小时。"

尸体保持双腿张开的姿势，倒是让我们测量肛温方便了不少。

"还真是不错，从尸温来看，死后十七个小时。"大宝简单算了算。

我看了看解剖室里的挂钟，时间指向晚间八点零二分。那么也就是说，死者是在今天，7月4日，凌晨三点左右死亡。

"凌晨三点，一个女人去坟地做什么？"我说。

"我看是劫财案件。"戴着手套给尸体捺印指纹的林涛说，"你们看。"

死者的手惨白惨白的，但是右手的中指上有一个颜色更浅的痕迹，那里显然原来戴了一枚戒指。

"我赞同。"大宝说，"处女膜完整。"

"哟，这女的不小了吧？还不丑。"林涛说，"现在这么保守的女的还真找不到。"

"没有性侵？"我有些诧异，"不性侵为啥脱得这么干净，而且还摆那么个姿势？"

大宝摊开双手耸了耸肩："没搞错，外阴确实没有损伤。"

"不管怎么说，把衣服脱成这样，总是有强奸的想法的。"我说，"只是出于某种原因没有成功实施罢了。或者，凶手也是女人？"

死者的全身没有约束伤和抵抗伤，但是捆扎绳索的地方，都有轻微的脱皮和出血。

"很明显是生前捆绑。"我说，"但这女的没有反抗，就连四肢被捆好以后，死者也没有什么特别强烈的挣扎痕迹。"

"会不会是下药？"林涛说，"先提一管子心血去检验吧。"

"也有可能真的是跟个女的在玩SM？"大宝说。

"我在想啊，"我说，"在墓碑上捆人，你说会不会是某一种风俗什么的？把这个女人当成祭品？或者说这个女人愿意被当作祭品？"

受到青乡市"六二九案件"的影响，我开始对各地的风俗习惯十分感兴趣。这几天我买了一些关于风俗习惯和典故的书，正在研读。也看到一些古人献祭活人的案例，但是没有这样捆绑在墓碑上，摆出一副被强奸的姿势的先例。

"说得有道理，"大宝抬起胳膊推了推鼻梁上的眼镜，"明天我们去查一下那个墓碑是谁的，看起来是个大户人家，看看他们有没有可能去献祭活人。"

死者的颈部有一圈索沟[1]，很深，皮肤被晒了一天，已经皮革样化了。死者双眼眼睑球结合膜弥漫着出血点，心血不凝，指甲乌青。显然，她是被凶手用绳索勒住颈部，导致机械性窒息死亡的。

"被捆绑了四肢，然后再勒颈，受害人确实没有能力反抗。不过，轻微反抗是有的，四肢捆绑处有轻微脱皮，还有，捆绑脚部的绳索，绑在树上的绳扣都已经松了，民警一碰就脱落了。"我说，"如果是SM，不可能下这么狠的手勒颈吧。"

案件性质的判定一时间陷入了困境，现在没有特别好的依据，来推断凶手到底是为了什么去杀害死者。但根据我们的直觉判断，这要么是一起封建迷信引发的献祭杀人，要么就是侵财。为什么扮成一个性侵害的现场，可能是因为凶手有想法没实现，或者凶手是在伪装，以转移我们侦查部门的注意力。

来来回回找了很多遍，尸体上没有发现其他有价值的线索。我们整体提取了死者的胃肠，开始研究她最后的进餐情况。

研究死者的胃内容物是一件非常恶心的事情。法医必须把死者的胃内容物一勺一勺舀出来，并且逐个分析胃内容物的形态，从而判断死者最后一餐吃了什么，给侦查提供一些线索。眼前这个死者的胃内容物已经所剩无几，都是一些面糊状的东西。

"按理说，人的胃内容物排空时间是六个小时，晚饭时间通常是六点，距她凌晨三点死亡，至少是晚饭后九个小时了，胃早就空了。既然她的胃里还有一些东西，说明她在零点左右，还吃了一些东西，面食，应该是饼干之类的干粮。"

"她晚饭没有吃，从小肠内容物综合已知的死亡时间来看，她大概是在7月3日中午一点到两点吃的饭。"大宝把死者的小肠整齐地排列在解剖台上，全部剪了开来，研究她的小肠内容物，"小肠中间有大片空白区，一直都没吃东西，直到大约零点的时候，吃了点儿面食。"

"大部分食糜都已经消化成糊状了，"大宝接着说，"但一些不容易消化的纤维还可辨，应该是有菜、有肉，哦，还有西红柿皮。"

---

[1] 人体软组织被绳索勒、缢后，皮肤表面受损，死后会形成局部皮肤凹陷、表面皮革样化，会完整地保存下被绳索勒、缢时的痕迹。这条痕迹被称为索沟。

"看来她昨天中午正常吃完饭后，就被劫持了。"林涛说。

解剖完毕，我们正准备进一步提取死者的耻骨联合，进行年龄推断的时候，负责联络的侦查员走进解剖室说："胡科长请你们赶紧赶往市局七楼会议室。"

我抬头看了看表，打了个哈欠："有发现吗？都十一点了，困死我了。"

"有的。"侦查员点点头，"这个女的身份已经搞清楚了。"

"这么快！"我说，"那我们没必要去做耻骨联合了，给她留个全尸吧。怎么查到的？"

侦查员说："你们尸检的同时，支队所有的民警都参与了外围搜索的工作。很快我们就在坟场出来的路边找到了死者的全部衣服。另一组民警，从岔路口另一条路去了废弃的砖厂，在厂房里发现了一些新鲜的饼干袋子，还有一个女式挎包。挎包里有些便宜的化妆品、名片，还有个钱包。钱包里没有钱和银行卡，但有身份证和一些打折卡。"

"对对对，死者确实在零点的时候，吃了些饼干之类的干粮。"我说，"高度吻合，这个身份证应该就是死者的。"

"DNA检验还在进行，和身份证主人的父母进行比对。"侦查员说，"不过毒物化验结果已经出来，可以排除死者生前服用过有毒或者安眠镇定类的药物。"

"死者没有反抗，没有被下药。"我轻轻地说道，"还能和凶手安静地在那么偏僻的地方待了那么久，还在一起吃干粮，甚至去了坟地被脱衣服、被捆绑都没有多少挣扎。这，能说明什么呢？"

3

死者叫戚静静，人如其名，安静内向。

从死者的亲戚、朋友、同事的口中我们知道，戚静静的父亲下岗后，就没了稳定的工作，靠给工地干些苦力活儿赚钱，她母亲前不久罹患了癌症。担负着全家几乎全部经济收入的戚静静，为了能给她妈妈治病，这段时间像疯了一样地赚钱。

戚静静是个装潢公司的销售推广人员，干得多，赚得多。虽然只有二十一岁，但中专毕业后就在行业里摸爬滚打的她，也已经算是个老江湖了，在建材行业有着一些人脉。大家都很喜欢她恬静的性子，所以，业余时间，为了赚更多的钱，她也会当一些中间人。比如介绍某建材厂买某原料公司的原料，她从中获取一些中间人的牵线费用。

"这种公司的销售，成天都是在外面跑业务的，"主办侦查员说，"很少有坐班。所以，昨天一整天，戚静静的同事都没掌握她的行踪，只是纷纷反映，这些天，戚静静一切正常。"

"戚静静还是处女。"大宝说，"从调查来看，她是不是有可能有同性恋或者性变态之类的倾向呢？"

侦查员摇摇头，说："没人反映这方面问题，而且，事发当天中午她去相亲了。"

"我们调了死者的手机话单，电话非常多。"胡科长补充道，"但是可以印证，死者昨天中午十一点接到了相亲对象的电话，应该是赴约了。十二点到两点之间，有很多电话，查了一下，要么是客户的，要么是公用电话，都没有什么好的线索。三点左右就关机了。"

"这个相亲对象很可疑啊，"大宝说，"是个什么人？"

"一个来龙番做生意的小老板，叫曹哲。"侦查员说，"半个月前来龙番开了个店，现在正在装修。"

"他多高？"林涛一边问，一边拿出等比例的鞋印照片。

通过排除现场民警、死者和发现尸体的村民的鞋印，林涛找到了很多枚一样的鞋印。不出意外，这个鞋印就是凶手留下的。

"一米七。"侦查员说，"瘦瘦的。"

"很有可能啊。"大宝说，"你看，哪个小姑娘会随随便便就被人脱衣服？我估计啊，有可能是相亲相上了，然后和小老板找了个隐蔽的地方谈恋爱去了，哪知道小老板是个变态。"

"脱衣服并不一定是自愿的。"胡科长说，"衣服全是碎的。也就是说，凶手是用刀子割碎了衣服，脱掉的。"

"之所以用刀子割，而不是强行脱，"我说，"可能是因为凶手先捆绑了死者。既然四肢被捆绑，衣服就没办法脱了，只有割开。"

"那戚静静为什么就这么容易就范？"大宝问。

我摇摇头，表示不解。

"不太可能。"林涛说，"根据鞋印推算凶手的身高应该在一米八左右，即便有误差，也不会误差这么多。"

"我也觉得不可能。"我说，"刚来龙番半个月的小老板，怎么会对那么隐蔽的地方那么熟悉？还知道有坟地？有废弃砖厂？我在龙番生活好几年了，都不知道。"

"不管可不可能，"陈局长发话了，"他可能是最后和戚静静接触的人。人我们已经抓了，正在审讯。"

我皱皱眉头，没说话，心里对这个局长的鲁莽表示厌恶。

"你们先查吧。"林涛显然也有些厌恶，抬腕看看表，说，"这起案件的种种表现，都是一起侵财案件。一个老板，侵财不强奸？我也怀疑，但保留意见。不早了，我们要休息了，明天有消息出来，再说。"

深夜回到家里，铃铛睡眼惺忪地起床给我下了碗面条，坐在我身边，一边看我狼吞虎咽，一边听我说故事。

"那你觉得会是什么案件呢？"铃铛问。

"我觉得啊，可能就是某种祭祀的仪式。"我说。

"那你看没看墓碑上的字儿啊？"铃铛说，"如果是祭祀，应该选择一个有纪念性的日子吧？"

"对啊！"我拍了下桌子，"我后悔我开始没想到，没去看啊。要不，你现在陪我去看看？"

"我才不去。"铃铛一脸惊恐，"别那么拼命，早点儿休息吧。"

我哈哈一笑，亲了铃铛一口："逗你呢。墓碑又不会跑，明天去就可以啦。不过你这真是提示了我，贤内助啊！"

"说得那么恐怖……"

第二天一早，我约了林涛、大宝，驾车赶到现场。

现场还有十几个民警正在进行搜索，我径直走到发现尸体的墓碑旁。

抗日英雄李华夏烈士之墓

原来这是一个烈士的墓碑，新中国成立后修建的衣冢墓。听说正是这个李华夏的后人坚决反对，甚至用了极端手段，才让开发商放弃了这一片土地。

生于一九一○年九月初八，卒于一九四一年六月初四。

我猛地打了个激灵，拿出手机查了下万年历："案发是在昨天凌晨，昨天就是农历六月初四！"

我看见林涛和大宝一起打了个激灵。

林涛笑着说："目测这案子要破啊。"

专案组的第一步行动遇到了挫折，对曹哲的审讯一无所获。曹哲说，他根本就没有看上戚静静，当天中午在一起吃完饭，就独自回了家。

"他租住的小区的大门监控证实了这一点。"陈局长有些沮丧。

"就说嘛，"我有些得意，"他没有作案的条件。不过，从他嘴里，你们得出什么线索了没有？"

主办侦查员摇摇头。

我略感可惜，道："那他们大概几点结束吃饭的？吃饭后有没有人再给戚静静打电话？"

"查了。"侦查员说，"饭店门口不远处路边有一个IC卡电话机，这个号码给戚静静打过一个电话。"

"现在还有人用IC卡电话？"我沉思道。

"可能是为了躲避侦查，所以不用手机的吧。"林涛说。

"对了，"我抬起头，说，"女孩被捆绑的那座坟墓，是一个抗日烈士的，而女孩被杀害的那一天就是这个烈士的忌日。我觉得，你们当务之急是要从这个烈士的家人开始查起。从目前来看，活人献祭的可能性非常大。"

"那戚静静为什么不反抗？"胡科长问。

我摇摇头："不知道，反正先查着吧，也没有什么其他线索。胡科长，不如我们先去讨论一下'六三专案'的情况？"

"好，好，好，去讨论，去讨论。"陈局长慌忙说。显然这个"六三专案"一个月都未能发现一点儿线索，上级领导压得他透不过气来。

"'六三专案'还真是有一些进展。"在法医办公室，胡科长说，"尸骨的身份已经搞清楚了。"

"这么快？"我很惊讶省城刑警的办案效率。

"其实当初发现手指的时候，就一直在找。"胡科长说，"在周边省市也都发了协查通报。巧就巧在，尸骨全部找到的昨天夜里，尸源认定了。DNA也证实了他就是手指的主人。"

胡科长顿了顿，说："死者是青乡人，青乡市立医院泌尿外科的医生，叫孟祥平。今年年后在省立医院进修。他每周周末都会回老家，但是5月16日并没有回去。他妻子给他打了无数电话，都无法接通，于是5月18日报了警。"

"时间和我们推测的比较一致。"我说，"孟祥平比方将早死了半个多月。只是因为方将的尸体被抛在闹市区，所以我们先找到了。那对孟祥平的生前活动轨迹调查了吗？"

胡科长点点头，说："查了。5月14日，周三晚上，孟祥平在医院食堂吃饭，还有同事看到，15日他休息，16日周五他值二线班，按常理可以不到科室。因为他一个人独住一个宿舍，所以14日以后，就没有人注意到他了。直到17日，孟的妻子给科室主任打电话，才发现他失踪了。"

"这就是调查结果？"

"是啊。无法确定之后孟祥平的活动轨迹。"胡科长惋惜地说。

"社会关系呢？"我追问道。

胡科长摇摇头："目前还在调查，没有结论。"

案件虽然有了一些进展，但是很快又陷入泥潭。我们三个人和胡科长都显得很沮丧。方将和孟祥平这两个人究竟有什么联系，他们为何先后被杀，又被这么残忍地分尸、剖腹？这一切的一切，究竟是为了什么呢？

"继续等调查结果吧。"胡科长说，"我们手里掌握的线索实在太少了。"

关于祭祀的想法，也很快被推翻了。

陈局长之前对曹哲的怀疑是错误的，被我们轻易地预言，他有些没面子。但这次我们的推测也被调查否定了，他显得有些耀武扬威。

"我就知道是巧合。"陈局长说，"都什么年代了，还活人祭祀？旧社会都不兴这个了。"

"怎么排除的？"我有些不服气。

"李华夏烈士的后人从去年起就不在龙番市居住了。"陈局长说，"李华夏只有一个儿子，已经去世了，一个孙子今年五十岁，一个孙女四十七岁，两人在南江伺候八十岁的老母亲。根据南江市公安局的协查，这两人一年没有回来了。"

陈局长指了指主办侦查员，让他接着介绍。

侦查员慌忙翻开笔记本，说："李华夏所有的后人都在去年搬去南江了，就李华夏的曾孙子，十八岁的李建国，在外地上大一，偶尔会回龙番，住在他姨妈家。他从小就是他姨妈带大的，感情很好。"

"这怎么排除？"我说，"怎么排除李建国的嫌疑？别忘记了，给戚静静打最后一个电话的，是一个IC卡电话机。现在只有大学生还会用这个玩意儿。"

"你知道你曾祖父的名字吗？"陈局长问我，"我就问名字，我都不问忌日。一个曾孙子，还是大学生，会记得曾祖父的忌日，给他献祭活人吗？再说了，我们分析认为凶手是为了逃避侦查，才用IC卡电话的。"

我挠挠头，被说服了："是了，种种迹象表明，这是一起劫财案件。"

"曹哲和戚静静他们中午吃的是什么？"我突然想起了戚静静的胃内容物。

"西红柿炒鸡蛋、宫保鸡丁，还有一些素菜。"侦查员说。

"看来他没说谎。"我说，"和胃内容物一致。这也可以肯定，戚静静从中午饭后一直到晚上十二点之间没有吃过饭了。"

"这个调查可以查清，胃内容物起不了作用。"陈局长傲慢地说。

"现在死者和凶手是否熟识都不好说。"林涛岔开话题打圆场，"死者反抗不激烈，不知道是什么原因。按理说，即便是熟人，也不会轻易让人家绑上、割衣服。"

"但至少凶手是对现场环境很熟悉的。"我说，"知道有坟地、有砖厂的人有多少？"

"不少，住在那一片的人都知道。"侦查员说。

"可惜，足迹只能去认定，不能去排除，而且还要找到相对应的鞋子，所以不能作为甄别犯罪分子的依据。"林涛说。

突然，一名侦查员闯进专案组说："戚静静的银行卡，刚才卡上全部的钱两万元被提取了。"

陈局长猛然站起来："好！取钱人的视频截图带来没有？"

侦查员摇摇头，说："没有，他戴了个帽子和墨镜，看不清。"

陈局长又坐了下来："那你急吼吼地喊什么，等于没用。"

"不，"我说，"很有价值。一来我们知道嫌疑人的体态特征了，二来这个案件的性质终于明确了，至少有一个杀人动机是侵财。"

"是的是的，"侦查员使劲儿点头，"一米八，身材健壮，背双肩包。"

"体态特征和痕迹部门推测的一致。"我看了眼林涛,说。

"可是,我们仍然没法去确定侦查范围啊。"大宝说,"龙番七百万人口,怎么找?"

"复检尸体,看有没有进一步发现。"我说。

"'六三专案'目前没有进展,我们也没有什么好做的。"走出会议室,胡科长低声对我说,"这个案子,你去解剖,你看有什么需要我们做的?"

我想了想,说:"现在外围搜索出的所有线索,都是死者戚静静留下的东西,只有一样,应该是犯罪分子随身携带的。"

胡科长低头思考。

我说:"就是那几个饼干袋子。"

"嗯,对。"胡科长说。

"那么,下一步就去查这几个饼干袋子。看看生产商是哪里,主要销售渠道是哪里。"我说,"看看能不能发现什么线索。"

胡科长点点头,说:"我来和支队长汇报,让他调人去调查。我们这边,会仔细检验饼干袋,看有没有指纹什么的。"

"犯罪分子反侦查意识很强烈。"我说,"取钱都知道戴帽子、墨镜,所以我觉得他不太可能在饼干袋上留下什么。我的建议是从饼干的生产销售方面入手。"

"好。"胡科长转身离去。

我看了看林涛和大宝,说:"继续干活儿。"

我和大宝还没有到殡仪馆,林涛就打来了电话:"刚才我对死者的包和钱包都检查了,没有别人的痕迹,连手套印都没有,只有死者的指纹。我判断,可能是死者主动把钱和卡拿给凶手的。"

"那就有两种可能,一种是熟人,"我说,"另一种就是被威逼。"

"我也觉得死者一直没有多少反抗,可能是因为害怕。"大宝说,"戚静静是个胆小的人。"

"你说会不会和前两天的案子一样,凶手是采用了非正常体位的性交?"我说。

"不会。非正常体位,他把她脱那么干净做什么?"大宝说,"而且口腔、肛门也仔细提取了生物检材,阴性的呀。"

我点点头，没说话。

经过了两个多小时的尸体复检，我们并没有什么新的发现。虽然第一次检验是在晚上，但是并没有什么遗漏。直到我们再次缝合尸体的时候，我一眼瞥见了死者脚趾上的一些异样。

阳光照射进解剖室，洒在死者的脚趾上，脚趾中央的皮肤上有一块斑迹在阳光的折射下格外醒目。

我停下手中的针线活儿，趴在死者的脚上看。

"怎么了？"大宝问。

"那天晚上没有注意到，死者的脚趾上有一块反光点。"我说。

"那是什么东西？"大宝问。

我摇摇头，没说话，用棉签擦拭了一遍脚趾，装进物证袋，脱了解剖服发动了车子，赶往市局DNA实验室。

实验室里，DNA技术人员对我提取的棉签进行了浸泡和离心，然后取了沉淀物做了一张涂片。我拿过涂片，放在显微镜下观察着。

"漂亮！"我喊道。

"找到了？"DNA室的妹子抿嘴一笑。

"有精子，快做DNA！"我兴奋地说道。

在DNA室门口等着检验结果的时候，胡科长也传来了好消息。

"饼干袋子我们调查了。"胡科长的声音透过电话依旧洪亮，"是地方产的饼干，产地是在陕西省，主要销售渠道也是在他们省内。按理说，我们省不会有这样的饼干出售。而且，与之吻合的，戚静静接到的最后一个电话不是IC卡电话机打的吗？经过技术处理，可以确定用这个IC卡电话机打电话的那张IC卡，是陕西电信发售的卡片。也就是说，打电话的这个人应该就是凶手。"

"陕西？"我说，"凶手是从陕西过来的？陕西过来的怎么会对我们龙番那一块地方那么熟悉？那这案子怎么办？我刚从死者的脚趾上提取到了精斑，看来没用了。全国这么大，陕西那么大，怎么找人？"

"嘿嘿，我这儿有个好消息。"胡科长说，"我马上到办公室来，在我的办公室里见。"

4

胡科长的办公室里，胡科长靠在座椅上，喝着茶。

他说："如果一个胆子不大的凶手，到墓地里去作案，一般会选择什么地方呢？"

"你怎么知道凶手胆子不大？"我问。

"我就是做个假设。"胡科长继续卖关子。

我想了想，摇了摇头。

胡科长说："如果我是凶手，我对现场环境非常熟悉，我若在坟场作案，就会选择我最熟悉的一块地方，比如说亲戚的坟墓。"

"等等，"我打断胡科长的话，"可是凶手为什么非要去坟场作案？"

"这个不好说。"胡科长说，"但你还没听出来我是什么意思吗？"

我点点头，说："知道，你还是在怀疑李华夏的亲人。可是侦查员他们已经说了，李华夏除了个曾孙子，没人回龙番。而且，一个曾孙子，还是大学生，怎么会愚昧到给自己的曾祖父献祭活人呢？这肯定是个巧合。"

"你说杀人的时间是李华夏的忌日是巧合。"胡科长说，"我也赞同。但我刚才说的意思，是李华夏的后人如果作案，可能会在那一片恐怖的地方选个自己觉得相对不恐怖的地方。这是心理潜意识的作用，没有人能避免得了。"

"那就查一查李华夏的曾孙子的行踪呗。"我说。

"不好查，"胡科长说，"高校前两天已经放假了，他的行踪没法查。"

"那就找来比对一下DNA。"我说，"我刚才提到一处精斑。不过挺奇怪的，为什么精斑会在脚趾上？难道日本A片又出新花样了？又有人学着干了？"

"不查，我都觉得是他。"胡科长说。

"哦？"我压抑不住内心的激动，"有什么依据？"

胡科长神秘一笑："因为李华夏的曾孙子李建国，在西安上大学，身高一米八，健壮。"

"真的？！"我跳了起来。

"是啊。"胡科长说，"世界上哪有那么巧的事情。怀疑凶手携带的饼干是从陕西省带来的，打电话的IC卡是陕西发售的，而他在陕西上大学，刚好到放暑假的时间；绑尸体的墓碑是他曾祖父的；体态完全一致。多种巧合的集聚，就是答案。"

"那去抓人啊。"我眉飞色舞。

"已经撒网了。"胡科长说，"以咱们龙番刑警的实力，抓个小贼，分分钟的事情。"

可能是小看了这个李建国。直到DNA室做出尸体脚趾上的精斑和从李建国姨妈家里提取的李建国日常用品上的DNA结果一致的时候，专案组才传出好消息。

李建国被刑警们在从南江开往西安的列车上抓到了。

专案组从李建国的姨妈家和他南江的自家中提取了他全部的鞋子，没有一双的鞋底花纹和现场的一致。

"看来这小子是把他的鞋子处理掉了。"林涛花了一下午的时间，研究了眼前这二十几双臭鞋子，然后沮丧地说。

"幸亏咱们发现了DNA，不然还真不好甄别。"大宝得意地说。

李建国不仅反侦查意识强烈，而且嘴还很硬。对于他能狡辩的，一律狡辩；对于不能狡辩的，他一律沉默。专案组在使用了多种审讯策略失败后，终于拿出了DNA这张王牌。在现代高科技的佐证下，李建国无所遁形。

这个刚刚度过十八岁生日，革命烈士的后人，终于慢慢吐出了他的罪行。

李建国从小在龙番的祖宅里长大，每年都会去祭奠自己的曾祖父，也受着爷爷的红色教育。直到爷爷去世，忙于生计的父母对他疏于管教，原本可以上重点大学的他，只考上了陕西省的一所三本大学。

上了大学后，他沉迷于夜店，并且结识了一个酒吧女。两人很快生活在一起。

生活在一起的人，总会变得越来越相似，所以李建国从一个稚嫩的大一新生，很快就演变成了一个吸毒佬。

一旦碰上毒品这个玩意儿，就意味着一辈子被毁了。李建国也不例外，他父母给他的一个月的生活费，还不如女朋友出去卖淫一晚上的收入够用。为了毒品，他不得不忍受自己所爱的女人每晚和别人翻云覆雨。他沮丧过、踌躇过，但最终他发现缺了毒品带来的肉体上的痛苦，远远大于女友在外卖淫给他带来的精神上的痛苦。

他知道从父母那里要来一大笔钱买毒品，是不可能的。唯一的办法，就是抢劫。

他有宏伟的目标，他要抢劫来一大笔钱，保证他大学四年的毒品供应。等大学一毕业，他就自己去戒毒。他们都说毒品戒不掉，绝大多数人都会复吸。复吸就复吸吧，说不定能找到一份好工作，再也不用愁毒品的费用呢？他这样自我安慰着。

大一结束，他勉强通过了期末考试。在回龙番市看望姨妈的火车上，他思考着，如何抢劫？抢谁？抢银行吗？

在龙番待了两天，他跑了好几家银行踩点，发现从厚重的防弹玻璃外抢到钱，或者从荷枪实弹的银行押运员手里抢到钱，是不可能实现的。于是他放弃了银行，开始盯单身女性。盯了两天，他依旧没有找到合适的下手机会，直到3日那天，他去饭店吃饭的时候，看见了正在相亲的曹哲和戚静静。

戚静静是他喜欢的类型，长发披肩，温文尔雅，安静内向。微红的脸颊，让他遐想万千。和戚静静一起吃饭的这个男人，戴着名牌手表、金项链，一看就是个大款。可惜了这么一个可人儿，怎么会去傍大款？不过傍大款的女人有钱。

李建国在他们不远处的座位上慢慢地吃饭，考量着是否能把戚静静当作他下手的目标。他看见戚静静给曹哲递了一张名片，心想，我若是能拿到那张名片该有多好。

戚静静递完名片，起身向卫生间走去。而坐在位置上一脸不耐烦的曹哲，转身把名片扔进了身后的纸篓里。

"真是心想事成啊。"李建国兴奋地想。

曹哲和戚静静的午餐很简洁、快速。吃完，他们就一起离开了饭店。

李建国觉得机不可失，赶紧来到他们座位旁，捡起了纸篓里已经被一些垃圾污染了的名片。

海天装饰有限公司，营销经理，戚静静，139××××××××。

"真是得来全不费功夫啊。"李建国笑着走出饭店，在门口用IC卡电话机拨通了戚静静的手机。

"喂，是戚静静经理吗？我是陕西华夏房地产开发公司的。"他用他这一年来和女朋友学会的陕西话说道，"我们在龙番城西有一个大项目，准备开发一片精装楼盘。经过多方面考察，觉得你们海天装饰还不错，我们可以谈谈合作吗？"

海天装饰从开张到现在，还没有接过一个楼盘精装这样的项目。戚静静接到这个电话后，喜出望外。知道我的名字、知道我公司的名字，还知道我的电话号码，肯定不会是骗子。她单纯地想。

李建国把她约到自家祖宅门口见面。这样他就可以把她带进自己家里进行抢劫，哦，不行，带到家里就暴露自己了。李建国对刚才贸然约了个地点，感到有些懊悔。不过家附近有个废弃砖厂，那里常年没人，不失为一个好地方。

"我的车在那里。"李建国见到戚静静后，伸过手去握了握手，指着停在住宅区旁边的一辆奥迪说。

其实不知道是谁的车，停在这里倒成了李建国的道具。

毒品摧残着李建国的身体，所以这个十八岁的大学生，黝黑瘦削，看起来像是个三十多岁的男子。

戚静静见这个看起来挺精明的男子认识她，有些意外，却更加放松了警惕。

李建国谎称这一片住宅区和墓地都要被铲平，然后由他们公司开发一片豪华精装住宅区。常混夜店的李建国夸夸其谈，口若悬河。这样的演技，可以让任何一个人失去警惕。

李建国以看地盘为由，带着戚静静往小路的深处走去。戚静静一路上都在盘算着这一大笔项目，她能拿到多少返点。算出来的六位数字让她欣喜不已。

直到朗朗乾坤之下，一把尖刀指着她的时候，她才彻底从美梦中醒来。

李建国把戚静静逼到了废弃砖厂，逼她拿出钱包里所有的钱。只有八百块，还有一枚不值钱的戒指，这让李建国大失所望。为了让这一场精心策划的抢劫更有效果，李建国又逼戚静静拿出了她的银行卡。

李建国的口才非常出众，他和戚静静在废弃砖厂中谈了一下午加一晚上的话，他威逼利诱、软硬兼施，直到确定戚静静最后一次告诉他的密码不会假了。他得知卡里还有两三万块钱，兴奋不已。作为十八岁的大学生，他见过最多的钱数，是父母给他带上的八千元学费。

劫到了财，他开始考虑劫色。可是他一靠近戚静静，戚静静就会激烈反抗。真是个烈女，不就玩一下吗？至于这样反抗吗？这么多钱都给我了，身子就不能给？

"死也不给。"戚静静说。

李建国看着窗外繁星满天，从背包里拿出饼干，扔给戚静静一袋。他不喜欢霸王硬上弓，他琢磨出了一个好办法。

"钱你也给我了，我送你走吧。"李建国说。

戚静静得知自己能活命，一骨碌坐了起来，连包都忘记拿，跟着李建国一起沿着岔路，走进了坟地。她没有想到李建国会带她到这么恐怖的地方。满目望去都是坟头，偶尔还夹杂着几声诡异的鸟叫。

"我迷路了。"李建国带着戚静静走到自家祖坟前，继续开始施展他超群的演技。

"那怎么办？"戚静静抱着肩膀，颤抖着。

"你在这儿等我，我去找路。"李建国心想，我一定要让你乖乖就范。

"不行，我害怕。"戚静静说，"我们还是回刚才那地方吧。"

"回去的路我也不认识了。"李建国开始耍赖，"要么，就在这里睡一晚上，天亮咱们再走。"

戚静静看了看四周，荒草丛生，坟头林立。极度恐惧中的女人，已经没有了思考。她点点头，同意李建国的提议。只要他不跑，就行。

"那我要是睡着了，你跑去报警怎么办？"李建国说，"我得把你绑上，行不？我保证，我就睡你旁边，不走，不吓唬你，行不？我用人格担保！"

戚静静点了点头，她彻底失去了思考的本能。

就这样，戚静静顺从地被李建国绑了个四仰八叉。李建国拿出刀子，奸笑道："但我没保证我不上你哟。"

戚静静的衣服被李建国一件件割开，处女的体香和戚静静被绑着的姿势让李建国气血上涌。他开始脱裤子。

自己的贞洁遭遇威胁，戚静静突然清醒了过来，她说："带套了吗？我是个艾滋病患者。"

李建国拎着脱了一半的裤子，愣住了。

"不信吗？敢试吗？"戚静静强作镇定。

艾滋病！李建国十分懊恼，眼看到手了，却冒出这个花样！无论如何，宁可信其有不可信其无，这是要命的玩意儿。

他掏出命根子，看着戚静静开始在一旁自己打飞机。

"真恶心。"戚静静感觉到有些东西喷射到了自己的脚上。

"你说谁恶心？"李建国完事后，被戚静静一激，有些恼羞成怒。他从包里拿出绳索猛地套住戚静静的脖子。

"反正她看到过我，我的大腿上有文身，月光这么好她肯定能看得见，她会报警的，警察会抓到我的，抢劫最后都是要灭口的，电影里都是这样演的。"

李建国说他不想杀人，只是那一刻，他听见自己脑中有个声音一直鼓舞着他，杀掉戚静静。直到戚静静不再动弹——其实她之前也没有能力做多激烈的反抗——李建国拿起她的衣服逃离了现场，沿途将它丢弃了。

"我怕她没有死，会挣脱了绳子来追我。"李建国说，"光着身子她就不会追过来了。"

"那你就没有感觉到她的冤魂一直在追着你吗？"我冒出一句惊悚的话。

李建国抬起头来惊恐地看着我。林涛摸了摸胳膊，显然在一旁的他也被我一席话吓得起了鸡皮疙瘩。

"她不会真有艾滋病吧？"大宝有些担心。

法医最害怕的，就是携带有烈性传染病的尸体。感染了这些病，谁会来证明你这是工伤呢？

"不会。"我说，"检验过了，安全，放心吧。这女孩是用了一计，保住了自己的贞洁，却丢了自己的性命。不可否认，她不是愚笨的女孩，但却因为一张名片，葬送了自己。"

"是葬送了一个家。"林涛说，"她得了癌症的母亲、靠打零工的父亲，以后怎么办？"

"政府会帮助他们的吧。"大宝说，"还好，我没有名片。"

法医秦明

VOICE OF THE DEAD

|第六案|

井底油花

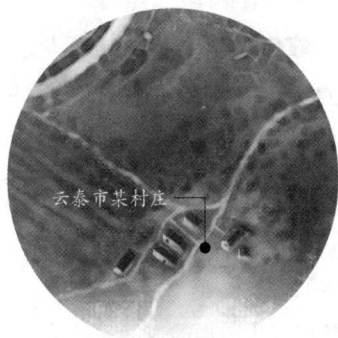

云泰市菜村庄

如果男人们相互了解，他们就既不会相互崇拜也不会相互怨恨。

——埃尔伯特·哈伯特

1

"怎么会有潜在性疾病？"

"很多人都有潜在性疾病，这种疾病一般不会有特别明显的症状，但一旦有一些诱因作用，诱发潜在性疾病急性发作起来就会致命。我们常见的潜在性疾病主要是一些心脑血管疾病，比如，脑血管有一个动脉瘤，平时不会有很明显的表现，但如果头部遭受一些轻微的打击，或者情绪突然激动，动脉瘤就有可能破裂，一旦破裂就死亡了。又如，很多人心脏有一些传导系统的问题，一旦受刺激，传导系统的潜在性疾病突然发作，也可能导致心脏骤停而死亡。"

"你说我爹的潜在性疾病在哪里？"

"你父亲的心脏都不能算是潜在性疾病了。他有高血压、冠心病，冠状动脉四级狭窄，管腔内还有血栓。"

"那他前不久体检怎么没有查出来？"

我看着一所乡镇卫生院给老人生前做的血液化验单，一时说不出话来。

"他就查个血，心电图都没做，不算体检。"大宝接过话茬儿。

"你说不算就不算了？我说算！别那么多废话，就说枪毙不枪毙吧。"

"枪毙不枪毙不是公安机关说了算的。"我使劲儿平复自己的心情，"情绪激动只能作为死亡的诱因，他的死因是疾病。既然死因是疾病，就不能追究别人的刑事责任。最多，也就是过失致人死亡。"

"凭什么你们说诱因就是诱因？我看就是打死的！"

"人的死亡，无外乎外伤、窒息、中毒、疾病四大类死因。"我说，"你父亲的尸体我们进行了全面的检验，排除了外伤、窒息、中毒死亡的可能；检见了可以致命的疾病以及疾病发作的征象。所以市局法医和我们的两级鉴定结论一致，没有问题。"

"放屁。你们不都是官官相护吗？一级护一级。还排除外伤？他腿上那么大一块青的，不是外伤？不是外伤你给我解释一下那是什么？！"

我暗自捏了捏拳头，强作和蔼地继续解释说："我们说的外伤，是指能够致命的外伤，比如大血管的破裂出血、重要器官的损伤，还有一些物理化学因素引起的可以导致人体死亡的损伤。一块皮下出血，连轻微伤都定不了，更别说是致命性损伤了。这块损伤只能说明他和别人有轻微的纠纷，对于他的死亡，没有任何作用。"

"你们不就是这样糊弄老百姓的吗？什么命案必破，放他妈的屁。"

"这不是命案。因为他的死因是疾病。"

"老子才不信呢，老子明天就去北京上访。"

"别别别，我们这不是在给你解释嘛。"黄支队堆了一脸笑容。

我一直弄不清楚上访有理的法律依据在哪儿，但我弄清楚了一点，现在的公安机关被上访案件牵扯了大部分警力。

我不怕接访，我竭尽全力把法医们作为判断的依据解释给上访人听，希望他们在获取法医学知识后，理解我们，停访息诉。可是，即便是铁板上钉钉的案件事实和耐心细致的解释说服，又能化解几起信访事项？

我被眼前这个满口脏话的浑蛋气得够呛，对于黄支队的一脸笑容感到有些厌恶。

我说他是浑蛋一点儿也不冤枉他。他是一个孤寡老人收养的弃儿。孤寡老人含辛茹苦把他拉扯到能独立生活，他就自己出去单过了。十多年来，从未给老人买过一针一线，从未给老人端过一茶一饭。直到老人因为和邻居发生了一些纠纷，突然死亡后，这个浑蛋才回到了村里，哭天抢地的。

外伤诱发疾病导致死亡的，行为人至少应该承担一些民事责任，他完全可以走正常的法律渠道，但是他知道那样赔不了多少钱。

"大闹得大货，小闹得小货，不闹不得货。"他和村民说。

村里的人都对他深恶痛绝，对公安机关对整个事情的处理表示信服。但是这倒成了浑蛋在网络上炒作的理由："他们都是穿一条裤子的，欺负我爹一个孤寡老人，可见他们家势力有多大啊！公安机关都被买通啦，人命案公安机关都不管啦。你们看看这照片，遍体鳞伤啊，公安机关说是病死的。大家多关注啊，体谅一下我作为一个孝子的孝心啊，我不能让我的养父白死啊。"

于是，网络上一片对公安机关的骂声。

解释无果，我早已料到，出差复查信访案件，最没有成就感。

"师兄，你刚才一听人家要进京就卑躬屈膝的样子，实在让人讨厌。"我对黄支队说。

"对老百姓就是要卑躬屈膝，咱们是公仆嘛，老百姓的仆人。"黄支队嬉笑着自嘲，"我最近压力也特别大，不知怎么了，这种邻居之间吵架引发疾病死亡的案件发了好几起了，都上访了，家属还互相比着看谁弄的钱多。"

"这不是好事儿啊，社会不和谐，说不准快有命案了。"我笑着说。

"乌鸦嘴"的外号是黄支队当初给我起的，所以我也喜欢用这种"诅咒"的方式报答他。

"嘿！嘿！"黄支队叫道，"信访案件都弄不过来了，再来个命案我真的架不住了。我真是怕了你了，你不来云泰，云泰从来不发命案，你一来就乌鸦嘴。"

路过云泰市公安局刑科所，我们发现民警们忙忙碌碌地走动着。

"怎么了这是？"黄支队问小高法医。

"领导，你们一直在开会呢，指挥中心有个指令，发现个尸体，可能是命案。"高法医说，"我们现在准备出现场呢，喏，陈法医给你打电话汇报去了。"

"我真服了某个乌鸦嘴了。"黄支队一脸沮丧。

我倒是有些莫名的兴奋："我也去现场。"

这里是"云泰案"①其中一起发案地的村庄，当我们到达村口时，村民们已经开始议论纷纷。有的说村子里中了邪，那个女孩的冤魂在作怪；有的说村子风水不好，每年都要克死个人；还有的村民直接开始准备迁徙。

现场位于村庄外一片田野角落的一口机井。几名侦查员正围着报案人询问发现现场的情况。报案人叫解立文，一个六十岁的黑瘦小老头，此时正在警戒带外蹲着，默默地抽烟。

"您别不说话啊。"侦查员说，"这可是一条人命，您第一个发现，得为我们提供一些情况啊，不然我们怎么破案？"

解立文抬头看了看民警，说："最近真他妈倒霉，给我碰上这种事儿。谁他妈杀人，往我家井里扔，我咒他断子绝孙！"

———————————

① 见法医秦明系列万象卷第二季《无声的证词》。

这口井是解立文家的。几天前，他还用井里的水灌溉过农田。今天天刚蒙蒙亮，解立文像往常一样下地干活儿，把一个桶投到井里，想打一桶水上来。可是无论他怎么投，桶都沉不到井里，无法打上水来。这是以前没有出现过的情况，所以他觉得有问题。借着微弱的亮光，他向井里窥视，井里隐约像是有些什么东西。

这是哪个熊孩子往人家井里扔东西？他想。

没办法，他只有暂时放弃了打水的想法，继续下地干活，直到太阳升起，天空大亮，他又想起了水井里的事情。

从井口看去，井里满满的全是麦秆。

"日他祖宗。"解立文骂了一句。不知道是哪家的孩子瞎闹腾，把田边堆放着的麦秆都扔进了他家的井里。这可得让他好一阵忙活。

水井的水平面离地面有一米五的距离，井口直径只有肩宽，想把井里的一些杂碎物都捞干净还真的不是一件容易的事情。他又是铲子又是桶的，干到了十点多钟，才总算把井里的麦秆捞了个干净。

解立文重重地坐在井边，气喘吁吁地抽了根烟，心里把往他井里扔麦秆的人的十八代祖宗骂了个遍。然后他又在寻思，最近得罪什么人了吗？

他重新拿着桶站起，想从井里打一桶水，伸头一看，吓得一个趔趄。

这井里怎么还会有东西？他想，刚才不是弄干净了吗？

他从路边拾了一根长树枝，哆哆嗦嗦地伸进井里，搅动了一下。井里水平面以下有一个深色东西浮浮沉沉，甚至井面上还浮上了一片油花。

哟，这是只死猫，还是只死狗啊？解立文这样想着，安慰着自己。其实他心里已经知道，无论是死猫还是死狗，都没这么大个儿。

他用树枝用力地戳了一下，井里的东西沉了下去，随即又浮了上来，由于惯性，井里的东西露出了水平面。

那是一双脚底板，人的。

"你最近一次用井水是什么时候？"侦查员问。

"我记不清了。"解立文说，"可能是前天，也可能是大前天。"

"那你昨天没用井水，有没有发现什么异常呢？"

"没有，什么异常都没有。"

侦查员想了想，想不出什么问题了，转头问我："秦科长，现场周围需要保护起来吗？"

"当然。"我点点头，蹦蹦跳跳地穿上鞋套。在野外穿鞋套需要"金鸡独立"，但我平衡能力不强。

"周围我们都看了。"技术员说，"有可能留下足迹的地方，都是报案人和派出所民警的重叠足迹。基本是没有希望能够发现什么痕迹物证了。"

我摇摇头，说："那也得保护起来，还有那边，那个麦秆堆旁边，重点保护。林涛一会儿过来帮你们。"

穿好鞋套，我趴在井边，往里窥探了一下。尸体可能又沉下了井底，没了踪影。在太阳光的照射下，黑洞洞的井面，啥也看不到。

"这解立文咋就能看出井里有东西？"我说，"我咋就看不到？"

"那个……尸体还没捞上来啊？"大宝说，"尸体都没捞上来，咋知道是命案？跳井自杀不行吗？酒后坠井不行吗？"

"废话。"我说，"自杀、意外掉井里去了，难道是鬼魂来抱麦秆填井？"

"哟，"大宝抱了抱双臂，"说得咋这么瘆人呢？我是说，可能死者先自己掉进去了，然后正巧有熊孩子玩麦秆，把麦秆弄井里去了呢？"

"嘿，说的也不是没可能。"我还在井口不断转换着脑袋的角度，窥视着井里，依旧一无所获。

"尽想些好事儿。"黄支队说，"有某乌鸦在，我怎么看，这都是命案。"

我白了黄支队一眼，拿起刚才解立文用过的长树枝，向井里戳了一下。这回我感受到了，井里确实有东西。我又仔细检查了井口，确实没有任何可疑的痕迹。

"捞吧。"我扔了树枝，拍了拍手。

听我这么一说，黄支队开始张罗民警拿起竹竿和绳索，开工了。

"不是有传说中的打捞机吗？"我有些诧异，大家居然开始用原始人的办法。

"打捞机是要破坏水井的。"黄支队说，"能不破坏，就不破坏哈。"

看来黄支队最近真的是被上访案件缠昏了头脑，做起事来开始谨小慎微了。

"我看啊，这水井怕是保不住，早晚得弄了。"我瘪着嘴，说。

黄支队瞪了我一眼："喂，拜托，行行好吧。"

几个民警围着井口，叫喊着："喂喂喂，左边左边左边，小心小心，好好好，套上了，拴紧拴紧。"

折腾了半个多小时，民警们终于开始拽绳子了。

我从草地上站了起来，蹲在井边观察。

随着民警们的口号，绳子一点儿一点儿地收起，一具尸体从井里被打捞了起来。民警们把尸体平放到井边准备好的塑料布上时，尸体还在哩哩啦啦地淌着水。

"耶！不是巨人观，不是尸蜡化，耶！"大宝悄悄地自言自语。

2

这是一具男性尸体，胖高个儿。尸体上身赤裸，下身穿了一条睡裤。一件长袖衬衫被一根草绳拴在颈部，盖住了部分胸壁。尸体腹部还没有出现尸绿。

在井水里的尸体，因为水的导热比空气导热快上百倍，加之地下水温度很低，所以用测量尸体温度的办法推断死亡时间会非常不准确。我见尸体还很新鲜，于是掰了掰尸体的手指。

"尸僵已经缓解了，尸斑也压不褪色，今天是18日对吧，那他应该是在二十四小时以上，四十八小时以内死亡的。"我环视了一下周围环境，说，"周围空旷，运尸危险，应该选择的是夜间运尸。那么死者应该是16日晚间至17日凌晨死亡，并被抛尸入井的。"

"不能先入为主啊。"大宝推了推眼镜，小心翻动着盖在死者胸部的衬衫，"你怎么知道就一定是他杀啊？这件衬衫确实可疑，但也有可能死者是精神病，这样穿着，还用绳子拴领口，然后在水里倒立浸泡，所以衬衫脱落成了现在这个样子呢？"

我摇摇头："宝啊，以后得再仔细些嘛。你看看死者的两肩。"

死者的两侧肩膀、上臂外侧有大片损伤。这些损伤深达皮下脂肪，表皮擦挫样改变，但是创面呈现灰黄色，暴露出大片的脂肪组织。井里水面上的油花，应该就源于此处。这些损伤被法医们称为"没有生活反应"，也就是说，这是死后形成的损伤。生前、死后伤的鉴别主要是靠法医的经验来判明的，不算太难。死后的损伤，创面不会有出血，所以呈现灰黄色；而生前伤，皮下的小血管破裂，会有一些出血，所以创面大部分呈现红色。

"既然是死后损伤，那么他应该就是被人杀死后，扔进井里的。"我说。

大宝张了张嘴，没说话。

我知道他是怀疑尸体上的死后损伤有没有打捞形成的可能。擦伤都是有皮瓣的，皮瓣翘起的那一头是作用力方向来源的一侧。尸体肩臂部外侧的擦伤，皮瓣向下方翘起。也就是说，作用力的方向是从肩膀向手，那么就符合头朝下落井时形成的。如果是打捞时形成的，尸体向上移动，擦伤作用力的方向是从手到肩膀，皮瓣翘起的方向应该正好相反。

"一会儿解剖检验的时候，可以进一步分析生前溺水和死后抛尸入水的区别。"我补充道。

侦查员带着解立文走到尸体的旁边，指着尸体说："你认识他吗？"

解立文侧着脸，看了眼尸体，转头干呕了两下，说："认识，老军。"

解立军和解立文是同村的村民，一个辈分，但要算起亲戚关系，恐怕要追溯到民国年间了。

"老军住哪儿？"我见尸源这么快就找到了，有些兴奋。

"那我带你们去吧。"解立文说。

尸体被装进裹尸袋，由殡仪馆的工作人员拖去解剖室。我们环顾了四周，嘱咐派出所民警保护好现场，等省厅现场勘查人员赶到后再行勘查。

我们跟随着解立文，向北走了十几分钟乡村小路，来到了一幢破旧不堪的砖房前。

"喏，就这里了。"解立文说。

民警立即在这座砖房前面拉起了警戒带，我们戴上鞋套、头套、口罩和手套，推门走进了砖房。砖房的大门是虚掩的。

家里一贫如洗，没有一件值钱的家当。房内一角的一张板床上，堆放着一些被褥和衣服。看来死者生前也是邋遢惯了。

床上的毛巾被呈掀开状，床前放着一双拖鞋。土质的地面上，横七竖八扔着不少烟头。床的对面是一张方桌，方桌两侧有两把椅子，方桌上放着一个象棋棋盘。

"根据床上的毛巾被形态和拖鞋位置来看，死者应该已经入睡了，是在睡眠的状态下被害的。"我说，"现场这么多烟头，我们得赶紧全部提取，马上进行DNA检验。"

大宝是个杂学家，所有的娱乐活动，他都会个一二。他站在方桌前凝视了一会儿，说："下棋这两人，水平都不高啊，红方把黑方给将死了。"

因为是土质地面，所以留下足迹的可能性不大，但是现场从床前到门前却有一条宽宽的拖擦痕迹，完整的成趟痕迹的中间有几段断开。

"这是拖尸体留下的。"我用钢卷尺量了量痕迹的宽度，然后指着宽痕迹两边若有若无的痕迹说，"这是死者双手留下的。"

"嗯，认可。"技术员在一边照相固定。

我说："拖尸体，说明作案人只有一个人。如果是两个人，就可以抬了。"

黄支队朝我竖了竖拇指，说："作案人数定下来了，厉害！"

沿着痕迹走出了砖房，在房外的土质地面上，痕迹消失了。

在砖房里看了一圈，没有什么特别有价值的线索，我对身边的主办侦查员说："走，我们去检验尸体。调查得跟上，三个小时后，我们在专案组碰头。"

尸体有一百八十斤重。我、大宝和高法医费了九牛二虎之力，才把尸体抬到了解剖台上。

"哟，是机械性窒息死亡啊。"大宝说。

死者的眼睑有密集排列的出血点，指甲和趾甲都呈乌青色，口唇黏膜有多处局限性出血和破损。根据这些征象，可以初步判断死者是被他人捂压口鼻腔导致机械性窒息死亡。

虽然对死因有了初步的判断，但是尸体解剖工作还是必须进行的。一来，是要进一步寻找其他机械性窒息死亡的依据；二来，死因必须是排他性的，也就是说在确定一种死因的时候，必须对其他有可能存在的各种死因进行排除。如果排除不了其他可以导致死亡的某种死因，则要下联合死因的结论。比如一个人被钝器打击头部导致颅脑损伤是可以导致死亡的，同时大血管也被刺破，大量失血也可以导致死亡。在无法明确哪种死因占据导致死亡主导的时候，就必须下达联合死因的结论。这样，如果两种致伤行为不是同一人施加，则两个凶手都应有杀死死者的可能。

在本案中，必须通过尸体解剖排除死者溺死的可能，因为溺死也是窒息死亡，死亡征象和捂嘴死亡的征象一致。

大宝在进行尸表常规检查的时候，我对死者颈部系着的草绳产生兴趣。

这根草绳在死者的颈部绕了两圈，在颈前部位打了个死结，绳头还有二十多厘米长。绳子和皮肤之间，有一件衬衫，还在滴着水。

"大宝，你说这根绳子是做什么用的？"我问。

"绳子？绳子当然是用来绑东西的了。这种绳子很常见，老百姓都会自己搓。"大宝说。

"我当然知道绳子是用来绑东西的。"我说，"我是说，这根绳子在尸体上是做什么用的？"

大宝想了想，说："是不是勒颈啊？"

我从未打结的地方剪开绳子，取下绳子和衬衫，对大宝说："你看，绳子下面的皮肤，有条明显的索沟。但这条索沟没有生活反应。"

大宝点点头，说："是死后绑上去的。那么，我猜可能是想给死者穿件衣裳？"

我摇摇头说："不会。死亡后的初始征象是肌肉松弛，这个时候给死者穿衣服是一件很容易的事情。很多老人去世，家人都要赶在几个小时之内给老人换上寿衣，就是因为在尸僵形成前的肌肉松弛阶段，容易换衣服。那么，凶手没必要把衣服胡乱盖在死者胸部，用绳子一捆，这算什么穿衣服？这不会是风俗吧？"

最近我被风俗不风俗的事情弄得有些魔怔。

"没听说过这种风俗。"大宝说。

我又把衬衫和绳子复原到原始状态，说："这件衬衫的前角被绳子扎住一小部分，而后角却拖拉了这么长，这不正常，不是简单用绳子把衣服捆在死者脖子上的动作。"

大宝也来比画了一下说："知道了。这件衬衫原来是蒙住死者头部的。因为在水里被解立文动了尸体，加之打捞的动作又那么大，捆扎住的一角脱离了绳子的捆绑，所以我们看见的是覆盖在胸部。"

我伸出手和大宝击了一下掌，说："和我想一块儿去了。"

"那我们开始解剖？"大宝说。

我摇摇头，说："这根绳子的作用，不只是蒙头。"

我用钢卷尺量了一下绳子的周长，又量了量死者的颈周长，说："绳子的周长比死者的颈周长长了两厘米多。这个长度即便是塞了衬衫，依旧还是有些大了。"

"大一点儿很正常。"大宝说，"死者已经死了，凶手没必要勒那么紧了。再说，衬衫一角脱开了绳子的捆扎，就是说明了绳子捆得不紧啊。"

我看了眼大宝说："既然捆得不紧，那为什么他的颈部有这么深的索沟？"

"对呀。"大宝翻了翻眼睛，"人死了，是减不了肥的哦。"

我白了大宝一眼，说："综合这些情况，我分析，凶手在死者颈部捆扎绳索的主要原因有两个。一、凶手用现场的衬衫蒙住了死者的头部。二、凶手在这个绳结的一端，坠了一个坠尸物，防止尸体浮出水面。可是他用的这条草绳，根本架不住坠尸物的重量，所以，断了。"

说完，我指了指草绳绳结一端的断裂痕迹。

"断裂痕迹是毛糙的，说明是拽断的，而不是常见的用刀子割断。"我补充道。

"也就是说，井里应该还有东西。"大宝说。

我点点头。

大宝笑了："你真是乌鸦嘴，看来老百姓的井，还得挖了。"

尸体解剖后，发现死者的内脏瘀血，心尖有出血点，颞骨岩部出血。但是胃内没有溺液，肺脏也没有水性肺气肿的改变。所以死者死于窒息，但不是死于溺死。结合他口唇部的损伤，可以断定死者是被他人捂压口鼻腔导致机械性窒息死亡。

死者胃内基本空虚，结合尸斑、尸僵的情况，我们判断死者是死于7月16日晚饭后六个小时左右。死者的背部和双肩，都有很多纵横交错的死后拖擦损伤。有的方向是从腰部到项部，应该是凶手拽着死者的脚拖动尸体形成的；有的是从项部到腰部，应该是尸体入井的时候形成的。

"一般捂压口鼻腔导致死亡，都会有比较明显的约束伤和抵抗伤。"我逐一解剖开死者的四肢关节，说，"可是这个死者没有约束伤和抵抗伤。"

大宝摇摇头，说："不，有的。"

他切开死者的髂前上棘处皮肤，骨盆两侧的凸起处皮下有片状出血。

大宝说："凶手应该是骑跨在死者身上，捂压口鼻腔的。这个时候，死者四肢都没能力动弹了，说明凶手应该比死者还强壮。"

我看了看又高又魁梧的尸体，摇了摇头，没说话。

做完尸体检验，我们马不停蹄地赶往专案组。

到达专案组的时候，专案组首次碰头会正好刚刚开始。黄支队让法医先介绍情况。

我说："死者应该是在睡眠的时候，被凶手骑跨在身上，捂压口鼻腔导致机械性窒息死亡。死亡时间应该是16日晚饭后六个小时左右。凶手杀人后，应该用死者的衬衫包裹了死者的头部，并用一根草绳固定了衬衫。这个行为，我们认为是熟人作案的特征。很多人杀死熟悉的人后，用物品包裹死者的头部，是对死者有畏惧心理。"

黄支队点点头说："我说是乌鸦嘴吧。开始老秦就说我们最近邻居纠纷多，早晚要出人命案，你看，今天就发案了。"

"那个……乌鸦嘴的还在后面呢。"大宝笑着说，"我们认为死者颈部的草绳另一头，捆绑了一个坠尸物，但是这个坠尸物因为绳索的断裂而沉入井底。所以老百姓家里的井，我们还得去挖。"

"这个乌鸦嘴我不怕。"黄支队得意地笑了笑，示意侦查员介绍情况。

主办侦查员打开笔记本，说："死者解立军，61岁，独居。他终身未婚，有个收养的女儿，她在外打工时认识了一个男子，现在已经结婚了，住在湖北省。据邻居反映，已经有一年没有回家了。另外，死者还有个哥哥，叫解立国，住在解立军家以北五百米。两个人交往不是很多，但是解立国的儿媳妇对解立军非常好，每天都会给解立军送饭。"

"啊？侄媳妇？不会有什么关系吧？"大宝邪恶地打断了侦查员的话。

侦查员摇摇头说："没有，据我们调查，他的这个侄子和侄媳妇都很孝顺。但是村民反映可能是为了继承他的遗产。"

"闲话真多。"我叹口气，"现在连一个孝子都不好做。"

"黄支队之所以说不怕秦科长的乌鸦嘴，是有原因的。"侦查员神秘地笑了笑。

3

"快说，快说。"我催促道。

"是这样的。"侦查员说，"解立军的侄子解毛毛和侄媳妇刘翠花一直对解立军体贴有加，解立军的一日三餐都是刘翠花做好送去，解立军地里的活儿，也是解毛毛干。口粮由解立军保管，收入除了生活费以外，解毛毛都以解立军的名义存在信用社里。"

"然后呢？"我对这些情节不是很感兴趣。

侦查员说："7月16日晚上，刘翠花还是六点左右把饭送到解立军家，六点半的时候，刘翠花去取碗碟，看见解立军正在铺棋盘，说晚上要大战几局。这和我们现场勘查的情况是一致的，调查也反映，解立军前两年学了中国象棋，棋瘾一直很大。"

"他有说和谁下棋吗？"我急着问。

"别急，听我介绍全。"侦查员说，"刘翠花知道村里有几个喜欢下棋的老人，晚上经常会来解立军这里下棋，所以也没问是和谁下棋。收完碗就回家了。17日一早，刘翠花又到解立军家送早饭，发现解立军的被褥是掀开的，家里也没有被翻乱，但是老人不见了。"

"对了，我插一句，"我说，"解立军平时睡觉不锁门？"

侦查员说："他家的门锁都是坏的。他一个孤寡老人，穷得叮当响，不会有贼来光顾。"

我点点头，示意侦查员继续说。

侦查员说："几天前，解立军和刘翠花说过，他女儿结婚后，还没接他去湖北看看新房子，所以这几天打算去湖北一趟。这个老头子就属于一时兴起，想干什么就干什么的那种人。所以刘翠花以为他一觉睡醒了，想女儿了，就去湖北了。还在嘀咕这个老头子真是的，走也不打声招呼，这不浪费一顿早餐吗？当时刘翠花也没往别的方面想。"

"你还没说下棋的人是谁呢。"我被侦查员的关子卖得有些晕。

"接下来就说，"侦查员被我的猴急逗乐了，"刚才，DNA检验部门的人，对现场诸多烟头进行了筛选，成功验出一名男子的DNA，和报案人解立文的DNA对上了。"

"哦！原来如此！"我拍了下桌子，"现在解立文是重点嫌疑人，所以挖他家的井，你没心理负担了是吧？"

黄支队微笑着点头。

"那烟头在什么位置？"大宝问。

侦查员拿出物证清单，打开电脑上的现场勘查照片，核对了一下，说："是外侧板凳下方。"

"也就是说，是棋盘上黑方这边。"大宝眯着眼睛看幻灯片上的照片，说，"那就对了！红方把黑方将死了，也就是说，解立军这盘棋下赢了解立文，所以解立文一气之下，杀了解立军。"

"我开始也有点儿怀疑。因为解立文说，捞出麦秆后，就看见有尸体。"高法医说，"但是在打捞前，我看了半天，也没发现有尸体啊。"

"这个不好说。"我说，"我开始也想过这个问题，但可能因为光线不同，会有不同的折射吧，所以我们没看见，他看见了。"

"这不就是贼喊抓贼吗？"大宝说，"远抛近埋。凶手因为熟悉自己地里的情况，所以才会扔进自家水井。扔进水井后，又害怕有路人发现，所以往上面扔了一些水井附近的麦秆。过了两天，他还是害怕，于是报警了，以为他自己报警的话，警察就不会怀疑他。"

大宝完成了他的现场重建后，黄支队点头赞许。

"但有一点解释不通。"大宝说，"我们分析凶手可能比死者还强壮。但解立文是个黑瘦个儿矮的小老头啊。"

"谁说凶手比死者壮？我不同意。"林涛不知道什么时候已经勘查完现场，坐在了会议室的一角。他说，"我对解立军家进行了勘查，发现了一趟拖擦尸体的痕迹。尸体上有拖擦痕迹吗？"

我点点头："很多，很明显。"

林涛说："尸体被拖动的时候，凶手在这几米的距离里，有多次休息的迹象。"

林涛指了指幻灯片上成趟痕迹中间的断层，说："这些空白区，应该是移动物体停下后形成的。也就是说，凶手拖动这具尸体，是很费劲儿的。那么凶手应该是个并不强壮的人。"

"可是我们检验尸体的时候，发现死者的反抗很少。"大宝说，"四肢关节皮下都没有损伤。"

我默默翻看着幻灯片，在死者家里床上的一张照片处停下，说："这个倒是可以解释。如果死者处于睡眠状态，身上可能会盖着这一床毛巾被。这时候，一个人突然压在身上，裹在身上的毛巾被就成了一个无形的手铐。两条胳膊伸不出来，就没办法抵抗了。而且这种束缚，是整个上臂的束缚，受力面积大、压强小，自然不会留下约束痕迹。"

大家都点头认可。

黄支队说："既然大家都没有异议，那就去抓人。技术组，去挖井。"

挖井也是个技术活儿。当我们站在井旁不知所措时，不知哪个聪明的民警请来了一个挖井队，他们打着矿灯、拖着打捞机就到了现场。

挖井队三下五除二干起活儿来，很快井的周围就被挖了个大坑。接着，井周的砖台也被拆除了。井口顿时感觉大了不少，打捞机的利爪伸进井里，开始抓捞井底的杂物。

我们的心情在柴油机的轰鸣声中起起落落，随着打捞机爪每次伸入井底，我们都充满了希望，而每次机爪空空如也地提起，我们的希望又突然落空。时间在这种希望、失落、希望、失落的心情中过了半个多小时，打捞队并没有放弃，继续默默地工作着。

终于，在一阵欢呼雀跃中，机爪抓起了一个黑黝黝的东西。

我连忙戴上手套，拿过那一团黑色的东西。十余个勘查灯照射到了我的手上，我瞬间有种当明星被聚光灯照射的感觉。

那是一个黑色的硬质塑料袋，袋子里装满了东西，很沉，袋口紧扎。

"奇怪了，按理说，沉在井底的塑料袋，应该会进水膨胀啊，怎么没水呢？"林涛说。

我看了看袋子，说："你看，袋子上有好多小洞。"

黑色塑料袋上的确有不少小洞，有的还在往外流水。显然，这些孔洞是人为扎出来的。

慢慢打开袋子，里面果真是一袋石子，我们的推断无误，这就是一个人造的坠尸物。

"你说对了，"大宝说，"确实是有坠尸物，不过我觉得今晚的辛苦还是白费了，知道有坠尸物又有什么用呢？"

"当然有用。"林涛叫道，"这种水泥石子可不是哪儿都有的吧，一般在修路和建房子的地方会有，但平常在田野里可没有。"

我点点头，说："凶手寻找坠尸物，应该是找到最可靠而且取之最方便的物品。所以我觉得凶手杀人后，有一些抛尸的准备工作，做准备工作的地方，附近一定有修路或者建房子的，至少，他要很方便地获取这些水泥石子。"

"解立文家附近有修路和建房子的吗？"我问。

侦查员摇摇头，随即又点点头，说："解立文家没有，但是死者家以北三百米，有一户在建房子，我们走访的时候，还从一堆石子上走了过去。"

"看来，准备工作是在死者家里做的。"大宝说。

我摇摇头，说："井是在死者家以南，而石子是在死者家以北。这样南辕北辙，不符合凶手的作案路径。"

"别抬杠，"大宝笑着说，"回去看看审讯的结果如何。"

审讯果然很不顺利。解立文从被抓进刑警队后，情绪就一直十分激动。

"狗日的，你们在这里搞我，罪犯在外面快活得要死哦。老子倒霉倒到家了，井里被扔了死人，还要被你们抓进来问话。你们警察就这点儿能耐吗？我家井里有死人，就是我杀人的？你们就这样破案的？他奶奶的，冤枉啊！警察饭桶啊！"

我经过审讯室的时候，就知道专案组会议室里应该是一片沮丧。

果不其然，我一进门，黄支队就说："我们可能搞错了。但是没有特别好的依据，所以也不敢放人。解立文承认当晚和死者下棋，但十点钟就回家睡觉了。据外围调查反映，解立文这几天的表现也没有什么异常现象。"

"我也觉得他不像。"我说，"我们可能都忽略了一个问题。如果是下棋引发的激情杀人，应该是立即作案。而我们之前分析的是死者已经睡觉了，凶手从外悄悄进入、突然发动攻击的。这确实不符合激情杀人的现场，所以我们可能确实搞错了。不然，今晚放人吧，明天天亮，我们再做工作。"

离开公安局的时候，解立文正躺在公安局大门口大吵大闹："我不走了！你们抓我进来就没那么容易放我离开！我要赔偿！精神损失费！名誉损失费！不赔我，我就不走！"

"看来是我错了。"大宝垂头丧气。

我拍了拍大宝的肩膀，说："别灰心。这个案件条件不错，我们要有信心！"

虽然这样说，但是被解立文一闹，我顿时感觉十分沮丧。默默地回到宾馆，打开电脑，开始从头梳理本案现场、尸检的照片。

看了几圈照片，还是那个黑色的塑料袋最能引起我的注意，总觉得这样的袋子似曾相识，却又一时想不起来。我重重地躺在床上，可能是因为最近太累了，所以很快就进入了梦乡。

我好像梦见了自己小时候，爷爷牵着我的小手，去市场买菜。我最爱吃爷爷做的麻婆豆腐了，于是我吵闹着要吃豆腐。爷爷带着我来到豆腐摊前，要了一份豆腐。老板拿出一个黑塑料袋，在水池里一捞，一块豆腐就进了塑料袋。等塑料袋拎出水面的时候，袋子里的水全从袋子上的小孔里流了出来。

对！装豆腐的！

我被梦惊醒了，一看已经快到八点。我一骨碌爬起来，到卫生间洗漱。比我早起的林涛，正在洗澡。

"喂！喂！"林涛说，"我在洗澡呢！"

我说："都是男人，怕个屁，没人看你的玉体！别搁我这儿装纯情，我要赶紧洗漱好了，赶去专案组！"

"我也要去现场一趟。昨晚我想到，扔到井里的麦秆那么多，可麦秆堆和井之间还有几十米呢，一个人没法抱走那么多麦秆，所以肯定有交通工具……对了，你发现什么了？"林涛继续往身上抹沐浴露。

我一边刷牙，一边含混不清地说："尸体运了几公里，当然会有交通工具啊。"

"嘿嘿，我这儿有绝活儿，现在不告诉你。"林涛卖了个关子，"我一会儿去现场一趟，然后拿着证据回来告诉你。对了，你说嘛，你发现什么了？"

"你说，那个黑塑料袋上，为啥要戳孔？"我问。

林涛说："不知道，难道是凶手笨到以为袋子里进水了，就会浮起来？"

我摇摇头说："凶手不是刻意戳的。从整个作案过程来说，凶手还是比较紧张的，尤其是扔井里还要去取麦秆填井，说明他的思维也有点儿乱。在这种情况下，人一般不会想着去给袋子戳什么孔，又没有什么意义。"

"那你说是什么情况？"

"你先去看现场。"我哈哈笑道，"我在专案组等你。你卖关子，我也卖，而且我这个发现，是我爷爷托梦告诉我的。"

4

"凶手最近去镇子上买了豆腐。"我说，"那是装豆腐的袋子。凶手当时也不会想那么多，随手拿了一个质量好的袋子就用上了。而且，你别忘了，解立军是不做饭的，那么他家里就不应该有袋子。所以凶手的准备工作很有可能是在自己家里做的，准备了袋子、绳子、交通工具，又在路上装了石子。"

"在路上装了石子？"黄支队说，"有石子的地方是死者家以北三百米处，你是说凶手家应该住在石子堆的北边？"

"很有可能。"我说，"凶手和死者是熟人，很有可能有仇，最近去镇子里买过豆腐，家住在死者家附近，或者更准确地说，是在北边，身材瘦小，力气不大，会驾驶交通工具，拥有交通工具。这么多条件，我觉得你们在小村子里找一个符合条件的，不难吧？"

"难倒是不难。"黄支队说，"可是我们一点儿证据都没有，即便锁定了一个人，也没法抓、没法审啊。这不，那个解立文还在我们传达室睡着呢，说是不拿到赔偿，就不回家。"

我知道破案需要证据，不仅能为案件证据链提供关键内容，更重要的是可以坚定审讯人员的信心，也可以打消嫌疑人的抵抗情绪。但到目前为止，本案一点儿可以定案的证据都没有。

"谁说没证据？"林涛拿着一张照片走进门来，"你们猜，交通工具是什么？"

大家都一脸期待地看向林涛。

在没有DNA作为证据的时候，痕迹证据就成了救命稻草。

林涛说："我们在井口发现的那些麦秆，细而小，都不是成捆的。这种麦秆，一个人一次抱不了多少，而井里有那么多，说明凶手肯定是用交通工具运输的。我之前去过麦秆堆附近勘查，但痕迹杂乱，捋不出头绪。昨晚我转念一想，即使凶手使用的是摩托车、电瓶车，也没法运输那么多细小的麦秆。就一种车最好运，那就是三轮车。"

林涛拿起桌上的茶杯喝了一口水，接着说："今早我就去重点勘查了井和麦秆堆之间的路面，因为有破坏，所以难度很大。但是三轮车与众不同，它的前轮和两个后轮会形成三条间宽相等的轮胎痕迹，尤其是在拐弯的时候会暴露得更加明显。有了这个想法，我今天很快就找到了一处三轮车轮胎痕迹，轮胎花纹是这样的。"

林涛把照片传给大家看："有了那么多排查条件，已经很好找人了，再加上这个三轮车车胎痕迹，我相信，今天就能破案了吧？"

"必须的必！"黄支队拍了一下桌子，说，"给你们三个小时调查时间，出发！"

三个小时未到，侦查员们就纷纷返回了专案组，看表情，有喜有忧。

"根据已知条件排查，住在死者家北侧的二十七户人家里，符合体形条件的，有三十二人。"

"镇子上卖豆腐的摊铺我们都查了，确实有两家使用和现场类似的塑料袋。但是根据摊主的回忆，在三十二人中，确定了十一人，近期有去买过豆腐。"

"十一个人中，有七家有三轮车，但是经过比对轮胎花纹，全部排除。"

"全部排除？"我有些意外，"那就是说，没有嫌疑人了？"

主办侦查员点了点头。

"有四家没有三轮车，可以确认没有吗？"我接着问。

"解风、解思森、解立国、赵初七这四家，我们挨家挨户进去看了，确实是没有看到三轮车。"

"那你们问了他们有没有吗？会不会是被人借去使用了还是怎么的？"

"这不能问，问了会暴露我们的侦查手段的。"

"怎么不能问，"黄支队说，"你们挨家挨户看人家三轮车车胎花纹，不就一下子传开了？"

我点头赞同。

坐在角落里的一个侦查员突然插话说："不对吧？发案那天，我去解立国家了解死者家庭成员情况的时候，见他家院子里，好像有一辆三轮车。"

我一听这话，热血一下冲进了脑袋里："你确定吗？"

侦查员用笔顶着脑门儿，苦苦回忆："应该是有的。"

"解立国是解立军的亲哥哥。"主办侦查员说。

"亲哥哥怎么了？"黄支队说，"这年头，杀亲的案件还少吗？"

"我们也没调查出来他俩有什么矛盾啊，就是联系少一些。"侦查员说。

黄支队说："解立国的儿子和儿媳妇对他弟弟那么好，就有可能是矛盾的迹象，只是我们时间太短，没有查出来而已。"

"解立国身材怎么样？"我问。

"他倒是很符合，瘦小，买过豆腐。"侦查员说，"对了，上次我不是和你们介绍过吗，他家住在死者家以北五百米处，也符合住址条件。"

"林涛，我们去他家看看。"我说。

解立国在门口抽着烟，眼神有些闪烁："你们又来做什么？我弟弟死了，难道你们怀疑我吗？胡闹！"

我笑了笑，没答他的话。

林涛在院子里走来走去，突然趴在地上看了起来。

看着林涛微微翘起的嘴角，我知道，有戏了。

林涛站了起来，拍了拍膝盖上的灰尘，走到解立国身边，递了一支烟，说："叔，车你藏哪儿了？"

一句话像电击一样让解立国的脸色立即变得乌青，他说："什……什么？什么车？"

"你的三轮车啊。"林涛很淡定，微笑着看着他。

"什么三轮车？"解立国说，"我没……我没有三轮车。"

林涛没有再和他辩论，眼神示意侦查员带他走。

刘翠花此时从厨房里出来，说："怎么了这是？"

林涛说："你爹的三轮车，去哪儿了呀？"

乍一眼看到穿着制服的林涛，刘翠花有些慌乱，整了整衣角，捋了捋头发，低头说："他昨晚骑出去了，往地里方向去的。"

我们一听，立即转头走出了解立国家。我回头看了一眼，刘翠花正看着我们的背影，不，是林涛的背影，发呆。

到了解立国家的农田边，我们看见了一块新鲜的泥土痕迹。林涛兴奋地说："你们勘查车上有锹吗？"

技术员从勘查车上拿下一把小消防铲，林涛嫌弃地看了一眼，说："将就着用吧，我们来挖。"

没挖几下，一个三轮车的轮毂就暴露在我们的面前，大家一片欢呼雀跃。

解立国和解立军在二十几年前还好得和一个人似的。但是他们同时喜欢上了村里的一个姑娘。

两个三十好几的老光棍儿，该让谁先娶亲呢？他俩的父母一时愁断了肠子。家里只有那么一点点存款，只够让一个儿子娶上老婆。姑娘的态度很暧昧，她也不知道自己喜欢傻大黑粗的解立军，还是喜欢矮小机警的解立国。为了让家族传宗接代，他们的父母还是决定给大儿子先娶亲，小儿子再缓缓。

结婚的那天，解立军缺席了喜宴，他在镇子上的一个小酒馆里喝得烂醉如泥，他说他终身不再娶。

兄弟间的醋，并没有持续多久。很快，解立军就开始频繁出入解立国家，两人仿佛继续他们的兄弟亲情。可是，姑娘在生解毛毛的时候，难产死亡了。

解立军痛哭流涕，他认为是解立国要保孩子不保大人，她才会死的。而解立国则悲愤交加，我老婆死了，你哭什么？

有了心里的这个梗，解立国觉得逐渐长大的解毛毛越看越像高大魁梧的解立军，而不像他。甚至在解毛毛上中学的时候，解立国还在一次酒后说，你是你叔的儿子，不是我的儿子。那时候的解毛毛一头雾水，但很快，他也觉得自己越来越高大，确实不像是父亲亲生的。在他的心里，叔叔才是他的爸爸。他把这个怀疑告诉了自己的媳妇刘翠花，这成了他们家谁也不愿提，但是谁都默认的一个事情。

7月16日，刘翠花和解立国发生了一些争执，心情沮丧地来到解立军家送饭。

她说："叔，以后我们叫你爸吧。"

"别瞎说，你是我侄媳妇。"

"你看我们家毛毛，性格开朗、胸怀宽广，一看就是你的儿。哪像他爹，一肚子坏水，小心眼子，一个小恨能记一辈子。"

"别说你们爹，他人不坏。"

"不管，以后我们给你养老，就不给他送终。毛毛也这么说，说你俩才流着一样的血。"

"你们这样做是不对的。我有女儿，她可以帮我养老。"

"那毕竟是收养的女儿啊，哪有我们亲？再说了，嫁出去的姑娘，泼出去的水。我们就是要给你养老送终，你对我们多好啊。"

"哈哈哈，心意领了，别说了。"

隔墙有耳。这段对话，非常不巧地被经过解立军家窗后的解立国听了个全。

怒火在解立国的体内燃烧，他认定了当初这个亲弟弟肯定和自己的老婆有染，这个不孝之子肯定是这个浑蛋的儿子。这一场孽缘都是这个亲弟弟惹的祸。

十二点，夜深人静，解立国辗转难眠，徒步走到解立军家门前，见家门微开，便冲了进去，压住了解立军的口鼻。解立军正在酣睡，被突如其来的袭击惊得一时错乱，双手又被毛巾被裹住无法反抗，就这样活活窒息而死。

杀了人的解立国冷静了下来，他悄悄回家，拿了塑料袋、绳索，骑着三轮车再次来到解立军家，准备在尸体上捆绑一袋石子的时候，借着月光，他看见解立军正瞪着双眼凝视着他。这一眼着实把他吓破了胆，他踢了解立军一脚，确定他已经死了，死不瞑目。他颤颤巍巍地用衬衫包裹了解立军的头，绑好坠尸物，把尸体拖上了三轮车。

夏天的夜晚，月朗星稀，解立国把死者扔进井里以后，觉得并不保险，于是又运来麦秆遮蔽了井口。

当警察们对现场进行勘查的时候，解立国又仔细地检查了自己的三轮车，惊讶地发现三轮车上居然有一大块血迹。原来人死后，刮破了血管，随着尸体颠簸，也会有血液流出。自家院里，却有两个"外人"盯着，他没法清洗三轮车，只有借故把三轮车弄走，找个地方拆了、埋了。

三轮车上检出了死者解立军的血迹，而这三轮车又是解立国平时使用的三轮车。解立国没法抵赖自己的罪行，在强大的证据攻势下，他对自己的罪行供认不讳。

"你说这是谁的错？"我问。

"解立国小心眼儿的错呗。"林涛说，"不过辛苦养大的孩子不是自己的，这种打击确实有点儿受不了。"

"你怎么知道不是他的？"我说。

"对对对，我就超想知道解毛毛到底是谁的孩子。"大宝觍着脸说。

我和林涛同时拍了下他的脑袋说："能别这么八卦不？"

"走啦！"高法医走过来拉了下我的衣服，说，"今晚我请客，算是庆功宴。"

"又吃牛肉面吗？"我做了个鄙视的手势，"黄支队呢？"

"黄支队去不了了。"高法医突然哈哈大笑起来，说，"他正愁着怎么给解立文家修井呢。"

法医秦明

VOICE OF THE DEAD

夜 焚 丽 人

龙番市东郊豪华小区

光总觉得它跑得比任何事物都快，可它错了，因为无论它跑得多快，黑暗总是先它一步到达并等待着它的光临。

——特里·普拉切特

1

"青乡市立医院泌尿外科医生孟祥平，三十一岁，5月14日失踪，于7月19日在龙番市郊区路边发现尸体；南江市通通网络公司总经理方将，三十二岁，6月2日失踪，于6月5日在龙番市闹市区一垃圾堆中发现尸体。"侦查员说，"据调查以及青乡市、南江市公安局同行的协查，两名死者生前所有可疑社会关系全部排除嫌疑。两名死者在生前互不相识，也没有过任何联系。"

"六三专案"距发案已经整整两个月了，专案组抽调了全市的精兵强将进行了地毯式排查，侦查员带回的结论却依然是毫无突破。

专案会议成了例会，每周二、四、六晚上都会在龙番市公安局会议室召开，可是却丝毫没有破案的线索。案件已经发生两个月了，我们省厅的侦查、技术人员专门赶赴龙番市，听取了案件前期工作汇报。

连续的奋战让侦查员们脸上挂满了倦容，而线索一直找不出来，他们的脸上又不禁满是忧虑。

"视频组也竭尽全力了。"视频侦查科科长说，"所有的监控都仔细捋了一遍，可惜因为缺乏维护经费，很多单位的摄像头都是摆设，我们只能靠交警安装在大路上的摄像头以及银行等单位的零散监控进行侦查。经查，孟祥平于5月14日晚六时在龙番市长江大道和繁华路交叉口出现了一次，独自步行；方将是6月2日晚八时在工商银行花园路支行门口的龙番大酒店门口打车，往北去的。这是两名死者最后出现的时间和地点。"

"我想问一下，那个，方将后来回宾馆了吗？"大宝问。

"宾馆摄像头也是好的，方将是6月2日中午办理入住手续，下午五点出门，然后就再也没有看到过他了。"

"打车，"我摸了摸下巴上的胡楂儿，"出租车找到了吗？"

　　侦查员一脸惋惜地摇摇头，说："因为监控清晰度很差，我们没法看清车牌号，只能通过大概时间来排查附近路口的交警监控，等我们找到那辆出租车驾驶员的时候，事情已经过去半个月了。即便是我们给他看了监控，他依旧想不起来那天运送这个人去什么地方了。"

　　"长江大道在北，龙番大酒店在南。"我说，"距离那么远，怎么才能联系到一起呢？"

　　"死者均是在被下药的状态下割颈导致死亡，然后又被剖腹和分尸。"侦查员说，"我们对毒鼠强的来源方面也做了很多工作，可惜一无所获。"

　　"那会不会是为了财呢？"我想了想，问。凶杀案件的发生，大多数情况下不外乎财、色、情、仇和激情杀人，在社会矛盾均被排除的情况下，死者又是男人，不得不考虑"侵财杀人"的可能性。

　　"这个现在看，也不能排除。"侦查员和我的想法一致，"如果是偶发性的侵财杀人案件，加之凶手精神变态，确实不太好找线索。"

　　"下一步，你们打算怎么办？"我问。

　　"下一步，我们一方面继续调查死者的社会关系，另一方面也继续努力看监控。看看特定的时间，在特定的案发现场的一些可疑车辆出没情况，然后逐个排查。"侦查员打了个哈欠，说道。

　　我点点头，说："真是辛苦你们了，全市那么多监控，怕是你们没睡过好觉吧。"

　　"今晚怕是也睡不了好觉了。"胡科长推门进来，说，"一个豪华小区，着火了，目前看，是死了人了。"

　　"那我们也去看看。"大宝收拾起笔记本。

　　"这你们没必要去吧，"胡科长说，"未必是命案。"

　　"哦，无所谓，今晚没事儿，我们一起去吧。"我说完，拍了拍"六三专案"主办侦查员的肩膀说，"兄弟们受累了。"

　　这是龙番市东部的一个豪华小区，小区由十余栋六层双单元小楼组成，每单元只有一户，每两层为一户复式楼。

　　现场位于其中一栋楼的二楼，我们赶到现场的时候，消防队队员们正在收拾地面上的水管，二楼的一面窗玻璃被高压水枪冲破，但窗外并没有明显熏黑的痕迹。

　　"兄弟，火不大吗？"我问。

一名消防战士摇了摇头，说："不大，都没见到火光，两下就给俺们冲灭了。"

"那，你们进入现场没有？"我接着问道。

消防战士又摇了摇头，说："没有，这门结实。我们一面灭火，一面有战友在破门，火灭了，门还没弄开。"

我穿过被支撑着的门禁单元门，来到现场住户101室的大门前。钢制的大门门框看上去的确有些扭曲，我默默点了点头，随即又抬头问："那你们怎么知道里面有人死亡了？"

消防战士停止收拾水管，抬头看了看我，说："哦，俺知道了，你们是法医吧？俺看过一部讲你们法医的小说叫《尸语者》，俺特佩服你们的工作呢。"

我有些焦急，没接他的话茬儿，说："你们怎么知道里面有人死亡了？"

"哦，"消防小战士挠了挠头，"你们公安局的人从对面的阳台上打光进去看的。"

说完他指了指现场对面的二楼阳台。

这时，一名龙番市公安局的技术员从现场后面的住楼走了出来，扬了扬手上的聚光勘查灯，说："秦科长好，刚才从对面看了，确定里面有一人死亡。"

我点点头，戴上手套走到门口，看了看形状怪异的门锁说："这种门锁我倒是第一次见，确实很奇怪，这门的料子也真够结实的，业界良心啊，难怪你们弄不开。"

"门锁把手上有纱布手套痕迹。"林涛拎着一个小盒子走到我身边说，"这天气，在住宅区里戴手套的，除了法医、保姆、环卫人员，还真就没啥好人了。"

"我可没碰着门锁。"我举起双手。

"你在那边和消防小战士聊的时候，我就已经看完了。"林涛觉得我的动作很滑稽，笑着说，"初步分析，可能是临走带门时留下的新鲜手套痕迹。"

"你是说这是命案？"我瞪起了眼睛，"你刚才去哪儿了？接下来要做什么？"

林涛举了举手上的小盒子，说："我去拿这个了，开锁啊，不然咱们怎么进去？窗户都有防盗窗的，你这体形，怕是我们把防盗窗全拆了，你也未必钻得进去吧。"

"去你的，"我说，"你还会技术开锁？"

"必须的啊。"林涛戴上头灯，拿起工具开始开锁。

"这可不是一般的锁啊。"我饶有兴趣地抱着双手站在林涛身后，"你能把它弄开，我叫你哥。"

"我看不像命案，"胡科长和王法医走了过来，说，"刚才询问小区保安，有一些线索。"

"哦？"我转身看了看身后同样露出好奇眼神的消防战士，揽过胡科长走到了一边。

不论是不是案件，相关的重要信息在调查阶段都是需要严格保密的。很多人认为公安藏着掖着一些关键信息是故意卖关子，其实不然，这些消息一旦泄露出去，不仅会给侦查带来很多不必要的麻烦，而且在甄别犯罪分子的时候，也会出现困难。比如有人要为真正的凶手顶罪，他一旦得知了案件的关键信息，就会骗取侦查人员的信任。

即便对于同属公安部门管辖的消防队，我们也是需要保密的。

"是这样的，"胡科长见我把他拉到一边，会意地一笑，说，"保安说，晚上十点多钟的时候，全小区停电了。"

我抬腕看了看表，时针指向十二点三十五分，说："那火是什么时候发现的？"

"你听我慢慢说来，"胡科长说，"据对保安的调查，晚上十点十分左右，保安室突然停电了。保安们就赶紧出来看，发现全小区十一栋楼都是黑漆漆的。对了，这里要先说一下，这个小区一共十一栋楼，每栋楼六户，一共也就六十六户人家。实际入住，大概有四十户人家，都挺有钱，平时在这个时候应该是灯火通明的。所以没过一会儿，就开始有人陆续地往保安室打电话。"

"嗯。"我点了点头，说，"这个天气，晚上都有三十七八摄氏度，没有空调，这些富人确实不好熬。"

"保安马上联系了物业，物业通知了电力公司。"胡科长继续说道，"电力公司在晚上十点半就赶到了这个小区，检查了小区的一个总电闸，发现跳闸了，顺手一推，整个小区的电就来了。"

"总电闸？"大宝说，"总电闸跳闸肯定是有短路啊，他们也没去检查哪栋楼短路了？"

"如果是短路了，推上去应该会再跳的吧。"胡科长说，"他们分析可能是偶然原因导致了短路，所以推上电闸后，见每栋楼都有电了，于是就走了。"

"那总电闸在哪里呢？"我问。

"在小区保安室后面的墙角，有一个铁箱子，电闸就在里面。"胡科长说。

我点点头，说："胡老师的意思是，如果是现场的电路有问题，他这么一推，虽然没再跳闸，但不代表可能在短路的地方引起火花，如果附近有易燃物，就会引燃。如果家里的主人睡得很熟，或者喝醉了，可能没有察觉家中起火，当火烧到他的时候，再醒也来不及了。"

胡科长点点头说："我觉得起火和停电碰得也太巧合了吧，哪有那么巧的事情？现在是夏季，住户用一些大功率的电器比较频繁。我们已经碰到过好几起因为电路起火失火而引起的人身伤亡事件了。"

"可是，"我说，"火是什么时候被发现的呢？"

胡科长说："是这样的，电重新来了以后，两个保安就睡下了。可是其中一个人越想越不放心，因为他看过前几天报纸上说的电路起火烧死人的案例，所以就起身拿着灯去巡逻。"

"这时候是几点？"我问。

"十一点半。"胡科长说，"离重新推上电闸大约一个小时的时间。当保安巡逻到现场楼下的时候，发现现场的窗帘在燃烧，还有烟从窗缝往外冒，当时他就报警了。我们派出所和消防队的人五分钟左右赶到了现场，一边灭火，一边上了对面的楼观察室内情况，发现现场内床上有一具尸体，应该是已经炭化了。"

"那消防队员不是说火很小，没见到火光吗？"我问。

"火确实不大，但是有明火，烧着窗帘了嘛。"胡科长说。

"可是，从推了电闸到火被发现有一个小时的时间。"我说，"你不觉得太慢了吗？起火是很快的，火势凶猛的话，半个小时可以把家里的东西烧个精光。你看，从保安发现窗帘在烧，到消防队开始灭火，也就十几分钟吧，我们的技术员就可以在对面看到室内，说明窗帘已经燃烧殆尽了，这火应该不算慢吧。"

"嗯，"胡科长说，"这是个问题，但也不排除燃烧开始的时候助燃物不易燃烧，起火慢，等火烧到窗帘的时候，火势已经比较猛了。"

"这小区监控还真不少啊。"大宝平时对电路啊、电子啊什么的高科技最感兴趣，此时他开始对小区里林立的形态各异的摄像头产生了好奇。

"怎么？"我说，"你想去研究研究这个小区的监控分布吗？也未尝不可啊。"

"好哇，"大宝说，"我这就去寻访一下，然后找图纸看一下。看看有钱人的安保是不是做得就是比咱们穷人好。"

"去吧，"我笑着说，"反正等林涛开门还需要一段时间，即便开门了，痕迹检验部门还需要一段时间去打开现场通道。"

"还弄什么技术开锁啊。"大宝说，"直接找个斧子劈开不就得了？"

"斧子劈啊？"我说，"你忘了黄支队现在在做什么了吗？"

"黄支队？"胡科长插话道，"云泰的支队长吗？"

大宝笑得前仰后合，说："是啊，他现在正夜以继日地给人家修井呢。"

"笑什么笑，来，老秦，叫哥。"林涛走了过来，做了"请"的手势。显然，他把这个形态特殊的锁给弄开了。

2

"但愿你别失业，不然我们得对付一个多么高明的贼啊。"我说着，探头朝现场看了一眼。一楼摆放得很整齐、很平静，若不是能闻见一股焦糊味道，完全看不出来这会是一个火灾现场。

"死者的身份已经搞清楚了。"一名侦查员走到我们身边，一边翻着笔记本，一边说。

"哦？好。林涛你们先打开现场通道，我在外面等着，顺便听一听死者的基本情况。"我帮着林涛从勘查车里拿出现场勘查踏板，说。

"死者叫董齐峰，三十二岁，是龙番市最年轻的工程监理，属高薪人群。"侦查员说。

"哦，年轻有为啊，可惜了。"我说。

"应该说是巾帼英雄吧。"侦查员说，"取了个男人的名字，但其实是美少妇一名。"

说完，他从笔记本里拿出一张证件照。照片上的女子五官秀丽，眉宇之间颇有几分英气。

"这姑娘才结婚一年多，丈夫的资料还在调查。"侦查员说，"房子是董买的，花了近三百万。天哪，真是个有钱的女人。"

"既然现在怀疑是电路起火，我倒是更关心房子装修的情况。"我说。

"这个我们也问了。房子是开发商统一装修的，属于精装复式楼出售的，所以水电什么的，都是开发商弄的。如果是电路问题导致起火，开发商估计得赔死。这么个英才，比我们这些小警察可值钱多了。"

我点点头，给侦查员递了一根烟说："走，咱们一边儿去，现场附近不抽烟。"

两根烟的工夫，林涛满头大汗地跑了出来："好了，去尸体旁边的通道已经打开了。"

"这么快？"我有些讶异。痕迹检验部门在打开现场通道的同时，也就是对现场的地面进行勘查，以便发现一些属于凶手的痕迹和物证。如果在命案现场，这么快就完成了这项工作，说明不是好事情。但如果不确定是不是命案，现场没有痕迹可以发现，反而是件好事情。事故总比凶案更容易让死者家属接受。

"我现在有些犹豫。"林涛并没有带来好消息，他说，"现场的地面载体不行，如果不是鞋子很脏，是不会在现场留下脚印的。我们看了看一楼的现场地面，现在怀疑可能存在一个男人的鞋印。关键是现场地板的问题，这疑似足迹，没有鉴定的价值。"

现场装潢考究，如果是自己家人进入现场，应该会换鞋。现场出现了只有较脏的鞋底才能留下的鞋印，问题怕是就没那么简单了。

我没再询问，穿戴好现场勘查装备后，沿着林涛画出的现场通道，走进现场。现场一楼一切正常，显得很平静，门口放着一双女士高跟鞋。我没再逗留，直接沿楼梯上了二楼。

二楼楼梯口是一个小客厅，摆着考究的茶几和小凳，茶几上还放着一组茶具，茶几的上方挂着一张结婚照，男的英俊，女的漂亮。我拿起茶壶看了看，是干燥的，但是没有黏附一点儿灰尘，说明她经常使用茶具，但案发前没有用。小客厅看起来简单却不乏优雅，看来这种小清新式的优越生活，很适合这种漂亮的有钱人。

小客厅的周围有三扇门，分别通往三个房间。其中两个房间的地面积蓄着灰尘，说明很久没有人进去过，也说明这个董监理没有请钟点工。

中心现场就位于二楼的主卧室，主卧室的门口有一个卫生间。卫生间的门和灯是关着的，显得很平静。但走进卧室，就看到了惨不忍睹的一幕。

房间不小，应该摆放着床、床头柜、梳妆台和电视柜。但是现在已经满目疮痍，一片漆黑。几乎所有的家具都有明显的过火痕迹，家具的外漆纷纷剥离，床头柜更为严重，表面已经基本炭化。

大床的床垫已经被烧得弹簧尽显，床垫上有一具尸体，大部分皮肤已经炭化，头发全无、面目全非。

"这太惨了。"我回想了一下刚才看见的那张美女证件照，叹息道。

"这个是生前烧死吧？"林涛问，"好像听说斗拳状姿势就是生前烧死的征象。"

斗拳状姿势，是在火灾现场中非常常见的一种姿势，形容的就是尸体四肢顺关节蜷缩，看上去像是在拳击一样。教科书上有一张斗拳状姿势的照片，和拳击的动作一模一样，因此我每次看拳击比赛都会觉得擂台上的两个人像是两具被烧死的尸体。

"不。"我摇了摇头，说，"斗拳状姿势，其实是因为肌肉过火以后，发生变性，肌肉挛缩。肌肉缩了，但骨骼没缩啊，就会把肢体顺着关节蜷缩起来。不管是活人还是死人，肌肉遇火都会挛缩，所以斗拳状不能说明是生前烧死，死后焚尸也可以。"

"那，什么情况下，被烧成这个样子，还没有挣扎和逃离的迹象呢？"林涛现在对法医学知识越来越感兴趣，看来他是要多方面全方位发展了。

"有很多种情况，"我说，"比如，死者喝醉了，或者死者在睡眠状态下，遇见了慢火。在死者还没有发现的时候，封闭的室内就产生了大量的烟雾和一氧化碳，导致死者昏厥。"

"哦，"林涛说，"是有道理，我好像听你说过，火场中的尸体，真正死于大范围烧伤而引起的创伤性休克并不占多数，更多的是被烟呛死的，或者是一氧化碳中毒。"

"那种死因不叫被烟呛死。"我暗窘了一下，"高温烟雾、炭尘进入呼吸道，引发呼吸道一系列反应，最终出于喉头水肿等原因而窒息，这叫热呼吸道综合征。"

"是的，是的。你那医学术语我怎么记得住。"林涛挑了挑眉毛。

"对了，你刚才问的问题我还没有答完。"我说，"烧成这个样子还没有挣扎，还有一种可能，就是死后被人烧的。"

"你怀疑是死后焚尸啊？"林涛说，"可是，会有那么巧合，正好赶上停电吗？"

我在卧室内转了一圈，地面上都是一些黑色的炭化的粉尘，还有一些消防队留下的积水。墙壁大部分都已经被熏得漆黑。这样的现场，想寻找什么痕迹物证，已经很难了。我看了看卧室中燃烧最为严重的床头柜附近，那里有一节烧焦了的电线。

"在封闭室内，助燃物不明确的情况下，我们通常认为燃烧最为严重的地方就是起火点。"我指了指床头柜，说，"这里有电线，看看下面的插座上，连了什么。"

我和林涛合力挪了挪床头柜，露出了一旁的插座，插座上插着一个漆黑的充电器，看形态，应该是一个被熏黑了的苹果手机充电器。

我们连忙在床上的灰烬中扒拉了起来。

没有发现也算是发现。我说："可以肯定，这附近的灰烬里没有手机零部件。要么就是充电器上没有连手机，要么就是手机被人拿走了。"

"我倒是觉得吧，案件逐步清楚了。"胡科长说，"很多人有不好的习惯，就是把充电器长期连接在电源上，不拔下来。这样容易引发火灾。我觉得，停电的时候，死者可能已经入睡了，等重新来电后，因为充电器附近的电源产生火花，导致附近的易燃物，比如床单啊、枕巾啊什么的引起燃烧。等死者意识到起火时，她已没有挣扎的能力了。"

"有可能是这样的，"侦查员说，"刚接了电话，调查到死者当晚六点独自到一家酒吧喝酒。"

"我来啦。"大宝的声音响彻整个现场。不一会儿，他就从一楼走上了二楼。

"我简单快进看了看小区监控。"大宝说，"死者是被一辆奥迪TT送到小区门口的，然后独自进小区，奥迪TT就离开了。"

"几点？"我问。

"九点五十一分。"大宝说，"然后死者就摇摇晃晃地往单元门方向走，这里的门禁系统是刷指纹的，但是101这个单元门是个监控盲区。"

"也就是说，死者可能喝醉了，到了家直接睡觉了。"我说，"醉酒状态，就不好说了。"

"你说会不会是有人在她进门前胁迫了她啊？"大宝对监控盲区放不下心。

我摇摇头，从地上捡起一双烧焦的鞋底，说："她换了拖鞋。哪有胁迫受害人，还让受害人换拖鞋的？"

"不管怎么样，赶紧去殡仪馆吧。"胡科长说，"再晚，我们就真的要干到天亮了。"

"我留下来继续看痕迹。"林涛说，"你那边有什么情况，来个电话。"

"那我留下来看电路和监控吧？"大宝最近对电路产生了浓厚的兴趣。

我点点头，和胡科长、王法医走下了楼梯。

"胸口怎么会有一个创口？"我用纱布擦去死者胸口已经炭化了的衣物碎片，说。

"尸体在遇火后，会导致皮肤收缩，一旦超过了张力限度，就会产生皮肤创口啊。"胡科长说。

火灾现场的尸体，有时会出现很多疑似外伤的痕迹，引起死者家属的误会。比如，胡科长所说的情况就很常见，死者家属会认为死者被他人用锐器所伤。又如，死者死亡后，因为高温作用，颅骨会发生骨折，硬膜外会出现大血肿，让人误会成死者头部生前遭受过重物打击。其实不然，这是火场尸体上常见的现象，被我们称为"热血肿"。

"如果是张力过大引起的创口，应该是沿皮纹方向。我总感觉这个创口不是沿着皮纹的。"我说，"可惜皮肤烧灼得太厉害了，一来无法看清楚皮纹方向，二来看不清创口内部有无生活反应存在。如果是死亡后皮肤缩紧引起的创口，肯定不会有生活反应。"

"讨论那么多没有用。"胡科长笑了笑，说，"解剖了以后，搞清楚是生前烧死还是死后焚尸，一切都一目了然了。"

早在三国时期，吴国某县县令张举就通过烧猪的实验，来分辨生前烧死和死后焚尸。"张举烧猪"这一成功的现场实验，被后人广为传颂。辨别生前烧死和死后焚尸主要是通过死者呼吸道内是否存在"热呼吸道综合征"以及烟灰炭末来判断。现代科技还可以通过死者心血中的一氧化碳含量检验来予以分辨。

要检验死者的呼吸道，法医通常会采取一种被俗称为"掏舌头"的办法来进行。法医在联合切开死者胸腹部皮肤、取下胸骨后，沿着死者的下颌下缘切开肌肉，从下颌下掏出死者口腔中的舌头，然后一边用力下拽，一边用手术刀切开连接的筋膜。这样的办法不仅可以完整取下舌头、会厌、喉头、食管、气管，往下继续分离，甚至可以取下全套脏器。

这样的方法，在需要病理检验时，是最为方便的取脏器方法，在无须病理检验时，很多法医并不使用，以免给在一旁见证的死者家属或见证人过大的心理刺激。

火场中的尸体，皮肤因为过火而变得十分坚硬，分离皮肤对于法医来说是一件力气活儿。我们把死者的胸腹腔完全打开之后，三个人已经挥汗如雨了。

我急急忙忙取下死者的胸骨，掏出了死者的心包。

"死者的心包上也有个小裂口！"我叫道，"皮肤可以因为烧灼而破裂，但是心包不会。"

胡科长和王法医连忙凑过头来看。胡科长说："是啊，确实有个小裂口，不会是我们解剖的时候，手术刀碰的吧？"

法医在解剖时，锋利的手术刀尖可能会形成额外的损伤，尤其是弄伤了不易观察是否存在生活反应的组织，有时候会给检验鉴定带来一些分辨的难度。

我自己也不能排除心包上的创口是不是我的失误，我避开心包上的破裂口，"人"字形剪开了心包，心包里全是积血。

"看来不是我的失误。"我拿起注射器吸了一管子仍未凝固的血液，说，"心脏也破裂了。如果是手术刀碰的，心包内的出血不足以将心包填塞，所以应该是心脏被刺后，反射性骤停。这管子血，赶紧送市局毒化部门吧，看看一氧化碳含量如何。"

"这样看，现场没有能够导致心脏破裂的锐器。"胡科长说，"那就真的是一起命案了，停电只是巧合。"

"掏舌头"完毕，死者的呼吸道内干干净净，毫无充血和烟灰炭末痕迹。

"死者死于心脏破裂。"胡科长说，"死后焚尸。小王你留在这里缝合，我和秦科长赶去市局临时指挥部，要求马上成立专案组。"

3

"什么？命案？"林涛最先做出了反应。

几名女刑警看到林涛惊讶的表情，捂着嘴窃笑。

"是的，"我说，"死者心脏有一裂口，应该死于心脏破裂。检验全身，未见其他损伤，也未见任何有生前烧死的征象。"

"理化初步检测，死者心血中没有一氧化碳。"理化室负责人插话道。

"说明起火前，死者已经死亡。"我补充说。

"可是经过初步现场勘查，我们痕迹检验部门在现场没有发现任何有价值的痕迹物证。"林涛说，"除了一楼地面有几枚残缺鞋印很可疑以外，感觉实在不像命案。"

"现场过火，凶手动作简单。"我说，"这一系列因素决定了这个现场的痕迹物证会很少。"

"不对吧，"陈副局长被电话从床上喊醒，一脸倦意地瘫在专案指挥部的主座上，"心脏破裂没有血迹喷溅出来吗？"

"心脏不同于动脉。"我说，"心脏外有心包包裹，加之我们认为死者心脏被刺后，心搏骤停，所以不会有太多喷溅出的血，但是多少也应该有一些。不过现场被火烧、被水浇，我们没有发现，也很正常。"

"这个小区安保完善，为什么监控组那边还没有消息传过来？"陈局长说。

"监控组还在努力看，但确实没有发现。"主办侦查员说，"下一步该怎么办呢？"

我抬腕看了看表，时针已经指向凌晨四点。

"我看，我们还是回去休息一下吧。"我说，"等天亮了，我和林涛再去现场看一看。"

陈局长点点头，说："你们辛苦了，先休息，侦查部门连夜开展外围调查。我天一亮就要知道董齐峰当晚的活动情况、接触人的情况以及电话联系人的情况。还有，相关的理化、DNA检验明天上午必须出结果！"

这段时间，我连连出勘现场，筋疲力尽，人已处于疲劳到崩溃边缘的状态，一听我可以回去休息，瞌睡虫马上爬上身来。

胡科长接完电话，走了进来，说："怕是我们也休息不了了。"

"怎么了？"林涛问。

"龙番大学的校园清洁工刚才在清扫校园的时候，发现在学校一个偏僻的角落，有一具尸体。"

"你们去吧。"我说，"我实在太困了，我要睡两个小时。"

"可是，"胡科长一脸凝重，"我们出现场的法医断定，这具尸体，和'六三专案'有关。"

第十一根手指的案件，被专案组文绉绉地称为"六三专案"。这起案件已经有两个月没有动静了，现在又发现了新的线索，整个会议室里都充满了跃跃欲试的味道。

陈局长果断下达命令："这个会议室里所有参加'六三专案'的人员，全部赶赴龙番大学；通知所有'六三专案'的专案组成员起床。董齐峰的这个案件，办公室马上从分局刑警队抽调人手、介绍情况，继续开展工作。"

"那你呢？"胡科长看着我说。

我早已被胡科长说出的"六三专案"四个字惊得清醒，我使劲儿地点点头，说："我去，我去。不睡了。等几十年后，我有的是时间睡觉。"

当我们赶到龙番大学时，天已快亮了。正放暑假的校园里静悄悄的，这个被学生们用作恋爱场所的小树林，已经被警戒带围了起来。勘查人员正在小树林里忙忙碌碌。

"我赶到时，尸僵刚刚在大关节开始形成。"值班法医孙勇说，"初步推断，死者应该是死亡五个小时左右。"

"我现在比较关心的是，你们为什么认为这和'六三专案'有关？"我看了看远处的尸体，很完整，没有被分尸。而"六三专案"的前两起案件被害人都被残忍分尸了。

"死者是被割颈杀害后，剖腹。用'掏舌头'的办法，取下了大部分内脏。"孙勇说，"手法和'六三专案'完全一致。"

我点点头，说："看来确实比较像。但尸体没有被分尸，运送到这里来，难度比较大吧？"

"我们现在觉得死者就是在这里被杀害的。"孙勇指了指小树林外的奥迪TT，说，"那一辆就是死者程小梁的车。车上有行驶证和驾驶证，我看了照片，就是死者无疑。"

"程小梁？"

"程小梁，男，二十五岁，是龙番大学党委书记的独子。"孙勇说，"我们看了他的车，里面很正常，没有打斗痕迹，也没有血迹。调取学校大门监控，程是昨晚十一点，自己开着车进了学校大门的。"

"车的副驾驶座上有人吗？"我问。

"没人。"孙勇说。

"那就是说，凶手是潜伏在学校里，和程碰面后杀死了他？"我说。

"不一定。"孙勇说，"奥迪TT是双门四座车，后面藏了两座，如果凶手刻意躲在后面的座位上，在监控里是看不到的。"

"那他逃离，会有监控吧？"我问。

孙勇摇摇头，说："大学的小门多得很，车只能从东、南、西、北四个门进出，但是人要出去，走小门，是没监控的。"

"不出意外，又是药物致毒后，下手割颈的。"林涛指了指尸体旁边的地面。

草地上有大量喷溅状血迹，尸体颈部的创口错综复杂，看来死者是在毫无反抗能力的状态下，被割破了颈动脉。

"会不会是'六三专案'的凶手干的呢？"我自言自语道。

"从这个现场来看，是杀人案第一现场无疑，我们赶紧再去殡仪馆吧。"胡科长说。

惨烈的现场，已经让我的睡意全无，我小心地把尸体和内脏装进裹尸袋，看着殡仪馆工作人员把尸体拉上车后，脱了手套，坐进了车里。

一夜之内，两次赶到殡仪馆，实属不多见。大家都面色凝重，"六三专案"一下子又多了一起悬案，而且还有个监理被杀案背负在身，所以压力都无比巨大。

"以前都是杀完人，碎尸后抛尸，这一次为什么没有任何碎尸的痕迹？"我问。

胡科长说："这样说来，凶手碎尸只是为了方便运尸，杀人碎尸的场所很有可能是室内，碎尸行为不是为了吸引我们的眼球，剖腹的行为才是挑衅我们的行为。所以这一次，既然是在野外杀人，他就没必要碎尸了。"

"这个程小梁，为什么半夜三更去学校？"孙勇说，"学校里没有教职工家属区，学生也都放假了。"

"会不会有留校的学生？"我问。

孙勇点点头："哦，这个还真不能排除，凶手也不能排除是留校的学生。程小梁是不是和学生结下了梁子，晚上去约架，然后被杀了，凶手正好就是'六三专案'的凶手？"

"呀！这是什么？"正在检验死者内脏的胡科长突然叫了起来。

在现场和尸检的时候，除了浓重的血腥味，我一直闻见一股福尔马林的味道。福尔马林是法医用来固定人体组织的溶液，配制很简单，只需要水和甲醛，但是一般人不会用到。所以闻见福尔马林，我一直觉得是自己的一种幻觉。但是看到胡科长手中的物体的时候，我知道这并不是幻觉。

胡科长的手上，放着一只耳朵，一只被福尔马林浸泡过的耳朵。我看了看程小梁的尸体，两只耳朵俱在，那么，这是谁的耳朵？我的大脑不断转动，回想着方将和孟祥平的尸体状况，突然，我灵光一现。

我脱下手套，拿出解剖室里存档的尸体解剖档案，翻了翻，说："我没记错，我们发现第一具尸体，也就是方将的尸体的时候，检验时就发现了尸体少一只耳朵！"

"是吗？"胡科长说，"我都忘记了。"

"对的！"我翻出记录给胡科长看，说，"不出意外，这就是方将的耳朵！你看哈，根据我们对死亡时间的推断，虽然后来才发现尸体，但最先死亡的是孟祥平，他少了根手指。最先被发现但是第二个死亡的方将，多了根手指，却少了只耳朵。如果这是凶手挑衅我们的方式的话，那么多了只耳朵的程小梁尸体，也应该少一些什么。"

说完，大家急忙开始在尸体上检查起来。

"啥也没少啊。"孙勇有些失望。

我看了看死者被掏出来的气管一端，从舌骨上方，有被刀切断的痕迹。我又捏开尸僵还没有完全形成的尸体的口腔部，空空如也。

"我知道了。"我说，"他带走了程小梁的舌头。"

"对了！这就是凶手在挑衅我们！"胡科长咬着牙说，"掏舌头取内脏，留下尸体部分来让我们串案，很可能是我们法医内部人干的！什么人这么变态？我们怎么得罪了他？"

"凶手作案方式老到。"我说，"这具尸体上，依旧没有给我们留下什么可以发现的线索。看来，还是要从程小梁的社会关系来调查了。虽然杀的人越多，暴露的马脚越多，但这个凶手始终如一地用相同方式杀人，我们却一直无法突破。"

"唉，"孙勇说，"他对我们法医工作了解，未必对侦查工作也了解，所以寄希望于侦查部门能在程小梁被杀这个案子上有新的发现和突破吧。不能再让这个坏蛋杀人了！"

"我们先休息，明天下午两个专案会议一起开。"胡科长说，"到时候还有得忙呢。"

我疲倦地点点头，说："我睡几个小时，中午的时候再和林涛过去看看董齐峰家。"

睡了几个小时，我精神大振，走下楼时，看见楼下的邻居，那个在上大学的小妹妹正在搭讪警车旁的林涛。我笑了笑，现在的女孩子都这么外向，反而男孩子却比以前的男孩子害羞了许多。世道真是彻底变了。

我没说话，一屁股坐上警车。林涛说了句"不好意思，下次再聊"后也坐了上来。

驾驶员韩亮说："去哪儿，两位哥？"

"去董齐峰家。"林涛说完又转脸对我说，"你怎么才下来，一个老爷们儿也磨磨叽叽的，你再不下来，我的电话号码就真得被那姑娘套了去了。"

"不好吗？"我龇着牙，"大学生哦，清纯着呢。"

"拉倒吧。"林涛说。

转眼间就到了现场，我和林涛穿戴完毕，走进了现场。

"既然是命案，就一定有出入口。"我说，"这个现场周围这么戒备森严的，哪里才是出入口？"

林涛说："出口不难，一楼大门。这样可以解释为什么一楼有足迹，而且单元大门是监控盲区。但是入口就不好说了，你从一开始已经排除了凶手是尾随死者进入的，窗户又都装了防盗窗，那么唯一可能的入口就是这里了。"

林涛指了指主卧室内卫生间的小窗户，这个小窗户没有安装防盗窗。

我惊讶地看了一眼，说："这么小的窗户，我连头都过不去！"

"你头那么大，肯定过不去，我昨天也试了一下，我的身材，也过不去。"林涛说。

"你是穿衣显瘦、脱衣有肉。"我说，"如果是个矮小的瘦子，说不定还真能进得来。"

"可是，这个窗户的外面，就是小区的一个摄像头，如果从这里进来，肯定能监控到。"林涛说。

我点点头，说："那就等大宝的消息吧。"

"欸？你们看看这里。"一名技术员指着床头柜门说。

我凑过头去。床头柜的门被技术员打开，门的上缘，因为收在柜体的内侧，所以没有被烧灼到。上缘的木板上，有明显的一排喷溅状血迹。

"真是个伟大的发现！"我拍了拍技术员的肩膀，"这说明了一个问题。"

林涛说："死者被捅的时候，柜门是开着的！"

我笑着点了点头："死者被捅，柜门开着，所以会有血喷溅到这里，然后凶手关上了柜门，柜门的上缘就隐藏住了。火烧起来，也没有烧到这里。所以，凶手为我们留下了这个线索！"

"可是，这排血迹肯定是死者的，能有什么用呢？"技术员问。

我和林涛异口同声道："案件性质啊！"

我看了眼林涛，笑着说："如果是因仇杀人，开床头柜的门干什么呢？再结合现场都没有找到死者的苹果手机，说明了什么呢？"

"哦，你们怀疑是抢劫杀人？"技术员说。

"对，"我说，"不是怀疑，是基本可以确定，这是一起盗窃转化的抢劫案件。"

很多入室盗窃，被受害者发现后，就会转化为抢劫或者强奸案件。

"从出入口的选择、翻动柜门、拿走手机来看，"林涛说，"我也认为是一起抢劫案件，而不是寻仇杀人。"

"那我们就赶紧去专案组吧。"我说，"我迫不及待地想去看看侦查部门的成果。"

刚刚走进专案组大门，就传来了胡科长洪亮的声音："你们怎么才来啊，有线索了！"

"什么好消息？"我连忙拿出笔记本，问道。

"是这样的。"主办侦查员说，"从你们提取的死者董齐峰的阴道擦拭物里，检出了人的精斑，经过基因型比对，居然和另一名死者程小梁对上了。"

4

"什么？"我大吃一惊，"这两个案子怎么碰上了？应该说，一个普通杀人纵火的案件怎么和'六三专案'扯上了？"

"开始我们也很纳闷，后来基本得到解释了，"主办侦查员说，"据我们对董齐峰近期活动的调查，有了一些发现。"

他翻了翻笔记本，整理了一下思路，接着说："董齐峰结婚一年，一直没有小孩，她就约她的丈夫一起去医院查一查，可是她丈夫认为这是在藐视他，所以和她大吵一架后，离家出走了。"

我想起我也结婚了半年，作为妇产科主任的丈母娘对铃铛的肚子一直没有反应而耿耿于怀，最近她也在劝我们去她科室里查一查，我倒是不回避，但因为工作一直耽误。看来忙完手上的案子，是要抽空去医院看看。倒不是怀疑自己有毛病，只是让老人安心。

侦查员接着说："据调查，董齐峰的丈夫是农民的儿子，大学毕业后应聘到龙番一个企业做小职员。可能因为收入和身份的差距，女强男弱，他一直过得不顺心。他一周前离家后，请了公司年休假，一直在河南老家待着，帮着父母做些农活儿，没有和其他人有什么可疑的联系，完全排除作案可能。而对于董齐峰这边，这几天她一直心情不好，每天晚上都给丈夫发短信，开始是责骂，后来是恳求，但是丈夫没有给她回过一条短信。事发当晚，也就是8月4日晚上，董下班后，直接去了市中心一家叫作四十二度的酒吧喝酒，独自去的。但是监控显示，她八点钟左右就和一个男子一起走出了酒吧。"

"男子是程小梁，对吗？"我说。

侦查员点点头，说："据调查酒吧里的常客和服务生，程小梁平时喜欢在这家酒吧泡妞，一般的做法就是带姑娘出来，在车上喝红酒，然后玩'车震'。"

"'车震'是什么意思？"大宝问。

大家一起白了他一眼。

"也就是说，董齐峰和程小梁是在那个时候发生了性关系，然后程小梁把她送到了小区门口？"我想起了大宝说过，监控里是一辆奥迪TT送她回来的，程小梁死亡现场旁边也停着一辆奥迪TT。

侦查员点点头。

"我觉得这条线索价值不大。"我说，"首先根据监控，可以排除程小梁杀死董齐峰。其次也可以排除是同一个人杀死了程小梁和董齐峰。因为程小梁是晚上十一点左右被杀害的，董齐峰大约也是在十一点被杀害，十一点半起火。两人距离这么远，凶手做不到在短时间内杀死两人。更何况程小梁还被剖了腹，那也需要时间。"

"可是，会不会是一个人雇了两个人分别杀死董和程呢？"侦查员说。

我摇摇头，说："我这次来，也带来个线索。我们认为凶手杀死董的原因是盗窃被发现，然后杀人。而程的死亡，我们认定串入'六三专案'。显然，'六三专案'凶手杀人不是为了钱。"

"那你认为，两名死者发生性关系后，双双死亡，完全是巧合？"大宝说。

我说："为何不可呢？当然，围绕两人的社会关系，尤其是不正当男女关系的调查一定还要继续。"

大宝说："那专案组是不是要分离啊？"

我点点头，说："是的，两拨人去调查两个案子，然后也需要及时沟通。程小梁送完董齐峰后，有没有线索了？"

"没了。从监控上看，他是直接去了学校。从话单上看，他没有再联系任何人。"

原本有些惊喜的"六三专案"工作再次陷入泥潭，专案组一片沉寂。

"对了，大宝，我还想问问你，"林涛说，"我们断定董案凶手入口是在主卧卫生间。可是卫生间窗口就有摄像头，你们监控看到什么了？"

"什么都没有。"大宝说。

林涛一脸失望的表情。

大宝咽了口唾沫，摊开一张图纸，接着说："不过，小区一停电，监控也就不录了哦。"

"对呀！"林涛拍了下桌子，说，"那你有什么看法？"

"那个，我是这样想的。"大宝推了下眼镜，说，"小区的电路是这样的，每户都有电闸，然后汇总到每单元的单元电闸，单元电闸汇总到楼电闸，最后才汇总到位于保安室后面的总电闸。我们根据调查，电力公司的人，推了总电闸后，整个小区就来电了，这里存在一个巨大的问题。"

"什么问题？"我被大宝慢吞吞的语速惹得有些着急。

"如果是某家短路，那么他家的电闸要先跳，然后是单元电闸跳，再是楼里的电闸跳，最后才会波及整个小区的电闸。也就是说，电力公司推上了小区的电闸，那有问题的那栋楼、有问题的单元电闸都没有被推上，是不会来电的。如果是这样，这栋楼、这个单元的人应该会继续找保安，但是没有，电力公司的人推上了电闸，整个小区都有电了，这怎么可能是短路跳闸呢？"

大宝说得有些绕，但是我听懂了："你是说，这不是短路跳闸，而是人为地关了小区电闸？"

大宝点点头："对，结合你们在床头柜的发现，我的设想是这样的，凶手应该是关闭了小区的电闸，在电力公司重新送电之前，从窗户进入了现场潜伏。等到董熟睡后，他去翻动。未承想翻动床头柜的时候，惊醒了董。于是他就一刀捅死了董，然后收起财物，点燃了现场。最后他从大门离开。从大门走到小区围墙这一段，都是监控盲区，他如果从围墙翻出去，整个离开过程可以不被监控录下。"

"那你说，他整个过程都逃避了监控，是因为他对小区监控了解，还是瞎猫碰上死耗子？"我问。

大宝说："我觉得是了解情况，不然他应该晚上直接翻窗入内，而不会去通过关闭电闸的方法来关闭窗口监控。"

"有道理。"我对着陈局长说，"咱们这个法医平时喜欢一些稀奇古怪的东西，今天派上了用场。我觉得你们现在要排查熟悉小区监控线路的人，这个人可能是小区内部的人，也可能是小区施工的工人，关键是这个人又矮又小，最近缺钱。"

"可是，这样的人应该不少吧。"主办侦查员说。

"不少也得给我一个个摸排。"陈局长说，"这个案子总算有了点眉目，比'六三专案'好多了，先破了，减一些压力。龙番大学那边，已经找了市领导、省领导给我们施压了。"

"呵呵，是啊，死了个公子哥儿。"我说，"这样的人，对社会无用，却很容易被领导重视。"

我的电话突然响起，屏幕上显示着林涛的名字。我左右看看，这小子居然不知道什么时候离开了会议室。

我接通了电话："你小子什么时候跑了？"

"我听见大宝说是凶手主动关电闸，我就走了，去看看电闸上有没有痕迹。"

"证据意识相当不错啊，那结果呢？"

"结果是，找到了一枚新鲜指纹，有比对价值。"林涛说，"凶手进入现场之前戴了手套，但是在关电闸的时候却忘了这回事儿。"

挂了电话，我对侦查员说："有了指纹作为甄别依据，这个案子不怕破不了吧？"

侦查员坚定地点了点头，转身离开会议室。

在侦查员让赵碧峰捺印指纹的时候，他挣脱了侦查员的束缚逃了开去。可是他万万没有想到，负责排查他的一名侦查员是市运动会短跑纪录保持者。赵碧峰在跑出十米后，被侦查员按倒在地。

在铁的证据面前，他不得不承认自己的罪行。

赵碧峰是龙番市工程有限公司水电部的一名水电工，而这个小区的监控线路，就是他负责具体施工的。这个小区的建筑工程监理，是董齐峰。

赵碧峰知道董齐峰虽然年纪轻轻，却已经赚了不少钱。而且这个女人生性大方，家中一定会有很多现金，更何况，这么漂亮的女人，一定要去享受享受。可是在他下手之前，董齐峰结婚了，她的丈夫像个跟屁虫，和她形影不离，赵碧峰完全找不到下手的机会。

8月4日，他听见同事们在嚼舌根，说董的丈夫离家出走了，他就意识到自己的机会终于等到了。他按照一年前就已经制订了的计划，进入了董的家里，准备趁着董睡着了，先翻找到财物，再用东西套上她的头部，强奸完就跑，连避孕套都准备好了。可是在翻找财物时，董突然醒了过来，并且尖叫了起来。他一时害怕，拿着刀就刺了过去。原本只是想吓唬吓唬她，没想到，刀子一刺进她的体内，她马上倒了下去，没气儿了。

赵碧峰没有想过杀人，一时慌了神。他把找到的现金和手机装进自己的口袋，用打火机点燃了床单，然后按照已经制定好的路线逃离了现场。

"这个案子破得还是比较轻松的。"大宝说。

"多亏了你发现了电闸跳闸的秘密，让我们框定了侦查范围，也让林涛找到了定案的证据。"我说，"还有那个技术员发现的血迹，若不是那个血迹，也没法定案是抢劫杀人。如果这些都没有发现，说不定我们还在把这个案子和'六三专案'放在一起弄呢。那这个赵碧峰可就逍遥法外了。"

"可惜啊，这个'六三专案'又陷入泥潭了。"胡科长说，"侦查做了两天工作，排查了程小梁所有的社会关系和接触的人员。因为他接触的人太多了，所以一无所获。"

"哎，我就知道这个案子一旦被'六三专案'串并，就会又陷入泥潭。"我说，"关系不好排查是一方面，侦查员信心不足也是一个方面。"

"不仅信心不足，"胡科长说，"可以说，现在各级领导都给公安局施压，局领导就给我们支队施压，兄弟们都快撑不住了。"

"程小梁死亡的现场也很干净，除了血迹，几乎找不到其他任何痕迹物证。"林涛说，"凶手和之前一样，在尸体周围都进行了精心打扫，没有留下让我们发现的线索。难道凶手是想完成一系列完美犯罪吗？"

大宝皱了皱眉，说："我们的工作已经做完了，只有等侦查发现一些新的线索了。"

我说："你们压力大，我压力也大。我觉得我结婚半年还没孩子，就是因为我太累了。这个案子总算破了，我得休息两天，然后去医院检查一下了。等检查完没问题，我得好好思考一下这个'六三专案'了，不能再让恶魔出来害人了。"

"嗯。思考之前，还是先检查你的身体吧。"林涛笑着说。

法医秦明

VOICE OF THE DEAD

|第八案|

粉 红 床 单

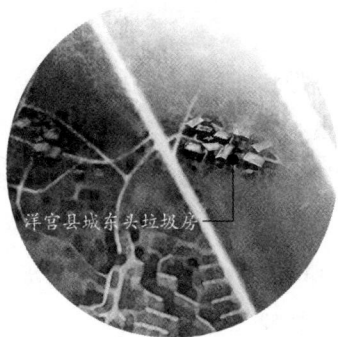

泽官县城东头垃圾房

情迷幻想的人，将白日梦错认为现实，他们狂热而盲目，捍卫癫狂

的人，不惜以屠戮为代价，他们入魔且极端。

——伏尔泰

1

去医院检查就像是一场噩梦，好在噩梦般的过程结束后，结局像是梦醒。我和铃铛都正常到不能再正常了。

"看来是我俩功德不够，注生菩萨还没有眷顾我们。"我嬉皮笑脸地说道。

"你一年两百天出差，怪不到注生菩萨。"铃铛一脸鄙夷。

"那我今天不出差，晚上回家就去生孩子。"我继续一脸戏谑。

"最近没案子吗？"铃铛问道。

"嘘……"我说，"这事儿不能说。"

话音还没有落，电话铃很不应景地响了起来。

"你看，你看，你看，"我指着手机屏幕上"指挥中心"几个字说道，"就说这事儿不能说吧，越说没事儿就越有事儿，邪门得很哪。"

"洋宫县发了起命案，请求支援。"指挥中心值班人员告诉我说，"估计法医、痕检都得去人，麻烦你再通知一下林涛。"

"可是，"我有些抵触，"我们还在跟龙番市的'六三专案'啊，今晚就有案件通报会。"

"处领导是这样指示的。"值班人员说，"况且'六三专案'的调查现在还没有头绪，主要还得等侦查部门的进展，你们跟进用处也不大，要是侦查部门有什么需要你们解释的，可以电话联系嘛。所以，你们还是先去洋宫的现场吧。"

挂了电话，我看了看铃铛，她一脸淡定。在一起这么多年，她早就习惯我三天两头满省跑了。我微微有些心酸，却只能笑笑，掩去内疚，用京剧的腔调唱道：

"娘子你看——咱们生不出孩子，林涛找不到老婆，都是拜犯罪分子所赐呀——待本少爷去逮了他，咱们再商讨繁衍大计吧——"

赵大妈已经七十多岁了，独自生活在洋宫县城东头的一个小四合院里。她的几个孩子都在外打工，一年回不来一次，赵大妈平时就靠捡一些瓶瓶罐罐卖钱，加上孩子补给的生活费来维持生计。赵大妈身体很好，每天早上都会出门溜达溜达，顺便拾一些可以卖钱的玩意儿。

8月11日这天一大早，赵大妈像往常一样，在院子附近的巷子里溜达了一圈。

错综复杂的巷子，已经有几十年的历史了，巷子里还遗留着许多"垃圾房"。所谓的垃圾房，是几十年前大伙儿用砖头垒筑的一个堆放垃圾的小空间。因为这些垃圾房清扫起来很费劲儿，所以现在基本上已经没人用了。街坊邻居们在垃圾房旁边置办了一些垃圾桶，这样环卫工人来清扫的时候，只要用垃圾车就可以悬吊起来清理，比以前方便多了。

这些垃圾桶总会给赵大妈带来惊喜。她倒不是缺那点儿拾荒的钱财，而是喜欢在垃圾桶里"淘金"带来的那种成就感。

这天早上天气阴霾，让人觉得沉闷潮湿，却也不见有下雨的征兆。赵大妈走在无人的巷子里，暗自庆幸今儿起得够早，天蒙蒙亮，人烟稀少。她照例在垃圾桶里翻寻，余光却忽然瞥见旁边垃圾房里有个黑影。

"哟，这么大一袋，是什么东西啊？"她一边自言自语，一边费劲儿地直起腰，走进了垃圾房。

垃圾房的一个角落里，放着一个鼓鼓的麻袋，袋口仿佛有一条丝巾缠绕，在微弱的阳光照射下，隐隐有些反光。

赵大妈走近麻袋，突然感觉一股恶臭扑鼻而来。

这一股臭气几乎把赵大妈熏得趔趄。

"还以为什么好东西呢。"赵大妈揉着鼻子，"一麻袋臭货。我估计这东西，环卫工人都不会拉走。"

赵大妈怜惜地看了一眼袋口的丝巾，说："也不知道谁这么不讲究，龙虾壳能乱扔吗？这种天气，放这儿两天，还不得把邻居们都熏晕啊。而且，丝巾不要了，也别当绳子用啊，可惜了可惜了。"

洋宫县的居民已经形成了一个习惯，每年4月至10月，是小龙虾的旺季，居民们会以小龙虾和啤酒作为夜宵。所以一到晚上，县城的街边满是龙虾大排档和光着膀子一边喝酒一边高歌的人们。据说，洋宫县每天都会有数吨龙虾被吃掉，然后有数吨的龙虾壳被清理。

有些没有道德的商家，为了省下那些清洁费，会自行丢弃龙虾壳，所以在居民区内发现成袋的龙虾壳也不是什么奇怪的事情了。

有着很强的社会责任感的赵大妈，捏着鼻子忍着恶臭，用一块废布垫着，把麻袋拖到了几十米以外的一个废弃的养猪场里。

"放在这儿就臭不到大家了吧。"赵大妈满意地拍了拍手，然后用落寞的眼神看着在拖曳过程中拽松了的丝巾随着晨风脱离袋口飘远。

赵大妈还没来得及离开废弃的养猪场，就有两只瘦骨嶙峋的土狗跑了过来，用力抓咬着袋口。

"吃吧，你们可以饱餐一顿了。"赵大妈蹲在远处，眯起眼睛，看着两只正准备大快朵颐的狗。

麻袋的袋口已经松了，狗很快就从麻袋里扒拉出一条床单样的东西。就是那种"国民床单"，几乎每个从70年代过来的人都见过的那种粉红色带花的床单。

"怎么会用床单包龙虾壳？"赵大妈瞪大了眼睛，起了疑心。

随着床单被狗扒开，并没有像赵大妈想象的那样散落出一堆虾壳，而是露出了一只赤裸的人脚。

这一幕把赵大妈吓得一屁股坐在地上。愣了一会儿后，社会责任感再次涌上心头，她几乎砸光了脚边所有的石头，总算把两只土狗驱赶走，然后一只手按住起伏不定的胸口，另一只手掏出廉价的手机，颤颤巍巍地拨通了110。

"这天气好像有些不对啊。"挂断电话的我探了探身子，透过车窗看了看乌云密布的天，"希望他们的前期勘查工作赶紧进行，不然一会儿就要下雨了。"

位于野外的命案现场最怕遇见雨天，如果勘查不及时，可能会丧失最为关键的线索和证据，我不禁开始忧心忡忡。

"是啊。"两抹浓眉在林涛白净的脸上拧成了一个结，"本来前期痕迹就有破坏，如果再碰上雨神，怕是大事不妙啊。"

大宝可不管天气如何，继续标志性地竖起剪刀手："出勘现场，不长痔疮，耶！"

不一会儿，豆大的雨点开始频频地敲打起了车窗。这大雨来的，正是雪上加霜。荒凉的高速公路附近逐渐开始呈现出了黑昼，驾驶员韩亮不得不打开车灯，在暴雨中缓慢行驶。车灯照射的地方，仿佛能看见一只被车辆碾死的小狗的残骸。

"一下雨，这些残骸就会加速腐败，很快白骨化了。"我怜惜地看了眼逝去的生命，用法医学专业知识预测了一下这堆残骸的未来。

"这天怎么黑成这样？"大宝推了推眼镜，仿佛没有和我形成共鸣，他看了看宛若黑夜的周围，说，"不会是日食吧？"

"怎么会？这是乌云盖顶啊。"韩亮说，"下一次日食，即便是日环食也只有等到2020年才能看得到呢，日全食得等到2034年。"

韩亮，我们的司机，是个神奇的富二代。他从武警退伍后，放弃了几千万的资产管理的机会，怀着满心制服梦，来公安厅当专职驾驶员。他虽然学历不高，却满腹经纶，知识面广到让我们瞠目结舌的地步。

韩亮说完，大宝便开始掰起了指头，我知道他是在算等到那时候他自己该有多大岁数。

我对着这个数学差到令人发指的理科生无奈地摇了摇头，然后转头望着窗外，幽幽地说："下这么大雨干什么？别下了。我知道你有冤情，我这不是来了吗？"

我仿佛从后视镜看见林涛的头发都直立了起来，坐在后排的林涛抱紧前排的车座靠背，紧张地说："你在和谁说话？你看见什么了？"

出人意料的是，在我们即将驶下高速的时候，天空一片晴朗。从干燥的地面来看，洋宫县城的上空未曾飘雨。夏天就是这样，走一趟高速公路，可以经历阴晴暴雨。也正是因为这样，尸体在干湿并济的环境里也会加速腐败，我经历的腐败得最快的一具尸体，死亡后两天便呈现巨人观了。

不过今天，我们倒是很庆幸，洋宫县没下雨，我们有充分的时间去勘查现场。

《红楼梦》里提到王熙凤，用的是"未见其人，先闻其声"。对某些嗅觉灵敏的法医来说，每次到夏天的命案现场的感觉，都是"未见其尸，先闻其味"。所以我们还没有看见围观人群的时候，大宝就说了句："嗯，快到了。"

现场在一个扭扭曲曲的小巷子的尽头，那里有个废弃的养猪场，横着几座残破无门无窗的砖房以及一片杂草丛生的地面。地面的中央，那个被无数苍蝇围着的麻袋，便是我们的工作对象了。

从赵大妈发现尸体的垃圾屋到这个废弃的养猪场，有六十米的距离。从垃圾屋开始，警察已经用警戒带加以包围，考虑到这儿是居民区，进出居民较多，所以每隔数米就会有一名民警站岗，防止围观群众为了刺探案情而钻入现场。

"秦科长好。"洋宫县的江法医脱了手套，走了过来，和我握了握手。他是全省为数不多的取得副主任法医师职称的县级公安机关法医，四十岁左右，外表很精干，为人很谦和。

"尸体暂时还没有看。"江法医说，"刚才我们主要对垃圾房附近进行了地毯式搜查，可惜过往居民太多，已经不可能发现有价值的线索。唯一的发现，就是在垃圾房的石头缝里，发现了这部手机。"

江法医提起一个物证袋，袋子里装着一个屏幕已经碎裂的廉价智能手机。

"手机还能开机。"江法医说，"和手机通讯录里的人联系过了，手机是一个十一岁男孩鲍光敏的。这个男孩在五天前，也就是8月9日失踪了。所以我们初步判断死者就是手机的主人，鲍光敏。"

林涛戴上手套，拿过物证袋，从勘查箱里拿出多波段光源，观察手机上是否有痕迹存在。

"没有痕迹了。"江法医说，"我们发现手机的时候，手机湿漉漉的，是关机状态。痕迹部门检查过了，没有发现任何纹线。"

"湿漉漉的？都能开机？"我说，"什么牌子啊？"

大宝说："不是有部电视剧说了吗，山寨手机，就是牛！"

"那，报案人说的那条丝巾有没有找到？"我从零星的案件前期资料中，只找到这么一个最为关键的线索。抛尸案件中的裹尸物非常重要，有的时候可以成为破案的关键因素。

江法医惋惜地摇了摇头，说："养猪场的墙外头就是洋河，丝巾一旦飘了出去，就不可能找到了。我们也尝试过，没有找到。"

"确实没有了痕迹。"林涛站起身来，说，"通话记录呢？"

江法医说："也查了，没有可疑情况。"

"没现场，没前期调查情况，看来只有让尸体说话了。"我用手揉了揉鼻子，戴上手套向尸体走去。

在离尸体两米距离的时候，恶臭就开始肆虐我的嗅觉神经了。在阳光的照射下，这股臭气几乎熏得我睁不开眼睛。

眼前的麻袋是个非常常见的破旧蛇皮袋，破旧到袋子上印刷的商标字样都已经完全看不清了。整个袋子湿漉漉的，我知道这是尸体形成的腐败液体把它完全浸湿的缘故。袋口露出一条床单的一角，床单大部分也是湿漉漉的，粉红色的床单已经被腐败液体浸透，呈现出淡淡的绿色。

从蛇皮袋的饱和度和形状来看，这个袋子里装着一具完整的孩童尸体。袋口已经爬满了苍蝇，我拿起一件没有拆封的解剖服当扇子，扇走了苍蝇，露出了袋口的一只雪白的人脚。

大宝在一旁挠了挠头，诧异道："奇了怪了，失踪了这么些天，加上袋子的状况，这重则是一具大部分白骨化的尸体，轻则是一具巨人观啊。怎么这只脚会这么干净，没有明显腐败呢？"

2

大宝说得很有道理，这引起了我的好奇，我整理了一下手上的橡胶手套，轻轻地拉开了袋口。袋子几乎完全被腐败液体浸润了，摸上去湿漉漉、滑腻腻的感觉，伴随着从袋口汹涌而出的臭气，我又一次几乎昏厥。我情不自禁地抬起胳膊，揉了揉鼻子。

"呃，我们还是去殡仪馆看尸体吧。"我朝袋子里看了一眼，赶紧又合紧了袋口。

"为啥？"大宝说，"袋子里有金子？"

我朝十米外围观人群的方向使了个眼色，说："估计死者家属这会儿已经到了，而且有这么多围观众。尸体状况不太好，所以还是别看了，影响太恶劣。"

大宝会意地点了点头，说："光看脚，我还以为尸体没有腐败呢。"

"没腐败哪来这么多臭气？"林涛在一旁捂着鼻子。

我对等候在警戒带外的殡仪馆工作人员招了招手说："直接把蛇皮袋装在尸袋里吧，能装得下，是小孩的尸体。"

当我们脱下手套，准备离开的时候，一对中年夫妇从人群中扑了出来，女子哭喊着："你们是法医吗？那是我的儿子吗？是吗？求求你们告诉我。"

丧子之痛可以让一个人发疯。

我摇摇头，说："大姐你冷静点儿，我们需要DNA检验才能确证死者的身份。"

"不要检验，我看看就知道了，我能认出来。"中年妇女的目光绕过我，朝几名正在工作的殡仪馆工作人员看去，我一把拉住了她。

"大姐别冲动，你过去也认不出来。"大宝也帮着劝说。

"我儿子我怎么会认不出来？"妇女一脸泪痕，"他是我身上掉下来的肉啊，他才十一岁，十一年了，我们都没给他吃过好的、穿过好的，天天打他骂他、逼他学习，我悔啊，我悔死啦。"

一番话把身边的汉子说得号啕大哭。

"我去看看吧。"汉子强忍抽泣，"这孩子隐睾，只有一侧蛋蛋，好认。"

"还是别去了。"我朝正在发愣的殡仪馆工作人员招手，让他们赶紧把尸体运走。

"老天啊！到底是哪个王八蛋啊，有什么仇冲我来啊，为什么要伤害我的孩子？！"汉子看着殡仪馆的人运走尸体，忍不住面朝天空，凄声吼道。

"哎呀。"林涛被刚刚从蛇皮袋里拉出来的尸体吓了一跳。

"怎么会腐败成这个样子？"江法医也皱了皱眉头。

眼前的尸体确实出乎了大家的预料，谁都没有想到，在尸体被包裹的状态下，五天就腐败成了这个样子。因为鲍光敏身材孱弱，皮下组织薄，所以经过腐败，很快就暴露出了白骨。整个面部有一半已经白骨化，剩下的半个头皮软塌塌地覆盖在头部。尸体的右侧肋部也暴露出了肋骨，透过肋骨间隙，还能看见红森森的内脏。

四肢腐败得也很严重，几乎都已经呈现出墨绿色的改变。双手及右足的表皮已经将近脱落，露出白绿相间的皮下组织。

尸体腐败严重还有一个原因，就是苍蝇和蛆的啃食。整个尸体几乎都被蛆覆盖了，所有的蛆都在有规律地蠕动，远远看去，仿佛是尸体在动，这个情景犹如在空中俯视地面上的万马奔腾。

"奇了怪了，"大宝说，"为什么只有左脚没有腐败？"

尸体的左脚从踝部上方五厘米的位置开始，腐败程度出现了明显的偏差。踝上腐败严重，和尸体其余部位的腐败程度相符；踝下则是一只新鲜尸体的脚。这个腐败程度的偏差之间，形成了一道笔直的分界线。就像是穿了袜子的袜口勒痕一样。

"会不会是因为足部的皮下组织少？"江法医说完就否定了自己的看法，"不对，他的右脚腐败得也很厉害。"

"那就是之前尸体穿了袜子？"大宝说。

我摇摇头，说："不会，即使是穿袜子，也不会出现这么明显的腐败程度差异。"

"是啊。"林涛插话道，"我都知道，腐败程度即便在身体不同部位有差异，也应该呈现出一种渐变式的改变，但是这个尸体好奇怪啊，居然有这么明显的分界线。这说明了什么呢？”

我想了会儿，说：“我觉得这应该和尸体上为什么有这么多蛆联系起来看。”

“从蛆的长度来看，死者确实是死了五天左右，这和他的失踪时间不矛盾啊。”大宝说，“不过我确实没见过野外尸体上有这么多蛆。”

“这不仅仅是野外尸体的问题。”我说，“尸体被床单包裹，然后又被蛇皮袋包裹，再然后又被丝巾缠绕袋口，在这么严密的包裹下，苍蝇是怎么进去的呢？既然苍蝇进不去，为什么会下这么多蛆卵呢？既然没有蛆卵，为什么会有这么多的蛆呢？”

“是啊。”大宝顺着我的话往下说，“既然不会有这么多的蛆，为什么我们能看到这么多的蛆呢？这一定是幻觉，一定。”

我用肘部戳了大宝一下，说：“严肃点儿好不好。你没看到死者家长刚才哭成什么样了，这孩子多可怜啊，我们一定要把凶手抓到。”

“你刚才说，要把腐败分界线和蛆联系起来看，怎么看呢？”还是林涛容易抓住重点。

“是啊。”大宝吐了口酸水，说，“别卖关子。”

我摇摇头，说：“这个问题我还没有想好，等我想明白了再说。”

“各位老师，”江法医咽了口唾沫，还是说出了难言之隐，“我们能不能去外面解剖？局里没有雇用专门打扫解剖室的人，所以完事儿了还得我们打扫。这么多蛆，如果全弄到解剖台上，我们打扫不干净。”

“那怎么行。”大宝说，“外面没水，蛆也弄不掉啊，再说了，即便有水，冲得满地都是，殡仪馆的管理人员还不得和你拼命？”

“去外面再说吧。”我说，“解剖室里的排风也不行，解剖个把小时，我们都得晕。”

我们四个人围着放在殡仪馆火化间外的运尸车愣了五分钟，没有想出什么好的办法清理尸体上的蛆。这么多蛆的干扰，肯定会影响我们的解剖工作。还是韩亮比较聪明，从背后递给我们一个勺子和一个碗。

“我去，哪儿来的碗？”我说，“你真是在哪儿都能找得到碗啊，殡仪馆都不例外。”

韩亮笑了笑，说：“碗与挽同音，所以我们国家有在家人去世后，用碗来回礼的习惯。既然这样，殡仪馆的门口怎么可能没有卖碗的？"

我点头赞许。

时间已经不早了，不容我们再这样磨蹭下去。于是我拿起勺子和碗，一勺勺地把蛆舀进碗里。等一碗蛆装满了，再拿去焚烧堆里烧掉。

我的表情看上去可能很淡定，其实我已经使出了浑身解数来抑制住从胃里翻涌而出的酸水。我微微一笑，说："我从来不杀生的，今天还真是杀了不少。"

而大宝则是愣愣地看着我端着碗往返于运尸车和焚化炉之间，幽幽地说了一句："我发誓，从今往后，我再也不吃米饭了。"

不鸣则已，一鸣惊人。我看了看手中端着的一碗蛆，说："我也不吃米饭了。"

尸体的表皮已经腐败殆尽，而皮下组织又非常滑腻。戴着橡胶手套的我们甚至无法牢牢抓住尸体的胳膊，这给我们的解剖工作带来了极大的困难。

死者是全身赤裸的，我们首先检查了他的生殖器。

"确实只有一侧睾丸。"大宝说，"看来死者就是鲍光敏无疑了。"

"是啊。"我说，"现场有他的手机，死者年龄相符，加之这个特征，基本可以确定尸源了。林涛，你电话通知一下侦查部门吧。"

"看到全身赤裸的尸体，我就没法不往性侵害上想。"大宝又吐了口酸水。

我点点头，说："我也是这样，不过死者的生殖器没有损伤。"

"他可是个男孩子！"林涛叫道。

我没有理睬林涛，把尸体翻了个身。本来就是个小孩尸体，加之腐败，很轻，我一个人就可以轻易地为尸体翻身。

我和大宝一人拿着一把止血钳，夹起了死者的肛门附近皮肤。这里是苍蝇们最喜欢的地方，所以从肛门附近的括约肌开始，一直到直肠，已经腐败殆尽，只留下一层薄薄的皮肤松垮垮地组成一个肛门的形状。

我用止血钳拉开肛门皱襞，说："一般男性性交后的肛门，都呈现出漏斗状，那是因为肛门括约肌松弛而导致的，但是这具尸体的括约肌已经腐败了，所以即便呈现出漏斗状，依旧不能确定他是不是被性侵。"

"哦，"林涛恍然大悟，"你们说的是这个。"

"欸？"大宝说，"你看！"

大宝的止血钳指向肛门皮肤十二点和三点的位置，这两处似乎有一些破损，而且周围组织的颜色仿佛有些加深。

我让林涛拿起手电筒，用侧光照射了这块皮肤，确实，这是一处出血点。

软组织有破裂就会有出血浸润，即便是尸体腐败，全尸呈现出墨绿色的改变，法医依旧可以用光的不同角度来发现这些颜色较深的部位，从而判断有无外力作用。

我们既然在死者的肛门处发现了软组织的破裂出血，就可以判断他的肛门受到过侵犯，而且是生前受到过侵犯。

"这是一起猥亵、杀害男童的案件。"我说。

刑法对于强奸罪犯罪客体的规定是"妇女"。所以我们不能说这个男孩子被强奸，只能说被猥亵。

"这可真是关键的发现啊。"林涛说，"他们还在对和死者父母有矛盾的人开展调查呢。既然是猥亵，就不是来寻仇的了，我们是不是要赶紧通知他们调整侦查方案？"

我摇摇头，说："不着急。寻仇和猥亵不矛盾，可以是来寻仇顺便猥亵的。"

尸体检验工作并不顺利，我们不停地发现新的损伤，这让我们很意外。

"死者的小腿上有多处砍痕，骨质上的砍痕没有生活反应，是人死了以后再砍的。"大宝说，"砍击的位置是胫骨中段，长骨最硬的部位。他为什么要砍这里呢？肯定是泄愤。"

这处损伤让我不禁想起还是一桩悬案的"六三专案"，专案里的死者，也都是在长骨中段有砍痕。这些砍痕应该不是泄愤，因为泄愤可以用划伤脸部、多次刺击来进行。

"我觉得，这应该是想分尸，但不知道从哪里分比较好。"我说，"'六三专案'也是这样。"

"我同意秦科长的说法。"江法医说，"你们看这里。"

死者右侧的肋骨暴露了几根，原本我们以为这是腐败所致，而仔细观察后发现，肋骨暴露位置周围的皮肤有明显炭化、卷曲的征象，这是死后被火烧的迹象。

"根据凶手有焚尸的企图，"江法医说，"我觉得那些砍痕是他有分尸的企图。"

"只是他学艺不精，两种办法都没有实现罢了。"我补充道。

除此之外，死者的大腿内侧也有被火烧的痕迹，但是由于尸体腐败，只能看到皮下组织的大裂口，而看不到皮肤的炭化痕迹。所以，我们开始一直认为这是腐败导致的裂口，或者是死后的刀伤。但用放大镜观察了皮下组织的形态，才发现，皮下组织有卷曲、挛缩的征象，这是烧灼形成的特征。

"这些裂口，应该就是火焰经过的痕迹。"我说，"我见过很多焚尸，但一般都是浇上汽油或者用一些易燃物引燃的。根据这具尸体上的损伤，可以判断凶手是用打火机或者蜡烛直接对着尸体烧。这怎么可能烧得起来？幼稚！"

"'幼稚'这个词用得好，"林涛诡秘一笑，"你已经有了一条犯罪分子刻画条件了。"

3

尸体的内脏器官没有明显的损伤，但是腐败得很严重，所以无法判断有无瘀血、充血，加之死者的指甲都已脱落，所以根本找不到机械性窒息的征象。

解剖的时间已经过去了三个多小时，下午的阳光照射在头顶，一直没有减弱的阵阵臭气让人头晕目眩。我们开始分工合作，我负责检查死者胃内容物，确定死者死亡时间，而大宝和江法医开始寻找能够支持死者死因的证据。

"脑组织已经液化了，等我拿出脑组织再说。"江法医一边小心翼翼地把浓浆状的脑组织扒拉到颅盖骨上，一边说，"颞骨岩部出血，哈哈，这是一条机械性窒息的依据。"

"我仿佛也找到一些依据了。"大宝说，"从死者还剩下的这半片面皮上，我好像找到了一些暗黑区域，大概是在口鼻腔的附近，死者的口鼻腔应该有被捂压的过程。"

"你！你能不能说面部皮肤，别简称为面皮？"林涛一脸厌恶，"你让我以后怎么面对我的最爱炒面皮！"

"我来取两颗牙齿，看看有没有玫瑰齿。"大宝似乎无视林涛的存在。

"玫瑰齿"是法医对窒息征象中"牙齿出血"现象的一个浪漫型表述。教科书上认为窒息死亡的牙齿，在牙颈部表面会出现玫瑰色，经过酒精浸泡后色泽更为明显。同时，教科书上也说明了，玫瑰齿对于鉴定腐败尸体有无窒息有一定的价值，但并非绝对的指征。

在我们实际工作中，确实发现很多窒息死亡的尸体会出现玫瑰齿的现象，但也偶见一些非窒息死亡的尸体同样出现玫瑰齿。至于玫瑰齿的形成机理，还没有成熟的文献报道。现阶段又有一些法医专家经过研究，认为玫瑰齿和窒息没有直接的关系。所以这一指征就像它的名字一样，充满了神秘色彩。

但是作为一线实战法医，必须把能检查到的所有征象都检查到，不管这个征象对于我们的分析判断是个决定性因素或者只是个参考因素。

大宝拿出一把骨钳，摆开架势，准备拔牙。

我站在尸体的另一侧，把尸体的胃肠道慢慢整理了出来，用解剖刀沿着胃壁一侧的纹理切了开来。

胃肠内容物慢慢地呈现在了眼前。

"死亡时间可以确定了。"我说道。

我的话音刚落，随着一声清脆的金属碰撞声，大宝愣在原地不动了。

"怎么了？"我问。

"那个，"大宝咽了口唾沫，说，"夹，夹滑了。牙，牙飞出去了。"

"牙飞了？"我说，"快找啊。"

虽然尸体满口二十四颗牙都可以作为我们评判的依据，但是除非检验所需，我们不会随意取走、弄丢尸体的任何组织。这可能是一个不成文的规矩，是法医对死者尊重的表现。

很快，我们便在地上找到了这颗飞出去的牙，在阳光的照射下，牙颈部呈现出淡淡的红色。

"有了这么多依据，我觉得我们可以出具死者系被捂压口鼻腔导致机械性窒息死亡的死因结论了。"江法医满足地说道。

"死亡时间也清楚了。"我说，"胃内的米粒还是成形的，胃呈充盈状，胃内容物是米饭、木耳、蛋花和西红柿，主要是米饭。食物刚刚进入十二指肠，所以可以判断死者是在末次进餐后两小时左右死亡的。"

"拜托。"林涛开始干呕，"别再说'米饭'两个字了好吗？"

"死者鲍光敏，男，十一岁，洋宫县第一小学五年级学生。"专案组第一次碰头会，先由主办侦查员介绍前期调查情况，"死者是独生子，其父母在夜市经营龙虾生意，在县城里租住了一个房子。8月9日，也就是五天前，下午一点半，死者趁父母在洗龙虾的时候，从租住房屋后门溜走，去向不明。"

"溜走？"我问。

"是啊，"侦查员点头说，"当天是星期天，按理说死者应该在家里写作业。

死者的父母对死者学习方面管教非常严格。所以我们推测死者是偷偷溜出去玩了。9日当天下午，死者一直没有回来。死者父母是等到龙虾摊打烊后，10日凌晨一点到家，发现死者还没有回家，就开始满县城找，没有找到，直到第二天一早报案。派出所民警也在他家附近找了找，没有找到。"

"他溜出去之前，有没有和什么人电话联系过？"林涛问。

"没有。所有的话单都看了，没有任何可疑现象。"

会场安静下来，大家都在看我，我知道这是让我介绍法医检验的情况了。我清了清嗓子，说："死者死于机械性窒息，应该是被捂压口鼻腔从而窒息死亡的。死者死于末次进餐后两小时左右。主要胃内容物是米饭、木耳、蛋花和西红柿。"

侦查员点头："这和我们调查的情况完全相符。死者9日中午十二点吃的午饭，午饭就是米饭、木耳炒鸡蛋和西红柿炒鸡蛋。"

"既然这样，我们可以断定死者就是9日下午两点左右死亡的。"我说，"另外，我们认为这个案件的杀人动机是猥亵，至少有一部分动机是猥亵。因为死者的肛门处发现了明显的损伤迹象。"

说完这句，会场里开始嘈杂起来，大家都在低头窃窃私语。

专案组组长、洋宫县公安局分管刑侦的副局长高彪说："那我们的侦查方向是不是有问题？我们现在一直围绕一个嫌疑人开展工作。"

"有嫌疑人了？"这是我最喜欢听见的一句话，我说，"我说了，可能只是其中一个动机，不能排除凶手和死者的家人有仇。这个嫌疑人是什么情况？"

"嫌疑人叫李立。"侦查员说，"男，十八岁，主要从事龙虾摊生意，和鲍家抢过生意，被鲍光敏的父亲打过。"

"那么，我觉得就不能排除他的嫌疑。"我说。

"哦？"高局长说，"有什么高见？说来听听。如果合理，我们就抓人了。"

"没有多充分的依据。"我说，"我只是觉得年龄上非常相符。"

"你说的是，青少年作案？"

我点点头，说："主要是两个方面。第一，死者应该是在室内或者偏僻的地方被人杀害的。十一岁的男孩应该已经有了最起码的警惕意识，不会轻易被生人拐骗。那么既然他被骗到了没人的地方，这个骗他的人要么是他的熟人，要么就是和他年龄相差不了多少的人，也就是青少年。小孩更容易相信比自己大不了几岁的人，如果是个成年人，可能小孩不会轻易上当。"

"有道理，"高局长点头说道，"青少年心理学貌似提到过这一点。"

我笑了笑，接着说："第二，我们在尸体上发现了许多奇怪的损伤。有的是在不可能被刀砍开的地方有很多砍痕，应该是想分尸；有的是用不可能的办法去烧尸体，应该是想焚尸。用多种毁尸手段，而且每一种都非常幼稚，用成年人的思维考虑，应该说是匪夷所思。"

"可是我觉得青少年怕是想不到这么多毁尸的办法啊。"高局长说。

"有网络啊，"大宝插嘴道，"前两天我还在网上看到一则挺火的微博，说是用石灰处理尸体，然后用锤子砸碎，冲进下水道什么的。全凭想象，幼稚得要死。"

"对于这些毁尸手段，"我说，"不管能不能提示他的年龄，至少提示了他的心理和阅历。这是个阅历非常不丰富的人。"

"既然这样，我们抓来审审看吧。"高局长说。

在警察们抓人、审人的空当，我、大宝和林涛坐着韩亮开的车准备沿县城走一圈。其实不是为了欣赏洋宫县的夜市，也不是去吃大排档龙虾。我们是想掌握一下鲍光敏的家与其被抛尸地点之间的关系。

有的时候，从现场绘图上，根本无法感觉得到现场的方位和距离，尤其是对于我们这些数学很差的理科生来说。

鲍光敏的家位于县城西北角的一个密集居民区，这里是大排档最多、晚上最热闹的地方。鲍光敏的父母选择在这里租房子是很明智的。从他的家里到大排档一条街，只需要步行十分钟的路程。但是这个密集居民区的房子多半是违章建筑，盖得密密麻麻，假如有了火灾，消防车都没法进入。所以，这里也没有监控摄像头。

从鲍光敏的家里出来，我们走了十五分钟才走上马路，上了韩亮的车，开往抛尸地点。这条路线几乎走了县城的对角线。半个小时后，我们才到达了位于县城东南角的抛尸地点。这也是个居民区，但是楼房并不密集，而且这才晚上九点，就已经静悄悄的了。

我打通了侦查员的电话，把电话递给韩亮："亮弟，让侦查员给你指个路，我突然想去嫌疑人李立家附近看看。"

韩亮之所以被我们称为活GPS，是因为经常出差、喜欢看地图，而且方向感超群，全省各地没有他找不到的地方。很快，他就开着车带我们来到了位于县城中心的李立家。

李立家楼下还停着他的三轮摩托车，摩托车车厢上摆着一些锅灶用具，这是他维持生计的家伙什儿。虽然李立家住在县城中心，但是他每天去县城西北角摆摊，还是需要骑一段不短路程的车。

李立家的灯亮着，还有一些光束在绕来绕去，显然已有技术人员进入他家，正在对他家进行搜查。

我站在车侧，想了想，突然猛地拍了一下脑袋，说："完蛋了，抓错人了。"

"为什么？"大宝问，"不是条件很符合吗？"

"个人条件很符合，但是地理条件不符合。"林涛和我想到了一起。

我们驾着车赶回了专案组，不出所料，一屋子人眉头紧锁。

"看起来不是他。"高局长说，"经过突审，他没有任何反常迹象，他家也搜查过了，没有任何疑点，验证他不在场证据的工作正在进行。"

"应该不是他干的。"我说，"我们一直在注重犯罪分子刻画条件，却忽略了关键一点，就是死亡时间问题。据我们推断，死者是在末次进餐后两小时左右死亡的。死者鲍光敏是在9日中午十二点吃的饭，一点半才离开家。那么，距离他死亡，只剩下半个小时的时间。李立是不可能在半个小时之内把鲍光敏带回家再杀死的，即便是骑车，也不可能。"

"那会不会是鲍光敏自己乘车、打车到了李立家附近？"高局长问，"毕竟他们年龄相差不大，而且鲍光敏也不知道李立和他父亲的仇恨。"

"不会。"我说，"从鲍光敏家走出来，上大路都要花十五分钟的时间。"

"那会不会是李立在鲍光敏家附近杀人？"

"也不会。"我说，"死者死亡是在中午时分，哪儿都是人，只有可能是在室内遇害，才不会被人发现。"

高局长陷入了沉思。

我理解高局长的心情，本来出现的一丝曙光，被我这么一说，又重回了黑暗。这个案子一旦就这样陷入僵局，就会比较麻烦。因为现场被破坏，尸体腐败严重，我们没有提取到任何有价值的线索，甚至连甄别犯罪嫌疑人都无计可施。

沉默了一阵后，高局长起身打开会议室的门，说："你们辛苦一天了，回去休息吧，我们再研究一下下一步的工作措施。"

我们知道此时即便我们留在这里，也帮不上他们什么忙，于是起身离开。可能现在的我是需要一些休息，尤其是需要一些时间从早晨的"身体检查"给我带来的惊恐里走出来，稳定一下情绪，才能把整个案子的情况串联起来，从而想出一些破案的捷径。不然靠着案件现在掌握的这么点儿线索，排查工作都无法开展。

"我觉得吧，"大宝在回去的路上对我说，"我们还是要从死者脚踝上的腐败分界线上考虑，搞清楚了这个问题，说不准会有一些突破。"

大宝和我想到了一起。其实从坐上车的那一刻起，我就一直在思考这个问题。

4

洗完澡，我舒服地躺在宾馆的床上。林涛知道我要是累或是害怕的时候，睡觉就会打呼。我早晨去做了检查，对于从来没有看过男科的我来说，一定是个巨大的惊吓，加之一整天的奔波、工作，今天的我是又累又怕，一定会鼾声如雷。

所以他挽起大宝的胳膊，转身就走，对我说："今晚别烦我，我和大宝睡。"

我一碰见舒服的床，瞌睡就会汹涌而来，所以来不及思考腐败分界线的问题，就有些昏昏欲睡了。

躺在另一张床上的韩亮在黑暗中突然来了一句："你还记不记得我们来的时候，路上看见狗的尸体，你说了什么？"

我被他突如其来的一句话惊得清醒了许多，同时，也不由得一阵感动。韩亮也是辛苦了一天，作为专职驾驶员，他也没闲着，专心思考着案件的情况。

"我好像说，下了雨，很快就会白骨化了。"复述完这句话，一道灵光在我的脑中闪过，我高兴得跳了起来。

韩亮被我的表现吓了一跳，说："我只是觉得，你说过有水没水腐败程度不一样，那么死者的腐败分界线是不是可以这样解释？"

"是的是的！"我叫道，"我太爱你了！"

我穿着内裤拼命地敲开了林涛、大宝房间的房门，在大宝一脸讶异的注视下，直接冲到了房间里面的座椅上坐着，看着林涛。

林涛显然是在睡梦中被我惊醒的，他半撑着身子，拿着被子遮在胸前，说："你想干什么？"

"我终于想明白尸体腐败分界线的形成原因了。"我说，"我们都知道，被水浸泡过的尸体，腐败会加速，对吧？"

大宝点点头，说："这最多解释尸体为什么腐败得快，没法解释腐败分界线。"

我笑了笑，说："我们从来没有见过这么笔直的分界线，因为腐败程度改变都是渐变的。那么为什么这具尸体的分界线会如此清晰笔直呢？"

我在这句话的结尾用了个升调。大宝和林涛齐刷刷地摇头。

我接着说："因为液平面是笔直的。你们想一想，如果尸体是被浸泡在水里，而他的一只脚跷在水平面以外，那么水平面就会在脚踝处形成一道线。"

"可是即使这样，也不会有这么大的差异吧？"林涛说。

"如果是清水，当然不会，因为水的浸泡不会这么严重地影响腐败程度。"我说，"但是，如果是脏水呢，很脏很脏的水？"

"你说的是那种烂泥池，或者是粪池？"大宝说，"另外我问问，为什么脏水就能严重影响腐败程度？"

"我开始的直觉不错。"我得意地说，"我说要把分界线和蛆联系起来看。我们之前也疑惑过，为什么尸体上会有那么多的蛆，多到我们都没有见过。原因就在这里。"

我拿起茶几上的水杯，也不管是谁的，喝了一口，接着说："脏水会严重影响腐败程度的原因就是蛆。如果死者被浸泡在粪池里，所有浸泡的部位都会黏附有大量的蛆卵。即便是后期他的尸体被层层包裹，黏附在尸体上的蛆卵依旧会孵化，有了蛆的作用，就会加速腐败。而脚踝以下的部位，因为没有黏附蛆卵，加之没有脏水的浸泡是干燥的，所以腐败程度就会产生明显差异。"

我看着正在发愣的大宝，低头想了想，补充道："我的这个论点最关键的证据支持，就是那条笔直的分界线。只有液平面才能形成这么笔直的分界线。"

林涛和大宝的面部表情已经充满了喜悦，他们点头认可了我的看法。

"我现在就打电话，让他们固定一下死者居住地附近的粪池或者死水塘。"我说，"死者从出门到死亡，只有半个小时的时间，那么他一定是在自家附近被害的。"

"我赞同。"大宝说，"我们经常说远抛近埋。根据尸体被抛弃的地点，也分析凶手的家离抛尸地点很远。死者的家就离抛尸地点很远。"

"那我们现在的任务就是睡觉。"林涛重新躺下，蒙起头，说，"这地儿的空调太凉了。"

第二天一早，专案组会议室的桌子上就铺上了一张现场方位图。这张图上画的不是抛尸现场，而是死者家现场附近的地图。和我们实地考察的情况一样，密密麻麻的小房子和错综复杂的羊肠小道布满了整张地图。

"现在居民的生活条件都改善了。"侦查员说，"我们接到你的电话后，去实地绕了几圈，但确实没有发现一个公用厕所，或是一个粪池，或是一个死水塘。居民都是自家安装的抽水马桶。"

"没有？"我的心一下子落到了低谷。我还以为一早就会听见一个好消息，即便不是犯罪分子抓住了，也应该是发现了数个粪池，锁定了犯罪分子的居住范围。

可惜，希望落空了。

我稳定了一下思绪，用手指沿着地图上的小路，开始探索。很快，我发现了一块地图上的盲区。

"这里是什么地方？"我指着地图问。

这个位置是居民区的一角，和大路交错的地方，地图上显示的是一块空白。

"原来县城改造之前，这里是养猪场。"侦查员说，"我们没有进去，但是找人询证了，这个养猪场里没有公用厕所，也没有水塘。"

"是不是一定要是厕所、粪池这样的地方？"坐在会议室一角的韩亮又发话了。

"不，"我说，"可以是很脏很脏的有液体的地方，不一定是粪池，但是除了粪池和死水塘，我想不出其他的东西了。"

"据我所知，"韩亮的满腹经纶又开始发挥起了作用，"养猪场都会有沼气池。和你说的粪池什么的，差不多。"

"沼气池？"我惊讶道，"第一次听说这个东西，我们去看看吧。"

因为江法医对这一块区域非常熟悉，我们决定乘坐江法医的现场勘查车赶赴嫌疑地点。一路上，韩亮告诉我们沼气池的模样、作用。

这一块地方，荒草丛生，但是有块被压倒的荒草丛，和几条若隐若现的汽车轮胎印，引起了林涛的注意。

"这轮胎印比较新鲜哪。"林涛一边说，一边拍照。

而我则和江法医走进了养猪场里，一个巨大的池子呈现在我们的面前。如果不仔细观察，根本无法知道这是一个池子，池里长满了杂草，掩盖了一池脏水的事实。我丢了一块石头到池子里，发出"咚"的一声，然后飞起无数苍蝇。

"这个地方很可疑。"我总结道。

"你们怎么不重视这个轮胎印？"我们对林涛发现的这组痕迹不以为然，引起了林涛的不满，"你们有没有想过，凶手在这附近杀人，是怎么把尸体抛到十几公里以外的？而且还不被路面监控发现？"

"对啊。"我确实没有考虑过这一茬，拍了下脑袋。

大宝说："除非是用汽车。不过，我们现在考虑的是十几岁的小孩子作案，他能驾驶车辆？"

"不。"我摇摇头，"杀人和抛尸完全可以不是一个人嘛。你想想，十几岁的青少年，总是有家长吧？如果家长知道孩子杀人，说不准会帮助处理尸体呢？别忘了，我们判断凶手应该是个男孩，因为有性侵。而扎住袋口的工具是一条女人才会用的丝巾！"

坐上往回赶的勘查车，大家一片寂静，心里充满了欣喜，犯罪分子的范围应该划得很小了，案件可能很快就会告破。最关键的是，我们有了这组汽车轮胎印痕，可以作为甄别犯罪分子最有利的依据。

不过，如何才能再走一下捷径，从这个密密麻麻的居民区里迅速找出嫌疑人呢？大家可能都在考虑这个问题。

寂静中，勘查车后排坐垫振动了一下。

大宝顺手摸出了个物证袋，袋子里装着一部手机，是现场发现的鲍光敏的手机。

"这部手机怎么会在这里？"大宝问。

"哦。"江法医开着车，没回头，说，"初步检验没有痕迹，所以还在勘查车上存放着，没来得及放去物证保管室。"

"奇了怪了，这部手机没有GPRS或者3G的信号，但却收到了一条微信。"大宝对电子产品研究得非常清楚，"微信是必须有网络的。"

大家对这部手机并没有多少兴趣，现在的小孩子有智能手机、玩微博微信已经不是什么新鲜事儿了。所以大家都没有说话。

大宝突然叫道："掉头！快掉头！往回开！往回开！"

江法医丈二和尚摸不着头脑，见大宝一脸急促，只有掉了个头，慢慢往回开。

突然，大宝从座位上弹了起来，头狠狠地撞了一下车顶。

"轻点儿，轻点儿。"江法医心疼勘查车，"这车是省厅给配的，我们宝贝着呢。"

大宝说："你看！在这里居然连接上了Wi-Fi信号！"

大宝戴上手套，拿出手机，打开无线网络连接列表，看了看，说："哈哈！这居然还是个需要密码的私人家庭路由器的信号！"

"那，说明了什么呢？"江法医被大宝一套一套的电子产品专业术语给弄晕了。

"说明死者的手机必须在这里输入Wi-Fi的密码，连接过，我们才会在经过这里时，手机自动连接上这里的Wi-Fi。你看，我们的手机都不会连接上。"大宝兴奋地说，"简单地说，死者在这附近的某个人家里，用手机上过网！"

附近有沼气池，手机又能联网。我们越发觉得这里就是血腥的杀人现场。

我和大宝拿着手机，沿着路边走着，直到我们走到一处信号最强的地方。这是座两层的小楼，楼下停着一辆昌河面包车。

"踏破铁鞋无觅处，呀，得来全不费功夫，呀！"林涛一边看着照相机里的轮胎花纹，一边看着眼前面包车的轮胎花纹，高兴地唱了起来。

虽然没有一句在调上。

案子就在这无数的巧合之中破了。

凶手是一名十六岁的男孩，顾风。

顾风不是同性恋。但是他这个年纪，对性充满了好奇和渴望。他是个害羞内敛的孩子，在班里出了名的内向，他看见女孩子都会脸红，更别提和女孩子说一句话了。

他在单亲家庭长大，母亲经营一个服装店，忙得几乎没有时间去管他。甚至连一日三餐都是在外买回来吃。他的学习成绩很优秀，但放学后独自在家的他，会翻出隐藏在书架最下层的那些A片光碟，偷偷地在电脑上看。

画面对他的冲击，让他无法自已，直到他已经无法用手淫来满足自己。

可是他看见女孩就会腿抖，泡妞这种事儿对他来说，可望而不可即。

直到他看到了一段男性同性恋之间的视频。"骗个男孩子来玩玩，还是可以的。"他这样告诉自己。

8月9日下午，顾风独自在阳台上看过街的美女，便看到了拿着手机一蹦一跳走过来的鲍光敏。

"这孩子细皮嫩肉的，像个女孩子。"顾风开始回忆起A片里的场景，于是他顺手丢了个衣服架子到楼下。

"嘿，小弟弟，能帮忙捡一下衣服架子吗？"顾风在阳台上喊道，"我的脚崴了，下楼不方便。"

对于鲍光敏来说，父母老师一直教育他要助人为乐，所以他毫不犹豫地捡起衣服架子，沿着小楼一侧的楼梯上到了二楼室内。

顾风拉住鲍光敏，说："弟弟，来我家坐坐，我给你手机上下载一个新游戏。"

鲍光敏见顾风一脸和善，就大方地坐在顾风家的沙发上，连接了Wi-Fi，开始下载顾风所说的新游戏。

而此时，顾风在沙发对面的电视上开始播放起一部男性同性恋A片的画面，说："小弟弟，要不要也来试试？"

十一岁的鲍光敏对性一无所知，但是他感觉到自己肛门剧痛的时候，便开始大声喊叫了起来。

为了防止被楼下邻居发现，顾风一把捂住了鲍光敏的嘴巴，把他死死压在沙发上，直到鲍光敏的心脏停止跳动。

杀了人的顾风惊慌失措，颤抖着打开电脑，在网上搜寻着处理尸体的办法。但是任凭他怎么按照网上的方法去做，都失败了。于是他趁着夜色，把尸体扔到了离家不远处废弃养猪场的沼气池里。

顾风的母亲第二天凌晨才外出进货归来，她看到自家附近数名警察在寻找一名失踪的男孩，回到家里又看到惊慌失措的儿子，预感到可能出事了。

在询问完事情经过后，顾风的母亲认为把尸体不加遮掩直接抛弃在自家附近，无异于自投罗网。出于庇护儿子的母性，她于10日深夜到沼气池里拉出了已经发臭的尸体，并多层包裹后，用面包车把尸体运到了远离家的城东。

顾风涉嫌故意杀人罪被移送起诉，但因为不满十八周岁不会被处以极刑。他的母亲涉嫌包庇罪也被同时移交检察院。

"又是这些色情片，毁了两个家庭。"我说。

"为什么有些人再怎么看A片都不会杀人？有些人看了A片就会强奸杀人？"大宝问道。

"不知道。"林涛见大宝想为A片洗白，立即撇开干系，"反正我不看那玩意儿。"

法医秦明

VOICE OF THE DEAD

| 第九案 |

恶鬼打墙

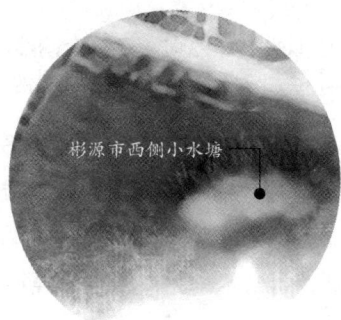

彬源市西侧小水塘

无论情感、表象或欲望，莫不瞬息万变。

——柏格森

1

这一年真的不太安分，疑难案件总是时刻出现，法医科的几名同志东奔西跑，科室仿佛是关了门，甚至有群众去纪委反映法医科不作为，伤情复核鉴定拖那么久了还不受理。

十分钟前，我们接到了彬源市公安局的邀请，说是在某荒郊野外发现了一具尸体，死因不明、性质不明、尸源不明、侦查方向不明。

在夏天，我们对腐败尸体似乎已经习惯。在这个闷热的环境里，只要露天，尸体三天就可以形成巨人观。法医倒不是怕恶心，而是怕尸体腐败会丧失一些线索和证据。好在此时已经9月初，金秋之际已经到来，随着冷空气袭来，气温也下降了不少，尸体腐败会迅速减慢，工作环境改善，案件难度也相对下降。据说彬源市的这个案子中的尸体就不是腐败尸体，想到这里，我总算长舒一口气。

"幸亏我叫秦明，如果我叫秦不明，岂不是早晚得因为总破不了案而辞了职？"我看完邀请函后，说了个冷笑话。林涛和大宝都在收拾东西，没人搭理我。

遇见案件，科里的人肾上腺素极度分泌，在十分钟之内，完成了领导审批、派车、准备勘查箱、收拾洗漱包和行李等一系列工作，并且在驾驶员还在收拾出差行李的时候，我们已经来到了厅大门口等待。

"哟，有通知欸。"大宝凑到厅机关公告栏下，眯着眼睛看着一张公告。

大门口的公告栏里贴了一张通知，一般是有重要的事情才会在这里张贴通知。

"什么通知？"我一边把编辑好的"有案！出差！"发布上微博，一边凑到大宝身边问道。

"大概是要涨工资了吧。"大宝淡定地说道。

"什么？这么大的事儿？"我揣起手机叫道。上班这些年，已经习惯了工资条上那些可怜的、单调的、永远不会有惊喜的数字。所以大宝的一句话，让我燃起了无数憧憬和希望。

通知上写着：关于严格执行厅机关民警着装上岗规定的通知。通知要求厅机关民警必须着警服上班，警务保障部也会根据民警需要，每年为民警定制数百元的制服发放。

"这是涨工资吗？这是戴紧箍咒啊！"大学时代，我总是向往着一身警服，而现在，穿警服久了，有时候也的确很不方便。

"每年几百块的制服，你就不用去买衣服了，省了买衣服的钱，就等于涨工资喽。"大宝扬扬自得。大宝倒是很喜欢穿警服，因为他最害怕的事情就是进商场或者逛地摊。

极度兴奋后的希望落空，我悻悻地坐上了已经着装的韩亮开过来的警车。

"有制度就要执行，不然绩效考核时会被扣分的。"韩亮说。

彬源市地处我省北方，位于中国的中原地带，一抹平原，地大物博。虽然人口众多，但是整体社会治安较为平稳，每年命案发案数量并不是很多，疑难案件更是少之又少。在这样的城市当法医，又好又不好。好在每年的工作较为清闲，不像案件多的地方的法医每天焦头烂额；不好在于见识的命案较少，经验积累较为缓慢，如果不经常去法医论坛里学习学习，业务水平提高得会很慢，而且不那么自信。所以在出现疑难案件的时候，为了保险起见，他们向我们发出了求援。

现场位于彬源市西侧小村落的外围，一处广阔平原上。

当我们的车开到距离案发现场几公里外时，就可以看到远处一片随风摇曳的芦苇荡，还有芦苇荡周围的蓝色警戒带。不同的是，这个现场虽处于野外，但是没有多少围观群众。

从我们下车的公路边，就有民警在把守。可能是因为附近也没有什么人，所以警戒带拉在了公路边。

"离案发现场这么远就拉警戒带啊？"大宝看了看几公里外芦苇荡里的警影。

"别废话，拉这么远，肯定有这么远的道理。"我一边说，一边带头穿上了鞋套和勘查装备。我们几人就这样朝着警车方向，一边用手扒开芦苇，一边一脚深一脚浅地走了几公里泥巴地，来到了芦苇荡里的水塘边。

围观群众少，可能是因为这里是一处坟场。准确地说，这不是专用的坟场，而是一处废弃的荒地。荒地中央是一个不大的水塘，听说这个水塘还是活水，通着一条横跨市里的小河。水塘的周围长着快有一人高的芦苇。芦苇荡地界广阔，方圆几公里没有人烟。因为这块地的位置较为偏远，一来不会有人到这里；二来也没有人愿意开垦这片土地。所以很久以来，这里就这样被荒废着，有一些土葬风俗的居民，会把亲属埋葬在这里。坟堆并不聚集，我们从公路上一路走来，隔几百米可以看到一个坟堆模样的土坡，有的有碑，有的没碑。

水塘的旁边，就是案发现场。

彬源市的陶法医走了过来，和我握了握手，开始介绍案件的基本情况。

报案人是一对高中生情侣。昨天晚上他俩相约在市里的一家KTV唱夜场，唱到凌晨两点。唱完歌后，学校大门已经封闭，只有今天早晨才能回到学校宿舍。于是他们沿着公路边走边聊，就来到了这一处芦苇荡。

昨晚十二点之前，彬源市下了小雨，所以芦苇荡里的地面被雨水浸泡，虽然十二点之后天气恢复了月朗星稀，但地面也都成了烂泥地。他们进入芦苇荡后，女孩子怕把自己新买的运动鞋弄得太脏没法洗，于是提出和男孩子在芦苇荡靠近公路边的一处高地坐着聊天，不再往芦苇荡深处走了。

就在他们聊得兴起的时候，突然听见芦苇荡里有窸窸窣窣的声音，在月光的照射下仿佛还有个人影，准确地说不是人影，是鬼影。据两名孩子说，芦苇荡里的影子非常高大，而且看不到头颈的轮廓。这个影子在慢慢移动，在距离他们大概五百米的时候，可能是听见了他们的说话声，移动突然停止，而他们也是在这个时候发现了鬼影。双方僵持着，不一会儿，鬼影突然快速朝芦苇荡深处移动，他们也因惊吓过度，跑回了公路。

两人一路走一路胆战心惊，找了个小旅馆住下，商量了许久，于凌晨五点打通了110。

接警民警在接到电话后赶到现场，考虑到芦苇荡里地方太大，方向难辨，于是请了刑警队和技术队前来支援。技术人员在进入芦苇荡后不久便发现了足迹，顺着足迹很快找到了一个仰面躺在水塘里的人。

人的头部在岸上，面部染血，胸部以下浸在冷水里。技术人员上前准备拖动尸体，却隔着手套感觉到此人还有温度。触摸颈动脉，似乎还能感到一丝搏动。

"人没死？"大宝惊讶道，"没死我们干啥啊？"

陶法医被大宝的一惊一乍引得笑了起来："听我说完啊。我们的民警赶紧把伤者抬回路边，然后一边拨打120，一边用警车把伤者往医院方向送，在中途遇见了120急救车。"

"医生发现伤者气若游丝，在路上进行了抢救。"陶法医继续说，"但是抢救不太奏效。送往医院后，考虑到伤者额部有一处创口，就立即进行了CT检查。果然，伤者昏迷的主要原因在这里。他的颅骨粉碎、凹陷性骨折，对应部位脑挫伤、颅内出血。"

"被人打击的？"我问。

陶法医摇摇头，说："不。额部骨折，对侧枕叶脑组织也有挫伤，有出血。"

"啊，"大宝说，"别老大喘气啊，一句话说完嘛。这么明确的对冲伤，肯定是摔跌所致的颅脑损伤啊。这不就定了吗？一个人闲着没事儿来芦苇荡玩，被两个学生吓唬了一下就跑，结果一不小心摔了头。颅脑损伤死亡都有个过程嘛，所以他意识模糊地躺在水里，直到民警来救他。哈哈，现场重建完毕！咦，不对啊！既然是摔跌，干吗要我们来啊？"

我白了大宝一眼，对陶法医说："人现在死了？"

陶法医点点头，说："医院还准备做开颅手术的，结果手术还没开始，人就断气了。"

"那你们的技术难点是什么呢？"我问。

"一来，我们现在还没有查清楚尸源。"陶法医说，"二来，我们在医院看了看尸体的尸表，对他头部的一个星芒状的创口有些不能理解。领导目前认为死因是意外或自杀，但是从法医角度来看，额头上的创口有些不好解释。"

"为啥不好解释？"

"头部星芒状的创口皮下有囊腔状。"陶法医说，"一般这样的创口，是额部和质地坚硬的地面接触并且有角度位移才能形成。也就是说额部和地面接触的一瞬间，有一些位移。因为这个位移，使皮肤和骨骼错开位置，撕开了连接皮肤和骨骼的皮下组织，而形成囊腔。"

"摔跌，很常见有囊腔啊。"我说。

"但是有这种擦蹭位移，会在面部，尤其是在创口内遗留泥巴吧。"陶法医说，"而且我觉得星芒状的创口在软质的泥巴地上难以形成。"

大宝说："没有泥巴可能是医生清洗面部了，创口可能是在池塘边的硬物上形成，比如说石头。"

"医生确实清洗了他的面部，但是没有清创缝合，创口里不该没有泥巴。"陶法医说，"池塘边是有石头，但是上面并没有发现血迹。"

"没有血迹有两种可能：一是确实没有，二是我们还没有发现。"我说。

陶法医说："是这样，但是我害怕这个案子发展到后来，案件性质上会有大的争议，所以我提前请你们过来把关，提前介入，我心里也有底。"

我微微一笑，拍了拍陶法医的肩膀说："谢谢兄弟的信任，我们加油！"

我、大宝和林涛在陶法医的带领下，在芦苇荡里走了一圈。芦苇荡的地面基本都是些软质的泥巴，一路上有不少物证标识牌。物证标识牌就是一个写着数字的小牌子，技术员在发现物证后，会在物证的旁边摆上一个标识牌，这个牌子的作用是在照片里清楚反映这张照片是哪一处物证，而且在现场还可以提示警员这里有物证，要注意保护，不能踩踏。

"我们发现了几百枚足迹了。"陶法医说，"都已经拍照录像。有的足迹被先期出警的民警因为抢救伤者而破坏了，有的还比较清晰。目前我们正在扩大搜索范围，找所有有鉴定价值的足迹。"

"比对了吗？"林涛说。

陶法医摇摇头，说："我们局痕迹检验就那么几个人，全都上了，但也没时间比对，就是单纯地发现、照录，等回去大家再一起研究比对。"

"死者就在这里躺着。"绕了一圈后，我们又回到水塘旁边，陶法医指着水塘边说，"据出警民警说，死者脸上有不少血，不过我们看到尸体的时候，面部已经被医生清洗了。但是我们在死者头部形成的这个凹处周围做了血液预实验，并没有发现有血迹存在的迹象。"

水塘边的泥巴地上，有一个人头形状的凹坑。可见死者就是躺在这里的。

我在附近看了看，泥巴痕迹很乱，仿佛可以看得出警民警在抢救伤者时候的慌乱。周围的痕迹是彻底被破坏了，我只有在周围寻找一些可以形成陶法医描述的伤口的东西。

其实可以形成星芒状的物品有很多，因为池塘周围有很多鹅卵石，如果头部摔跌在石头上，发生位移，是可以形成头部创口的，而且虽然周围有泥巴，但也有一些比较光滑干净的鹅卵石，再加上医生对面部的清洗，创口里没有发现泥巴，也不足为奇。

不过，在所有的鹅卵石上都没有发现血迹，这个确实不好解释。

"或者是在抢救的时候，有民警把带血的鹅卵石踢进了池塘？"我突发奇想。

陶法医皱眉沉思了一会儿，说："还真的不能排除这种可能！"

"怎么看，这都不像一起命案啊。"林涛说，"毕竟我们发现死者的时候，他还没有死。"

2

现场很简单，剩下的事情都交给林涛继续勘查、比对和搜索了，我和大宝、陶法医决定驱车赶往殡仪馆，先对尸体进行一个初步的检验。

我们到达殡仪馆的时候，医院刚刚把死者尸体移交给殡仪馆，殡仪馆工作人员正从车上搬下尸体，并且为尸体制作手牌。

陶法医上前热情地打了声招呼，递了根烟，殡仪馆人员把尸体直接推进了尸体解剖室。

因为工作上经常打交道，法医和殡仪馆工作人员一般都会关系很好。殡仪馆工作人员经常会羡慕法医工作的惊心动魄，而法医则羡慕殡仪馆职工的高工资。

尸体是个小老头，静静地躺在解剖台上，虽然在生前已经被送入医院，但是因为只进行了CT检查人就去世了，所以尸体也没有经过什么医疗处理，除了抢救和对面部进行了清洗。即便这样，尸体面部仍有一些散在的干涸的血痂没有被彻底清洗干净。尸体的胸部有心电监护接头的胶布，还有起搏器留下的死后损伤，腕部也有几个细小的针孔。

"我一直在想，这个人身材既不壮实也不高大，为什么两个报案人会看到一个没有头的高大的身影？"大宝说。

"这个不足为奇。"陶法医说，"在那种夜色昏暗的地方，被人影误导视觉，很正常。"

"让侦查部门调查抢救的时候，医生为了开辟静脉通道，一共扎了几针？还有，是否进行了心脏起搏？"我说。

对于法医来说，注意在尸体上发现针眼至关重要。随着犯罪的高智商化，很多杀人凶手利用注射等方式杀人，妄图瞒天过海。其实在尸体上发现针眼，尤其是生前形成的针眼并不困难，但是如果死者生前在医院接受过抢救，则会给这项工作带来难度。如果有犯罪分子形成的针眼，也有医生形成的，因为都是在生前形成，法医则不能进行判断哪些是医生形成的针眼。这就需要侦查来配合。调查发现的针眼少于尸体上的针眼，案件就会出现疑点。

"五针。确实经过了心脏起搏。"陶法医说，"现在我们的派出所民警都知道保护证据，对这一些常识，都有了解。"

因为本案死者是民警送往医院的，所以除了有执法监督仪（民警配备在身上的微型摄像头，用于监督民警执法行为，同时也能记录原始现场状况）的记录，民警还细心地在第一时间询问了医生和护士，对整个抢救过程有了充分的了解。

"确实也就五个针眼，怎么看，都不像是杀人案。"大宝数完针眼，用止血钳夹起了死者额部创口周围的皮肤。

"创口呈现星芒状。"我说，"可以是和平整的钝性物体作用形成，也可以是和呈现星芒状的凸起物体作用形成。"

说完，我用勘查灯照射了一下伤口的内部，创口里有纵横交错的组织间桥，因为额部皮肤很薄，所以可以窥见皮下的颅骨。颅骨骨膜完整，并没有凸起物形成应该出现的破裂。

"这应该是和一个平整的钝性物体作用形成的。"我说，"鹅卵石就可以。"

陶法医点点头，说："这个专业问题我很同意，但是我总觉得出警民警正好把可能沾有血迹的石头踢进水里的这种可能，实在是太巧合了吧？"

我没说话，摘下第一层手套，拿起了解剖室旁边仪器台上的死者生前所摄的CT片。

从那次被尸蜡化尸体熏得手臭了几天以后，我每次解剖都会戴上两层橡胶手套，有效地防止了尸臭的侵入，习惯了以后，发现戴两层手套并不影响我的正常工作。

CT片上一张张骨窗，没有一张是正常的。通过各个层面的阅读，可以确证死者的额部存在粉碎性骨折，因为死者的骨膜并没有破裂，而只是单纯的骨折，更能确证这是一个和平整钝物撞击形成的骨折。

同时，CT片也可以清楚地告诉我，死者头部损伤是因为减速运动而形成的，也就是说他的头部是在运动中突然撞击钝物而停止，形成了颅骨骨折和相应脑组织的对冲伤。一般这种程度的脑挫伤，只要救治及时，应该可以挽回生命，但因为死者独自在池塘边昏迷，颅内出血进行性增加，到CT片上显示的这种程度，基本上是回天乏术了。

"确实是摔死的嘛。"大宝脱了外层手套，把CT片接过来，对着解剖室窗外的光看。

我重新戴起手套，拿起死者的胳膊看了起来："死者两侧胳膊都有一些指甲印，这个自己不好形成吧？"

我一边说，一边用自己的手在自己的胳膊上做实验，用各种姿势来企图形成死者胳膊上类似位置的指甲印。

"是不好形成。"陶法医说，"不过这个不太好和他的死亡联系起来，也可以是在死亡前和家人吵架，然后出走，最后摔死的。"

"说得也是。"我说，"尸源还是没头绪吗？"

"我觉得能找到。"陶法医说，"来，帮把手。"

给尸体翻身还不把血迹等污物溅到身上，是个技术活儿，但这是法医的入门课。我和陶法医一起把尸体挪到解剖台的一侧，然后把尸体翻成俯卧位。因为尸僵已经形成，尸体呈一个僵直状态，所以翻身也容易了许多。

"你看，这是一个标志性的东西。"陶法医指着尸体腰部的一个文身。

一般的文身可以作为寻找尸源的重要依据，但是有时并不能迅速找到尸源，而这具尸体的文身却给了我们极大的希望。

文身是一个螃蟹，螃蟹的爪下还有一只蜈蚣。

"见过人家文蜈蚣的，但是还真没见过文螃蟹的。"大宝一脸迷茫。

"我们猜，他姓谢，或者姓解。"陶法医嘿嘿一笑。

"不管怎么样，这处特征性的文身，很容易引起别人的注意，所以，尸源也就很容易找到了。"我信心满满。

说完，我在器械盘里找出了手术刀柄，并从一旁的耗材盘里拿出一枚手术刀片。

"老秦，你这是要做什么？"陶法医问。

"做什么？解剖啊。"我对陶法医的问题很不解。

"现在我们不能解剖。"陶法医说。

"为什么？"

"尸源还没有找到，我们领导的意思是，先找到尸源，再征求死者家属的意见。"陶法医说，"所以，我们还是等找到尸源再说吧。"

"为什么？"我第一次遇见这样的情况，"《刑诉法》不是规定了吗，对于死因不明的尸体，公安机关有权决定解剖。我们必须有这个权利，如果死者家属不同意解剖我们就不解剖，那凶手是死者家属怎么办？"

"可是，《刑诉法》也说了，必须通知死者家属到场。"陶法医辩论道。

"公安机关办理刑事案件程序规定中也说了，对于通知不到，或者死者家属拒绝到场的，在笔录中注明就可以了！"我对自己的法律知识很自信。

陶法医沉吟了一下，说："可是这一切，都建立在案件是刑事案件的基础上。也就是说，咱们得发现有犯罪事实可能存在，才能用这个权利。"

"可是你现在就需要通过死因来判断案件性质啊。"我说。

"调查和现场勘查都没有疑点。"陶法医说，"所以领导为了保险起见，让我们还是等等，反正也不急这一时。不如等我们参加完晚上的案件碰头会，了解一些基本情况，再做定夺，你看如何？"

确实，因为公安机关决定解剖尸体，引发的一些信访事项还真不少。一般都会说公安机关抢夺尸体、破坏尸体、不尊重人权。当地公安局领导为了防止这些事件的发生，延缓尸检也情有可原。而且，尸体经过冷冻，很多不明显的损伤，也会在皮肤上表现出来。所以现在延缓尸检，确实是明智之举。

我赞同了陶法医的提议，脱去解剖服，去彬源市开了个房间，洗了个澡，等待林涛那边和侦查部门的勘查、调查的结果。

晚上七点整，我们法医部门集体来到了位于彬源市公安局大楼里的专案组会议室。侦查人员和林涛所带领的痕迹检验组也陆续来到会议室。

我细细观察每个人的表情，仿佛都很轻松，看来大家的工作进展得都很顺利。

主办侦查员见大家都已落座，迫不及待地用当地方言开场白："赵局长，各位专家，我先说一下吧。"

分管局长赵关强点了点头。

侦查员说："中午一点，我们就已经掌握了尸源信息，并且在疑似死者家里取了相应检材进行DNA检验。刚才DNA部门传来消息，死者确实为本市居民谢勤工。"

"谢勤工。"陶法医又露出一脸嬉笑，"螃蟹擒住了一只蜈蚣，和他的文身很吻合啊。"

侦查员点点头，接着说："死者谢勤工，五十三岁，经营一家小型砖窑，效益还行，一年挣个十来万没问题。但是他一辈子没有结婚，没有孩子。周围住民都有很多猜测，最多的一种说法是他有间歇性精神病，还是狂躁症，没人愿意嫁。"

"精神病？"我说，"有什么依据支持吗？"

侦查员摇摇头："这个可以确认，虽然没有在精神病院找到相关病历，但是我们找到了很多他购买治疗狂躁症药物的记录。"

见我没有继续提问，侦查员接着说："根据监控，死者昨天下午还在市中心一个药店里买了药，然后就去他儿子家吃饭。"

"儿子？"我打了岔，"不是说他单身，没有孩子吗？"

"哦，忘了说。"侦查员说，"他收养了一个养子，叫谢豪，对外只说是干儿子。但是群众反映，这个儿子是他一手养大的，生父母反而没有管过一屎一尿。现在这个儿子是经营砖窑的主要负责人。"

"他儿子有什么反应？"我问。

"很悲伤。"侦查员说，"谢豪反映，昨天晚上谢勤工在他家吃完饭后，就有些精神错乱，然后说要回自己家里，就走了，他也没在意。直到今天下午我们去通知他死讯。谢勤工晚上有时候在儿子家睡，有时回自己家。"

"大部分时间是回自己家。"另一名侦查员打开地图，说，"谢豪家离案发现场不远，属于偏僻地区。谢勤工家在谢豪家北边两公里处，也是偏僻地区。这之间没有监控，所以我们没法掌握谢勤工为何会走到位于他家西边的芦苇荡里去。"

"精神错乱，有可能迷失方向。"林涛开了话匣子，"我们分析死者很可能是因为迷路，所以才走进了芦苇荡，而在芦苇荡里，就更无法辨明方向。因为狂躁症的作用，他在池塘边撞击石头导致受伤，或者是因为雨天路滑，摔倒受伤。"

"听你的意思，无论是意外还是自杀，但可以确定是死者自己导致受伤后死亡的？"我问。

林涛点点头："基本可以确证。案发时，死者没有死亡，不符合杀人案件的特点，而且最重要的，通过我们痕迹检验，固定了死者的活动轨迹和现场状况。目前我们有充分的依据证明死者是自己导致头部受伤的。"

"是吗？"我惊讶道，原来林涛真的发现了重要的线索。

"咳咳。"林涛看到我惊讶的表情，微微一笑，清了清嗓子，开始阐述他的勘查所见和观点。

3

林涛详细地介绍了痕迹检验部门发现的一系列证据。

原来痕迹检验部门用了一下午的时间，把整个芦苇荡全部扫荡了一遍。因为这个芦苇荡人迹罕至，所以可以提取到的东西很少，不过东西少不是坏事，因为每一个痕迹都至关重要。

除了死者所在位置周围被参与抢救的人破坏了痕迹以外，整个芦苇荡里很多地方都提取到了新鲜的鞋印，因为当时刚下过雨，地面松软，所以这些足迹都有鉴定价值。

经过现场比对，林涛果断拍板，所有的鞋印均出自一双鞋。也就是说，只有一个人在这个芦苇荡里走过。而且走了不是一圈两圈，而是很多圈。

根据现场鞋印的足尖所示的方向，这双脚应该绕着芦苇荡的外圈、内圈都走了四圈以上，最终在死者被发现的地点附近消失。消失的原因是被众多不同鞋印覆盖，还有出入芦苇荡的那条小路，也都被众多鞋印覆盖。而经过对到达过现场的报案人、民警进行排查后，确认这些鞋印都是上述人等留下的。

"也就是说，到达过现场的人，都留下了足迹，而且是在天空放晴了一晚上以后。"林涛说，"那么，如果有第二个人跟随死者走到芦苇荡里，即便没有跟随死者绕圈，只是在某个地点潜伏，他也应该留下足迹。"

"如果是在那一片被破坏的地方潜伏呢？因为那地方正好是死者被发现的地方。"大宝问。

林涛摇摇头，说："即便是在那里潜伏，他也需要有个进出芦苇荡的出入口。走进来再出去，总是需要走路的，既然要经过路，那么路上就应该留下他不同的鞋印。"

"会不会是一模一样的鞋子？"我问。

林涛说："不会。一模一样的鞋子可以拥有一模一样的鞋底花纹，但是不能拥有一模一样的磨耗程度。"

我想了想，说："可是我们尸检的时候没有发现死者穿了鞋子啊。"

陶法医应声道："我第一次尸表检验的时候，可以确认死者是赤足的。"

"死者的脚底干净吗？"我问。我问这个问题，是想确认死者是不是在泥巴地里走过，但是我想到死者伤后下半身是浸泡在池塘里的，即便原来脚底很干净，也会被池塘水泡得不干净，即便原来脚底很脏，也会被泡得不是很脏。所以这个问题貌似没有多大意义。

于是我收回了发问。

"问题就在这里。"林涛微笑着说，"死者是赤足的，但是现场没有发现赤足印，我们就很奇怪，于是在池塘边的烂泥里进行了寻找。果不其然，我们在死者被发现地点的池塘边发现了一双和现场鞋底花纹、磨耗程度完全一致的鞋子。"

"我明白了。"大宝说，"你是说，死者在这里摔跌或者撞地，因为不慎把鞋子陷入了池塘边的泥浆里，因为有水面的覆盖，所以所有人都没有发现，但被你们发现了。"

林涛挺了挺胸，说："所以，我们可以判断，只有一双鞋绕了芦苇荡，没有发现应该属于第二个人的痕迹。以此推断，死者只有一个人进入芦苇荡，那么这个案子不是意外，就是自杀。"

"听上去，合情合理。"赵局长说，"而且侦查部门也确实没有发现什么矛盾点。"

"他的儿子怎么说？"我问。

侦查员说："谢豪很悲伤，一直在问我们什么时候可以火化尸体。"

虽然痕迹检验部门有了定论，但是我的心里仿佛总觉得有哪一点不对劲。我拿过侦查员手中的笔记本电脑，把案件文件夹里的照片和视频一个一个点出来播放。

看的同时，我问："大家都忽略了一点，发现谢勤工的最后一个监控，是他从药店出来，买了药。也就是说他晚上肯定吃了药，吃了药为什么还会精神错乱？这不符合常理。"

"买了药不代表吃了药。"侦查员说，"我们问了谢豪，谢豪说没看见自己的干爹吃药。说不准是忘了吃了？或者遵医嘱，这个药应该是临睡之前吃？"

这个解释还算合理，我顿了顿，目光停在一份询问笔录上，我说："据死者周围人反映，死者生前一般不发病，因为有药物控制，但是一旦发病，也只有不到半个小时的样子就恢复清醒。那么我们可以说死者在这半个小时之内走到了芦苇荡，但是在芦苇荡里走上好些圈，至少需要一个多小时的时间吧？既然已经恢复意识，不应该走不出芦苇荡啊。这个芦苇荡说大也不大，走出去应该不算难事。"

会议室里沉默了一下。

大宝打破了沉寂："不能排除是鬼打墙。"

"鬼打墙?"大家都哈哈笑了起来,侦查员说:"你是说民间的那种说法,就是人在一片旷野里,尤其是有坟墓的地方,会被鬼上身,然后怎么走都是绕圈走,就是走不出这一片旷野的说法吗?你不是法医吗?法医也迷信?"

大家对大宝的嘲笑惹恼了一直坐在一边一言不发的驾驶员韩亮。韩亮虽然是驾驶员不能参与案件讨论,但是在这种问题上,他还是选择了开口:"看!你们都不懂了吧。"

接下来的十分钟,韩亮用简单明了的话语,用科学的方式解释了"鬼打墙"的含义。

所谓"鬼打墙",就是在夜晚或郊外行走时,分不清方向,自我感知模糊,不知道要往何处走,所以老在原地转圈。把这样的经历告诉别人时,别人又难以明白,所以被称作"鬼打墙",其实这是人的一种意识蒙眬状态。

其实没有精神病患的正常人也会出现"鬼打墙"的现象。因为生物的身体结构有细微的差别,比如鸟的翅膀,两个翅膀的力量和肌肉发达程度有细微的差别。人的两条腿的长短和力量也有差别,这样迈出的步子的距离会有差别,比如左腿迈的步子距离长,右腿迈的距离短,积累走下来,肯定是一个大大的圆圈,但是这个前提是在人意识蒙眬、不辨方向的状态下。

人的意识清醒时,会用视觉来自我调整行走方向;在进入意识蒙眬状态下,视觉的调整作用就失效了,尤其是在有一些标志物的地方,比如坟场,这些标志物大多很相近,所以会造成意识误差,从而出现这种现象。

"你的这种说法可靠吗?"侦查员收起了嘲笑。

"当然。"韩亮一脸自信,"我做过实验,把小狗的双眼蒙起来,让它在操场上跑,跑的绝对是一个圈。可能不是一个标准的圆圈,但它走的的确不是直线。"

大家又开始沉默。

"不信?"韩亮接着说,"不信你们可以做一个侦查实验。当然,'鬼打墙'这种科学现象也是偶发的,并不是绝对可以发生的。"

一个手快的侦查员看完手机,说:"确实,网上也是这么说的。"

"一个弄不清性质的案件,用'鬼打墙'来解释,是不是有些牵强呢?是不是不太能说服别人呢?"我开口道。

因为我有了我的证据。

我说:"我明天要解剖尸体!"

"怕是不行。"赵局长说，"死者家属坚决拒绝解剖，我们不能硬干。"

"那么如果我掌握了这可能是一起命案的可靠证据，是不是就可以硬干了呢？"我问。

赵局长眼神坚定："只要你能说服我。"

"我有以下几点依据。"我说，"第一，死者的前臂有一些指甲印痕，这是新鲜、生前损伤，很可能和案件有关。我尝试了多种办法，自己难以形成。"

赵局长在笔记本上飞快地记着。

我说："第二，如果死者是在现场磕碰形成头部损伤，那么现场应该可以发现血迹，如果说正好是沾有血迹的物体落入水中，这概率实在很小。"

大家你看看我，我看看你。一名侦查员说："可是你们不是说是对冲伤吗？摔跌所致的？如果是摔跌所致的，没有必要还把人移动到这个地方吧？老秦，别忘了，死者被我们发现的时候，还没有死哦。"

"你们说得都很有道理，我暂时也没有什么好的办法去解释，这一切都需要尸体解剖后才能定夺。"我说，"那我接着说第三，第三，我看了现场原始照片，民警发现死者的时候，他的衣服前襟没有黏附泥土。如果死者是在现场俯卧位置，额部撞击地面，那么，他的前襟肯定会沾有泥巴。"

死者被发现的时候，上半身的大部分以及头部都是在水面之外的，胸部前襟也在水面之外，不存在被污水污染的问题，所以我发现的这张照片，貌似说服了所有人。

但是我的发现不止这些，我接着说："第四，我看了当时民警携带的执法监督仪拍摄下来的视频画面。"

我一边说，一边操作电脑，把视频图像通过投影仪投射在大屏幕上。大屏幕里立即显示出了现场当时的情况，一片嘈杂。几名民警手忙脚乱地把伤者从水里拖上了岸边，然后触摸了颈动脉。

一名民警突然抬头说："快救人，快打120，居然还有脉搏！"

随着民警这句话落音，大家又开始手忙脚乱起来，电脑里发出一片嘈杂的声音。几名民警把伤者抬上担架的时候，携带摄像头的人走近了伤者，于是视频里出现一幅近距离的伤者画面。

我点击了暂停。

"这张画面，可以看出什么？"我问。

大家都盯着大屏幕，不发一言。

我说："大家请留意死者额部创口处的血迹。"

"面部有不少血，额部也有。"大宝说，"我知道你说的是什么了！"

我摊了摊手，示意让大宝接着说下去。大宝说："死者的额部有明显的流注状血迹。这个血迹肯定是从额部创口往发际线里流的。这样看起来，已经都干了。"

我接着说："不错，就是这些流注状的血迹。死者如果是自己摔跤，那么就是俯卧位，血迹应该往地面流。如果是摔倒后又站了或者坐了起来，那么肯定是往鼻梁流。如果是摔倒后又站了起来，再次仰面倒地成被发现的姿势，血肯定是往两侧流。"

"对啊！血往发际线里流，难不成他摔倒后，还倒立了一段时间不成？"大宝说。

大家都表现出了一副恍然大悟的样子。

"那秦科长你说，"赵局长说，"为什么会形成这样的血迹？"

我摇摇头，说："我还没有想好，所以不能解释很多问题。"

"我的问题也解释不了。"林涛说，"为什么现场只有死者一个人的足迹？"

"是啊。"我说，"为什么只有一个人的足迹，为什么损伤呈现出对冲伤的表现，为什么有人杀人却不杀死就抛弃，这我都不能解释。"

"但我觉得有疑点。"我继续说，"只要有这些疑点，我觉得我们公安机关就有权决定对尸体进行解剖。"

"可是他那个儿子五大三粗不讲道理，就是坚决反对我们尸检啊。"侦查员露出一脸畏难的表情。

"别说了。"赵局长一脸凝重，"我决定了，明早对谢勤工的尸体进行解剖检验，通知谢豪到场，如果他拒绝到场，在笔录里注明。"

4

我在戴上手套、装上手术刀片的那一刻，心里无比神圣，却又压力很大。赵局长这次拍板是对我的充分信任。我虽然有一些疑似命案的依据，但是林涛他们也有不是命案的依据。一旦不是命案，而我们又解剖了尸体，难保那个不讲理的儿子不会来公安局闹事，我就等于给赵局长添了麻烦。

公安机关警力严重不足，不能再为这些事情分神了。

尸体经过冷冻后，原来潜在的一些损伤果真暴露了出来。死者双侧前臂有指甲印的地方，开始有些发青，这说明皮下有出血，也就说明了死者生前双前臂遭受过约束。

这一发现给了我极大的鼓舞。

经过解剖死者的双前臂，果真发现了明确的皮下出血。

"死者有约束伤。"我说，"胸腹腔解剖没有发现明显异常。因为死者是第二天早上被发现还没有死亡，这之前一直处于昏迷状态，所以无法从胃内容物中推断死亡时间。只能确认胃内容物和他的晚饭成分一致。"

"开颅吗？"大宝在一旁准备好了开颅锯。

我点点头，用手术刀划开了死者的头皮。头皮一被划开，就有很多暗红色的血液从头皮下涌了出来，我连忙拿了个盆来接。

"头皮下怎么会有出血？"大宝问。

我摇摇头，说："这不是头皮下出血，而是帽状腱膜下出血。头皮结构致密，即便出血也会因为组织压迫而迅速停止，所以头皮下出血一般都很局限，但帽状腱膜结构疏松，一旦出血，就无法控制，会形成大范围的帽状腱膜下出血。"

人的头皮下方还有个帽状腱膜，帽状腱膜下都是一些疏松的组织。正是因为这个结构的存在，我们的头皮才可以和颅骨有滑动，而不是紧贴在颅骨上的。但是这个结构里的出血，因为少了组织自身的压迫作用，出血量会比较大。

在伤情鉴定中，我们发现，帽状腱膜下出血大多是撕扯头发而形成的，直接暴力作用不能形成，这样的损伤构成轻伤。

一方面因为死者的帽状腱膜下出血大多在顶部，顶部在CT片的骨窗中没有显现；另一方面因为我们的注意力都集中到了死者的颅内出血和颅骨骨折上，所以帽状腱膜下出血我们并没有通过读片而发现，在解剖的时候才会手忙脚乱。

"怎么会有帽状腱膜下出血？"大宝问道。

我没有回答，从帽状腱膜下把头皮和颅骨分开，直到翻动头皮达到额部创口的位置。额部的颅骨骨折呈放射状。

我用放大镜观察了颅骨的骨折情况，说："我现在更加确定这是一起命案了。"

林涛连忙凑过头来看："为什么？"

我说："你看，死者额部的骨折线错综复杂，是多次形成的。虽然一次也可以形成放射状的骨折线，但是我们可以看到他额部的放射状骨折其实是有好几个中心点的，而且从这些中心点放射出去的骨折线有互相截断的现象。"

在观察颅骨骨折的时候，法医会注重观察一个现象，叫作"骨折线截断现象"。也就是说，骨折线互相之间有截断，说明这两条互相截断的骨折线不是一次形成的。

因为颅骨骨折主要是局部变形，导致骨折线延伸，但假如骨折线在延伸的时候遇到了另一条骨折线，那么它就不会再继续延伸，而是被那条已经存在的骨折线截断。

"骨折线截断现象存在。"大宝说，"说明死者额部多次受力，而不是一次，那么这个案子是意外的可能性就小了。总不能反复摔跌在同一个地方吧。"

"不是意外也可能是自杀啊。"林涛说，"比如他反复撞击一个地方。"

我摇摇头说："损伤要结合起来看。别忘记了，死者还有帽状腱膜下血肿，这种损伤一般都是被人撕扯头发而形成的，撞击不能形成。"

"老秦的意思是说，"大宝补充道，"两个损伤结合起来看，死者应该是被人拽着头发，撞击在地面上的。这样的动作也是头颅的减速运动，会有对冲伤。"

林涛点点头，继而又摇摇头，说："那为什么凶手不把死者杀了算了？活着抛弃不合常理啊？还有，现场为什么只有一种鞋印？"

对于林涛连珠炮似的询问，我摆了摆手，说："别急，我昨晚一直在想这个问题，现在基本想通了。既然我的想法已经得到了尸体解剖的证实，那么，我会在稍晚些时候和大家说道说道的。"

"又卖关子！"林涛噘了噘嘴。

我微微一笑说："少安毋躁，现在是广告时间。"

我站在专案组会议室当中的主席台后，用激光笔指着大屏幕上的尸检照片，大宝在一旁配合我播放着幻灯片。

"损伤情况我已经汇报完了。"我说，"现在死者是怎么死的，大家心里都应该有数了。对，他是被人先抓住双手按倒，然后撕扯头发撞击地面导致重伤的。"

我顿了顿，说："因为重伤后被人抛弃到荒郊野外，所以未能及时救治而死亡。"

"你还没回答我的问题。"林涛说。

我对他笑了笑，说："好，那么我就开始回答之前提出的问题。凶手导致死者重伤后，因为颅脑损伤而丧失活动能力的谢勤工从外表看上去，很像是死亡了，这可能让凶手以为死者死亡了。这也反映出凶手当时很慌乱。"

"这不是主要问题。"林涛说，"现在支持本案是自杀的只剩下唯一的依据了，就是现场痕迹状况。为什么现场只有死者的鞋印，没有凶手的？"

我说："你确定那是死者的吗？"

"当然！"林涛说，"现场只有一双鞋印，如果不是死者的，死者怎么走到那里去的？飘过去的？还是鬼拉过去的？"

"不能是抬过去或背过去的？"我说。

林涛顿时傻了眼，自言自语道："哦，对呀。"

我接着说："我分析认为，凶手以为死者死亡后，像扛麻袋一样用肩膀扛起了死者，准备运到偏僻的地方去。"

说完，我做了个扛大宝的动作，虽然我肯定扛不动他。

"死者的腹部在凶手肩上。"我说，"因为昏迷，所以他的头部和脚部都是下垂状态，这样，死者的额部血迹就往发际线里流了。因为作案现场在室内，不在池塘边，所以死者的衣服前襟也没有沾到泥巴。而且这个是最能解释两名报案人的所见的。因为死者被扛在肩上，死者臀部的高度和凶手头部的高度一致，所以在月光下，确实看见的是一个没有头颈的黑影。"

"你怎么知道在室内？"侦查员问。

"既然现场只有凶手一双鞋子，说明死者没有穿鞋，这个天气，如果在室内不穿鞋很正常，但这样一个小老板，出门不穿鞋就不能解释了。"我说。

"你说的扛死者的姿势，死者的血迹不会滴到地上吗？"林涛说。

"额头创口出血量不大，滴下来的血，落在泥巴地里，你能发现得了吗？"我说。

"那为什么会像'鬼打墙'一样绕圈？"侦查员接着问，"难不成是真的'鬼打墙'了？"

"我觉得不像。"我说，"如果真是'鬼打墙'，凶手就没心思继续扛着死者了，早扔了。我猜是凶手一直在寻找一个保险的抛尸地点，犹豫不决。但因为两名高中生的声音惊了他，他只有把尸体扔在之前看到的池塘里。准确说是放，不是扔。因为没有发现死者背部损伤，死者在池塘边落地的力很小。因为放下死者的动作很轻，就需要用力，凶手的鞋子陷进了泥里。"

"可是我们在现场没有看到赤足印啊。"林涛说。

"如果凶手穿了袜子，就不会形成赤足印，而是形成不太清楚的袜印。我们知道，从公路边到水塘边的芦苇荡中央，是有一条小路的。我认为凶手就是从这条小路穿着袜子逃离的。而逃离后不久，民警接踵而至，民警的鞋印覆盖了袜印，所以你们没有发现。"

"这个推测完全有可能。"林涛一脸崇拜的目光，"本来地方大、袜印浅，我们都是寻找一些有特征性的痕迹，比如脚趾、鞋底花纹，如果是袜印，确实不可能被发现。"

"那么，我这样解释，大家是不是所有的疑点都消失了？"我问。

大家都纷纷点头。

赵局长说："那，你能不能刻画一下犯罪分子呢？"

我说："当然。我猜，就是他的干儿子谢豪。"

"哦？有依据吗？"

"第一，凶手作案后慌乱，急于抛尸，尤其是死者是在室内被害的，都反映凶手可能和死者熟识。第二，凶手并没有随意抛弃死者，而是把死者放到岸边，甚至没有更简便安全地扔进水里，这说明凶手和死者是有感情的。"我说，"第三，谢豪案发后有些反常，诉说的经过和我们判断的不符，而且他急于火化尸体，还拒绝尸体解剖。第四，死者没有近亲属了，调查也没有发现有明显的矛盾点。社会关系这么简单的人，嫌疑人也不会远。"

赵局长点头赞许，接着说："那作案地点是不是就是在谢豪家里？"

我说："非常有可能！我觉得下一步工作有两点：一是我们要去秘密搜查谢豪家；二是让谢豪的朋友辨认现场提取的运动鞋，是不是谢豪常穿的鞋子。"

侦查员们在砖窑按住虎背熊腰的谢豪的同时，我们利用林涛超群的技术开锁的功夫，进入了谢豪家里。

这是一个独门独户的小别院，听说谢豪喜欢清静，所以谢勤工花了不少钱在这个郊区给他买了这个房子。

小别院的正中是房屋的客厅，实木家具，花岗岩的地板，装修得很别致。

"从哪里下手？"大宝问。

我说："干净的房间，应该很容易发现痕迹吧。你看这里。"

花岗岩砖的接缝处，都呈现出填缝粉的白色，但是在客厅中央，却发现了几处暗黑色的痕迹。

"来，大宝，我赌一顿牛肉面，这是人血。"我说。

"赌就赌，我说不是。"大宝说。

四甲基联苯胺，血迹预实验，阳性。

"好了，晚饭钱又省了。"我一脸兴奋。当然，兴奋的原因自然不是牛肉面。

大宝也是一脸兴奋："没问题，给你加十块钱牛肉。"

谢豪的家里发现了死者的血迹以及有打扫地板的痕迹。经砖窑工人的辨认，现场发现的鞋是谢豪的鞋子，而不是谢勤工的鞋子。

有了这两个铁一般的证据，谢豪无法抵赖。

"我是爱我的父亲的，我知道他把我拉扯大很不容易，而且他给了我优越的生活。"

"那你为什么要杀他？"

"因为他的性格。他太吝啬了，而且瞻前顾后。这是砖厂不能扩大规模的主要原因。我和他提了很多次，贷一些款，以我们现在的销售渠道，再多的货也销得出去。可是他一直都在拒绝，拒绝，拒绝。砖厂的法人是他，我也没有办法。我只是想做一些事情，想把生意做大，仅此而已。"

"这能成为你杀人的理由吗？"

"前天晚上，他来我家吃饭，我告诉他，你有病，吃药要花钱，想根治需要更多的钱，靠我们现在的生产实力，勉强温饱而已，我们必须扩大生产。但是不知道是怎么了，可能是因为他晚上忘了吃药，他上来就打我。我也是自卫。"

"据法医推断，和你说的一推他，他撞了桌角死亡不符。我觉得你现在的心里充满了负疚，你还是不要避重就轻了。"

谢豪低头想了许久，六尺男儿落下了眼泪，他说："好吧，不过他确实是上来打我，但他没我壮，我一下就抓住了他的双手，把他按倒了。然后他就骂我没娘养什么的，我一时生气，拉着他的头发撞地。我真的没有想到，没撞几下他就死了。真的没想到。"

"你怎么知道他死了？"

"我探了他的鼻息，没呼吸了。"

"哦，原来如此，电视上那种探鼻息是骗人的，呼吸微弱的话，手指根本无法感觉到空气流动。又是个被电视剧坑了的孩子啊。"大宝感叹道。

审讯室里的谢豪接着说："我当时就慌了，不知道怎么办，只有把他扔在芦苇荡里才是最放心的。"

我在审讯室外拉起还在旁听的大宝和林涛："走吧，后面的过程，我们都推断到了。"

"这么自信？"林涛说。

"必须的必！"我高兴地说。

"不早了，我看还是晚安的安吧。"林涛说。

我和林涛的说笑，大宝一句也没听进去，他愣愣地站在单面玻璃边，说："我真的特想知道这孩子现在心里想些什么。骨肉亲情有时候真的抵不上金钱吗？"

法医秦明

VOICE OF THE DEAD

地 室 悬 女

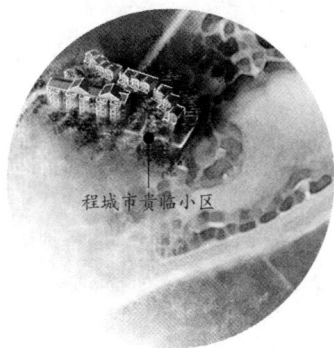

程城市贵临小区

如果一切可能性都无效时，或许真相就保留在看起来不起眼的事物
之中。

——福尔摩斯

1

近些年来，各地公安机关都着力于当地的法医学尸体解剖室建设，大部分县市区都建设成立了当地公安机关专用的解剖室。虽然解剖室的建设会大大改善法医的工作环境，也能杜绝一些露天解剖带来的社会影响，但在给"尸体解剖室"统一名称的时候，也闹过不少笑话。

比如某市公安局在解剖室大门口挂上"××公安尸体解剖室"，围观人等就会说："难不成这里只解剖公安的尸体？"于是第二天，牌子就改成了"××公安局法医尸体解剖室"，围观人××等又议论了起来："原来法医早晚也得变成尸体啊。"局长恨得直咬牙，拍桌子要改成"××市公安局物证鉴定中心下属尸体解剖检验室"，第二天秘书来汇报："字儿太多，牌子上印不下。"

为了不产生歧义，统一全省解剖室的名号，应各地的申请，省厅召开了专门的意见征求会，召集了各地有文采的法医来研究了一通，最后定稿为"××市公安局法医学尸体解剖室"。

"原来加了个'学'字，就不会有歧义了啊。"大宝犹如醍醐灌顶。

想出这个方案的法医更是扬扬自得，开始吹起自己在小学时候语文课程有多么多么好，若不是没有背景，语文课代表肯定是由他来担任的。

自从有了解剖室，露天解剖就很少见了，去医院太平间里解剖更是极为罕见。想起刚参加工作的时候，还会到医院太平间里去解剖，真是胆战心惊。在那阴风习习的地方，伴随着空调外机的轰鸣，在整手的冰棺里解剖尸体。更难受的是，身侧尽是一些白布盖面的尸体，可能一个不注意，就会碰落白布，露出一双圆瞪的双眼或一只苍白的手。

在那种地方解剖，总觉得冥冥中有一些眼睛盯着你。

"原来你们就是这样解剖的啊，幸亏你们没来解剖我，会不会疼啊？"我总是幻想身侧的尸体们会这样看待我们的工作。

很多人很奇怪我的想法，一个干法医的，去医院太平间居然也会有恐惧感？

当法医会有一个心理的坎儿。刚开始参加工作时，可能首先会有些害怕，其次这恐惧会转变为对死者的悲悯，再次是对犯罪分子的仇恨，最后到淡然。这种淡然不是情感的淡然，而是对生死的淡然，看破了生死，就过了这个心理的坎儿。

而这种看破，是经验的累积，也是注意力的转移。当法医把自己的注意力全部转移到了寻找线索和证据上时，什么害怕、悲悯、仇恨甚至生死都不值一提了。但不知道为什么，太平间这种地方，总是让我不能集中精力，所以一到这个地方，我就变回了当年那个青涩稚嫩的我。

我曾经在全省解剖室基本建成的时候，发誓以后再也不会去太平间那种地方，但是这个誓言并没有维持多久，就破灭了。

9月中旬，我接到一个电话，"六三"系列杀人、碎尸、抛尸案，又添一案，抛尸地点是医院太平间。

这个电话有多重信息冲击着我的大脑。

首先就是"太平间"这三个刺耳的字眼，其次就是"六三专案"这个让多少侦查员数月不得安生的系列案件。

从6月5日发现第一具被杀害、剖腹的方将的尸体以后，紧接着发现了比方将更早遇害的孟祥平医生的尸体，一直到现在，已经三个月有余了。除了调查出三名来自不同地方的死者身份以外，其他几乎一无所获。

我们对这个不断挑衅警方，却又无法觅其行踪的残忍恶魔仿佛失去了有效的办法。案件就是这么奇怪，死者之间没有任何社会关系的交叉，死者的钱财没有少一分。这个凶手到底是为了什么呢？如果是精神病人，为何又能做出如此天衣无缝的案件呢？

"六三专案"又添一案，法医们心里最不是滋味。一方面，因为未能破案而导致又有一名死者无辜被害，心怀悲戚；另一方面，因为多一起案件就会多一层线索，又心生振奋。人有的时候就是矛盾的。

这是一所几乎废旧的医院，因为这所医院有很多关于医疗事故的极为奇葩的笑话，这些笑话传遍了龙番市，导致几乎没有人愿意来这所医院看病。十年来，医院的设施开始老化，却又无力更新，甚至环境卫生都无力去维护，目前这所医院除了这片还比较值钱的地皮以外，几乎一无所有。

"病人A来医院做乳腺癌手术，明明是左边患病，医生却割了她的右边，发现后没办法了，只有把左边也开刀了。"大宝在车上继续温习这些"笑话"，顺便也说给市局那些没有听过这些故事的实习法医听，"病人B去割阑尾，割完后疼得快要死了，回病房一问，别人说不疼啊，怎么回事儿呢？一查，你们猜怎么着，麻药忘打了。"

"病人C的故事最经典。"大宝龇了龇牙，发现实习生们依旧一脸凝重，接着说，"一个人去开小肠疝气，本来是小手术，结果上了手术台，静脉通道都打开了，备皮、铺巾什么的都做完了，局麻也打完了，他听到手术室里仅有的两个医生在讨论，一个说，我没开过疝气，你做过这种手术吗？另一个说，我也没做过。"

一个实习生还是没忍住，"扑哧"一声笑了出来。

大宝正色道："我可不是和你说笑话，我在教你们医之道。学医的，不能救人就会害人；学法医的，不能破案就是饭桶。所以得好好学习！"

关于这个医院的笑话我听过很多遍，也不知真假，但是来到这个破落的医院时，我至少相信了舆论的威力。

医院的太平间位于医院大门内东侧的角落里，一座平顶的平房，看起来摇摇欲坠。

我暗自担忧，这样的房子，会不会在我们勘查的时候，忽然倒了？

我看见很多技术人员在太平间的大门口拉起了警戒带，在现场忙忙碌碌。我倒是满怀希望地走进保安室，和保安聊了起来。

"你们谁先发现尸体的？"我问。

"一个医生今天早上上班在那门口停车，看见门口一个白色的尸体袋，是我们医院的尸体袋。"保安说，"医生就很奇怪，最近医院没什么生意啊，也没死人啊，怎么会有尸体？即使有尸体，也不会扔太平间门口啊，太平间里空着呢。于是他走近一看，尸体袋没有拉上拉链，里面是人的肠子。他知道事情肯定没那么简单，就报了警。"

"你们的监控，刑警队调取了吗？"我问。

"监控？你知道监控设备一个月要多少钱维护吗？"保安摇摇头，"我印象中，从我来这里上班开始，就没见过一个好的监控头。"

"那昨晚有人拖着尸体进医院，总有人会看到吧？"我仍不放弃。

保安说："这里没人值夜班。你知道吗，我在这儿只坐上午半天，他们一个月给我三百块钱，我下午和晚上还要去开晚班出租车呢。"

"下午、晚上没有人轮值？"我问。

"整个医院，就俺一个保安。我是保安队长兼保安。"保安挺了挺胸膛。

我顿时感到万分失落。这个凶手真的很会选择抛尸地点，这是一个不容易被人发现抛尸，却又很容易被人发现尸体的地方。

"那这附近有监控吗？如果有车开进来，有灯光，里面会不会有值班医生注意到？"我做出了最后的努力。

"据我所知附近没什么监控。"保安说，"这里大门二十四小时不上锁，晚上就成了周边居民的停车场，院长懒得管，我们也懒得管。所以晚上会停不少车，有谁会注意到哪一辆车是进来丢尸体的？"

我张张嘴，再也问不出有价值的问题，于是悻悻地走到现场警戒带外。

胡科长早已穿着妥当，摊着一双戴着满是血迹的手套的手，走到我的面前："给我们的感觉是，案件越来越简单，实质上却越来越难。"

我疑惑地看着胡科长。

胡科长接着说："这名死者的身份证都在身上。梁峰志，男，三十七岁。侦查员刚才查了，这个人是个律师，换了很多律师事务所，有在龙番的，也有在外地的。目前是在云泰市恒大律师事务所工作。来龙番半个月了，一直在跟一个经济纠纷的案件，在取证。根据他居住的宾馆里的人的反映，昨天下午三点多就出门了，然后就没再回来。直到我们今天在这里发现他的尸体。"

"怎么确定是'六三专案'的凶手干的？"我看了看太平间大门口的三个大字，犹豫了下，还是穿了鞋套走进了警戒带。

"剖腹、割颈。"胡科长说，"这次没有割脑袋，但内脏是用法医惯用'掏舌头'的办法取出的，估计也是中毒死亡的。我就一直很奇怪，毒鼠强这种剧毒物质，国家有管制，按理说，查一些非法渠道，也该查出来它的来龙去脉了呀，可就是一点儿线索都没有。"

"还有这个，完全可以串并了。"大宝摊开手掌，掌心有一坨黑乎乎的东西。

"什么？"我凑过去看了一眼。

大宝的手掌心里，是一条人的舌头。舌头已经发黑，发出一股刺鼻的味道。这股味道不是腐败产生的尸臭，而是福尔马林的味道。

"凶手用福尔马林固定了这条舌头。"大宝说，"不出意外，这就是8月初死的那个程小梁的舌头，程小梁不是少了条舌头吗？"

"以此类推，这具尸体应该也会少点儿什么？"我问。

大宝点点头："小鸡鸡没了。"

我把牙齿咬得咯咯直响："这该是什么样的恶魔啊，我们怎么才能抓住他？"

我的情绪感染了大宝，大宝仰天长啸："赐予我力量吧！我是大宝！"

尸体检验工作持续了四个小时，相对于熟手们做普通系统解剖两个多小时的时间，延长了许多。检验工作很仔细，却仍未能在尸体上发现有价值的线索。凶手的作案手段我们已经了如指掌：骗死者喝下毒药，毒发身亡，然后在濒死期割颈，用法医的手段剖腹、掏舌取内脏。最后凶手会留下死者的一个器官，把尸体用割槽捆绑、碎尸或者显眼包装物包裹的方式抛弃到一个容易被人发现的地方。

这是一个极端的变态者。对于这个推论，无人争论。

调查工作也进行了两天，除了再次确认了死者梁峰志生前的活动轨迹以外，没有发现任何线索。侦查部门调查了所有他身边的人，比如他的亲戚朋友、龙番市的同事和他本次来龙番办案的所有关系人，甚至那个报案的医生和看门的保安，都一一排除了作案可能。

专案会上，也有很多人对四名死者消失前最后的地点进行综合分析，没有交叉、没有重复。也有很多人对他们的失踪时间进行了联系，也没有找到任何关联的依据。

总之，这四个互不相关的人，就这样被同一个残忍变态至极的凶手，毫无理由地杀害了。

这几天，每个人的情绪都是越来越低落，只有一个人越来越兴奋。

"这个车轮印痕是在靠太平间最近的车位上发现的。"林涛说，"虽然有多重车轮印痕的重叠，但是在不同光线下，还是能还原出一个比较新鲜的车轮印痕。我已经排除了报案的那个医生的车轮印，所以这个印痕很可疑。"

"可是，仅凭一个车轮印痕，基本不可能在拥有上百万辆车的城市里发现线索。"我说，"即便是通知交警部门大海捞针，也顶多找出类似的车辆，毕竟一种车轮印痕可能就对应着几千辆车。"

"只要能找出一样花纹的车辆，我就可以通过磨损痕迹来排除或认定。"林涛说，"我们需要有希望！很多案件破获都是有巧合存在的！说不准这个专案也是这样。我这就去申请专案组通知交警部门留意！"

虽然多了一个不太有希望的线索，但我们还是充满期望地等待了两天。

奇迹并没有出现，出现的是另一起命案。

2

9月20日，中秋节临近，天气也渐渐地冷了起来，短袖已经不能御寒，我们换上了长袖警用衬衫。

每天上下班要换衣服，给我们增加了不少麻烦。在收到程城市的邀请函后，我们甚至没有换上便装，便坐上了赶往现场的警车。

我们急需一次侦案的成功来洗刷一下最近几天的阴霾和"六三专案"陷入泥潭的挫败感。在"六三专案"上，我们甚至找不到法医还能继续发挥什么作用。

程城市是一个县级市，经济还比较富裕，命案少发。但在赶赴程城市的路上，我们就听说这个案子比较邪乎，甚至把报案人差点儿都给吓傻了，因为侦查员费了九牛二虎之力，才把报案人的情绪给平稳下来，了解到了案件的具体情况。

在下高速的路口，程城市公安局刑警大队教导员，也是资深法医的张平一头钻进了我们的勘查车里。为了节约时间，他在车上把案发的情况给我们简单地说了一遍。

今天下午，张春鹤接到了物业公司的电话。有业主反映贵临小区四号楼的电梯间里，总是若有若无地飘着一股臭味。

张春鹤是风华物业的一名维修工，同时也兼任很多物业公司的维修工。这年头技术资源共享的事情越来越多见，都取决于技术人员不受重视、技术不如金钱等原因。

张春鹤来风华物业已经两年半了，几乎没有去过风华物业管理的贵临小区。这是个高档小区，设施自然会完备些，出现的问题也少些。

张春鹤在到达贵临小区之前，先仔细翻看了贵临小区的建筑图纸，以防万一。作为一个资深技术维修工，如果到了地点却不知如何下手，实在是一件非常尴尬的事情。

这个小区的电梯间背后，有两扇防火门，里面是楼梯。一楼至二楼的楼梯间下方是楼道污水井的入口。每个楼道都有污水井，这个井的主要作用就是排污，也有一些用电、通信线路从这个污水井里经过。当然，电线不可能导致污水井的恶臭，想必是污水井有些堵塞，积蓄了污水，才会散发出一股恶臭吧。

可是污水井堵塞导致积蓄污水引发恶臭，肯定是需要较长时间的累积，在这么长的时间里怎么会没有人反映这个问题呢？尤其是现在的人都不好说话，物业和业主的关系就没有好的。

物业公司的人员倒是很轻松就解释了这个问题。贵临小区都是两户两梯的单元，电梯速度还比较快，所以几乎没有人愿意爬楼梯，一楼是储物间不住人，即便是二楼的住户，也都坐着电梯回家。如果不走近楼梯间，都很难闻见异味，因为楼梯间有防火门阻隔，空气不流通。像现在这样，能在电梯间闻到异味，一定是堵了一段时间了。

张春鹤是个水电工，也做管道疏通，这样的小事对他来说根本算不上问题，只是在这个骤冷的天气里，若是要下水，肯定会生病，而且这里的水可不是一般的水，那是污水。即便是水电工，也有一身几百块的行头，可要好好爱惜。

他穿好防水服，费力地搬开了楼梯下方污水井口的井盖，污水井里黑洞洞的，一股恶臭随着井盖的打开扑面而来。他干了这么多年的管道疏通，也算是老江湖了，却从没有闻见过这么臭的气味。

"这井里是不是死了阿猫阿狗什么的？"张春鹤朝身边的物业公司的人说，"你闻闻看这有多臭！我还得下去，你们得加钱啊。"

物业公司的人捏着鼻子干呕了几下，擦了擦眼角的泪水，点点头，说："加两百块。"

张春鹤觉得自己的适应能力还是很强的，他很快就适应了井口的恶臭，给自己蒙了层口罩，顺着污水井一侧的扶梯慢慢地向下。

当他的头部彻底下到井下，因为骤然黑暗眼睛有些不太适应，只有井口透射进来的些许光线，还给了他一线光明。双足还没有触地，他突然感觉屁股被什么东西碰了一下。

"还没有到井底，中间会有什么东西呢？"张春鹤一只手抓着井壁扶梯，另一只手打开了安全帽上的顶灯。他扭头向后看去，头灯照亮了背后。

背后是一个空旷的污水井，头灯透射过去的光线照亮了身后的一片区域。这一看不得了，张春鹤全身的汗毛都竖了起来。

就在他的身后，一个人悬空飘浮着，低着头，头部离他只有半米的距离。长发盖住了面孔，正在空中晃晃悠悠。

"鬼呀！"张春鹤着实被背后的景象吓得差点儿掉进井底，好在肾上腺素瞬间分泌的他，并没有松开双手抓住的扶梯，他迅速爬上了地面，冲出了大门，一屁股坐在草地上，颤抖着拿出手机，拨通了110。丢下物业公司的人一头雾水地坐在污水井边，不知所措。

"你这是要下去吗？"林涛面色有些惨白，他抓着我的胳膊，问道。

"是啊。"我朝井口里望去。

污水井是一个"b"字形结构，上段是一个管状的井口，下段才是一个方形的井室。也就是说，在井口根本看不见井室内的状况。

不过他们所说的鬼，并没有藏在井室内的角落，而在井室靠近管状井口的位置。因为我可以看见有个影子在井口扶梯上若隐若现。

"干法医的，从不信那些牛鬼蛇神。"我拿着勘查灯向井里照去，尸体的腐臭味告诉我，这里是个藏尸现场，但是尸体正好位于管状井口下方的死角，无法看真切。

"报案人说，那个鬼是浮在空中的。"侦查员在身边颤抖着说，"他说绝对是浮在空中的，因为他下去的时候，看见它正在背后晃晃悠悠。"

"晃晃悠悠？"我笑道，"没咬他吗？"

"是真的。"侦查员看出了我的不屑，"张春鹤说，当时的位置距离井底还有一段，那个鬼的位置，不可能脚着地，所以肯定是浮在空中的。你说人也好，尸体也好，怎么会浮在空中呢？"

确实，井内没有多少积水，尸体怎么会浮在井室的半空中呢？还会晃晃悠悠？这确实有些让人费解。正因为这些费解的理由，从报案到现在，一个小时了，民警们还在僵持着，没人愿意下井看个究竟。

"死我不怕，就怕鬼。"当地被称为赵大胆儿的年轻分管副局长解释道。

"我们法医是技术人员，不是苦力。捞尸体的事情，不应该由我们来干吧？"我不是不愿意捞尸体，说老实话，此时的我，仿佛也出现了一些胆怯。

我回头看了看大宝和林涛，都是一脸惨白，再看看侦查员们，大家都在躲避我的目光。

在不少围观群众的注目中，该是下决定的时候了。在我们来之前，大家可以用"保护好现场等省厅专家来勘查"的理由来搪塞。可是我们已经来了，再没有理由不下井去看个究竟。如果传出去，法医也怕鬼，那岂不是被人笑掉大牙？不是说了吗，要积极回应群众诉求，现在群众的诉求就是让我们下去一探究竟，看看这个鬼究竟长什么样子，那么，我们就必须得下去。

我一边想着，一边鼓了鼓勇气，戴上头灯，顺着梯子走下了污水井。

几乎是和报案人张春鹤反映的情况一样，我爬下几步后，小腿肚子就感觉接触到了一个晃动着的东西。

这应该是管状井口的底部，也是井室的顶部，离井室底部的距离至少有两米五以上，这里真的不应该有东西。但是我实实在在地感觉到有个晃着的东西碰到了我的小腿。

我心里一惊，汗毛直立，在这种场合，如果我发出一声惨叫，井上的人一定都会被吓得作鸟兽散。我憋红了脸，强忍着恐惧，用头灯照射下去。用俯视的角度可以看见，污水井的半空中，确实悬浮着一个人，有头、有手、有脚，长发盖面，在空中晃晃悠悠。

尤其是那束遮住面孔的头发，出于身体晃动惯性的原因，仿佛还在左右飘摆。这让我不禁想到《午夜凶铃》《山村老尸》等一系列恐怖片。

这给一般人看，怎么看，怎么都是一个飘浮着的女鬼。

可是，理智告诉我，那是具尸体，不是鬼。法医工作多年的经验，给我自己极大的心理安慰，我继续向下爬，直到能看清楚尸体的全貌，才长舒了一口气。

恶臭刺激着我的嗅觉神经，我憋了口气，观察了一下尸体。看穿着，应该是个中年女性，头发散落，遮住了面孔。她的双腋下正好悬挂在污水井错综复杂的线缆上，而线缆在黑暗中看不真切，所以整个尸体呈现出了一个飘浮的状态。

我为我刚才的恐惧感到一丝自责，自嘲地笑了笑，转头用头灯照射我正附着在上面的扶梯。扶梯的一个栏杆上，有一处明显的撞击痕迹，还黏附着血迹。

我爬出了污水井，开始张罗着大家把尸体捞出来。

"凶手应该是从井口把尸体扔了下去。"我安慰着惊魂未定的林涛，"尸体撞击到扶梯的栏杆，坠落路线发生了折射，正好弹进了井室。而井室的半空中有很多错综复杂的电线和线缆，尸体也就那么巧合地挂在了电线上。"

"照这么说，凶手把尸体扔进去，就听见了撞击扶梯的声音，却没听见尸体落地的声音。"大宝说，"他一定以为这个洞是孙猴子去的无底洞啊。"

"怎么会有那么巧的事情呢？"林涛说，"肯定是有很大冤情啊！"

我们对林涛的迷信都很无奈。

3

死者是个三十多岁的女人，原本就有些发福的身材加之腐败，更显臃肿。她的衣服被掀至胸部，露出黑色的胸罩。前胸尽是干燥了的血迹。

中秋时节，之前一直是高温天气，近两天天气温骤降，给我们对死者死亡时间的推断带来了不少麻烦。尸体只能说是中度腐败，还没有产生完整的巨人观，但是这种腐败程度，已经足以在密闭空间中散发出很强烈的尸臭气味了。

尸体腹部出现了绿色，这被我们称为尸绿。我们也只有粗略地根据经验判断，在这种气温下，全腹出现尸绿，死者应该死亡四五天了。

除非死者在自己家中死亡，或是有熟人可以认出死者，又或是死者身上带着可以证明身份的物件，否则法医在到达任何一个命案现场的时候，眼前的尸体都是无名尸。而尽快查清尸体身份，则成为任何一起命案中最为重要的工作。

"给你们讲个笑话呗。"大宝最近心情很好，总是爱说笑话。我们认为一名法医若是摆脱阴鸷，变得爱说笑话了，那么就等于他过了心里的那道坎儿，变得对生死淡然了。

"我以前在青乡市公安局工作时的一个同事，"大宝说，"在现场发现了一副穿着衣服的骸骨。这个同事一直在行内号称自己的法医人类学学得最好，所以我们局里经常开玩笑说，发现骨头只有他和警犬最开心。然后这一次他也特兴奋，把骨头拉回解剖室就开始研究啊，研究了一下午，得出结论，死者男，五十岁。他的结论刚下完，一名一直在旁边打酱油的痕检员就从死者的衣服兜里掏出个身份证，姓名、住址全有了。领导一生气，就把这哥们儿调去看守所当狱医了。"

大宝话刚落音，就停止了正在搜索死者衣物的动作："哎呀妈呀，幸亏我先翻了翻她的裤子口袋，还真有个身份证！"

根据死者裤兜里的身份证，侦查人员很快认定死者就是住在这栋高层的十一楼的李怡莲。

"我们初步了解了一下。"侦查员说，"死者今年三十四岁，在市国税局工作，丈夫在云泰市经营一家大型建材企业，长时间不回家。"

"一周左右前，她丈夫回来过吗？"大宝问道。

侦查员摇摇头，说："他们夫妻俩感情不好，丈夫两三个月才回来一次。云泰的同行正在固定她丈夫在前几天的活动轨迹，但确实没有什么疑点。"

我摇了摇头，说："污水井下面有同事已经清理过了，没有发现死者的随身物品。而死者穿着工作正装，应该是下班回家或者上班的时候被害，那么她应该会有随身物品。"

我拿起死者的右手，继续说："而且你看，她的无名指指根的部位，有个环状的明显凹陷，这是长期戴戒指留下的痕迹。"

说完我又看了看死者的耳垂，说："耳垂上也有孔洞，说明死者生前可能会佩戴耳环。而现在我们找不到她的戒指和耳环，这些迹象表明，这可能是一起侵财案件。"

"侵财？"侦查员问，"在污水井里侵财？她的衣服都被撩起了，会不会是强奸或者通奸什么原因导致杀人的？"

"反正不会是在死者家里杀人的。"林涛说，"我们刚刚用技术开锁的办法进她家里看了，没有任何反常迹象。"

我拉平了死者的衣物，被血迹浸染后的衣服很干燥，摸上去硬邦邦的。

我对侦查员说："我先回答你的第一个问题。死者是胸部中了多刀导致失血死亡的。"

"是啊。"侦查员说，"这个不用你说我也知道。"

"那么，我们再把尸体的衣物给抹平，可以看到死者的衣服上也有很多破口。"我说，"现在我们要观察的是，衣服上的破口可以和胸部的创口一一对应吗？"

说完，我掀起死者的衣服，对比着破口和创口，说："好，你们也认可了，是可以对应的。既然每一处破口都对应了胸部的一个创口，那么，就可以说明死者被刀刺的时候，衣服不是被撩起的，而是平整地穿着在死者身上的，对吧？"

侦查员点了点头，表示认可。

我接着说："现在回答你的第二个问题。作案的现场应该不是污水井，污水井不具备作案现场的条件，要么井口狭小，要么井室较高，死者的双腿裤管也没有污水的痕迹，说明死者并没有到达过井室的底部，当然，死者也不可能没事儿到污水井里面去。所以，污水井应该是抛尸现场。"

我顿了顿，指着死者额头部位的一处没有生活反应的创伤，说："尸体之所以会被挂在线缆上，是因为凶手把尸体头上脚下直立扔进了污水井。因为有个初始加速度，尸体是向斜下方坠落，在头部碰撞扶梯栏杆后，发生反弹，这个反弹，恰巧让她挂在了井里线缆上，发生了转身，所以尸体没有落到井底，而是呈直立位挂在了线缆上。死者的衣服也是因为线缆的刮擦，所以才会向上撩起，造成一个性侵害尸体的假象。"

"那杀人的第一现场会在哪里呢？"侦查员说，"总不能在楼外面杀人，然后拖进楼里面藏尸吧？"

林涛说："没事儿，找第一现场这个事儿交给我了。"

"那我就去尸检了。"我说。

死者是大失血死亡的。

尸体的胸部被单刃刺器刺了十七刀，其中十一刀都从肋间隙进入了胸腔。这十一刀刺破了死者的心脏、主动脉和肺，导致死者迅速大量失血而死亡。

我们仔细记录了尸体上每一处损伤的部位、形状、长度和深度，分析致伤工具是一把刃宽三厘米、长度超过十五厘米的单刃刺器。

很多人认为致伤物推断除了推断出一些特征性的致伤物以外，似乎没有什么其他作用。比如这起案件中，致伤物推断得很详细了，但是大家仔细想一想，几乎每一家都会有类似的、符合条件的水果刀。其实致伤物推断不仅仅是为了缩小侦查范围，更重要的是可以为后期快速、便捷提取到有价值物证而提供线索。比如案件破获后，去嫌疑人家里搜查，可能嫌疑人家会有数十把刀具，那么根据法医对致伤物的推断，搜查人员可以很快提取到类似的致伤物，再进行物证检验，这可以节约很多时间和精力。

这就是一起简单的用刀捅死人的案例，尸体检验可能并不能发现太多的线索和证据，只能做一些固定死亡原因、死亡时间、致伤物、致伤方式的鉴定。

死者的胃内还有残存的玉米粒，食物还没有进入十二指肠，我们推断死者是在最后一次进餐后两小时之内死亡的。

除此之外，我们依照惯例，对死者的衣物进行了检验和拍照固定。死者的外套背部沾染着大量的灰尘。值得注意的是，死者的外衣外裤口袋内侧都有擦拭状血迹。

"你说死者的衣裤口袋内侧的血迹是怎么形成的？"我笑着问大宝。

大宝对这种问题信手拈来："有两种可能：一种是死者受伤后，用黏附有血迹的手掏了自己的口袋；第二种是凶手杀完人后，用黏附有血迹的手掏了死者的口袋。一般第一种只会在个别口袋里出现，而第二种通常在每个口袋里都出现血迹。本案中，死者上衣三个口袋，裤子两个口袋都有血迹，所以我倾向是第二种，凶手掏的。"

"对！"我点头说道，"有掏口袋的动作，更加说明了凶手是为了钱杀人的。这和凶手拿走死者的戒指和耳环高度符合。我们法医说尸体能说话，现在尸体的衣服也会说话，它告诉我们，这是一起侵财杀人案件。"

尸检结束后，我们看天色仍亮，便马不停蹄地赶往专案组会议室。

"死者的丈夫已经可以排除嫌疑，他没有作案时间。"侦查员最先发言。

"嗯，"我说，"死者的首饰是被凶手拿走的，尸体上都有反映。还有，死者所有外衣口袋里，都有擦拭状血迹，这是凶手在杀人后掏口袋的动作而留下的，综合这些情况，我们可以断定凶手是为了侵财才杀的。"

侦查员说："另外，据调查，李怡莲最后一次出现是在五天前，周五的晚上，他们单位几个人在一起谈事情、一起吃了饭，晚上八点左右离开。从那天晚上后，李怡莲就失踪了，周一没有上班，电话也打不通。因为她是闲职，上起班来属于那种三天打鱼两天晒网的。所以单位的人以为她去云泰市找老公去了，也都没有在意。"

"一起吃饭？"我说，"死者的胃内容物不像是聚餐的食物啊，只有玉米粒，难道她不是周五晚饭后死亡的？"

侦查员说："哦，据调查，李怡莲一直在节食减肥，晚饭基本都不怎么吃。那天晚上，她确实只吃了一根玉米。如果和胃内容物对上了，她应该就是那天晚上死亡的。"

"至于杀人现场，我们还没有找到。"林涛打开了幻灯片，说，"我们从一楼沿着楼梯走到了十一楼死者家门口，只在二楼到三楼的楼梯口发现了好像有被拖把拖过的痕迹，但是墙上没有喷溅状血迹。我听说死者是被扎破了心脏死亡的，应该会有很多喷溅状血迹吧？楼梯口狭小，墙壁如果喷上了血，肯定是打扫不掉的。所以我们认为死者应该是在室内被杀害，然后拉出来抛尸的。"

我皱了皱眉，摇头说："我不太赞成这个看法。你们看，死者的衣服背侧黏附了大量灰尘，应该是在有灰的地方呈仰卧位停了一段时间。如果是在家里，不该有这么多灰。我看你们的勘查照片，一楼的楼梯间地面贴了瓷砖，而上了一楼楼梯后，就是水泥台阶了。这栋楼的住户很少走楼梯，所以楼梯上就有大量的灰尘。这个现象提示死者是在楼梯间被杀害的。"

"不可能是在运送尸体的时候，在楼梯间地面上擦蹭上的灰尘吗？"林涛问。

我摇摇头，说："不会。擦蹭状的灰尘有方向性，而死者衣服上灰尘的分布是大面积、均匀的，所以是完全接触而黏附上的。而且，我们在现场检验尸体的时候，死者的尸斑位于腰背部未受压的部位，说明死者死后处于仰卧位停留了至少三十六个小时。"

"只有二楼到三楼的楼道里有拖把拖过的痕迹，我们用四甲基联苯胺也做出了潜血反应，DNA检验正在进行。这么说，死者应该就是在这里被杀害的了？可是为什么没有喷溅血迹呢？说不过去吧？"林涛问。

"这个问题很好解释。"我说，"并不是说每个动脉破裂的现场，都会有大量喷溅状血迹。这名死者裸露部位的动脉，如颈部，没有破裂。破裂的都是胸部的脏器。虽然前几天天气还比较热，但是死者却穿了一身职业套装，居然还是长袖。加之胸部还有文胸的包裹，这个位置的衣物很厚，那么即便有血迹喷溅，都会被衣服遮挡黏附。所以只要是穿着比较厚的尸体，胸部受伤，都很少有明显喷溅状血迹。"

"那么，是什么人作案的呢？"侦查员问。

我直截了当地拍了桌子，说："我认为凶手就是楼里的住户。"

4

"就因为这单元门有门禁系统吗？"侦查员质疑道，"一个单元三十层，每层两户，六十户人家互不认识，如果有人尾随死者进入门禁不也可以吗？比如说，那天晚上聚会的人，或者是聚会后约见了一些不正当关系的人，不都是可以进入门禁吗？而且，我们都觉得是熟人作案，不然生人是没法把死者骗到二楼到三楼的楼道里的吧。"

"不对吧。"大宝说，"如果是尾随进入后挟持，完全可以挟持到一楼楼梯下面啊。如果是熟人，也应该是坐电梯到死者家附近杀人啊。为什么要拉死者去二楼半？然后杀完人，再从二楼半拖回一楼扔到污水井里？这人脑子不好吧。"

"是啊。"我说，"我觉得凶手应该是在二楼半和死者偶遇，或是潜伏在那里，等死者到达后下手的。"

"如果是潜伏，那还不是熟人吗？"侦查员说。

我说："可能是了解一些，但绝对不是熟人。我说过，死者被杀害后，是处于仰卧位了一段时间，然后被移尸的。保持仰卧位的这段时间还不短。"

侦查员说："哦？怎么判断出的呢？"

我说："尸斑一般在人死亡后两到三个小时就会出现，逐渐加重，在二十四小时基本稳定。在二十四小时之内，如果你把尸体再翻转一下，尸斑会重新在新的低下位置形成。这和尸斑的形成原理是有一定关系的。尸斑是因为死亡后，血管内的血液不再流动，血管通透性增强，血液就从血管里渗透出来到达皮下组织，在皮肤上透视出斑块状的红色。因为重力作用，血液总是往低下的位置沉积。翻动尸体，尸体就成了沙漏，尸斑就成了沙，会在新的低下位置出现。"

一口气说了一大堆，我有些口渴，清了清嗓子，接着说："但如果死后三十六小时到四十八小时，沉积的血液就会浸染到软组织内，这个时间段被我们称为尸斑的浸染期。此时，尸斑在尸体上就固定了下来，不会再行变化。我们知道，本案的死者死于失血，虽然尸斑浅淡，好在尸体皮肤比较白，所以尸斑的红色依旧可以在皮肤上清晰透视。死者被我们发现的时候，是悬空挂在线缆上的。也就是说，尸体从入污水井开始，就一直是处于直立位的。如果死者死后立即被抛入污水井，那么尸斑应该在小腿和双足出现，因为小腿和双足才是尸体低下的位置。但我们检验的时候，发现死者小腿和双足并没有明显尸斑，而在腰背部却有浅淡尸斑。这就说明死者死后，至少被处于仰卧位置停放了三十六个小时，尸斑在腰背部固定，然后才被抛尸。"

我顿了顿，接着说："死者敢把尸体放在楼道里这么长时间，说明两个问题：一是对这栋楼很熟悉，知道一般情况下是没有人在楼道里走动的；二是对死者并不熟悉，即使死者被人发现，也没有人会很快怀疑到他。至于后来移尸，应该是因为尸体开始发出尸臭了。发出尸臭，即便没有人走楼道，也会把楼道有尸体这个信息主动推送给住在这栋楼里的人。他为了延缓发案时间，才把尸体移走的。当然，这个小区人多眼杂，拖出楼去抛尸肯定不切实际，那么最好的位置就是楼下的污水井。知道楼下有污水井这个信息，也提示了凶手很熟悉这栋楼的结构，很有可能是这栋楼的住户。"

"嗯，我赞同。"侦查员说，"对楼道熟悉，对死者不熟悉，很符合这栋楼的邻居啊。不过，既然楼道没人走，为什么凶手和死者会在楼道里出现？死者为什么会走楼道？凶手又为什么会走楼道？"

我说："对于邻居的判断，我很认可。现场尸体被移走后，还被打扫过。说明凶手对现场很熟悉，而且还能轻易拿到拖把。这些情况都指向凶手就是邻居。至于凶手和死者为什么会在楼道里相遇，至少我觉得李怡莲会在楼道里出现是很好解释的。"

"怎么解释？"

"刚才侦查部门说了，死者正在减肥。"我说，"住在十一楼，每天爬楼，会不会是个好的减肥方法？"

"有道理。"侦查员说，"李怡莲在减肥这是事实，她这个年纪的女人都是想努力留住青春美丽的，而且她的很多同事都能证实她在节食。通过我们调查，她没有其他的什么体育运动，而她应该知道运动加节食才能减肥。现在我们知道她的运动是什么了，爬楼！不过，那凶手为什么会在那里出现呢？"

我挠了挠头，说："这个，我们还是再去现场看一下再做定夺吧。"

经过一下午的工作，专案会也开到了七点多。中秋的七点，夜幕已经开始降临。我和林涛并没有因为天色已晚就放弃勘查，我们知道能否迅速破案可能只有一秒之差。正所谓差之毫厘，失之千里。所以我们顶着渐暗的天色，再次来到了案发现场。

现场周围还是有很多住户对着污水井周围的警戒带内张望。虽然我们已经通过工作证实了井里的是一具尸体，而不是女鬼，但大家还是心有余悸，生怕井里不仅有一具尸体，还有一个女鬼。

楼道里有声控感应灯，我和林涛踏上楼梯，干咳了一声，楼道顿时一片光亮。但是我顺着楼梯间隙朝上方看去，却发现二楼到三楼的楼道里，光线暗了许多。

我抬头看了看顶上的灯泡，说："没想到晚上来，居然还真有重大的发现。"

"是呀，"林涛会意地说，"每一层的楼道里感应灯都是好的，只有这里的是坏的，而且这里是我们认定的作案现场，不会有这么巧的事情吧？"

"你说，会不会是凶手挑了一个比较暗的地方下手？"大宝问。

林涛说："有可能，不过，我上去看看就知道是不是这样了。"

林涛下楼，从勘查车上拿下便携式人字梯。他戴上手套，小心翼翼地用勘查灯看了看灯泡，露出一脸惊喜："老秦，灯泡上有几枚指纹，而且在满是灰尘的灯泡上，显得很'新鲜'。"

我递上相机，说："你先把灯泡上的指纹取证，然后看看灯泡是不是被拧松了。"

在林涛拍照固定完证据后，轻轻一拧灯泡，灯果真亮了。

"哈哈！"我说，"这真是一大发现。"

"什么发现？"大宝说，"能肯定指纹是凶手的吗？"

我点点头，说："灯泡不是坏了，而是被人拧松了。你说什么人要费劲儿去爬那么高拧松灯泡呢？只有要干见不得人的事情的人。也就是说，凶手是提前做了准备，拧松灯泡，人为地把这里做成一个阴暗的地方，好隐藏自己。"

"楼里就这么几十户人，有了指纹，还怕抓不到人吗？"林涛得意地看着相机屏幕上的指纹照片。

"可是凶手是怎么知道死者会从楼道里走呢？"大宝问。

我想了想，说："看来凶手对楼道的情况非常熟悉，知道死者会经过这里，也知道其他人不会走，所以才敢在这里潜伏，然后在这里杀人停尸。那么，说明凶手是可以看到死者走楼梯的。我们想一想，什么人才有可能不经意间发现死者走楼梯？"

林涛略作思考，说："如果是十一楼以上的住户，应该就看不到死者走楼梯了。只有十一楼以下的住户，才会偶然发现死者走楼梯，发展到经观察发现死者每天都会走楼梯，对吧？"

"有道理。"我说，"就剩二十一户嫌疑人了，怕是今晚就可以破案了。"

又到考验大宝数学的时候了，他掰着手指头，对着我们的背影说："哎，等等！怎么算出来是二十一户？"

"十一乘以二，再减去一。"林涛甩下一句话。

专案组会议室里，放着一张贵临小区四号楼的图纸，以及物业公司提供的业主名单。侦查员正在逐户分析排查。

"301室长期不在家，401室是两名女子住的，这都不太符合。"侦查员说，"这是高档小区，市里有钱人住的地方，怎么会有人干这种事儿？"

我努努嘴，说："看看601室，这个独居的富二代。"

601室，是韩氏集团董事长给他的二儿子韩风购买下的住宅。业主照片上这个染着红头发、戴着粗链子和大方戒、歪眉斜眼的富二代迅速进入了警方的视线。

通过两个多小时的紧急调查，他的嫌疑更是逐渐上升。

专案组决定先以吸毒的理由抓了他再说。

韩风是在一个夜总会包间里被抓获的，被捕的时候，他刚吸食完毒品，浑身瘫软地躺在一个软妹子的怀抱里。

林涛迫不及待地抓起他的手，在白纸上摁下了指纹，然后躲在一边光线较亮的地方看了三分钟后，说："是他！"

这个韩风天天不务正业，和一群狐朋狗友泡在酒吧、KTV，溜冰、泡妞。

天天大把花钱，还给韩董事长惹麻烦的韩风终于彻彻底底地激怒了自己的父亲。恨铁不成钢的韩董事长一气之下冻结了他的信用卡，想借此让他反省。

然而，这种诚勉式的惩罚，根本不可能让一个习惯了大手大脚花钱的浪子回头。韩风在失去经济来源后，就靠卖自己的项链、手机、名牌服饰来维持花销。在他山穷水尽却又找不到自己父亲救命的时候，欲望逼着他去犯罪。

他想起几周前，带了个妞回来在楼道里亲热时，看到一个女人珠光宝气，却在气喘吁吁地爬楼，模样很是奇怪。可现在他已想不起她的模样，只能记起她的珠光宝气。

于是，韩风开始潜伏在楼道防火门口进行观察。经过几天的观察，韩风发现这个女人每天晚上下班时间都会走楼道，而这个楼道里从早到晚，也只有这个女人的身影会出现。

为了白粉，只有拼一把了。

他在家里睡了两天，不单纯是睡觉，还设计了整个杀人抢劫的过程。

为了让他选择的作案现场光线暗一些，方便隐蔽，他拧松了楼道里的灯泡，然后在楼道的阴暗角落里蹲伏着。

果真在这天晚上九点钟左右，他等来了那笨重的脚步声。他看准时机，猛地冲出阴影，把惊魂未定的李怡莲按倒在地，捂住她的嘴，用水果刀拼命地朝她的胸部捅去，直到她不再挣扎。

这是韩风第一次杀人，但他完全没有恐惧，他的脑子里只有即将到来的灯红酒绿。

杀完人后，他拿走了李怡莲的随身物品和首饰。他惊喜地发现，这个女人的钱包里还真是有不少现金，于是，他如愿以偿了。

韩风获得满足后，终于踏踏实实地睡了一个长觉，一觉醒来，才想起来不能把尸体总放在那里，要把尸体扔到一个神不知鬼不觉的地方。

"楼下有个污水井，直接扔下去不就完了吗？"他这样想，也这样做了。

在清扫完现场之后，他以为自己这次杀人天衣无缝，却未承想法网恢恢，疏而不漏。

"我早上出门，还没见出事儿，怎么晚上你们就来抓我了？"韩风对警察的高效破案一脸疑惑，却未对他杀死的无辜女人感到半点儿愧疚。

但是，在铁的证据面前，他不得不和盘供出那污水井下的罪恶。

"这个案子破得还真是有不少巧合性啊。"大宝得意扬扬，"如果不是一些巧合，怕是破不了吧？至少没这么快！"

我说："很多案件的破获都有巧合性，但是没有认真严谨的态度去搜索线索和证据，没有殚精竭虑的决心去分析、推理，那么这些巧合就都不存在了。"

"嗯！"林涛说，"有道理！所以我们也不能放弃'六三专案'！"

"我没有放弃啊。"我说。

大宝说："哎哟！你一说'六三专案'我就脑袋疼。算了，还是赶紧回家，抱着老婆过个安稳的中秋节吧！"

法医秦明

VOICE OF THE DEAD

诡 火

孤独，所有人都是孤独的，没有人能独自超脱这一切。

——玛娅·安杰格

1

云泰市的黄支队说我不说则已，一说就有案，所以我就有了"乌鸦嘴"的绰号。其实大宝作为我的助手，一直隐藏在我的身后，"好的不灵坏的灵"在他的嘴里屡试不爽，他才是真正的"乌鸦嘴"。

几天前大宝说："抱着老婆过个安稳的中秋节吧！"我心里就有了些隐隐的不祥之兆。

这年中秋节天气晴朗，微风徐徐，是赏月的绝佳天气。然而自6月"六三专案"发生以来，别说赏月了，任何娱乐活动都不能激起我们的兴趣。这个案件就像一根毒刺，扎在每个人的心底，时不时地疼一下。

听说最近一个省电视台的女孩正在勾搭林涛，邀林涛去电视台观看一档现场版的音乐综艺节目。为了防止在这个看似很浪漫的传统节日里被推倒，加之想用大场面来舒缓一下"六三专案"侦查无果而产生的纠结心情，林涛叫上了我和铃铛，还有大宝小两口。

"看，看，看。"大宝说，"今晚的月亮多圆啊，氛围多好啊，太浪漫了。"

"欸？那个要勾搭你的妹子呢？"我看了看前面几十个人的队伍说，"这侧门到现在也不开，什么时候才能进去啊？"

我们在林涛的带领下，在演播厅一旁的侧门口排队。

"她在里面忙。"林涛扬了扬胸牌，说，"看到没，在这里排队的都是VIP！正门那边排队的人才叫多呢。"

"第一次当VIP啊。"大宝也低头看了眼胸牌。

话还没有说完，身边一溜人在一个穿着像导演的人的带领下，插队先进了演播厅。

人群中有一些骚动。

我笑着对林涛说："看着没，这几个人才是VIP，你啊，撑死就最后一个字母。"

"你才是P呢！"林涛白了我一眼。

我们几个人絮絮叨叨地聊了半个多小时后，侧门打开了，人群开始慢慢地向里涌动。

"丁零丁零……"

电话铃声不应景地响起，我的脑海里立即浮现出大宝的那句话。

我在拥挤的人群中，费劲儿地掏出口袋里的手机，四个大字：指挥中心。

"嘿，嘿，等会儿。"我踮着脚尖，叫住了走在前面的林涛和大宝。

"我是指挥中心孙宿桐。"一个低沉的男声，"刚才接报，龙番市郊一个采石场上，发现一具尸体，初步判断是凶杀。"

"呃……"一口唾沫卡在了我的喉咙处。

"今天过节，你们喝酒了吗？"孙科长说。

"没。"我转眼看了眼林涛和大宝，他们已经发觉了我的异样，开始从入口处的人群中费力地往回走。

"那就好，麻烦你们现在赶往西城，在龙番大道尽头，有个采石场。"孙科长说，"我已经和陈总汇报过了，陈总还在他的那个专案上，让我直接通知你们。"

"知道了。"我收起电话，内疚地看了眼身边的铃铛。

铃铛垂着眼帘，睫毛忽闪："没事儿，我和宝嫂一起去看，你们走吧，开车慢点儿。"

铃铛温柔的伤感让我更加有一种负疚感，已经很久没有陪她逛过街或好好在一起吃过一顿饭了。

而宝嫂却一脸"女汉子"的豁达，挽起铃铛的胳膊说："快滚蛋吧。走，铃铛，他们也不懂音乐，进去了也白搭，咱俩去听挺好的。"

看着两人的身影消失在人群中后，我转身一边拨通了龙番市局法医科胡科长的电话，一边把车钥匙递给林涛。

"胡科长，过节好，犯罪分子又送礼了。你们那案子是什么情况？有头绪吗？"我边上车边问。

胡科长说："还不清楚，至少是个杀人抛尸案件，刚开始展开勘查工作，现场通道正在打开，我们还没有看见尸体。"

"我是想问，和'六三专案'有没有关系？"我问。

"可能性不大。"胡科长说,"这个案子应该烧了尸体。"

"烧了?"我说,"不会是'六三专案'犯罪分子手法升级了吧?"

"拜托!别乌鸦嘴!"听筒里传来胡科长的叫声。

"我才不是乌鸦嘴。"我怨尤地看了眼坐在后排的大宝,"有些人的嘴巴更厉害,让我们顶着中秋之月下乡看现场!"

大宝则嬉皮笑脸:"你开自己的车去,油费能不能报?"

车子颠簸了一个多小时,胡科长指着前方的一座已经被挖去一半的山峰说:"就在那个山洼里。"

龙番市是省会,我们都居住在这一座并不是很大却很舒适的城市里。龙番市治安良好、社会稳定,很少会有恶性命案发生。可是今年的一起"六三专案"把整个龙番市刑警部门闹得鸡犬不宁,精干警力全部扑在专案上。如果在这个节骨眼儿上,发生一起疑难命案,案件破获的概率就会因为缺人手而大大降低。

所以这一起案件的参战民警们,一个个紧锁着眉头,面色凝重。

如果不是亲自走进这一片安静的山洼,我根本不可能想到这个繁华的城市旁边,会隐藏着这么一个地方。没有风景,却能让人心旷神怡。

我闭上眼睛,深深地吸了一口气,感受着身边的宁静。我一直都认为自己是一个更适应乡间生活的人,讨厌噪声,喜欢宁静。

"哇,怎么会有这样的地方,在这里犯罪、在这里藏尸,还真不容易被发现呢!"大宝一句话,把我正在享受着的气氛破坏得一干二净。

这是一座废弃的采石场,从绕城高速到国道,再到乡村公路,上到村村通水泥路走上一阵后,就能看到采石场的出入口。采石场呈现一个环抱状,山的一半已经被挖空,露出黄色的山体。出于种种原因,这个采石场在几年前就废弃了,留下一个破烂不堪的塔台和几间砖房。环抱的中心因为挖得较深,常年积雨水,所以成了一个水塘。水塘的周围是一圈泥巴路,被村民用石子铺成了一条石子路。

走进这个采石场,就像走进了一个密闭的空间,远离了城市的喧嚣。在中秋之月的照耀下,我可以看见池塘旁边走动的人影。

"这儿可不像你说的那样。"胡科长笑着说,"今天过节,而且现在都晚上九点多了。在平时啊,这里是附近村民健身的好地方。"

"健身?"我问。

　　胡科长点点头，说："晚上六七点的时候，很多村民会来这里绕着池塘转圈跑步、散步，可能是因为这里空气好吧。八点钟一过，这里就死寂了，一点儿声音、一点儿光亮都没有。"

　　"黑漆漆的，跑步？"我抬头看了看月亮，若不是今晚月光分外明朗，池塘的周围不会这么明亮。

　　"嗯，主要是夏天这个季节，六七点钟天还没有完全黑，有村民会来。"胡科长说，"冬天的时候，就没人了。"

　　"你怎么知道得这么清楚啊，胡老师？"我笑着问。

　　"我老家离这里五里路。"胡科长用手指了指远方。

　　"那案发是什么时候的事情呢？"我问。

　　"晚上六点零五分接到报警。"身边的侦查员接话说，"当时应该是第一个来池塘边锻炼的村民发现的。"

　　"发现尸体？"我一边戴手套，一边踮着脚尖看了看远处池塘边的人影和勘查灯的光束。

　　"不是。"侦查员说，"当时村民看见的是一缕烟。他们就很奇怪了，草木都长在残缺的山体上，这个山洼里都是石头和水，没有植物啊，怎么会着火呢？几个村民就走近了，才发现有一团火焰正在燃烧，当时以为是谁在这里烧垃圾。"

　　"这里经常会有人烧垃圾吗？"我问。

　　侦查员点点头，指了指我们站立处的地面说："你若是仔细看这些石子路，经常会看到黑色的斑迹，都是以前村民烧垃圾留下的痕迹。"

　　"然后呢？"我瞪着眼睛问。

　　侦查员说："一起跑步的几个村民反映，当时那团火已经开始慢慢减弱了，就快熄灭了。一个村民说火焰内的物体好像是一个人形，这个山洼里不会出了鬼神什么的吧？另一个村民就嘲笑他迷信。两人于是打起赌来，合力把火扑灭，结果发现正在烧着的，就是一个人。"

　　"应该说是一具尸体。"大宝撇撇嘴，林涛往大宝身边靠了靠。

　　"对，一具尸体。"侦查员挠了挠头。

　　"案件性质定了？"我心存侥幸，问，"不会是自焚什么的吧？"

　　侦查员摇摇头，表示不知道。我、大宝和林涛拎着勘查箱，往中心现场走去。

灰烬堆在水塘的旁边，没有石子覆盖部位的软泥上。因为村民是用衣物沾水把火堆打灭的，所以灰烬被扑得到处都是。灰烬的中央，蜷缩着一个人形的物体。

之所以这样说，因为仅从第一眼，根本无法判断这一定就是个人。尸体的表面已经完全炭化，呈现出炭黑状。尤其是头面部烧灼严重，有些地方已经暴露出了颅骨。

"尸体呈斗拳状，是不是提示这是一起生前烧死的案例？"林涛跟我们一起，学习了一些法医学用语。

我摇摇头，说："本质就错了。我们在烧死的案例中，可以看到死者呈现出斗拳状的姿态，是因为人体的肌肉遇到高温后，发生挛缩，肢体顺着关节的方向蜷缩，双腿、双肘和双腕一蜷缩，看起来就像在打拳击一样，所以称之为斗拳状。"

"哦，对对对。"林涛说，"上次也是在龙番市，那个工程监理的案件，听你说过。所以说，斗拳状不是生活反应，对吗？"

我说："刚才我们说了产生斗拳状的原理，是肌肉遇到高温后挛缩。那么死后的尸体的肌肉，遇到高温也会挛缩，所以也会产生斗拳状。斗拳状的尸体是火灾现场尸体征象，和生前烧死还是死后焚尸没有关系。"

"是啊，"大宝说，"判断生前烧死还是死后焚尸要看呼吸道内的情况，还有血液内的碳氧血红蛋白含量。"

"所以判断生前还是死后，还得看你们法医解剖啊。"林涛说。

"未必。"我盯着那一堆灰烬，摇了摇头。

"咋啦？"林涛弓下腰，顺着我的目光盯着灰烬，问道。

我说："首先，我觉得尸体目前的状况，不能从严格意义上算是斗拳状，而是蜷缩状。也就是说，在被烧成斗拳状之前，他应该已经呈现出比斗拳状更加收缩的蜷缩状姿势。高温导致肌肉挛缩，不会让肢体蜷缩到关节最大功能位置。"

我见技术员已经拍照固定完毕，把尸体拉动了一下，说："你看，尸体的大腿几乎蜷缩到了胸前，火烧绝对不可能形成。"

"你是说，尸体是在蜷缩的状态下，被焚烧的？"林涛看了看我。

我点点头，一边张罗着打开裹尸袋，一边和大宝合力把尸体抬进了袋子里。尸体很轻，倒不是因为死者羸弱，而是因为高温导致尸体内的水分丧失，尸体的重量会大打折扣。

"那也不能肯定，这就是一起命案啊。"林涛托着腮，说道。

我没吱声，拿起一个物证袋，把灰烬一层层地扫在一起，并装进物证袋里。

"火灾现场，这些灰烬就是宝贝啊，很多物证都是从这个物证袋里发现的。"大宝的话戛然而止，因为我们三个人同时看到了一个东西。

在我把灰烬清扫了一部分以后，露出了两条黑色的、长条的、有棱边的规则物体。我让技术员拍照固定后，小心翼翼地把两条物体从灰烬里抽了出来。我能感觉到，这应该是金属物体，那种较轻的合金。

"这是什么？"大宝瞪起了眼，"还是金属的呢，喂，这不会是作案工具吧？"

"是啊。"林涛凑近了看，说，"作案工具就这么轻而易举地找到了？"

2

我上下左右仔细看了看这两条金属物体，顺手把它们放进了物证袋，笑着说："很轻，没法当作案工具。不过，我基本可以肯定这是一起杀人焚尸的案件了。"

"怎么判断的？"大宝问。

"这两条金属物体，大小、长短高度一致，平行地放在尸体的底下，你们说，这两条东西最有可能是什么？"我问。

林涛皱起眉头想了想，说："啊，我知道了，是行李箱的拉杆！"

我微笑着点头，说："对，是行李箱的拉杆。因为这是一个纺织品制作的行李箱，所以烧得只剩下金属质地的拉杆。但是，这个东西告诉我们，尸体是被装在一个行李箱里运到这里，然后点火燃烧的。"

"这就能解释为什么尸体的关节都是高度蜷缩的了！"大宝兴奋地说道。

我说："对，应该是人为把尸体蜷缩起来，然后装进拉杆箱里的。不过，我觉得在这种时候，你不应该那么兴奋。"

"哦，对。"大宝的情绪立即沮丧了起来，"这是命案，该有的忙活了。"

"不过，也不必太沮丧。"我充满斗志，"虽然现在缺人手，但是我相信我们可以尽自己的全力，把侦查范围缩小到最小，迅速破案！"

运走尸体后，我们依旧小心翼翼地把能够扫起来的灰烬全部收集，装在物证袋里。我对胡科长说："胡科长，你带走一部分灰烬，去理化部门检测一下，看能不能检测出有什么助燃物。把一个装有尸体的行李箱烧成这种程度，我估计多半是有助燃物。"

"好的，我这就去。"胡科长说，"那你们呢？"

我说："我和林涛、大宝去殡仪馆，你们留人在这里看一看现场痕迹。尸体烧成这个样子，如何判断尸源倒是个问题。现场虽然是石子路，但也有软泥路，所以希望痕迹检验部门能找到一些鞋印、车轮印什么的。"

"都已经十点多了，不知道她们节目看完了没。"大宝靠在车门上，透过车窗看外面的月光。

"都是你说的。"林涛说，"非要说什么中秋节回家抱老婆，你真是好的不灵坏的灵。"

大宝尴尬地笑了一下，车慢慢停住了。

殡仪馆的解剖室外洒满了月光，没有了平时的阴森感。殡仪馆工作人员打着哈欠，把尸体从车上拖了下来，放在解剖台上，然后一边摘手套，一边伸着懒腰往值班室方向走去。

我正准备打开解剖室的灯，突然感觉解剖室内仿佛有一些窸窸窣窣的响声。

这解剖室里，除了那具刚刚放上解剖台的尸体以外，没有什么东西了吧？我心想。死者也不可能假死啊，都已经烧成那样了。

越是有些害怕，越是摸不到灯的开关。我心里嘀咕着掏出手机，打开"手电筒"应用程序，一束白光照亮了解剖室的墙壁。

在我还没打开灯的时候，突然，一道黑影从黑暗角落里的柜子里蹿了出来，在解剖台上一闪，然后从一侧的窗户上消失了。我着实被吓着了，手一抖，手机掉在了地上。

林涛一把抱住我，说："靠！鬼！"

大宝也是被吓着了，本来要往解剖室里器械台走的脚步停了下来，愣在原地不说话。

林涛的过度反应，反而让我镇定了许多。我使劲儿掰开林涛抱紧我的胳膊，说："喂，你能不能像个男人，胆儿那么小。"

我捡起手机，靠着手机光亮，打开了解剖室的大灯。瞬间，解剖室一片大亮。也没有诈尸，解剖台上放着尸袋，尸袋高低不平，死者还安静地躺在里面。

我走到解剖台旁看了看，指着台边的灰尘爪印，笑着说："哈哈，还鬼呢，亏你还是搞痕迹的，你就不能做一个痕迹检验？看一看刚才蹿出去的到底是不是一只野猫？"

林涛有些尴尬，挠着头说："大半夜的，野猫来这里做什么？又没吃的。"

一段惊心的小插曲，赶走了我们的瞌睡，我们精神抖擞地开始了尸体检验。

尸袋一拉开，一股焦煳味扑鼻而来。眼前呈现出那具黑色的烧焦了的尸体。

"哎哟，我觉得烧焦的尸体比巨人观还恶心。"林涛一手拿着相机，一手捏着鼻子说。

"怎么会呢？"我感觉很诧异，"巨人观多臭啊，这烧焦的尸体，是香味儿啊。你不会是出现场太多，连孰香孰臭都分不清了吧？"

林涛举手制止我说下去，紧接着干呕了一下，说："你让我以后怎么再面对那些烧烤？"

死者是个男性，因为面部完全被毁，所以没法判断年龄。死者被烧的时候，应该处于右侧卧位，因为右侧靠箱底，所以右侧的皮肤炭化程度不高。而左侧靠上，所以左侧的皮肤严重炭化。尸体因为受热，皮肤和肌肉都严重挛缩，导致尸体一直保持在蜷缩姿态。没有别的办法让尸体伸直，我们只有把尸体关节部位的皮肤、肌肉用手术刀切开，才算是松解了高度绷紧的皮肤和肌肉。

费了九牛二虎之力，尸体终于伸直了。

"你们这样切开，不算是破坏尸体了吗？"林涛凑过头来看，"你们记得住你们划了几刀去松解尸体四肢吗？"

我点点头，说："记得。而且，死者的原始损伤，无论是生前伤还是死后伤，我们都可以和我们解剖时候造成的创口予以区分。"

"哦？怎么说？"

"生前伤和死后伤很好区分。生前伤的皮肤、脂肪都会有血染，所以创口呈红色；死后伤的皮肤、脂肪都呈黄色。这是创口是否有生活反应的判断，很容易。"我说，"你再看，死者在被烧之前的创口，无论是生前还是死后的，都因为焚烧，而在皮肤创口内沾染了很多灰烬，所以创口会呈现黑色，用手一擦，就可以擦掉。而且因为焚烧，创口边缘都受热蜷缩，皮肤质地变硬。我们解剖松解割开的创口，皮肤边缘是不蜷缩的，暴露出黄色的脂肪层，所以很容易分辨。"

林涛点点头，做了个"请"的手势，示意我们继续。

尸体很多部位的皮肤都已经被烧毁，没法判断具体损伤状况，但是可以从尸体胸部的几处创口判断，死者应该在生前被人用利器刺中了胸部，死亡原因很有可能是失血。

因为焚烧的尸体看不到尸斑，所以也不能通过尸斑是否浅淡来判断死者是否死于失血。于是大宝拿起手术刀准备解剖死者的胸腹腔来看看死者内脏是否有破裂。

"等等！"我喊停了大宝，费劲儿地把死者的双臂张开，两侧腋窝下有两块布片掉了出来。

我捡起布片，抖掉上面黏附的灰烬，说："一般被焚烧后的尸体，因为衣服易燃，所以大部分都会被毁灭，但是腋窝下的衣物因为被肢体保护，所以通常不会被烧掉。这个死者的衣服也都没了，只剩下这两块。"

大宝凑过来看，林涛拿过来一个放大镜。

"这应该是两层衣服，因为燃烧受热，所以被黏在了一起。"我一边说，一边用镊子把两层布片分离开，"里面的是黑色的，纤维很细，应该是那种桑蚕丝之类的布料。外面的纤维很粗，白色的，布料貌似很廉价啊。"

"乖乖，这种天气可不冷啊。"林涛说，"虽然到中秋了，但是秋老虎还是很厉害的，这几天都是三十多摄氏度呢，穿短袖的季节。谁会在这个时候穿两件衣服？"

"是啊。"大宝说，"从尸体腋窝下保存完好的皮肤来看，应该是新鲜尸体。也不会是保存很久后拉出来焚烧的。"

我微微一笑，说："医生！"

从死者腋下的布片，我们轻而易举地判断出了死者的职业，这仿佛让我们看见了迅速破案的曙光。心情大好，窗外的月光似乎更加明亮了一些。

我们解剖开死者的气管，不出所料，气管里没有充血迹象，也没有灰烬。因为死者没有热呼吸道综合征，所以可以判断死者是死后被人焚尸的。

死者的肋骨因为受热而变得很脆，手术刀轻松地就切开了肋骨，暴露了并没有被焚烧炭化的胸腔脏器。

"林涛你看，人体就是这么神奇。"我说，"虽然尸体外表焚烧得很严重，但是内脏却很干净。可见，我们的皮肤对内脏的保护作用该是有多么大啊！"

林涛一脸黑线，摸了摸自己的胸口。

"死者的主动脉弓处破了。"大宝用止血钳挑起了死者心脏上方的主动脉，说。

"主动脉破了，不该有很多胸腔内的积血吗？"林涛问。

我说："是的。但是因为死后焚尸，高温把血液都蒸发了，所以我们并没有看到多少积血，当然积血还是有的。不管怎样，确定死者是被锐器刺破主动脉导致失血死亡的结论是可以下的。"

"胃内是空虚的，看来死者还没有吃上中秋团圆饭啊。"大宝惋惜地摇了摇头。

"对我们来说，少了一个排查的依据。"我说，"通过胃内容物来查找尸源线索也是一条路。现在胃是空的，我们就少了一条路。"

"这不还有耻骨联合吗？"大宝拿起手锯，扬了扬。

我们把死者的耻骨联合放进解剖室里的高压蒸煮锅内，并同时对尸体进行常规检验。我们收集了一部分尸体上的灰烬后，耻骨联合也煮好了。

"看来，死者也就三十岁出头。"我粗略地看了眼耻骨联合。

耻骨联合和人体生理年龄的关联度很高，经常看耻骨联合的法医，简单看一眼，就可以粗略推断出死者的大概年龄。但若是想要精确，则要进行一些计算。

"那个小乡村里能有多少医生？"林涛说，"有了年龄和职业，我觉得很快就能找得到尸源。"

我摇摇头，说："可不一定，谁说死者一定是在现场附近的几个村子里的？说不准是哪个医院的呢，那可就不好找了。"

"说得也是。"林涛点头说，"凶手用箱子装尸体，说不准外地的都有可能。"

"不。"我摇摇头，说，"现场这个地方，可不是一般人能找得到入口的，所以我觉得，不管死者是哪里人，凶手应该离现场不远，对现场地理位置比较熟悉。"

"那我们怎么找尸源呢？"林涛说。

我脱下解剖服，看了看表，时针已经指向了凌晨一点钟。我说："不然大家辛苦点儿，我们把灰烬筛一下。"

对于火灾现场的灰烬，我们通常会用筛子去筛，这样那些细小的东西都会被过滤，只剩下较大的、肉眼可以识别形态的东西。而这些较大的东西才是我们寻找的可能有价值的物证。通过筛的手法，可以大大提高物证的检出率。

我们三人把所有装有灰烬的物证袋都放在解剖室门口，然后一人搬了个凳子，在灯光下坐定。我和大宝拿着筛子抖动，林涛则负责把灰烬倒在筛子上。

经过过滤，我们找到了几个拉链头和一张烧毁了的卡片状的东西。

"拉链头上居然有商标呢。"大宝说，"G—F—T—P，怎么全是声母？"

"声母？哈哈。"林涛被大宝逗得乐了半天，"G—F—T—P是一个挺不错的箱包品牌啊。"

"看来我们的搭档中有个喜欢逛街的男人也不错。"我帮大宝扳回一城，"否则我们哪里知道什么名牌不名牌的。"

"怎么叫喜欢逛街了？"林涛辩解说，"这叫时尚意识，懂吗？时尚意识！"

"不错的品牌？"大宝说，"难道这说明凶手是个经济条件不错的人？"

"也未必，"我说，"如果凶手是在死者家里行凶，然后用死者的行李箱呢？"

"这也至少说明死者和凶手有一个条件不错，用这么好的箱子装尸体，太浪费了。"林涛啧啧有声。

"这张卡片就剩侧面一条没烧掉了。"大宝说，"'丰'？'P'？什么意思？"

我和大宝同时把期盼的眼神递给了林涛。林涛微微一笑，说："这个也难不倒我。"

3

"你忘记我们之前在电视台排队时候的对话吗？"林涛说。

我抬头想了下，说："是说勾搭你的那个妹子吗？"

林涛捶了我一下，说："是说VIP不VIP的事情。我说我们是VIP，你说我们是P。"

"哦，对，这是张VIP卡！"我说。

林涛点点头，说："不出意外，这应该是龙番市中心的那个银丰商厦的VIP卡。因为只有银丰商厦，才有这个品牌的箱包出售。"

"这个卡应该是放在行李箱里的，也就是说买箱子的时候办了卡，但以后没用过。那里的VIP卡有用户资料登记吗？"我急忙问道。

林涛说："有的。"

"太好了！"我兴奋地说，"我们现在有资本去专案组炫耀了！"

当我们赶赴专案组的时候，已经凌晨三点了。虽然案件刚发，还无从下手，但专案组的二十几个人都没有睡觉，睁着红肿的眼睛等着我们的到来。

"死者死于胸部中刀，失血死亡。"我说完看了看专案组组长，组长对死者的死因并没有多少兴趣。

"死者的职业我们推断出来了，是个医生，年龄在三十来岁。"我接着说。

说完后，所有专案组的成员开始翻开笔记本，奋笔疾书。

"除此之外，我觉得死者应该是市里银丰商厦的VIP会员。"我说。

林涛瞪大了眼睛，说："不是还没有确定行李箱的主人是谁，所以不知道凶手是会员还是死者是会员吗？"

"我刚才在来的路上又想了一下，我觉得行李箱的主人应该是死者。"我说，"首先，我们知道，死者的职业信息，是因为我们发现了他腋窝下的衣服布片。医生一般是在什么时候穿白大褂呢？是上班的时候。也就是说，死者应该是在上班的时候被害的。"

"也可能是被害后，凶手把死者拖到了自己家，或者从自己家里取来皮箱装尸体呢？"大宝问。

我说："不可能。死者被发现的时候，是处于一个蜷缩的体位的。说明死者在死后不久，也就是尸僵还没有形成的时候，就被装进了行李箱。如果死者的尸僵形成了，凶手是没法把尸体装进行李箱的。这说明凶手杀人到取箱子装尸体这之间的时间非常短。"

我顿了顿，接着说："而且这个医生应该有一些条件。"

"哦？"

"我觉得他应该是诊所的医生，而不是医院的。在医院杀人、装尸，难度太大了。"我说，"最大的可能，是医生在自己的私人诊所里被害。"

"有道理。"专案组组长张局长说，"那么，我们现在就去派人调查银丰商厦会员里有没有符合年龄条件的医生。"

"我觉得不会很多。"我说，"估计明天早上，哦不，是今天早晨起床后，我们就能等到好消息了。"

一觉睡到九点多，当我听见电话铃声响起的时候，就知道好消息来了。

"尸源基本确定，是在城东程王镇上的一个私人诊所的医生。"胡科长说，"张局长已经带人往那边赶了，我马上也去，你们直接过去吧。"

"那里离现场有多远？"我问。

"有十公里路。"胡科长说。

"那我马上赶到。"我还没等胡科长说完，就拿起另一部手机拨打了林涛的电话。

"诊所的医生叫作李克华。"胡科长说，"诊所生意不错，这个李克华应该也赚了不少钱。他昨天早上还开门的，中午时分镇子上没人，也没人注意。但是下午两点钟有人来挂吊瓶，就发现诊所大门关了，一直也没再开。因为昨天是中秋节，都以为李医生回去过节了，都没在意。今天早晨六点，我们排查觉得可疑后，派人来到这里，撬开大门，发现诊所地面有血迹。"

胡科长介绍得很详细了，我也没有什么问题补充，于是换了个话题："离现场十公里呢，看来死者连中午饭都没有吃，就死了。然后被人拖到了十公里以外。"

"这说明凶手有交通工具啊。"胡科长说。

"为什么凶手要把死者拉那么远？"我问。

"可能是想延迟案发时间吧？"

"说不过去啊。"我说，"凶手对现场很熟悉，知道那个地方会有人锻炼的，在那里烧尸体，肯定会被发现啊。"

胡科长说："可能他觉得拉那么远，我们就找不到尸源了吧？"

"直接把尸体关在诊所里，不移动尸体，岂不是更能掩人耳目吗？"我说，"移走了，焚尸了，更容易暴露。你们说会不会是熟人作案，怕我们找到尸源就找到凶手了？"

"想不明白。"大宝说。

"我们还是进去看看吧。"林涛已经穿戴好了勘查装备。

诊所就是一间门面房。进门后，就是一张办公桌，作为诊台。诊台的一侧有体重秤、视力表等设备。诊台的后面有一个帘子，是拉开状态的，帘子后面是一张诊疗床。诊疗床靠着的那面墙后面，其实是一面用木工板隔开的小屋。屋子里很杂乱，主要堆放着一些药物。

血迹主要集中在诊疗台上、椅子上还有对应的地面上。说明死者就是在自己的座位上，被人用刀子突然袭击的。喷溅状的血迹很杂乱，说明死者在被刺的时候，还有一些挣扎。

病人坐的椅子下面，有一张红色的粗纤维脚垫。这种脚垫一般都是放在住宅的大门口，别人进门的时候，踩在上面换鞋用的。

根据地面的灰尘分布，可以判断这张脚垫原来应该摆放在医生座位的下方。医生座位的下方还有一双皮鞋。

"死者没穿鞋，我还在纳闷呢。"我说，"看来这个医生应该脚汗重，所以在自己的座位下面放了个脚垫，平时坐在这里的时候，就脱了鞋子，把脚放在脚垫上。因为他突然遇刺，把脚垫蹬到了原本病人坐的位置下面。"

"可是这个脚垫不干净啊。"大宝说，"上面有好多黑了吧唧、黄了吧唧的东西。"

"那有可能是凶手也踩踏了脚垫。"我说，"位置正好在病人坐的位置下面，凶手移动就有可能踩踏到这上面。因为这个脚垫摩擦力很大，所以可以因为凶手的蹬踏动作，而把凶手鞋底的微量物证刮擦下来。这个脚垫提取回去，我觉得意义很大。"

"你们看，老秦猜得不错。"林涛站在小隔间的门口，一只手拿着勘查灯，另一只手指着里面，说，"这里面有几个药柜，柜子旁边有个方形的灰尘缺失区，说明这里原来放着的一个方形的东西被拿走了。"

一名侦查员听到这里，走进隔间，用卷尺量了一下，说："尺寸和我们在GFTP店里寻找到的一个行李箱的尺寸完全一致。"

"凶手走进隔间拿行李箱，会不会留下足迹？"我问。

林涛摇摇头，说："地面条件差，有足迹也没有比对价值。"

将现场粗略地勘查一遍后，地面、物品上都没有发现可疑的足迹和指纹。因为诊所是公共场所，所以即便有，也不能判断那就是犯罪分子的。

我看了眼凌乱的诊台，对大宝说："来，我们把他的办公桌收拾一下，看有什么有价值的东西。"

诊台上，除了处方笺、医疗器械和一些空白的病历以外，都是一些杂七杂八的废纸。我一张一张地翻看着，看到最后，似乎已经熟悉了死者的笔迹。

收拾完桌面，我开始收拾死者的抽屉。一拉开抽屉，一张做工精致的卡片就映入眼帘。我翻开卡片，里面是死者的笔迹，写着一首题为"触碰着的遥远"的诗，或许是一首词。

思念
也许未曾相见
热恋
也许没有永远
心声把我们相连
衷肠互诉同病相怜

有缘
我们才能相见
心牵
才会互相想念
你的爱滋润心田
真情胜过蜜语甜言

从未触及你的笑脸
不曾亲吻你的眼帘
但你的影子却在心间
拨乱我的心弦

你不能走到我身边
我亦无法把握明天
唯有遵从命运差遣
彼此相通心的源泉

芳草依依望明月
明月痴痴映芳园

你用甜甜的笑脸
我用瘦瘦的指尖
一起感受
触碰着的遥远

"歌词？"我通篇读了一遍，觉得朗朗上口。

林涛摇摇头，说："不是，这应该是原创。"

"嚯，还是个诗人呢。"我说，"能看懂什么意思吗？"

林涛是我们三个人中的"文化人"，他看了几遍，摸着下巴说："依我看，这是一首苦情诗，多半是婚外恋之类的。"

"李克华没有结婚，一直单身。"侦查员插话道。

大宝"扑哧"一下笑了："打脸了吧，你到底能不能看懂啊？"

林涛说："不能是女的婚外恋吗？医生就不能当小三吗？"

"如果真的有婚外恋，这种突然杀人的方式和运尸的动作倒是很能解释了。"我说，"尸源已经找到，又有这个情节在里面，破案应该不远了！"

话刚说完，我一眼瞥见医生座位旁边的垃圾桶。

"这个垃圾桶有些奇怪啊。"我说，"这是一个脚踏式垃圾桶，医生踩一脚，桶盖就打开，然后推一下桶盖，再关上。但是这个桶盖是打开的，没有关上。"

我用勘查灯朝垃圾桶里照了一下，说："而且这桶里有块纱布啊。"

说完，我用镊子把垃圾桶里的纱布夹了出来。

"这就更奇怪了。"我说，"纱布上有一点儿血迹，但是血迹很新鲜，且范围很小。一般来诊所的伤者有两种，一种是伤后一段时间，来换药的，那么纱布上就应该不是新鲜血迹，而是血性液体，是暗黄色的。还有一种是伤后立即来医院包扎的，但是需要包扎的，通常都是伤比较重的，这么点儿出血量，需要包扎吗？"

大宝说："你的意思是说，凶手是伪装来换药，趁医生不备下手的？"

我点点头，说："这应该是一起有预谋的犯罪。用小伤来骗医生，突然出手杀人。"

"这样说，很有可能就是这个出轨女人的丈夫了。"侦查员说。

我说："不管怎么样，反正要先把这个纱布上的DNA做一下。这块纱布还是很可疑的。一来垃圾桶里就这么一块纱布，二来垃圾桶盖没有合上，很有可能是死者刚扔进去纱布，就被害了。医疗垃圾有的会有传染病菌，一个医生随手合上垃圾桶盖应该是习惯。"

侦查员应声离开。

大宝问："好多工作同时展开了，我们下一步干什么？"

我耸耸肩，一边往诊所外面走，一边说："没什么可干的，等消息吧。我昨晚没睡饱，今天还在假期里，我得回家补个觉。"

胡科长这个时候走了过来，说："理化结果出来了，焚烧灰烬里发现助燃剂，是汽油。"

"汽油来源调查了吗？"大宝问。

"现在几个组的人正在看这附近所有加油站的监控录像。"胡科长说，"也有人在询问有没有一个人去加油站打油的可疑人等。"

"我倒觉得查不出什么。"我说，"别忘了凶手是有交通工具的，他不可以从车里取油吗？"

"现在的小车都防止盗油，所有油路都是弯曲的，从小车里取油还真不是一件简单的事情。"靠在车旁的韩亮听见了我们的话，"大车直接挂油箱，倒是可以取，但是大车都烧柴油。"

"那可以是摩托车或者助力车吗？"我问。

韩亮点点头，说："可以。两轮车倒是可以直接取油。"

4

睡了个午觉，我精神抖擞地来到专案组。

专案组气氛很活跃，正在讨论这个案子的进展情况。

"李克华果真和一个有夫之妇有关系。"侦查员说，"女的叫阮芳，你们注意到没有，那首诗里就有'芳'字。"

"她老公是一家公司的老总，叫伍力学。"另一名侦查员说，"不好好当阔太太，非要勾搭什么小白脸，真是害人不浅啊。"

"公司老总？"我皱眉想了想，说，"你们抓人了？"

侦查员点点头，说："中队长正在审查呢，DNA也在做。"

"这个伍力学，养鸟吗？"我问。

侦查员被我问得莫名其妙，摇了摇头，说："不养。"

我低下头，说："估计你们抓错人了，DNA肯定也对不上。"

"为什么？"被我浇了一头凉水，侦查员有些惊讶。

我拿出一个透明物证袋，说："从诊所回去后，我们对诊所里的脚垫进行了检查。之前我们说过，这个脚垫很有可能黏附了嫌疑人的痕迹。拿回去之后，我们理化部门的人很快给我们回音，这个物证袋里的，就是脚垫上取下的物证。"

"什么呀这是？"侦查员皱起眉头，凑近了看。

我说："黄的是小米粒，通常被用来喂食宠物鸟。黑的是煤渣，是那种蜂窝煤的。也就是说，凶手的生活环境里，很可能有鸟食和蜂窝煤。这个老总不养鸟，哪儿来的鸟食？城里人不烧蜂窝煤，哪儿来的煤渣？"

话还没落音，DNA室传来消息，说："DNA比对，嫌疑人排除。"

"说不准那个纱布和脚垫上的痕迹和凶手都没有关联呢？"张局长说，"你们的推理有道理，但也不是绝对的，现在不能放人吧。"

我说："我相信我是对的，但放不放人，还是你们做决定。"

"可是，除了这一层关系，还有什么人会去预谋杀害这个医生呢？"侦查员说，"诊所虽然没钱，但是侵财案没必要经过这样预谋吧？"

"还有一种可能，"林涛从门外走了进来，"说不准凶手看上了诊所的什么物件，必须得到，要得到就必须杀人。"

"什么物件？"侦查员见林涛进来，有些奇怪。

林涛没有睡午觉，他一直在诊所里对现场进行勘查，看着他意气风发的样子，我知道他应该有了发现。

林涛坐在会议桌旁，并不急于邀功。他喝了口水，把U盘插上电脑，用幻灯机放映着他刚才拍摄的照片。

"我们下午的重点，就是对诊所里的小隔间进行勘查。"林涛说，"虽然地面条件不好，但老秦提醒了我，很多物品的条件还是很好的。经过勘查，我们根据灰尘的分布情况，判断药品柜应该是有次新鲜的翻动。"

"排除了医生自己翻动吗？"我问。

林涛说："可以排除。这个医生习惯很好，每种药物对应的位置都有标签。也就是说，他要拿哪种药物，直接看到标签就拿了。但是我们发现的翻动迹象很凌乱，而且很多药物都偏离了标签指定的位置。这应该是凶手翻动的。"

"少了什么吗？"我问。

林涛说："我们找了个附近医院的医生，帮忙查看了医生处方的底根，和药物也进行了对比。目前发现了诊所缺少的药物。"

"什么药？"我两眼放光。

林涛笑着说："美沙酮。"

盐酸美沙酮（简称美沙酮）为μ阿片受体激动剂，药效与吗啡类似，具有镇痛作用，并可产生呼吸抑制、缩瞳、镇静等作用。与吗啡比较，具有作用时间较长、不易产生耐受性、药物依赖性低的特点。

"很多吸毒的人，弄不到毒品，就用这个药物来代替。"我说，"一个瘾君子，为了满足毒瘾，预谋杀人，是完全有可能的。"

"虽然你泼了我们一瓢凉水，但是这个发现还是给了我们很多希望啊。"张局长说，"那个伍力学可以考虑放了，送人家回家。下一步，还是从吸毒人员中查找线索。"

"我觉得主线可以放在微量物证的发现上。"我说，"其实现在条件很多，侦查范围很小，估计今天就能破案。你看，首先我们应该找现场附近熟悉现场环境的人，吸毒人员，他的家里应该养鸟、烧蜂窝煤，他应该有一些小伤。这么多条件，何况我们还有DNA做比对，还能破不了案吗？"

侦查员下去以后，我们都在专案组静静地等着，看来这又是一桩因为毒品而引发的惨案，不过这个运尸、焚尸的动作确实有一些让人不解。

"一个瘾君子，为了几瓶药，何必这样大费周折？"我一直在思考这个问题。

晚上八点，犯罪嫌疑人伍彪被抓获归案。

案件排查得很顺利，专案组发动管辖现场附近四五个小村落的两个派出所民警，对村子进行了走访，很快就发现了养鸟、烧煤、有伤的吸毒人员伍彪。

"当然，这种大范围的排查能有这么迅速的战果，也是有我们的办法的。"负责抓捕的侦查员说，"其实四五个村子有几千户人家呢。我们在排查之前，先做了研判，把周边几个被盗过美沙酮的诊所进行了联系，然后用犯罪地图学框定了一个嫌疑人大概所在的范围。再用你们的排查条件进行搜索。两个小时，就搞清楚了嫌疑人具体位置。"

刑警队的人在伍彪的家中把他按在了地上，并且对他的家里进行了搜查。

搜查的结果充满了惊喜和诧异。惊喜是在他的家中找到了相同批号的美沙酮，诧异是在他家里找到了十万元人民币。

"啊？"大宝同样诧异，"他有十万块，还需要去拿美沙酮吗？直接买毒品不就得了？"

"抓回来一审，他就全招了。"侦查员说，"他说是为了美沙酮，所以伪装去换药，然后趁李医生不备，用刀捅死了他，再然后从诊所里找到个箱子把尸体装起来，用他的摩托车拉到了焚尸现场，从摩托车里取油、焚尸。"

"这和我们推断的结果完全一致啊。"大宝有些沾沾自喜。

"我们也问了他为什么不直接买毒品。"侦查员说，"他说是因为最近专项行动打击力度大，他有钱，但是没有渠道获得毒品了。"

"那他有经济来源吗？"我问，"一般染上毒瘾，金山也能给吸倒了。"

"这个他支支吾吾没有说清楚。"侦查员说。

"此事定有蹊跷！"我说。

"老秦你怎么看？"大宝学着"神探狄仁杰"的口吻问道。

我低头想了想，笑了一下，说："怎么看？呵呵，看来还是我们错了。"

"错在哪儿了？"大宝问。

我转头对侦查员说："姓伍的在我们这边不多吧？伍彪和伍力学什么关系？"

我这一问把侦查员问住了："伍……伍力学，不是放了吗？哦，我懂了。"

经查，伍彪无业，经常做一些充当打手的勾当，主要的服务对象是他的堂兄——伍力学。

伍力学事业有成，不到四十岁，就已身价上千万。一人得道，鸡犬升天，他农村的那些亲戚朋友都来找他谋个打工的地方。而他最看重的，还是这个性格彪悍、做事不计后果的堂弟伍彪。

伍彪吸毒，需要源源不断的经济来源，而这就成了他可以被伍力学牢牢抓住的把柄。

伍力学对比他小十五岁的妻子阮芳疼爱有加，阮芳不用耕耘，就有丰厚的回报。在她看来，她手中的那张信用卡永远也不会被刷爆。但是花销上有了充分的满足，精神上反而非常空虚。

为了寻找"真爱"，阮芳经常出入酒吧、夜总会和健身房这些容易发生艳遇的地方。很快，她就在健身房里找到了一个让她心动不已的帅哥——李克华。

李克华身高不高，却有着迷人的脸庞和胸肌。他二十七岁从省立医院辞职，在一个繁华的小镇独自经营诊所，收入不菲。这样的魄力也让阮芳神迷。同样，阮芳那种贵妇人的气质和萝莉的外表也让李克华不能自已。

交往一个月后，他俩的关系有了实质性进展。但这种实质性的进展很快也就被眼线众多的伍力学捕获。

中秋节，阮芳和李克华又相约幽会，伍力学则找来伍彪，密谋了杀人计划。伍力学和伍彪密谋的监控，被作为呈堂证供提取保存。

"十万块钱买一条命。"我摇摇头，说，"这些有钱人，已经是无法无天了。"

"原来那张卡片，就是李克华准备好中秋之夜送给阮芳的礼物吧。"大宝说，"对于阮芳来说，用钱能买来的东西都不稀罕了。这种用心的东西，还是蛮能打动人的。"

"是啊，"我说，"这个小医生确实很有才气，那首诗我都会背了，写得多好啊。"

"现在，为什么要运尸、焚尸，也解释通了。"胡科长旁听完审讯，从审讯室里走出来和我们说。

"对，这个心结我还没解开呢。"我说。

"伍力学对夺其妻的李克华恨之入骨。"胡科长说，"他对伍彪交代了，杀了以后要多捅几刀，然后拉出去喂狗。"

"喂狗不现实，所以拉去烧了。"我顺着胡科长的话说，"这个伍彪还真挺实在。"

林涛则没有加入我们的讨论，他独自在旁边叹息道："人哪，还是活得简单一点儿，比较好。"

"是啊，是啊，"大宝说，"尤其是像你这样的单身小帅哥，千万要经得起诱惑啊，有夫之妇，还是绕着走吧。"

"不管怎么样，案件算是迅速破获了，大家也可以喘口气，然后继续'六三专案'的侦查了。"我说，"这个案件也给我们提了个醒，并不是所有案件的犯罪嫌疑人都是单独行动的，也可以雇凶。我们考虑问题太狭隘了，下回必须改进。"

"明天就不是中秋假期了，要起早上班了，你不回家睡觉？"林涛缓过神来，说。

我笑着说："你先回去吧，我去找那个侦查员，学学他之前说的犯罪地图学。"

法医秦明
VOICE OF THE DEAD

半 具 残 骸

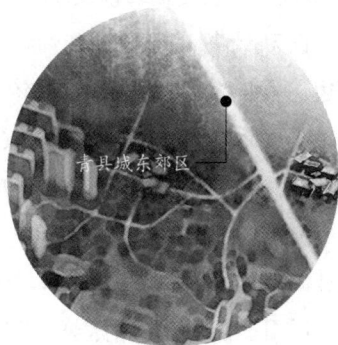

人类更愿意报复伤害而不愿报答好意，因为感恩就好比重担，而复
仇则快感重重。

——塔西佗

1

"十几年前一个月黑风高之夜，我还在上大学，水房里突然传来窸窸窣窣的声音。我们舍友壮胆前去一看，原来一个大学同学正在水房刷洗一把形状特异的大砍刀。洗毕，他切了个香瓜分给舍友。"早晨一上班，就看见大宝正坐在办公室里给DNA室的几个年轻女同事讲故事。

大宝见我进来，朝我点了点头，然后接着说故事："正当大家大快朵颐时，他用爱慕的眼神看着手中的大砍刀，说：'刀不错吧？'我们哪里有兴趣看他什么刀，一边大口吃着香瓜，一边点头敷衍。然后这哥们儿突然阴森森地说：'这刀是我在解剖学教研室偷的。'一听这话，所有人都停止咀嚼，目露凶光。他却淡淡地补充道，'没事儿，我把这上面沾的那些肉末都给洗刷干净了。'"

"咦……"几名女同事纷纷做恶心状。

大宝则更加眉飞色舞地补刀："那种刀是用来肢解尸体进行局部解剖教学的。就是学校里的那种消毒、固定后用于教学的尸体标本。那种刀我们都见过，没人去清洗的，肢解完以后就放在解剖室的工具箱里，上面沾的全是脂肪啊、肌肉纤维啊什么的。现在你们知道为什么妈妈教我们，别人给的东西不能吃了吧？"

DNA技术人员一般都是生物学、遗传学专业毕业的。不是学医的人，听见大宝这种绘声绘色的描述后，自然有些受不了。其中一名女同事说："何止是别人给的东西不能吃，以后我连香瓜都不吃了。"

"你确定吗？"大宝一脸坏笑，"刚才我在你们办公室里看见有两个香瓜，不然，你们给我拿来？"

"你这个吃货。"我早就知道大宝一说故事，必有目的，"连妹子们的零食都要骗。"

又是一周清闲日子，我们天天的工作就是收收伤情鉴定或骨龄鉴定，要么就是写写信访复核报告。没有案件，工作压力就没那么大，但是这样也就没有了挑战。更何况还有"六三专案"一直在心头压着，精神根本放松不下来。

周末刚过，身上的懒病又犯了，我坐在椅子上，伸了个懒腰，打开电脑，准备写一份报告，申请购置两套新的、功能更加强大的现场勘查箱。可是Word文档一打开，那个久违的内线电话就响了起来。

正在啃着香瓜的大宝听见电话响了，马上瞪大了眼睛，一边咀嚼，一边指了指电话机，让我接电话。

我见他嘴角还沾着香瓜籽，无奈地笑了笑，接起了电话。

"喂？"我说，"你好，孙科长好。什么？四个？事故吗？"

大宝停止了咀嚼，期待着我向他下达指令。

我挂了电话，说："青县，一家四口死亡。"

"命案？"大宝含着一嘴香瓜，问。

我说："爆炸案件，可能是个意外事故。不过死了这么多人，我们也得去现场。我打电话通知林涛和韩亮。"

大宝微笑着慢慢地咽下香瓜，说："出勘现场，不长痔疮，耶！"

青县是青乡市下属的一个县，经济比较落后。现场位于青县县城东边的一个郊区地带，当我们到达现场的时候，至少有三十辆警车把这个小村落的入口处堵得严严实实，我们只有下车步行入村。从警车的数量上就可以看出这起事件的严重性。

进入村落后，几乎是几步一岗哨，上百名警察已经把这条并不宽敞的乡村小道几乎站满了。我们走了不远，就看见小路两旁的两层民宅的玻璃全破裂了。

"乖乖，这爆炸的威力还真不小。"大宝朝两侧东张西望，"波及这么远。之前我还没有出勘过爆炸案件，看这现场，有点儿小恐怖啊。"

"我也没出勘过。"林涛说，"你说出勘这种爆炸案件现场，会不会有生命危险啊？"

"升官发财请走他路，贪生怕死莫入此门。"我说，"这是黄埔军校的对联，同样适用于我们警察。"

"二十年前就发生过事故。"韩亮说，"一个法医在勘查一个爆炸案件现场的时候，不小心触动了犯罪分子提前布置好的引爆装置，导致现场再次发生爆炸。这个法医就这样英勇殉职了。"

"嗯，这事儿我知道。"我说，"那个法医是我的师兄。"

一路上，有三三两两的村民，正在接受民警的询问。

"我和你说啊，你们当时不在场，根本就体会不到那种恐怖！"一个村民惊魂未定地说，"今早四点多吧，不到五点的样子，那时候我们都睡觉呢。突然就'轰隆'一声。那声音，可不像是放鞭炮，就像是飞机丢炸弹一样。然后我们这房子就开始晃啊，嗡嗡的，玻璃全碎了。当时我就耳鸣了，我就看见我老婆嘴巴张啊张的，就听不见她在说什么。我以为是地震了，拉着我老婆就跑啊，跑到下面，看见老范家里往外冒烟，才知道哪是什么地震，这简直就是爆炸啊，一定是老范家爆炸了，于是我就报警了。"

"我真他妈倒霉。"一个头上缠了纱布的村民说，"那时候我正好在茅房尿尿，就听'轰隆'一声，一块玻璃就砸我头上了。我这儿可缝了七八针呢，我咋就这么倒霉呢？这事儿有人管吗？政府该赔偿吧？我们村每家都受损失了，政府得管吧？"

"老范天天说自己家是风水宝地。"另一名村民说，"不就是他家在村子的边上呗，窗户外面没有什么遮拦物呗，什么风水宝地啊。看，这都爆炸了，还风水宝地呢。"

爆炸的现场是位于小村落最东头的一户人家，户主叫范金成。因为这一户房子坐落在村落的一角，所以除了大门以外，其他各个方向都面向旷野，视野开阔。从屋内看，确实是一块不错的地方。

青县公安局刑警大队征用了现场旁边的一户人家的客厅作为临时专案组会议室，小小的八仙桌旁边挤满了人。我们三人走进客厅后，几名年轻民警起身让座。

"各位专家好，"青县公安局局长周启明一脸严肃地说，"你们辛苦了。我们这大半年都挺安静的，没想到中秋节一过，就发了个这么大的案件，哦不，是事件。"

公安机关内部喜欢把有犯罪行为存在的称为案件，而一些自杀或者意外死亡的称为事件。这才有了非正常死亡案（事）件之说。

"定性了吗？"我问。

周局长摇摇头，说："现场封存，还没敢动，技术人员在等你们来才开始工作。所以，现在具体现场情况还不知道，性质就也没确定。不过，我猜很有可能是意外事故。"

"哦？"我说，"愿闻其详。"

周局长清清嗓子，说："现场是一个叫范金成的人家，家里就范金成老两口。

不过，派出所出警民警看了现场后，确认现场有四名死者。"

"有外来人员？"我惊讶道。

周局长摇摇头，说："不是，是自家人。尸体辨认工作基本完成了。确认四名死者是范金成、范金成的妻子任素芬，还有老两口的孙子——十五岁的范程和老两口的外孙女——七岁的赵丽倩。"

"两个孩子啊。"我最看不得小孩子的突然死亡，总觉得太可怜了。

"嗯，"周局长也是一脸悲恸，"两个孩子周末在老两口家里过的，今天周一，两家大人准备一早来这里接孩子，然后送去学校上学的。没想到还没天亮，就出事了。"

"为什么您觉得是意外事件？"我调整了一下情绪，问道。

周局长说："第一，我们派出所民警到达现场的时候，发现现场大门是反锁的，是民警用力踹开的。而且经过调查，这个周末老范和孙子孙女玩得不亦乐乎，不可能会有自杀什么的可能。第二，从派出所民警进入现场后观察，房屋损坏主要集中在院落东头的厨房部位。这个村子通管道煤气，民警进入后，发现煤气管被炸断了，还在往外哧哧地喷着气，于是赶紧协调当地把总闸关了。从这个迹象来看，很有可能是煤气泄漏，燃气和空气混合后达到爆炸浓度，恰巧遇到了明火或者电路通电，导致爆炸。"

"哦。"我点头，"有道理。"

"毕竟死了四个人，其中还有两个孩子。"周局长补充说，"市里、县里都非常重视，要求我们尽快查清爆炸原因，妥善处置。现在第一步就是要搞清楚爆炸的原因。消防部门在你们之前已经来过了，但是还没有给出确切结论。他们已经提取了部分检材，拿回去检验。不过检验结果要过一两天才能知道。"

我拿过侦查员绘制的现场方位图，慢慢地看着。

"你们怎么开展工作？"周局长问。

我说："首先我们要进去看看现场；其次麻烦您请殡仪馆同志把尸体先运走，放在这里影响不好；最后我估计得去现场及现场附近收集一些爆炸残留物和抛出物，再做定夺。"

"好。"周局长说，"那你们开始吧，我们等结果。侦查部门这边也在做一些外围调查。"

走出专案组会议室，我们开始穿戴勘查装备。

林涛说："我有点儿奇怪，为什么凌晨四点多，四个人，尤其是两个孩子都会在厨房附近？如果在房间里，有墙壁阻隔，不会导致死亡吧？难道这么早就起来吃早饭了？小孩子们不是八点才上学吗，有必要这么早起来？"

"你说得还真有道理。"我被林涛一提醒，开始警觉起来，"时间确实有问题。"

"这确实麻烦了，四个人都死了，死无对证，我们问谁去？"大宝说。

我说："问现场，问尸体。"

2

进入现场大门后，是一个不大的院落，正对大门的是一座两层小楼，是主房。东边是两间平房，一间厨房、一间卫生间。西边是一排平房，里面堆了很多杂物。

几间房子的窗玻璃已经全部破裂，厨房的房顶塌陷了一块，一片狼藉。可见爆炸的威力所在。

院落的中央躺着两具小孩的尸体，小女孩的尸体头部被血染，头部周围有一些碎砖块；男孩的前胸衣服已经破裂，胸口有大片血迹，看不清创口所在。

厨房的门口躺着一具老妇人的尸体，衣服的前襟已经完全碎裂，头面颈部和胸腹部都呈黑色的烧灼痕迹。看来，范金成应该是躺在厨房内的。

我们简单看了三具尸体的尸表，拍照固定后，让殡仪馆的工作人员把尸体装在尸袋内运走，尸体运出门后，我们清晰地听见院外一阵嘈杂。

接下来是中心现场，我们小心地走进了厨房。厨房本身就是砖瓦结构，被这样一炸，成了危房。房屋墙壁上的裂痕到处可见，房顶一块已经塌陷，一片瓦砾盖住了一具尸体，尸体只有胸部以上露在外面。

厨房里凌乱不堪，东、西两侧窗户都已不在，只留下残缺的窗框。厨房里的灶台、水缸、水池、碗橱都已塌陷，锅碗瓢盆的碎片散落一地。暴露着的燃气管道断端被出警民警用破布包了起来。一走进厨房，就可以闻到一股焦煳的味道，似乎还夹杂着火药的味道。

砖瓦里掩埋着的尸体，因为皮肤炭化，又黏附了灰烬，几乎只能看得出人形，看不清眉目。

"整个院落没有看见烧灼痕迹。"林涛说，"所有的损坏基本集中在厨房，结合厨房两侧的窗户都已经完全破裂，现在基本可以肯定爆心就位于厨房。"

对于爆炸案件现场勘查，最先需要解决的就是爆心的位置。

"仅仅确定爆心的大体位置是不够的。"我说，"我们要研究的爆心，至少要精确到半米之内，这样才有意义。"

"什么意义？"林涛说。

"我也说不清楚。"我说，"等我们能够确定爆心，再说吧。"

我见大宝在张罗林涛拍照，于是一个人走出了厨房，走进主楼的卧室。

卧室的地面很干净，看来抢救人员看见四名死者都在厨房周围，没有人再往卧室里走。主楼是座两层小楼，一楼除了客厅以外，还有一间卧室。卧室里花花绿绿，墙壁上画着各种看不懂的"画"，看得出，这是小孩的房间。房间的床上，两床薄被都呈掀开状，地面上还有一双红色的小拖鞋，看起来应该是小女孩的拖鞋。

"不穿鞋就跑出去？"我皱眉想着，可能真的被林涛说中了，这起案子还真的有一些隐情存在。

沿着一楼卧室一旁的楼梯走到二楼，二楼除了门厅外，有三间卧室。其中两间都堆放着一些杂物，另一间中央的床上，两床薄被也和一楼一样，呈掀开状。二楼卧室的顶灯，是开着的。

我一路思考着走下楼，看见大宝正在院子里等我。

"怎么样？"我问，"尸体挖出来了吗？"

大宝皱着眉头摇了摇头，说："不用挖的，一拽就出来了。只剩半截了。"

"这么严重？"我快步走进厨房，看见厨房的中央瓦砾上方，躺着半具尸体。

尸体从大约脐部位置离断，断端的软组织都已经烧焦。从腹腔断端可以看到一堆肠管软软地垂在尸体外部，黑色夹杂着绿色。有些肠管已经被炸断，黄色的粪便散落在周围。断端处暴露着暗红色的肝脏，发出一股腥臭味。因为爆炸瞬间的力量巨大，死者死亡迅速，没有太多的出血。唯一的一些出血，也被高温灼焦。

尸体被挖出来后，整个厨房就充满了人体腹腔内的腥臭味，掩盖了原有的烧灼味。

我揉了揉鼻子，在橡胶手套外面又套了层纱布手套，开始翻瓦砾。

"瓦砾都要清理吗？"林涛问。

我点点头，说："我们需要尽可能地找到尸块，一是对死者的尊重，二是可以从尸块的分布范围来判断爆炸作用力的方向。"

"那需要清理的，恐怕不止这一些瓦砾吧？"林涛看了看塌陷的房顶和面前已经没有了窗户的开阔的前方。

"是啊。"我说，"从目前厨房里的情况来看，没有多少尸块，这些炸碎了的尸块因为巨大的爆炸力，被抛出了屋外。所以，我们至少要沿着窗户的方向找出去，看尸块最远炸出了多远。"

"不仅仅是尸块，"林涛说，"这样吧，我们分工合作，你带着法医们找尸块，我带着技术员找可能和爆炸有关的痕迹物证。"

我点头应允，继续翻找厨房里的瓦砾。

大宝从外面拿出个工程用的安全帽说："戴着吧，说不准这房子就快塌了。"

被炸碎的尸块，因为一块块都很小，所以很难判断出具体属于人体的哪个位置。不过根据我们从厨房瓦砾里挖出的几十块尸块来看，还留在厨房里的，都是一些小腿的软组织、骨骼和一些足部组织。

"你看，这些有皮肤的软组织，毛孔粗大，黏附了不少毛发，毛发较长、黑粗，说明这是小腿的软组织。"我把收集到的软组织摊放在一张塑料布上，分门别类地摆放着，"这一些骨骼是长骨骨骼特征，但较薄，说明不是股骨，而是胫腓骨，也是小腿的。还有这些，是甲床，可以看到一些足部骨骼，这些都是足部组织。"

"这人的小腿和脚基本都已经被炸成碎片了。"大宝说，"居然可以碎裂到这种程度。"

林涛说："以前看那些抗日剧，一个爆炸就能炸掉肢体，还有些怀疑。现在看起来，爆炸力真的很厉害。"

我点点头，说："爆炸现场的损伤种类非常多，等到尸检的时候，我们再说。"

"瓦砾清理完了，我们该去开阔地里找尸块了吧？"大宝一边说，一边拿起一个侦查员刚买来的可以双肩背着的箩筐。

我点点头，说："我们一起，每提取到一个尸块，要记录一下距离厨房窗户的大概距离。"

大宝点头，侧脸看了下背在背后的箩筐，说："看到哥几个都这个造型，我立即想到一首歌——《采蘑菇的小姑娘》。"

旷野上果真有很多尸块，被巨大的爆炸力抛甩出来。不过屋外的软组织和屋内的有所不同，大多都比较大块。从形态上看，大概都是大腿和小腿的软组织。

"最重要的是找到盆骨的碎片、髂骨和生殖器。"我说，"这样就可以确定一个基本的爆心了。"

没走出多远，我们就发现了一块血糊糊的白色骨骼，呈一个半球体，前后面都很光滑。

"髌骨找到了。"我说，"距离窗户五米左右。"

七八名法医进行地毯式搜索，很快就找到了很多软组织。几块盆骨的碎片也在十几米外被发现。

"可以收工了吧。"大宝说，"人家采蘑菇的小姑娘是在树荫下采，我们这是在太阳下，太热了，小心被晒出个日射病。这天儿也是，中秋都过了，怎么还这么热啊？"

日射病是长时间在烈日照射下劳作，出现脑膜刺激症状，剧烈头痛、头晕、眼花、耳鸣、呕吐，严重的时候会发生意识障碍、昏迷、惊厥甚至死亡。热射病是在高温环境中，机体散热受阻，不能维持体热平衡，引起中枢神经系统障碍，会休克甚至死亡。这两种病都是中暑。在秋天，周围环境温度不高，一般难以引发热射病。但是此时阳光强烈，确实有可能导致日射病。

我走到一个稻草人的旁边，拿下它的草帽，说："你们工作结束，我再往远处找一找。哎呀，我去，你们看这是什么！"

稻草人的肩膀上，居然黏附了一块人体组织。稻草人的草帽一被我拿下来，这块组织立即映入了眼帘。

这块组织已经被烧焦，但是从根部卷曲的毛发，还是可以看得出来，这是男性的生殖器官。

"这……"大宝看了看我已经戴在头上的草帽，"你确定这顶帽子没有沾到软组织吗？"

又经过搜寻，还是找到了几块软组织。最远的一块软组织可能源于尸体的大腿，被抛甩到将近一百米外。

"差不多了。"我说，"去殡仪馆检验尸体吧。"

"先易后难吧。"我张罗着大伙儿把小女孩的尸体最先抬上了解剖台。

这个小姑娘就是赵丽倩，她的额部已经完全塌陷，头发都沾满了鲜血。我们把她的头部清理干净后，可以清晰地看见她额部的一个巨大挫裂创口。

"多可爱的小姑娘啊。"大宝叹了口气，"生前肯定很爱漂亮，可是没想到死后却没了相貌，整个颅骨都变形了。"

大宝和我一样，看不得小孩的离世，不管是不是案件，他们都是无辜的。

我们对赵丽倩的额部创口进行了深部探查，从创口的组织间桥和创缘周围的挫伤带来看，她的这处挫裂创合并下方颅骨凹陷性骨折是一个表面较为粗糙的钝器形成。从创口中，我们用止血钳夹出了若干黄红色的砖屑。

"在创口里找出的这些内容物，可以提示致伤工具。"我说，"死者死后体位没有变动，而且砖屑是从创口深部提取到的，说明致伤工具就是砖头。结合现场死者周围的碎砖块，可以断定她的额部创口是被爆炸抛出的砖块砸伤的。"

经过尸体检验，死者全身未见任何损伤，除了额部的那一块。额部骨折线没有截断现象，整体向内凹陷，说明死者是头部一击死亡。这处损伤导致了脑内大范围硬膜下血肿和蛛网膜下出血，形成了小脑疝，压迫脑干，导致呼吸、循环衰竭而死亡。这处损伤也是唯一一处损伤，是死者的致命伤。

死者胃内空虚，判断出的死亡时间也和爆炸时间相符。

检验完女孩的尸体，我们接着检验男孩范程的损伤。

和女孩相同的是，男孩身上也没有明显的损伤，只有胸口的一处小创口，在我们移动尸体的时候，还在噗噗地往外冒血。

经过解剖，范程的胸腔里满是出血，我们在他的主动脉弓处发现了一处破口，在对应位置的胸腔里也找到了那一片导致他死亡的碎玻璃。

这一片碎玻璃被爆炸力抛出后，成了一把锋利的飞刀，直愣愣地插进了死者的胸腔里，割断了他心脏上方最大的一根动脉血管。

"这孩子也太倒霉了。"大宝摇头说，"若不是被这一小块碎玻璃击中要害部位，怎么也不会死啊。"

"一个是巨大的钝器打击伤，另一个是运行速度飞快的碎玻璃损伤。"我说，"这两者都是人为做不到的，只有爆炸才能形成。所以，他们确实是死于爆炸。"

"你是说，这确实是一起意外？"林涛问。

我摇头说："不。死亡是爆炸导致的，爆炸却不一定是意外。"

"你也觉得不对劲儿吧？"林涛说，"我就是觉得时间上有疑点，案件就一定有疑点。"

"不只是这个疑点。"我把在现场主楼卧室里的发现告诉了他们。

"可惜啊。"大宝说，"这男孩子要是躲过了这一小块碎玻璃，就可以亲自告诉我们真相了。"

"躲？"林涛说，"怎么躲？碎玻璃发出来的速度不亚于枪弹，你以为是黑客帝国啊。"

"你们注意了没有，这两处损伤虽然一个钝器一个锐器，但原理都是一样。"我说，"都属于爆炸案件中的抛出物损伤。"

"对了，你说爆炸案件中损伤类别有很多种。"林涛说，"详细说说呗。"

"别急。"我神秘一笑，"结合尸体说，记忆深刻一些。"

3

第三具尸体是任素芬，她位于厨房的门口。她的损伤主要位于前面，除了胸腹部烧灼伤以外，似乎看不出其他体表损伤。

"尸体皮肤二度烧灼伤，其他就看不出损伤了。"大宝说，"需要解剖来看。"

"等等。"我说，"你注意到没有，死者的鼻根部、眉间及眼眦部可见有白色的纹线，沿着皮纹走向。这是因为爆炸的时候产生了强光，死者反射性闭眼。等到肌肉松弛后，皱起的皮肤没有烧伤，周围的皮肤烧伤，所以才会形成这样白色的纹线。这说明了两个问题：一是死者是生前爆炸伤，二是她面朝的厨房内就是爆心。"

大宝点头。

解剖检验进行的速度很慢，原因是任素芬的内脏有很多损伤。她的心脏和肺脏靠近胸壁的一面有明显的挫伤，这是心脏、肺脏和胸壁撞击引起的损伤，就类似于胸腹大面积被打击而形成的心肺挫伤。她的肝脏和脾脏都发现了破裂口，但是出血不多，也是因为死亡迅速。除此之外，她的脑组织还可以看到广泛性的点状出血。

"你说，她内脏震荡出现这么多损伤我可以理解，但是脑组织这样的损伤是怎么形成的呢？"大宝说，"头部有颅骨保护啊，只是气流，形成不了脑部损伤吧。"

"看你法医病理学怎么学的。"我笑着说，"书上都说了，冲击波作用于胸壁，使胸腔内压突然升高，上腔静脉血压骤升，回心血流逆行，可引起脑内小静脉和毛细血管扩张、破裂，出现点状出血。"

"爆炸伤的损伤种类果真很多啊，"林涛说，"说说呀，说说呀。"

"三名死者胃内都是空虚，印证了死亡时间基本一致。"我没理睬林涛的撒娇，接着说，"这个也很重要，就是确定几名死者的死亡时间，省得有先死的或者后死的，也被我们误认为是生前爆炸死。"

检验第四具尸体是最困难的，因为被我们抬上解剖台的是半具尸体加数十块尸块。尤其是那半具尸体，稍微移动，就会从腹腔断端处流出更多的肠管，还有肠管里的内容物，沾在解剖台上，看起来很恶心。

"从断端是拉伸导致尸体碎裂的迹象来看，死者同样死于生前爆炸伤。"我说，"但是他的面部并没有发现白色纹线。"

"说明他不是面向爆心的。"大宝说。

我点头，说："对，虽然他的伤最重，说明他是离爆心最近的，但是他并不是面向爆心。"

"也就是说，爆炸是从厨房里、他的背后处爆炸的。"林涛说，"真厉害啊，看来你们还真的能把爆心确定在半米之内。"

我和大宝把尸块一块块地放在解剖台上，有的可以放在大概原来的位置，有的则只能随便填充。就这样，我们把尸体的下半身大概地凑了个整。

"我觉得吧，你们法医玩拼图一定很厉害。"林涛说，"我又想起你在北环县下派锻炼的时候，那一起拼尸体的故事了。"

"死者死于肢体离断引起的创伤性、神经源性休克。"我说，"也有可能是失血。但不管是哪种具体死因，他都死于爆炸伤。"

我看了看林涛，和身边几个在青县公安局实习的实习生，说："现在，我们开始说一下爆炸伤的形成机理。爆炸损伤从机理上看，主要是由冲击波、高温、爆炸投射物组成。冲击波致伤成为爆炸伤的主要损伤，冲击波损伤又分为超压、负压和动压。超压作为爆炸伤主要机制又分为压迫效应，就是挤压胸腹内脏受损；内爆效应，就是体内气体被压缩继而膨胀，体内爆裂；碎裂效应，就是产生拉伸力拉碎躯体；还有惯性效应；以及压力差效应，就是血管内压力差导致血栓。"

"真复杂。"林涛抓抓脑袋，说，"都没记住，就记住那个内爆效应了。人真的会在爆炸现场发生自爆啊？还有，那个负压和动压是什么意思？"

我说："爆炸现场中，一般一具尸体上都会有多种机制形成的损伤，有的是一种损伤由多种机制共同形成。比如先超压压迫躯体，再负压拉伸躯体，这样就有可能拉碎肢体了。另外，我们看见电视上一颗手榴弹爆炸，几个日本兵飞起来，就是因为冲击波有动压效应，这种效应主要表现是撞击和抛掷。"

"机理听起来，确实很复杂。"我说，"但是，真正在爆炸现场出现的损伤类型，不管源于哪一种机理或者哪几种机理，主要表现为五种损伤形态。"

我指了指解剖台上的尸体，说："从这具尸体来看，主要有两种损伤形态，第一种是爆裂伤，因为爆炸冲击波而形成的若干爆裂、拉伸力，导致了尸体下半身全部离断、碎裂。第二种就是尸体全身的烧灼伤。我们可以看到尸体背后的衣物全部没了，前面的还有一点儿，这说明后面烧灼得更严重，也支持了我们之前判断的爆心在死者背后的说法。"

"这是两种损伤，那任素芬身上的伤呢？"林涛问道。

"任素芬主要损伤特征是外轻内重，内部损伤都是以震荡伤为主。"我说，"这是典型的冲击波挤压、撞击伤，我们一般都称为冲击波伤。这是三种爆炸现场中最为常见，也最严重的损伤。两名孩子的损伤是第四种损伤，就是爆炸抛出物损伤。当然，爆炸现场还有其他附加损伤，比如一氧化碳中毒、摔跌伤、挤压伤什么的。"

"知道了。"林涛点头说，"不过你说了这么多机理和损伤类型，对案件的判断有什么作用呢？"

"有的。"我说，"我们找了这么多尸块，尸块都是从窗户被抛射到外面，最远的有近一百米，一来说明爆炸威力巨大，二来说明一个问题。"

我见大家都在期待地看着我，也没有卖关子，我说："死者的生殖器和髋骨重量差不多但生殖器扔得更远，说明一个问题——髋骨抛射的初始角度较小，而生殖器抛射的初始角度较大。我们说了那么多机理，大家得出一个结论，就是以爆心为圆心，爆炸的力是呈放射状的，如果爆心与某部位连线和地面夹角越大，抛射的角度越大，反则反之。因此我们可以判断，爆心位于范金成的背后大约平行髋骨的位置。这样，它和髋骨连线的夹角就小，和位置较高的生殖器角

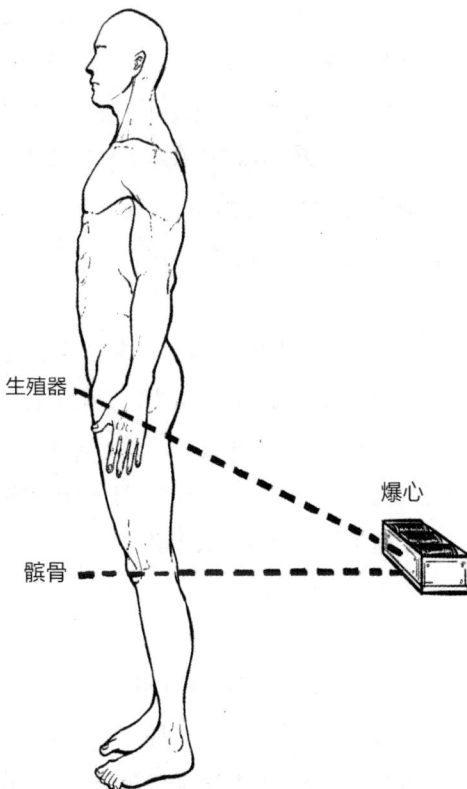

生殖器

爆心

髋骨

度就大。"

"那个位置，好像是水池。"大宝仰望天花板，想着，说，"水池下面的区域。"

我点点头，说："我看过了，燃气出口应该在范金成正面的位置，不可能是爆心。如果说是室内充满燃气后引爆，水池的下方也不该有可以引爆的火源或者电源。"

"那你的意思就是，这一起爆炸案件，应该是有人为爆炸物的？"林涛说。

我点点头，说："结合现场卧室内的状况，一家四口像是匆匆忙忙从卧室一起来到厨房，然后发生爆炸的。这样看，很有可能这是一起人为的爆炸案件。"

专案组听完我们的报告，一个个面色凝重。

"那么你们看，下一步该怎么办？"周局长说，"目前侦查工作，还没有发现死者及其家人有什么明显的矛盾关系。"

"我们要继续翻找现场。"我说，"要找到可能存在的爆炸残留物，尤其是可能存在的引爆装置碎片。"

"这个消防部门已经找过了。"周局长说，"发现了一些疑似的引爆装置，但是不好确定，因为厨房里有不少已经被炸碎的电器、灶台什么的，这些东西里面也可能有金属零件，无法和引爆装置进行甄别。"

"那我们也要找。"我说，"而且还要寻找一下周边村民家里，看有没有什么可疑的痕迹。"

我们花了一下午的时间，把厨房这一座危房内部清理了出来。尤其是在范金成尸体原来位置后面的水池下方，我们进行了仔细寻找。虽然整个水池已经被炸裂，没有了形状，但是我们还是一丝不苟地把每一块砖砾都清理了出来。可是除了一些黑色胶皮状物质以外，没有发现其他什么有特征性的东西。

"这里怎么会有这么多黑色的胶带碎片？"大宝说，"难道是家里以前储存的一些黑色胶布什么的吗？"

我摇摇头，说："不会。如果是成卷的胶带，即使被炸裂，也应该有重叠黏附，不会像现在这样成一片片的。"

"那你说，会是什么东西？"大宝说。

我摇摇头表示同样一无所知。于是，我们重新返回专案组，准备把这一情况提交专案组调查。

走进专案组后，一片烟雾缭绕。

"这些刑警，一碰见案件得抽多少烟啊。"大宝皱了皱眉头。

"别看不起我们抽烟的人。"我笑着说，"谁还不是被逼的？"

刚走进专案组不久，我就一眼瞥见墙角的一个方纸盒，上面印着"安保电池"。

"那是什么？搜寻到的物证吗？"我问。

一名技术员点点头，说："是的，在一家门口的猪圈里找到的。"

"什么东西？"我问，"看了吗？"

技术员又点了点头，说："好像是电动车的电瓶。"

"电动车的电瓶放在猪圈里？"我问，"这是户什么人家？"

"这户人家不住人，都出去打工了。"技术员说，"猪圈也是废弃的，我们是在外围搜索的时候，看见这盒电瓶的。"

"废弃的猪圈里，会有这么新的电瓶盒子？"我心头疑虑骤升。

我走到方盒旁边，小心地把方盒拿到了会议桌上。从纸盒封口处的缝隙里，可以看得到里面有一些电线裸露在外面。

"在我的印象当中，"我说，"电动车的电瓶应该没有外接的电线啊。"

话还没说完，手快的大宝已经把纸盒的盒盖打了开来。

"那么多废话，打开看看不就行了？"大宝说。

4

盒盖一打开，盒内的物品一目了然。

盒子里面是六卷黑色包装的物体，呈桶状。就像是民国时期，用红纸包大洋的形状。每卷物体的上面都连接了红红绿绿的电线。

"这是什么？"我问。

"炸药。"在一旁的韩亮淡淡地说。

"炸药？"这个词语吓得我连着往后倒退了几步。

韩亮点点头，说："这样的包装，应该是硝铵炸药。是矿山上用的。"

我全身的汗毛都竖了起来。

韩亮接着说："看体积，这应该是两公斤一卷的规格。加一起，十二公斤硝铵炸药。"

"也……也就是说，"大宝惊魂未定，"要是安装了拉发装置，我们都得死？"

韩亮笑了笑，说："别那么紧张，现在没炸，就已经不会炸了。不过如果真的安装了拉发装置，你刚才打开盒盖后，不仅是我们都得死，这座房子都得塌。"

"看见没！"我重重地打了下大宝的后脑勺，"以后别毛手毛脚的，我儿子还没出世，我可不想殉职！"

"听这意思，铃铛姐姐怀上了？"韩亮还是一脸淡然。

其实在出差之前，我就收到了铃铛的短信，有喜了。但因为这起特大案件的发生，我必须等到结案后，才能回去带她到医院检查。

在这种惊魂时刻，我做不到韩亮的那种镇定。我指着纸盒说："这个东西，怎么办？"

"没关系的。"韩亮说，"硝铵炸药具有中等威力和一定的敏感性，但纯硝酸铵在常温下是稳定的，对打击、碰撞或摩擦均不敏感。不过，在高温、高压和有可被氧化的物质存在的情况下会发生爆炸。"

我看了看会议桌上烟灰缸里满满的烟头说："那得赶紧把它转移走。"

整个会议室的人都惊呆了。

一个炸药包在会议室满是烟头的环境下安静地待了一下午，这实属运气好。大家见炸药被理化部门的人带走，才稍稍平静了一些，互相低头窃窃私语。

我说："虽然经历了危险，但是也有发现。刚才我看见硝铵炸药是用黑色胶皮包装的，这和我们在现场爆心部位发现的黑色胶皮的形态完全一致。因为爆心确定是在水池下方，那么炸药发生爆炸以后，面向外侧的包装物都被炸飞，而面向墙壁的包装物虽然被炸碎，却遗留了下来，这让我们很轻松地就可以判断，这一起爆炸案件源于硝铵炸药爆炸。"

"可是这是严格管控的炸药。"周局长说，"我们这里又不是矿区，怎么会有这样的炸药？"

"我们这个也调查过了。"一名侦查员插话道，"这个村子有不少人都是在外地矿上打工。也就是说，这个村子里肯定有人有渠道获得炸药。"

"如果无缘无故，不可能用这么恶劣的手段作案。"周局长说，"加紧调查死者家及其家属所有的关系人。尤其是那些在矿上打工，最近又回到青县的人。很好，这个勘查结果，是最直接的证据，为以后破案以及定罪都起了关键作用。

很不错！”

“可是我们怎么甄别犯罪嫌疑人？”侦查员说，“一点儿证据都没有。”

我说：“给我们一个小时，会有的。”

我看了眼林涛，说：“凶手进入过那户没有人家的猪圈，为了放置剩余的炸药，可能会留下足迹。凶手肯定要进入死者家院落，才能把炸药安置好。既然民警到达的时候，现场大门紧锁，是封闭现场，说明凶手肯定是从外墙爬过去的。那么，死者家里的墙壁上，肯定会有攀爬痕迹和足迹。”

“另外，”林涛微笑着补充道，“我们还有个寻找证据的利器——纸盒。和本案无关的人，是不会碰那个纸盒的，也就是说，纸盒上的指纹会有很重要的价值。这个案件寻找证据的工作，就交给我们痕迹检验部门吧！”

说完，林涛转身离去。

周局长看着我说：“你们看了一整天现场和尸体了，对于现场重建有什么想法吗？”

“很简单。”我自信满满，“凶手利用翻墙的方式潜入死者的家里，在死者的家里安装了炸药和引爆装置。看现场周围剩余的炸药，凶手可能还想在另一家安装。不过在安装炸药的过程中，可能碰倒了什么东西，引起了正在睡眠中的房主的注意。老两口把灯打开了。因为二楼灯亮了，所以凶手赶紧翻墙逃离。老两口下楼的时候可能惊醒了楼下的范程，范程于是也起床跟随。三人都走出了房屋，赵丽倩此时也惊醒了，因为发现自己独自在睡觉，所以很害怕，没有穿鞋就跑出了主楼。”

我顿了顿，说：“就在这个时候，范金成在厨房里可能踩到了或者触碰到了引爆装置，导致爆炸，四个人死亡的地点就是他们刚好到达的地点。”

“太不凑巧。”周局长点头认可，说，“任何一点时间差，可能都不会死这么多人。”

“是啊。”我仰天长叹，“命运真是个说不清、道不明的东西。”

“在发现电瓶的现场，发现多枚足迹。”当林涛重新回到专案组的时候，已经信心满满，“除去我们技术员自己的足迹以外，还发现了几枚相同足迹。另外，在死者家厨房旁边的外墙和内墙上都发现了踩踏痕迹。这些残缺的痕迹，可以和猪圈里的痕迹认定同一。”

"这两个地方都是和犯罪有直接关系的地方，在这里发现了相同的足迹，也就是说，你们找到了凶手的足迹？"我问。

林涛微笑点头："不仅如此，我们还可以判断凶手穿的是解放鞋，现在已经并不常见的鞋子，不过那种鞋底花纹我是再熟悉不过了。而且，我们在纸盒上发现了几枚指纹，很新鲜，既然那个地方不常去人，被别人污染的可能性就小。所以，指纹应该是凶手的。"

"不错啊。"周局长说，"好多先进的检验手段都需要两天才能出结果，你们倒是先通过肉眼发现了炸药类型和相关证据。所以高科技确实多，最后关键还是得靠步兵啊。"

"是啊，我们就是步兵。"我满意地笑笑。

"既然有了证据，我们是不是该开始排查了？"周局长问。

我说："宜早不宜迟。"

案件破获也充满了巧合。一名侦查员顶着夜色，看见了一名背着包裹、准备出行的村民。他的脚上，正穿着现在已经很不流行的解放鞋。

在这个时候再次外出打工，很反常，而且最为关键的是那双解放鞋。于是民警上前盘问。在看见民警走近的时候，这个村民突然扔掉包袱，拔腿就跑。

在几名身经百战的侦查员面前，这个可疑的人怎么可能跑得掉？他没跑出三百米，就被几名民警牢牢地按在地上。

"警察！跑什么跑？"

"你们没穿警服，我怎么知道你们是警察？"这个村民挣扎着说。

"叫什么名字？"

"范袍。"

"范跑？你还范跑跑呢！"侦查员说，"老实点儿，跟我回去。"

在把范袍带回刑警队的第一时间，侦查员就提取了他的解放鞋以及十指指纹。经过鞋底花纹和指纹的比对，确定这个村民范袍就是犯罪嫌疑人。

有了这些证据，范袍再也无从抵赖，只有从实招来。

范袍是范金成的侄子，是个性格懦弱的人。

范袍从小父母双亡，被叔父范金成养大成人。三年前，范金成做主，为范袍娶了一个漂亮的老婆，婚后生活也很愉快，而且在两年前生下了一个可爱的儿子。

范袍的命运从被范金成收养开始改变。这个孤苦伶仃的孤儿，现在拥有了幸福的生活。范袍知道仅仅靠在家种地，是不可能挣到什么钱的。既然已经独立，他决定自己出去闯一闯。他两年前去山西一个煤矿里打工，虽然工作很危险而且艰苦，但是收入还是不菲的。

今年过年，他带着一整年挣的十万块钱，准备回老家给老婆一个惊喜，没想到却从窗外听见了自家卧室里传来的呻吟声。

来和他老婆偷情的，居然是自己的堂哥，范金成的大儿子范胜利。

"我爸爸把你养大成人，给你说了一门媳妇，你还有什么不知足的吗？"范胜利一脸骄傲，"我过来和你媳妇玩一下，也是在帮你忙。肥水不流外人田，总比她偷别家男人好，对吧？"

范袍从小就被范胜利欺负，从来没有敢还过手，父母双亡的他，认为保护自己的最好办法，就是忍气吞声。

可未承想，这一忍气吞声忍了二十多年，还被人戴了一顶大大的绿帽子。

范胜利拂袖而去，自己的媳妇掩面哭泣，而范袍脑子里一片空白。

"他给我娶媳妇，其实等于是给自己的儿子讨小老婆罢了。"范袍被范胜利欺负惯了，反而不敢怪范胜利，怪起了范金成来。

这口闷气在他的胸中积压，他忍无可忍，遂回到了山西的矿里，在一天夜里，悄悄潜入了炸药库，偷了十二卷共二十四公斤硝铵炸药，还有一些雷管和几个引爆装置的成品。

他一直在思考如何把这么一箱子炸药运回老家，可没想到会如此顺利。那些跑长途的黑客运班车，在车站外超载带人，就把他连同他的那一箱子炸药带回了青县。

在经过几天的踩点后，一天晚上，范袍开始了他的罪恶计划。他把炸药分成两份，准备把范金成和范胜利家都炸个底朝天。

他在范金成家里装好炸药和压发的引爆装置后，不小心碰掉了厨房灶台上的铁锅。巨大的金属撞击声把他都吓了一跳，他赶紧从墙头翻出，离开了现场。他还没跑出一公里，就听见了巨大的爆炸声。

他的第一步计划成功了，需要等到风头过去后，再取出藏在一个空猪圈里的炸药，开始他的第二步计划。

未承想，一个爆炸案件死了这么多人，而且警察好像真的发现这是人为的爆炸，居然开始了细致的调查访问。他有些害怕了，准备趁着夜色逃离青县，开始亡命生涯。范胜利虽然没死，但是他的儿子死了，范袍这样想着，很是解恨。

"幸亏你们的工作进展得快啊。"周局长庆幸地说，"如果不是这么快得出了结论，这个范袍一跑掉，我们还真不知道去哪儿才能把他抓回来呢。"

林涛被周局长夸得扬扬自得。

大宝则一脸茫然："可是，这案子里死的四个人，全是无辜的呀。"

"是啊。"我说，"可怜了范金成夫妇，一把屎一把尿地把范袍养大，却被范袍取了性命。范胜利一人犯错，却要他的父亲和儿子的生命来还债，这确实太不公平了。"

虽然这个案子引发了我们无数思考，但是把这一起震惊全省的特大爆炸案件一天就破获的欣喜，还是让我们无比振奋。我、林涛和大宝在车上约好，回到龙番后，就找个地摊喝酒去。

只有韩亮一边开车，一边幽幽地说："别高兴了，等把第十一根手指的案子破了，再去喝酒吧。"

法医秦明

VOICE OF THE DEAD

| 尾声 |

消 失 的 胸

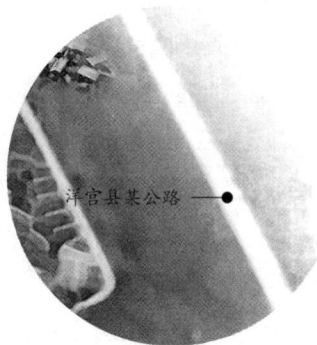

洋宫县某公路 ——●

健康的人不会折磨他人，往往是那些曾受折磨的人转而成为折磨他人者。

——荣格

<h1 style="text-align:center">1</h1>

法医工作不仅仅是为了侦破命案，很多治安案件中伤者的伤情鉴定、禁毒案件中的毒物化验都离不开法医。尤其是在一些交通事故中，法医更是作用突出。是生前交通事故，还是死后伪装成交通事故；驾驶员有没有被胁迫、威逼而导致的交通事故；甚至需要分析一辆事故车上的驾乘关系，作为后期事故认定、赔偿责任的基本依据。

所以很多交警部门也在事故处理部门配备法医。

作为省厅的法医部门，不仅仅要为刑警服务，为交警服务也是家常便饭。而且，一出勘交通事故现场，一般都是大现场，陨灭的都是数条甚至数十条生命。

洋宫县位于我省北方四省交界处交通要道，交通事故多发，我们也会经常赶赴洋宫县对交通事故现场进行勘查。但这一次，他们碰见了一起疑难的交通事故。

有位群众在凌晨四点钟的时候，听见屋外一声巨响。睡梦中的他意识到可能出事了，于是穿衣出门去看，发现他住处对面马路牙子上的一排树木均已倒伏，马路上还有一个轮胎。

门前的这条路是县城通往邻县的公路，路况好，车辆少。这里经常会有一些小年轻来飙车、兜风。公路的一侧是一条水渠，现在是汛期，水深有五六米。所以这位群众第一时间就意识到，可能出交通事故了。因为没有手机，这位群众沿路跑了一公里，才找到一个路人，借了手机拨打了110。

民警、交警纷纷奔赴现场，对现场进行了打捞。经过数小时的打捞，从水渠里打捞到一辆奔驰轿车和四具尸体。

四名死者其中两人是县城某公司的老总和副总，另外两人是某高档KTV的三陪小姐。死者都在轿车入水后离开了轿车，但是因为经历了撞击，自救能力下降，纷纷在水中溺死，没有一人能够游上岸边，或者坚持到警方的施救。经过抽血检验，四人均处于醉酒状态。

死因和事故基本都已明确，但因是酒后驾驶，涉及赔偿人的问题，四名死者的家属均向公安机关提出查清驾驶员的要求。交警部门对路段摄像头进行了调取，但是因为天黑车灯反光，所有摄像头均没有办法记录下驾驶员的大概体貌特征。于是，这个重任落在了法医的身上。

因为国庆假期安然无事，我和林涛、大宝已经一个多礼拜没出差了，都有些坐不住了。在接到邀请后，我们三人一口应允下来，并且马上派车出发。

可是没想到，一出事就连着出事。在我们接近洋宫县城的时候，我们接到了胡科长的电话。

"不得了了。"胡科长说，"'六三专案'又发案了！"

"什么？"我惊讶的声音惊醒了在车上睡着了的大宝，我打开了手机免提，说，"这都已经快一个月没发案了，而且距离第一起案件作案时间已经五个月了。这该是什么人这么持之以恒地犯案？而且咱们还抓不到任何线索？"

"凶手手法简单。"胡科长说，"越是手法简单，越是不容易留下线索。"

"这次也是个三十多岁的男性吗？"我说，"也是用相同手法作案吗？"

胡科长沉默了一下，说："这次不太一样，死者是女性，也没有割颈剖腹。"

"啊？"我说，"那你们怎么能认定是'六三专案'？"

胡科长说："因为上一个死者梁峰志的生殖器在这个死者的口袋里装着。而且，这名死者的一侧乳房被割去了。"

"把上一个死者的器官放在下一个死者的尸体旁。"我说，"这就是'六三专案'凶手的手法！现在不割颈剖腹的原因，肯定是他知道我们已经对他非常注意了，他不需要再用这种博眼球的方法来挑衅我们了。"

"对，我们也是这样分析的。"胡科长说，"凶手开始简化杀人程序了。"

"这可怎么办？"我说，"我在去洋宫县的一个交通事故的途中，已经快到了。"

"不着急。"胡科长说，"你师父陈总的案件已经办完了，那个凶手已经被警方击毙了。现在陈总回来，亲自督办这起案件了。"

"那就好。"我说，"你们等我，我去去就来！绝对不能再让这个恶魔杀人了！"

我对自己的评价是"适应阈"比较宽，吃菜咸的、淡的都能下咽，穿衣热点儿、凉点儿都能出门。去命案现场，即便是尸蜡化、巨人观，只要我能稳定住思绪去思考，五分钟内，大脑就能忽略掉刺鼻的恶臭。

所以，在接完电话后，虽然我的思绪被"六三专案"牵绊，但一到这一起交通事故现场，我满脑子人、车、路，"六三专案"的画面就忘得一干二净。

在事故发生现场，车辆和尸体已经被运走，警戒带一旁，警察和电线修理工人正在交涉。事故导致一根电线杆倒塌，扯断的电线散落一地。附近路灯及一些住户大面积停电，电力公司的电话都给打爆了。

为了让电力公司可以尽快恢复供电，我们立即展开了勘查工作。

路一侧的树木都已倒伏，但没有折断现象，倒伏在地面的小树表面树皮都已经被刮脱。倒伏树木的尽头是一根折断倒塌的电线杆。

"看，这一片河边的灌木丛都倒伏了。"大宝说，"车辆就是从这里入水的。"

我用卷尺量了量电线杆，说："电线杆上黏附着银灰色的漆片，应该是车辆撞击后黏附上的。这些漆片的位置比较高，应该高于一辆小型汽车的高度。"

"那你的意思是？"林涛问。

我说："车辆一路铲倒树木后疾驰而来，虽然车辆的底盘可能被树木架空，但是由于车辆自重和四个人的重量，车辆是不可能飞起来的。既然撞击点可以达到这么高，说明车辆可能有倾覆。"

"你是说车辆是处于侧翻的状态撞击到电线杆的？"林涛说。

我点点头，摘下手套，说："现场的状况，人为是伪装不了的，这是一起交通事故无疑。"

车辆已经被拉到一个修理厂，为的是检验，而不是修复。车子被撞成现在的程度，已经没有再修复的必要。

这是一辆银灰色奔驰轿车，前保险杠已经脱落，引擎盖倒还算完好。

"这车挺经撞啊，"大宝说。

我摇摇头，说："现场的树木很细，都没有折断，说明撞击力并不是很大。因为马路牙子上的土壤松软，所以树木遭受撞击后，就倒伏了，车辆其实都是在一边铲树，一边疾驰。没有发生正儿八经的正面撞击。你看车里的气囊都没有打开。"

我围着车辆转了一圈，在车后备厢处停了下来。车辆的后备厢瘪了进去，完全变形了。

我用尺子量了量后备厢上方的凹陷，说："这一处半圆形的凹陷，直径和电线杆相符。说明车辆在开到电线杆的时候，已经发生了倾覆，整个后备厢的上面撞击上了电线杆。"

"因为碰撞，所以车辆往前行驶的路线发生了改变。"林涛说，"这才会掉进水里。如果不是因为这一下碰撞，车辆只是往前铲树，最终还是有可能会停下来的，人也不会死。"

我点头认可。

大宝则注意到车尾巴上的一个反光贴写着"变形金刚"。

大宝说："呵呵。"

"我相信交警部门也可以很轻易地判断出车辆的倾覆过程、撞击过程和入水过程。"我说，"但是谁是驾驶员，则需要我们法医了。"

"有把握吗？"林涛随着车辆的颠簸摇晃了一下。

我说："法医能否推断出驾驶员，不是绝对的，是要看条件的。如果尸体上都没有损伤，神也判断不了。一旦有一些特征性损伤，则可以认定。所以我现在也很忐忑。"

我们赶赴的地方，又是我比较抗拒的地方——医院太平间，而且是全县最大的一家医院的太平间。

太平间里摆满了冰棺，里面躺着形形色色的尸体。

我揉了揉鼻子，穿上解剖服，走到了太平间中央摆着的四张运尸床的旁边，这就是这起事故中死亡的四个死者的尸体。

"先把死者的衣服都脱掉吧。"我说。

几名法医七手八脚地把尸体衣物全部脱去，我一眼看去，没有任何一名死者身上有开放性创口，甚至连比较明显的皮下出血都没有发现。

"完蛋了。"大宝说，"都没损伤，怎么判断？"

我镇定地逐个儿看了看死者的四肢，说："不，有伤，很轻微，我觉得我们有希望得到正确的答案。"

"没有严重的损伤，说明车辆确实没有发生严重的正面撞击。"林涛说，"这一点可以印证我们对事故发生过程的认定。"

我点点头，问身边的交警，说："家属同意解剖吗？"

交警说："不同意。"

"不同意?"我说,"难道不是家属提出要查清驾驶员的吗?"

交警说:"家属要求公安机关查清驾驶员是谁,但不同意解剖。"

我知道很多事故发生后,家属提出的种种理由,不过是为了索求赔偿。但因为中国传统思维的影响,又不愿意让自己的亲人在死后还挨上一刀。

于是,我说:"那我们试试吧。"

仅仅进行尸表检验,虽然大大降低了我们的工作强度,但是因为看不到尸体内部的组织改变,就等于少了很多推断的依据。好在这起案件我们有如神助,在短短三个小时尸表检验结束后,我已经有了确切的结论。

在得出结论后,我提出要求会见四名死者的家属。

"有把握吗?"洋宫县分管交警的周局长说。他刚从省厅回来,出了这么大的事故,管理责任不可推卸,他挨了一顿批以后,灰头土脸地回到县里。他对我贸然会见死者家属心存疑虑,因为稍有不慎,可能就会引发信访,那时候,他的责任更大。其实他不知道,我在尸检后,又想起了几百公里外的"六三专案"的第五起案件,想起了冤死的第五名死者。我是真心急着回去。

但周局长现在对省厅的人心有余悸,在获得我坚决的答复后,也不好再说什么,只有乖乖地部署,电话约见了几名死者的家属。

"经过现场勘查和车辆检验,我们基本确定了事故的发生过程。"我指着幻灯片上的照片说。

"别废话了,我们就要知道谁开的车。"一名男子训斥道。

"啊……我的儿啊……你死得好惨啊……"一名妇女突然号啕大哭起来,引得会议室里争吵声、叫骂声、哭声四起,让场面一度混乱。周局长端茶倒水加安慰,花了半天力气,才把气氛再次恢复平静。

我暗自庆幸已经提前让林涛把尸体照片进行了处理,不至于再次引发骚乱。

"那么,我们现在来说一说损伤。"我干咳了一声,缓解一下刚才被打断的尴尬,"尸表检验后,我们通过损伤分析认定一号男性死者为驾驶员。"

"废话!"还是刚才的男子打断了我的话,"车是我儿子的,你们就认定他是驾驶员?你们就这样办案的?那需要你们做什么?吃干饭的吗?"

"那么你的意思是车是你儿子的,你儿子就不可能是驾驶员?"这次激怒了我,"那么你说谁才是驾驶员?"

其他几名死者的家属站到了我的阵营,大家纷纷开始指责他,他才重新坐回位置上。

　　"一号男尸的损伤分布规律是左侧有玻璃划伤，右侧有硬物挫伤。说明事故发生时他左边有破碎玻璃，右边有表面光滑的硬物。根据车辆检查，只有驾驶员的位置可以，左侧有窗，右侧有挡位和手刹。一号男尸右侧腰部的擦挫伤，提示这个位置有一个钝性物体，根据车辆检查，只有坐在车左侧的人，右侧腰部才对应安全带扣。"

　　我一口气说完，顿了顿，发现一号死者的父亲没有跳出来反对，于是接着说："一号男尸双踝的内侧都有擦伤，说明他两脚之间有一个硬物，表面比较粗糙。我们检查了全车，只有驾驶员的两脚之间会有一个刹车板。这个损伤是和其他死者不同的。另外，他的左侧膝盖部位裤子有个刮破的痕迹，经过车辆检查，发现驾驶员左膝对应部位有个引擎盖开关，一角尖锐，可以刮破衣物，车辆其他位置都没有符合形态的硬物。"

　　我刚说完，除了驾驶员的父亲以外，其他死者家属均点头认可。而驾驶员的父亲也似乎有些词穷，但他依旧不依不饶地质问道："那，那你给我说说其他人坐在

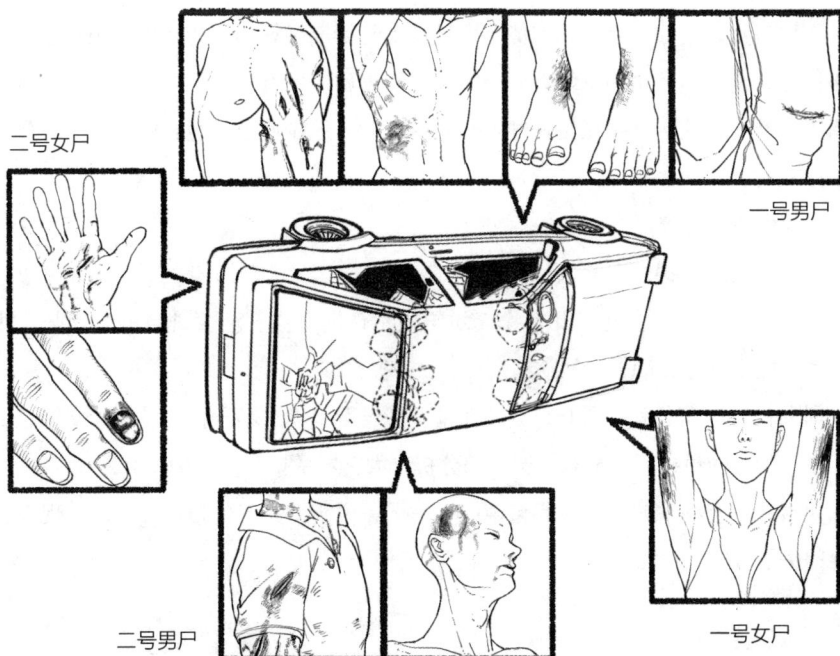

二号女尸

一号男尸

二号男尸

一号女尸

哪儿，你都能分析出来，没疑点，我才服。"

我心想，幸亏每个人的损伤都有特征，不然还真被问住了。我微微一笑，说："一号女死者是坐在副驾驶位的。她的损伤特征是双上臂下方挫伤，符合和一个平面物体摩擦形成。双上臂下侧能接触平面物体，只有副驾驶的位置。"

"那她不会是驾驶员吗？"

"不会。我们设想一下，如果是驾驶员的腋窝部位都碰到了仪表盘，那么方向盘肯定会重重地顶在胸口了，死者胸口没损伤。另外，四名死者中，只有一号女尸身上没有玻璃划伤。而车辆只有前挡风玻璃和右侧前窗玻璃没破，其他都破了。这说明她就是坐在副驾驶位的。"

我见没人接茬，接着说："二号男死者坐在副驾驶后面的位置，因为他的右侧有玻璃划伤，而且衣领有被撕扯脱线的迹象，衣领还在他右侧脖子处留下了勒痕，说明是左边衣角受力，所以他左边有人。另外，他的右颞部有个巨大血肿，说明右侧有硬物撞击。我之前想说，事故过程是车辆有个向右侧倾覆的过程，那么他在这个时候头部就可能撞击了门框。"

会议室里又出现了隐约的抽泣声，我连忙把话说完："剩下的就是二号女尸，她坐在驾驶员后侧。她的右侧手掌有玻璃划伤，说明车辆在向右倾覆的过程中，她用手支撑自己，手撑在碎裂的右侧车窗玻璃上，所以会划伤。如果坐在副驾驶后面的座位上，是来不及用手撑住右侧车窗的，因为反应不过来。另外，她的右手有一枚指甲折断了，这应该是在车辆冲上马路牙子时，她拉拽坐在她右侧的二号男死者衣服形成的。"

会议室里一片安静。

我补充道："我说完了。"

会场又安静了一会儿，几名家属纷纷表示认同，离开。驾驶员的父亲张了张嘴，也没能说出什么话来，默默地离开。

周局长目送几名家属离开，激动地说："老秦，你这场分析，是我干交警这么多年来，听过的最精彩、最有说服力的分析！太精彩了！"

我被夸得有些飘飘然，拎起包谦虚了一下，说："是案件条件好而已，现在我们要回去了。"

2

这起事故的分析让我自我感觉良好，所以一回到省厅，我就迫不及待地到师父办公室去。一来几个月未见师父露面，还有些想念；二来我一定要把这起事故完整地汇报给师父，让师父知道，他的徒弟到哪个部门办案都不会丢他的脸。

可是一进师父办公室，却看见了师父阴沉着脸。

我堆起笑容，说："师父，我今天办了……"

"你从今天起停职。"师父说。

"办了一个漂亮案子。"我没有反应过来，还是把刚才的一句话说完了。

"停职？"林涛最先反应过来。

我浑身突然就麻木了，说："师父，那个，谁停职？"

师父盯着我，眼神如炬。

我回头看了眼呆若木鸡的大宝和一脸惊愕的林涛，再看看坚定的师父，感觉有些丈二和尚摸不着头脑，我鼓足勇气问了句："我停职？我怎么了？"

师父盯着我说："停职原因现在保密，你从明天开始不用上班了，老实在家待着，随时接受传唤。"

"传唤？"我大脑快速转了一圈。心想我老秦行得正、坐得直，没做过什么对不起人的事情啊，我犯了什么错误吗？还需要传唤这么严重？

我是师父最疼爱的弟子，他最终架不住我的央求，阴着脸，从抽屉里拿出一沓照片，扔给我，说："看看，你认识她吗？"

照片上的女子穿白色纱织上衣，黑色短裙，还有蕾丝的长袜，躺在地上，尸体苍白苍白的，她是失血死亡，右侧胸口被血迹浸湿。

我突然想起了胡科长说的"六三专案"的第五名死者，被凶手割去乳房的死者。

看到"六三专案"的资料，我有些激愤，但是仍没有压得过心头的疑惑，我仔细看完了那一沓照片，最后一张是死者生前的生活照，照片上的女孩笑容可掬、清纯可爱，但面孔确定是生疏的。

我摇摇头，说："不认识。"

师父突然换了话题："你十一期间在做什么？"

我见师父脸色变好了些，于是翻了翻眼睛，嬉皮笑脸地说："一直在家陪老婆啊，想着怎么生儿子呢。"

"这个死者的内衣上，有你的DNA。"师父一针见血，"铃铛刚怀孕，你就干坏事吗？"

我浑身又麻了起来："什么？我我我，我这几天都没出门，这怎么可能？"

每名法医的DNA都会被录入DNA数据库，这样就可以防止在解剖、取材的过程中污染，所以我的DNA也在数据库里有备存。我没有参加第五具尸体的检验，所以不可能是污染，那么在死者身上发现我的DNA，只可能是我和死者接触过。

"陈总你不会怀疑'第十一指'的系列案件是老秦干的吧？"林涛旁观者清。

我一脸茫然地看了看林涛，委屈、愤怒、疑惑、纠结各种情绪压在心头，压得我一句话也说不出来，我就直直地看着师父，师父也看着我。

僵持了一会儿，师父说："本案杀人方式是投毒、扼颈，前三起还有剖腹的动作。剖腹动作很专业，是法医常用的'掏舌头'的工作。专案组之前一直在怀疑是不是有行内人在作祟，没想到在第五具尸体也就是刘翠翠的身上进行地毯式检验，就发现了你的DNA。"

"是什么呢？"林涛说，"头发？皮屑？"

师父沉默了一会儿，说："是精斑。"

我刚刚恢复一些思绪，正准备开口说话，被这突如其来的一句又震蒙了。

"我我我，她她她。"我突然结巴了。

"可疑斑迹量很少，像是被擦拭过一样。像以前的云泰案①一样，精斑预实验阳性，但是没有检见精子。"师父说，"但DNA是你的。"

"可，可是我去医院检查过，我正常啊。"我说，"我有诊断证明。"

"不。"大宝脸上突然出现了他少有的坚定，"我不相信是老秦干的。那个大学教授的儿子死亡那起案件，之前我们一起在办案，他没有作案时间。"

"这个资料我也看了。"师父说，"也就是因为这起案件，不然他们早就抓你了。你从来没有和我说过谎，你和我说，这几起案件中，你有没有参与过？"

"没有！"我叫道。

"好！我相信你，才会告诉你一切。那你现在就要少安毋躁。"师父说，"专

---

① 见法医秦明系列万象卷第二季《无声的证词》一书。

案组不会冤枉你的,但是在这期间你不能再参与工作了,去档案馆看看以前的案件资料,也不算浪费时间。"

可我哪里有什么心情看档案。

陪伴我的是一摞摞已结案件的卷宗档案,还有档案馆墙那边的窃窃私语。我一个屡破命案的法医,现在倒成了命案的嫌疑人,这是该有多荒唐?

我拿着女死者刘翠翠的照片看了又看,尝试着让自己不去回避,让自己想起是不是以前和她有过什么干系。可是看了整整一天,我确信地告诉自己,我一定不认识她。

天色渐晚,我没有回家,我不知道怎么回家,怎么去和铃铛说这件事情。在空荡荡的档案室里,我开始慢慢地翻看着档案,想用自己超强的"适应阈"把自己从这五味俱全的思绪中拉回来。

林涛和大宝突然开门走了进来。

大宝悄声说:"我们今天去偷了'六三专案'五起案件的资料,然后复印了出来给你,你好好研究一下吧。"

"这可是偷的。"林涛回头看看门外,说,"要是被专案组知道,我们就死定了。这可是违反纪律的。"

"嗯,"大宝使劲儿点头,"我们可不想和你一样跑到这里来看档案。"

我感动地看着这两个兄弟。以我现在的状况,除了师父,恐怕只有这两位才是最信任我的人了。我说:"这几天晚上我就睡这儿了,你们晚上没事儿的话,就来陪我一起研究案子吧。"

看着两人悄悄地离开,我的心里又像是打倒了五味瓶,如果不是这些人的信任和支持,我现在会不会崩溃?

强大的"适应阈"又发挥了它的作用。各种非正常死亡案例卷宗很快把我拉到一个没有杂念的境界里去,我甚至开始统计每年全省非正常死亡和命案的大概数字,以及各类案件所占的比例。

不看不知道,一看吓一跳,一个几千万人口的省份,每年非正常死亡居然有七八千起。其中交通事故占了一部分比例,然后就是自杀和猝死,再然后就是一些灾害事故。其中自杀的卷宗看起来最有意思。法医要通过各种损伤形态或者痕迹来排除他杀的可能。

比如一起案件中,仅看照片,死者的颈部有一个巨大的切口,怎么看都和

"六三专案"里死者被割喉的那种感觉一样，但是法医判断是自杀。理由是死者的周围布满了喷溅状血迹，没有一点儿空白区。如果是有人在她身边割喉的话，血迹喷溅在空中的时候，就会被凶手的躯体阻碍，从而会形成一个血迹的空白区。没有空白区，说明死者的身边没有有形的人体。而且死者的高领毛线衣领口被翻了下来，杀人的话，绝对不可能还翻领子。

省厅的法医一般只出勘疑难命案，所以对形形色色的非正常死亡事件的勘查，比基层法医要少得多，经验也少得多。我终于知道了师父的良苦用心，让我利用这一段时间，好好地查漏补缺。

除了灾害、意外和自杀以外，还有一些没有破获的命案积案。今年来公安部提出命案必破以后，刑警部门的大部分精力都是在侦破命案上，命案破案率也在世界上名列前茅，所以我看到的没有破获的命案很少，而且一部分是明确了嫌疑人，只是嫌疑人还没有到案而已。但也有些命案几乎没有了任何线索，所以我猜测专案组也就放弃了。

我把今年的卷宗从后往前快翻了一遍，时间也接近凌晨两点。

很多恐怖小说都把凌晨两点当成一个恐怖事件发生的节点，在这个时间通常会有一些诡异的事情发生。我看完表以后，这样想着，然后起了一身鸡皮疙瘩。

眼前的卷宗是今年年初发生的一起弃婴案件，发生在龙番市。准确地说，是婴儿病死后，被抛弃尸体的事件。照片里是一个路边的垃圾桶，垃圾桶的一侧放着一个襁褓。襁褓的外面有一根脱落的绳索，是因为布面光滑而脱落的。

我翻到下一页，是婴儿尸体的照片。尸体上没有损伤，口鼻部和颈部皮肤都是完好的，但尸体面色发绀，很有可能是疾病死亡。

但是这一切都没有吸引我，反倒是婴儿双侧大腿上的痕迹吸引了我。

我再次下意识地抬腕看表，时针恰巧指向凌晨两点整。

这个诡异的时间里，终究还是发生了诡异的事情。但是坐在档案柜旁边的我，并没有任何恐惧的感觉，取而代之的，是无比的兴奋。

因为我发现的这个痕迹，很有可能成为"六三专案"破案的最有利线索。

3

婴儿的大腿两侧，有很多勒痕，是死后形成的。说明婴儿死去后，抛弃他的人想用一根细绳来固定他的双腿，方便抛弃。但是因为大腿软组织丰厚，弹性强，所以几次捆扎都脱落了，形成了有特征性的软组织压痕。

除此之外，婴儿的大腿外侧有死后锐器划痕。这是用刀在双腿外侧割的痕迹，但是因为弃婴者下不去手等种种可能，只是划破了腿部皮肤，并没有伤及肌肉。

"为什么要割大腿？"我一个人在档案室里自言自语，房间里传来了我的回声，"割槽捆绑！"

我认为弃婴者因为多次捆绑未果，所以想用这种办法来固定住婴儿的双腿，方便抛弃。这种手法，和"六三专案"前几起被碎尸的尸块的捆绑手法完全相同。会不会是一个人所为？

我迫不及待地翻看了整本卷宗。

这个事件的出勘法医是龙番市的老法医邹书文，他在处置完这起案件后两个月退休了。所以其他法医并不知道这起案件的细节，在发现割槽捆绑的时候，也没人能够联想起这起弃婴案件。

邹法医对尸体进行了局部解剖，并且对婴儿的心脏进行了病理学检验。病理检验报告的结果是：先天性三尖瓣下移畸形。三尖瓣下移畸形是一种罕见的先天性心脏畸形[1]。本病三尖瓣向右心室移位，主要是隔瓣叶和后瓣叶下移，常附着于近心尖的右心室壁而非三尖瓣的纤维环部位，前瓣叶的位置大多正常，因而右心室被分为两个腔，畸形瓣膜以上的心室腔壁薄，与右心房连成一大心腔，是为"心房化的右心室"，其功能与右心房相同；畸形瓣膜以下的心腔包括心尖和流出道为"功能性右心室"，起平常右心室相同的作用，但心腔相对较小。常伴有心房间隔缺损、心室间隔缺损、动脉导管未闭、肺动脉口狭窄或闭锁。可发生右心房压增高，此时如有心房间隔缺损或卵圆孔开放，则可导致右至左分流而出现发绀。

因为可以排除其他死因，虽然这种疾病患儿大多在十岁左右死亡，但结合婴儿的发绀表现，法医判断死者就是因为这种先天性心脏疾病突发，未经有效抢救而死亡。

这是一起抛弃病死婴儿尸体的事件，不是命案。办案单位经过一些调查，并未查到相关线索，所以就这样结案了。

这些都不是关键的。关键的是包裹婴儿的襁褓，都保存在龙番市公安局物证

---

[1] 1866年，Ebstein首先报道一例该疾病，故称为Ebstein畸形、埃勃斯坦畸形，亦称三尖瓣下移畸形。

室，未经DNA检验。

我兴奋不已，拿起电话想找林涛和大宝，但一想他们今天也挺累的，肯定睡着了，明天再告诉他们这个好消息吧。

我兴奋的理由不是因为我的冤情就要得雪了，而是因为这一起压在所有专案组民警心头的大山，总算在这一次不经意翻阅档案的过程中露出了曙光。

因为疲惫，我不知不觉地躺在档案室连排椅上睡着了。

一觉醒来，我拨通了大宝和林涛的电话，分别和他们两人叙述了我昨晚翻阅档案的发现。林涛难掩心中的兴奋，大宝则呆呆地问："啥意思？"

林涛和大宝已赶赴"六三专案"专案组，把这一发现及时上报给专案组，并且提出要求，提取当初弃婴案的相关物证，及时送往省厅进行DNA检验。

在送完物证后，林涛和大宝赶来档案室，和我一起翻起了档案。

"即便掌握了嫌疑人的DNA那又怎样？"大宝说，"龙番市一千万人口，怎么查？一般情况下一个数千人的小镇子想用DNA做排查都不太可能，更何况一个省会城市？"

"不可能利用DNA作为排查依据。"我说，"DNA只能是一个甄别依据。一个DNA检材检验成本一百多块钱呢。"

"所以说啊，"大宝说，"我们现在需要解决的是，如何迅速找到这个嫌疑人的藏身之所或者发现他常去的地方。"

"我倒是觉得先刻画犯罪分子特征，才比较靠谱。"林涛说。

我点头说："赞同！至少这个人心理变态、心狠手辣，而且很可能被公安机关打击处理过，所以才挑衅警方。"

林涛说："我看啊，是和你有私仇吧，才会伪装法医手法，然后弄了你的DNA。不过你小子要是真没问题，他怎么弄得到你的DNA的？"

我涨红了脸说："我绝对行得正、坐得直，问心无愧！"

"我和韩法医争论过，凶手是个男人，还是个女人？"大宝苦思冥想状说道，"现在我倒是很认同凶手是个女人。"

"哦？"我说，"那你说说看，有什么依据吗？"

大宝说："韩法医之前说得有道理，凶手有分尸的动作，但是砍击力度不大，不像是男性所为。加之每起案件都是先投毒，再杀人，这种手法很像是女性的手法。"

"你说的不还是那些依据吗？你开始不认可韩法医的看法，现在认可了？"我问。

"可是这两天我想了很多，尤其是你和我们说过，看系列案件，就要把每一起案件串联起来看。"大宝说，"这个系列案件的一个重要关联，就是前四起案件死者都是男性。"

我陷入沉思，林涛则说："可是最后一起是女性，这就不能算是关联条件。"

大宝说："你想想，一般什么人才能轻易骗得对方喝下有毒的酒或水？要么是熟人，要么是色诱。这四名死者互相之间都没有任何关联，这几个月来，侦查员的主要侦查方向就是这几个人的社会关系有没有交叉，查到现在没查出一点儿关联，说明他们之间没有互相熟悉的人。那么就排除了熟人作案的可能，最有可能的就是色诱！"

我拍了一下桌子："大宝平时晕乎乎的，但是他的这个分析我非常认同！只是，最后一个死者是女性，这个不太好解释。"

大宝从包里掏出一沓资料，说："这是最新的调查结果，最后一名死者，是同性恋！"

我和林涛都愣住了，这一调查，确实是证实大宝的理论的最好依据。

大宝接着说："综上所述，能够轻易骗得男性和同性恋的女性喝下毒酒的人，最有可能是个女性！"

"那这个凶手为什么开始杀男人，后来又杀女人？"我问，"难道是她为了不让我们发现这一关联要素吗？"

林涛说："不能排除这种可能。当然，也有可能是她的性取向突然发生改变了。"

"那么，我们下一步该如何是好？"大宝一口气分析了这么多，有些疲惫。

我揉了揉太阳穴，说："你们知道不知道，女性同性恋聚集的酒吧有哪些？"

"怎么着？"林涛说，"你这是想守株待兔吗？酒吧里那么多人，你去哪里找啊？"

"说得也是。"我说，"但是我觉得如果我们框定出一个大的范围，在这个范围内所有的酒吧、夜总会什么的，都去盯一下，说不准还就真能找到撞上树的兔子。"

"等等，"大宝说，"咱们捋一捋。第一，你怎么框定范围？第二，你怎么知道谁是凶手？"

我摇摇头，说："这个我也不确定。但是我想，如果真给我们碰上了，总能发现一些端倪吧？别忘了，她想栽赃我，我总能看得出一些破绽吧。"

"好吧，好吧。"林涛说，"我也相信这一点。既然栽赃你，肯定是和你有一些瓜葛的，比如你抛弃过的纯情小女孩什么的。"

我再次涨红了脸说："没有的事！我和铃铛是初恋！"

"你俩别调情了。"大宝说，"第一个问题你还没有回答我呢，怎么框定范围？龙番市方圆六千多平方公里，一千万人口，你怎么框定？"

我微微一笑，拿出一个圆规，说："你忘记了？前不久，我去学习了一个冷门学科——犯罪地图学。这个学科在国外很热门，但是国内很多人认为是迷信。我准备来试一试它管不管用。"

"犯罪地图学？"大宝说，"好像听你说过。"

我说："有刑侦专家认为，系列犯罪的发生，都是围绕着凶手主要活动地带来进行的，然后向外扩张。只要你能找出前几起案件的发生地点，然后框定范围的圆心，就是凶手主要的活动地带。"

"这个确实有点儿玄乎，可靠吗？"林涛说。

我说："死马当活马医了。"

"你说前几起案件的发案地？"大宝说，"那你准备用抛尸地点？"

我皱眉想了想，说："如果凶手有车，抛尸可以是随意性的，所以不准，那么就以几名死者最后出现的地点来作为发案地好了，看看他们的中心点是哪里。"

我们三人拿出一张龙番地图，然后翻开几起案件调查资料，逐一进行标注。

"孟祥平是在这个医院失踪，在这里。方将在这个宾馆失踪，在这里。程小梁住在学校附近，也是在学校遇害的，在这里。梁峰志失踪的地方在这里。"大宝用红笔在地图上做了标记，说，"最后一名死者刘翠翠要不要也算上？"

我点点头，拿过大宝手中的笔，说道："根据你们给我的资料，刘翠翠的遇害地点是在她的出租屋里，就是这个叫'青年人小区'的地方。"说完，我在地图上画了个圈。这五起案件的发生地点和调查情况，我早已熟记于心。

我用圆规把几个点连接了起来，是个歪歪扭扭的椭圆形，我在椭圆形的中央，用蓝笔画了个圈，说："你们看看，这是什么地方？"

"三七五四街区！"林涛叫道，"这里是个酒吧、夜总会、KTV的聚集点。真被你猜到了！"

我笑了笑说："我也坚信，犯罪地图学的存在，必然就有它的道理，一点儿也不迷信！这样看，凶手很有可能是通过色诱的方式，骗取被害人的信任，然后择地杀人。"

"我有点儿奇怪，"林涛说，"当初调查几名死者的时候，对酒吧、夜总会应该是重点调查的，这里的录像应该都调取了吧？怎么会没有发现？"

大宝说："这个我知道。视频组就十几个人，我有个同学在里面，他前几天还在和我诉苦呢。当时他们调回来的硬盘放了满满一办公室。全市那么多有视频监控的地方，他们十几个人慢慢看。加之凶手作案都是在晚上，视频大多不清楚，死者也没有穿着很显眼的衣服。所以啊，要么他们现在还没有看到这个区域的监控，要么就是看到了也没有发现毫无特征的死者踪迹。"

"这个完全可以理解。"我说，"他们又没用犯罪地图学，不一定会先看这个区域的监控。而且，我们办案都知道，那些监控的画面，有几张能用啊？看脸根本就不可能，除非人穿着特别有特征的衣服。"

大宝说："看完这个，我又有想法了。你们看啊，前四名男子都是单身男性，有来龙番进修的医生，有来龙番出差的老板和律师，还有纨绔子弟。总体上来说，他们都处于容易产生艳遇想法的状况。最后一名死者是女性同性恋，自然也不言而喻。我觉得我们的推断非常正确。"

"我们今晚就去守株待兔？"我说，"凶手割了最后一名死者的组织，肯定还是想继续作案的。"

大宝说："可是，我们现在一点儿抓手都没有，你确定在那里可以找得到凶手？你不是孙悟空，哪儿来的火眼金睛？"

大宝一句话就像是一根针，把我这个刚刚吹起来的气球戳破了。是啊，没有任何线索，真的能找得到凶手吗？

4

我这个被戳破了的气球不说话了，场面迅速冷了下来。就在这时，大宝放在桌子上的手机响了起来。

"喂？"大宝看见是专案侦查员的来电，一把抓起手机，接通了。

"DNA检验结果出来了。"侦查员说，"褓褓上检出两人的DNA，其中一人的是婴儿本身的。"

虽然是弃婴案件，但是根据有关规定，当初法医也取了婴儿的血，并且录入了DNA系统。

"另外那人的呢？"大宝急着问。

侦查员说："另一个人，是一个女性的DNA，经判断，和婴儿有亲缘关系。说白了，另一个人应该是婴儿的母亲。"

"库里比对了吗？"大宝问，"有没有头绪？"

侦查员在那边沉默了一会儿，说："没有。"

"看来，咱们还得去守株待兔！"我笑着拍了拍大宝的肩膀，说，"加油！"

我们坐在韩亮新买的科鲁兹里，车子停在三七五四街区的入口处。这里灯红酒绿，穿着新潮的男男女女在我们这些"大叔"平时睡觉的时间里，走进了街区。

"我们真是被时代潮流拍在沙滩上的人啊。"大宝感慨道，"这么晚了，龙番居然还有这么热闹的地方。"

在车里坐了不到一个小时，大宝的鼾声就响了起来。

我递给韩亮、林涛一支烟，我们摇下车窗，点燃。彼此无语。

这个时间是酒吧最热闹的时间，却也是宅男宅女们熟睡的时间，所以街区外面也看不到什么人。只是那刺眼的霓虹灯照射在车里，让人无眠。

不一会儿，大宝忽然冒出一句："四个四！我们打八了吧？"

"什么意思？"我笑着说。

韩亮说："他最近学会了一种扑克，叫掼蛋，玩得老上瘾了。"

"也就是说，他在说梦话？"我说。

"他喜欢说梦话你不知道吗？"林涛笑道。

我说："何止是说梦话，他还梦游呢！上次梦游找解剖室[①]，没吓坏我。"

我们的笑声刚落，街区口开始有三三两两、东倒西歪的男女出现。

"散场了。"我坐直了身子。

---

① 见法医秦明系列万象卷第二季《无声的证词》一书。

消失的胸

"人家不叫散场。"林涛说，"你以为是看电影啊？"

人流越来越庞大，我瞪着眼睛，想在人群中找到一丝信息。我抬腕看了看表，又快到凌晨两点了，连续两天短睡眠，让我此时有了一些困意。

慢慢地，人走完了，我们没有发现任何可疑的线索。

"看来我们这个办法不行。"林涛说，"守株待兔，这就是历史上的一个笑话嘛。我们得想想其他办法，至少得掌握一点儿嫌疑人的特征吧。"

"等等，"我制止了正在打火准备返航的韩亮，说，"我怎么听见有人在叫一个词儿？"

"什么？"林涛把车窗摇开，竖着耳朵听。

一个尖锐的女声穿过开启的车窗进入我们的车内。

"池子！池子！"

我全身的汗毛都立了起来。

街区的入口处，一个身穿金色短裙、黑丝袜的清瘦女子出现在我们的视野。一个女子跑过来和她说了几句话后离开，她于是独自往街区外面走。

和其他东倒西歪的男女不同的是，她显得异常清醒。她掏出手机看了看，然后甩了甩齐肩长发，像是叹了口气，独自向远处走去，茕茕孑立。

她看手机的时候，手机的亮光照亮了她的脸庞，美丽俊秀。

"有没有觉得这个'池子'听起来特别耳熟？"我激动万分地说。

林涛皱起眉头，说："何止是耳熟，这个女人也很眼熟啊！我知道她是谁了。"

"你说。"我盯着车窗外的女人。

"水良的妻子。"林涛一边说，一边打醒了熟睡中的大宝。

水良是"云泰案"的凶手，被判处死刑，已经执行完毕。我们在搜查水良家的时候，见过他的妻子一面，他的妻子还像鬼一样和我说了一句话。而这个引起我们注意的叫声"池子"，到现在还是个谜。为什么这个女人出现的地方，就会有"池子"？

"对！是她！"我仿佛醍醐灌顶，"她当初说过要好好配合我，原来是要杀人作案挑衅我！"

"当初她说要配合你，我以为她看上你了要勾引你来着。"林涛的笑话一点儿也不好笑，他接着说，"不过，你的DNA她怎么会有？你们不会……"

"怎么可能！"我涨红了脸，"我问心无愧！"

"女性作案，受过刺激所以变态，和你有仇，和警方有仇。"林涛说，"她完全符合我们之前推断的所有条件！"

"抓人啊！"大宝抹去口角的口水，不知从哪里拿出一副手铐，"还愣着做什么？"

"你哪儿来的手铐？"我笑着问。这时候的笑，是舒心的笑，我看见了破案的曙光。

"我在战训队啊，队员都发单警装备的。"大宝伸手就去开车门。

我一把拉住大宝，说："没搞错吧？你是法医！你是验尸的！你能抓人吗？怎么着？学了两天战训队的科目，就以为自己是侦查员了？"

"都是人民警察。"大宝说，"关键时刻我们也得上啊！"

"别急，"我说，"如果是她干的，她绝对跑不了，相信我。"

"下一步，我们需要密取她的DNA吗？"林涛说。

我摇摇头，说："不用，我们悄悄跟着她，看她住哪儿就足够了。这个女人不简单，如果现在取她的DNA，一是不合证据提取程序，二是容易打草惊蛇。得不偿失。"

"那你怎么知道弃婴襁褓的DNA是她的？"林涛说。

我说："我有办法，走吧！"

女人住在街区附近的一个小院落里。从外面看，这个院子不大，但是独门独户。我们目送女人走进院子后，便悄然离开。

这一夜，我睡得特别熟。

第二天一早，我就来到了DNA实验室。我拉住忙得团团转的DNA实验室主任郑大姐，说："郑大姐，不管你现在有多忙，得先帮我一个忙。"

郑大姐瞪着眼睛看着我，说："你不是被停职了吗？"

"我是被冤枉的。"我一边说，一边把郑大姐拉到办公室，说，"有个简单的活儿。当初'云泰案'，水良落网以后，有没有提取他的DNA样本？"

"当然。"郑大姐点头说，"所有嫌疑人抓来第一件事就是提取样本。"

"昨天你们不是做了一个弃婴襁褓上的DNA吗？"我说，"我现在想知道这对母子和水良的DNA能不能比出亲缘关系。"

"你是说，那个弃婴就是水良的儿子？"郑大姐说，"那他家也太惨了吧。"

消失的胸

不一会儿，身穿白大褂的郑大姐从数据分析室里走了出来，说："对上了，水良、弃婴以及那个女子，是一家三口。"

大宝在旁边反应了过来："哦，你这是间接确认本案的嫌疑人就是水良的妻子啊。"

"啥也别说了。"我说，"赶紧把这些情况通报专案组，对嫌疑人布控。"

"六三专案"的影响太大了，专案组的压力可想而知。在得知这一可靠信息后，专案组立即组织了精干力量对女子住处进行了布控。并且趁女子外出之际，对她的小院以及小院里停着的一辆甲壳虫轿车进行了搜查。当侦查人员从甲壳虫狭小的后备厢里拎出一个桶时，现场有位女警忍不住发出了一声惊呼。桶底放着一个塑料袋，里面正是一块疑似乳房的人体软组织！

DNA图谱从机器里慢慢打印出来，郑大姐撕下图谱，用尺子比画了一下，说："在嫌疑人院落和车里提取的可疑斑迹是人血，经过DNA比对，系孟祥平和方将的血迹。塑料袋里的软组织，确证是属于刘翠翠的。"

此言一出，DNA室里一片欢腾。

这座压在专案组每名民警心头数月之久的大山终于给推倒了。

而此时，我仍在档案室里看档案。看档案，也有瘾。

下午，当女子回到住处的时候，发现院子里站着两名荷枪实弹的警察，她转身想跑，却发现已经遁地无门了，她的身后站着几名便衣。

她随后整了整衣衫和头发，伸出双手，微微地笑了一下，说："不成功则成仁，我早就准备好有今天了。"

"你没有成功，也不会成仁。"林涛目光炯炯地望着她，"恶魔是要下地狱的。"

没有民警愿意审讯这个女子，因为他们实在无法把眼前这个时髦、靓丽的女子和几个月来连杀五人、手段残忍变态的恶魔联系在一起。他们觉得审讯工作无从下手。

而这名女子则淡淡地说道："让秦科长来审问我，不然我什么也不说。"

侦查员说："行。"

法医秦明
VOICE OF THE DEAD

| 番外 |

恶 魔 的 自 白

童年时起，我便与别的孩子不同，我看不到他们看到的世界。

——埃德加·爱伦·坡

我叫汪海润，今年二十七岁，云泰市人。

我的名字里有好多水，所以我从小就喜欢水。只要一泡进游泳池，就不愿意出来。即使小时候和妈妈去那种公共浴池里洗澡，都是莫大的享受。因此，我就有了我的小名——池子。

我喜欢这个小名，但我只准喜欢我的人这样叫我。

从我出生的时候起，我就比任何人都优越。上学以后，我用的文具、书包都比别的同学要好，男同学都喜欢我。虽然在我六岁的时候，我妈妈因病突然离去，但是我的父亲给了我无微不至的照顾，以及时刻存在的爱。

父亲是个企业家，虽然他的发家史不堪一提。父亲当初是制作、贩卖毒鼠强，捞到了第一桶金。在我上初中的时候，他已经转行做地产，是全市有名的有钱人了；我上高中时，他就已经是云泰十强企业的董事长了。

父亲很忙，但是对我从来没有疏忽过。没有人敢欺负我，因为父亲对欺负我的人零容忍。老师们也都很照顾我，从来没有过打骂。即使我逃学、不写作业，他们也只是宽容地一笑了之。所以我长到二十五岁，都是顺风顺水的。

我从小就喜欢和男孩子在一起玩，虽然外表一点儿也不男性化，但是我有一颗男孩的心。打游戏、踢足球，我都会参与。爸爸经常温和地教育我说，女孩子就该有女孩子的模样，不然没有男孩子敢要。但我一点儿也不认同他的说法，因为我的课桌抽屉里，有整整一包情书。不过我不喜欢他们，他们要么中规中矩，要么胆小懦弱。我觉得不够男人味的男人，根本不可能入得了我的法眼。

我贪玩，所以学习成绩不好。当初高考后，虽然可以去上大专，但我依旧选择了护校。原因很简单，我喜欢那一身护士服。

爸爸强烈反对，他说我哪怕去学个会计，也比学伺候人的护士强。但

恶魔的自白

我从小就是个很有主见的人，而且为了那身护士服，拼了。爸爸于是再一次从了我。

护校都是女生，一年读下来后，我隐约发现我可能是喜欢女人的。因为有一次一个女同学喝醉了亲我，我觉得也很享受。

爸爸发现了我的异常，他要求我中途辍学，然后送我去国外，自费学习经济管理。我是他的独女，他必须为他庞大资产的继承问题考虑。我没有同意出国留学，理由是我长这么大没有离开过云泰市，我不愿意独自出去面对一个陌生的世界。但我同意了辍学，因为经过一年的学习，我知道我没法干护士这个又脏又累还有风险的活儿。

在爸爸的帮助下，我去上了云泰大学经济管理系成人教育。每天的课程我根本听不进去，什么会计学基础啊、西方经济学啊、管理学啊、统计学啊，就像是一堆乱码在我的眼前，根本塞不进我的脑子里。

我每天想的就是，我到底是喜欢男人，还是喜欢女人。

前年夏天，我遇上了小偷。在一个银行门口，一个小偷在我背后掏我的口袋，被我发现了。以我的性格，怎么能让小偷嚣张？于是我就冲上去抓住了他。没想到他从口袋里掏出了一把小刀划伤了我，而且准备向我继续发动攻击。

那一刻，我看见他手中沾着我血迹的刀，我觉得我快要死了。

就在这千钧一发的时刻，一个头戴钢盔、手拿长枪的人突然从银行里冲了出来，一脚就把小偷踹出了几米远，然后用枪指着小偷说："跪下。"

小偷在这人的要求下，向我磕头求饶。我见我胳膊上也只是皮外伤，就没再追究，放小偷走了。其实我根本没心思去管什么小偷不小偷的，在那一刻，我确信了我自己还是喜欢男人的，至少也是个双性恋。我被这个身材高大、面貌俊秀、英雄救美的银行押运员吸引了，所以我向他要了电话号码。他叫水良，他的姓居然是水，我知道我们一定是有缘的。

这是我的初恋，也是我唯一的一次爱情。

父亲动用了所有关系，去调查水良。虽然侵犯了他的隐私，但是他一点儿也不见怪，他说理解一个父亲为了女儿的幸福所做出的一切事情。

虽然水良出身贫苦，也没有什么正经的工作，但是父亲认为他忠厚老实，而且对我无微不至，所以父亲同意了我们的恋情。

如果要列举水良对我的好，我可以说整整一个晚上。反正我觉得他是这个世界上对我最好的男人，也是最忠贞不贰的男人，我信任他，信任他的一切。我爱他，爱他的一切。他说过，一辈子也不会离开我。

我们的婚姻很幸福。有水良对我的好，还有父亲给了我们一切。只要我们需要的，我们就一定可以得到。去年，我们的爱情终于有了结晶，一个可爱的宝宝。

父亲视宝宝为珍宝，但公司不能一日无主，所以父亲也只有在周末的时候才会把宝宝接走。一方面给我们小两口亲热的时间，另一方面他可以单独和宝宝相处。

可是这个美满的家庭，在那一天突然破裂了。

因为你们。

你们在我家抓走水良后，我和父亲认定你们抓错人了。那么忠厚、善良的一个人，怎么会是杀人犯？我绝对不会相信，父亲也绝对不会相信。

可是父亲托了公安局的人，打听了案情。你们说已经证据确凿，水良就是杀害五名少女的凶手，杀人的原因，居然是强奸！

就是你们抓走水良的当天，父亲得知了这个消息，突然脑出血发作，一睡不起了。

直到现在，我都不敢回忆当天的情形。同一天，我的两个至亲都离我而去了。我的丈夫因强奸杀人而被抓，我的父亲被我的丈夫气死了。那一天，我哭光了我名字里所有的水。我哭了整整一夜。

我挚爱的丈夫，居然会做出这样的事情。从小就开始作案，我怀孕的时候依旧去作案。难道这个世界上就真的没有靠得住的男人吗？我恨他，但是我知道我的心底还深爱着他。就是这种不知是爱是恨的感觉，把我的心脏彻底撕裂。

我挚爱的父亲，从小视我为掌上明珠，给了我想要的一切，然而我却没有好好地孝顺他一天。内疚就像一把刀，把我原本破裂的心脏再刀刀凌迟。

而把我这个完美的家庭彻底破坏的，就是你，秦明。你自以为破获了大案，立了大功是吗？但是你的功劳背后，有多少我的痛楚？你的成功建立在我的痛苦之上。第二天，我已做好准备，一定要动用父亲所有的财力，让你也尝到被这种痛苦折磨的滋味。

恶魔的自白

可是当我到了父亲公司的时候，才知道我一无所有了。公司的几个副总，一直在觊觎父亲的财产，早就准备好了所有吞没公司的手续。对他们来说，万事俱备，只欠东风。而这个东风就是父亲的离世。所以虽然只有短短几天时间，这个公司早已和我汪家没有任何干系。这真是雪上加霜，把我一个弱女子彻底击倒。

好在父亲还有几十万元存款和曾经用我的名字在省会买的一套小院，这样我才不会在公司来收回别墅的时候无家可归。

到了龙番，一切都是陌生的。靠着父亲的存款，我们娘儿俩还可以生存一段时间，我也可以利用这段时间寻找报复的时机。

可是厄运再次降临在我的身上，儿子一天晚上突发呼吸困难，送去医院后暂时缓解。医生说没事儿，是我多虑了。我带着儿子回到家里，庆幸没有再次出事。可是等到我一觉醒来时，儿子已经离我而去了。

可恶的医生，若不是他的草菅人命，我的儿子一定不会死。

原本在这个世上唯一的牵挂，现在都没有了，我还活着干什么呢？我没有再哭，因为我心里那一池子泪水已经哭干，现在只剩下我这一个池子了。

孩子的双腿松垮垮的，我浑身颤抖，没法用襁褓包起他，就用绳子捆，可是绳子也捆不上，我就想用刀割开口子来捆绳子，可是我下不去手啊。过了很久，孩子僵硬了，我把他包了起来，准备带着他一起跳楼。

就在那一刻，我想到了你，我还没有复仇。若不是你，哪有今天孤苦伶仃的我？

于是我开始在网上研究法医解剖尸体的方法，什么掏舌头、剖腹，可能看起来挺吓人，但是我已经没有了人类的感觉，我不怕黑、不怕血，甚至不怕死。

到了酒吧，我才知道现在的男人有多无聊。我杀死的那几个，要么就是有老婆还出来混，要么就是花花公子，天天玩弄女人。所以我觉得，他们都该死。

家里有个旧盒子，装着一盒毒鼠强。父亲说这个药只需一丁点就可以死人，所以不准我碰它。他留下这个盒子是做个纪念，毕竟这个杀人的利器是父亲当初发家的工具。我上网查过，毒鼠强性质稳定，多少年也不会分解；而且你们警方一发现毒鼠强就会查找毒物的源头，这是我祖传的法宝，你们去哪里查？

我选择用这个来杀人。

我在酒吧里的第一个"艳遇"是个医生。我恨医生，更恨有老婆还出来泡妞的医生。所以我杀了他。

我用法医的办法解剖尸体，然后碎尸、抛尸。可是两周过去，尸体都没有被发现。我决定下一个一定要抛去你们可以发现的地方。让你们发现，让你们破案，你们不是很能破案吗？你们不是号称命案必破吗？我看看你们能不能猜到下此毒手的人，是个女人。

我反复作案，还学着电视上那样，留下死者的一个部分，放在下一个死者身上，为的就是让你们简单关联，却无法破案。我想让你们发现杀人的手法很专业，是法医的手法，从而怀疑到你身上。但我知道，如果不是有证据，你们警察是不会怀疑自己人的。

天赐良机。

在我杀掉程小梁的第二天早上，你们去复勘现场，我就在警戒带外面的围观人群中观望。我看见了你，还听见一个帅哥说你要去医院检查有没有生育能力。所以我跟踪了你。也可能是天助我也吧，给你做检查取样的护士，是我的同学。

我很顺利地就拿到了原本该属于你的东西。

如果不能陷害你，至少得让你的名声臭掉，所以这一次，我去同性恋酒吧，找了个女性对象。她的死，可能会帮助我完成复仇。为我深爱的又痛恨的水良、我的父亲、我的儿子和我自己复仇。

好了，我失败了，但我也轻松了，我可以去见我生命中最重要的三个男人了，他们在等我。

"荣格说过，健康的人不会折磨他人，往往是那些曾受折磨的人转而成为折磨他人者。"我说，"连去医院检查都会有风险。"

林涛说："在变态者看来，杀戮就是拯救。在我们看来，让罪犯服法就是对他们的拯救，心灵的拯救。"

"嗯！"大宝坚定地点了点头，"手术刀是我们的第十一根手指，是我们最犀利的手指，是犯罪分子最畏惧的手指。"

图书在版编目（CIP）数据

法医秦明. 第十一根手指 / 法医秦明著. -- 北京：
北京联合出版公司, 2020.4（2025.9重印）
ISBN 978-7-5596-3948-6

Ⅰ.①法… Ⅱ.①法… Ⅲ.①长篇小说—中国—当代
Ⅳ.①I247.5

中国版本图书馆CIP数据核字(2019)第302246号

法医秦明. 第十一根手指

作　　者：法医秦明
出 品 人：赵红仕
选题策划：北京磨铁图书有限公司
责任编辑：郑晓斌　徐　樟
封面设计：奇文雲海 Chival IDEA

北京联合出版公司出版
（北京市西城区德外大街83号楼9层　100088）
三河市中晟雅豪印务有限公司印刷　新华书店经销
字数346千字　700毫米×980毫米　1/16　印张20
2020年4月第1版　2025年9月第22次印刷
ISBN 978-7-5596-3948-6
定价：48.00元

法 医 秦 明 系 列
《遗忘者》抢先看

法医秦明系列众生卷第二季《遗忘者》即将出版！

韩亮掩盖了十多年的秘密即将揭晓……

想成为最早读到前两章内容的读者吗？

浴帘下倒着的尸体，两腿间有个拳头大的绿色肉团缓缓蠕动；

死去男人的床底下，躺着一具面孔发黑的女尸……

这些，都在《遗忘者》抢鲜版中等你！

关 注 福 利 ----------------------------------

扫码关注法医秦明微信公众号

在对话框中发送"遗忘者抢鲜版"

即可获得《遗忘者》抢鲜章节

| 额外福利 |

为典藏版《第十一根手指》打分，还有机会获得亲笔签名书！新书上市半年内于微博@元气社 微信公众号：法医秦明 公布幸运儿名单，敬请关注！

| 参与方式 |

如果你想获得签名书，请前往豆瓣，搜索"法医秦明：第十一根手指"，打分写短评或者长书评。

- -

关注微博@法医秦明 @元气社 @磨型小说

了解#法医秦明第十一根手指#更多有趣活动

典藏版万象卷独家tips：观察书脊和胶卷碎片，你能找出隐藏的彩蛋吗？

法医秦明所有作品

法医秦明系列

万象卷

死亡不是结束，而是另一种开始

第一季《尸语者》   第四季《清道夫》

第二季《法医秦明：无声的证词》   第五季《幸存者》

第三季《法医秦明：第十一根手指》 第六季《偷窥者》

众生卷

众生皆有面具，一念之间，人即是兽

第一季《天谴者》   第三季《玩偶》正在创作中，敬请期待

第二季《遗忘者》即将上市

守夜者系列

无论黑暗中有什么，我都是你的守夜者

第一季《守夜者：罪案终结者的觉醒》 第三季《守夜者3：生死盲点》

第二季《守夜者2：黑暗潜能》   第四季《守夜者4：天演》（暂定名）

正在创作中，敬请期待。

法医科普书系列

第一季《逝者证言：跟着法医去探案》 第二季《逝者之书》